高等职业教育"双高"建设成果教材

高职数学系列新形态教材

总主编 郑玫

线性代数与概率统计

主 编 杨 梅 江明华 黄 艳

副主编 邹伟龙 陈家利 李 雨

高等教育出版社·北京

内容简介

本套高职数学类系列新形态一体化教材是高等职业教育"双高"建设成果，是根据教育部印发的《高等学校课程思政建设指导纲要》的要求，结合最新教学改革的精神编写的，包括《高等数学（上册）》《高等数学（下册）》《线性代数与概率统计》三本主教材及两本练习册，涵盖了高职各专业所需的基本数学知识。《高等数学（上册）》包括预备知识，极限与连续，导数与微分，导数的应用，不定积分与定积分；《高等数学（下册）》包括常微分方程，空间解析几何，多元函数微分学，多元函数积分学，级数；《线性代数与概率统计》包括线性代数初步，概率论，数理统计基础。

教材内容采用模块化、项目式设计，每个项目按照"教学引入""理论学习""实际应用""习题拓展"展开，文中设有"教师寄语""感悟""思考"等栏目，其中的"教师寄语"，根据数学知识点引入人生哲理、国家方针政策、数学家精神品格、中华民族传统美德等内容。书中配有二维码链接的教学资源，不仅是内容的自然有益的扩充，更是立体阅读的体验，也为教师教学提供了丰富的素材。

本书适合高等职业教育专科、本科院校作为教材使用，也可供应用型本科院校选用或工程、经管类专业技术人员参考。

图书在版编目（CIP）数据

线性代数与概率统计／郑玫总主编；杨梅，江明华，
黄艳主编. -- 北京：高等教育出版社，2021.12（2022.12重印）
  ISBN 978-7-04-057520-0

  Ⅰ.①线… Ⅱ.①郑… ②杨… ③江… ④黄… Ⅲ.
①线性代数-高等职业教育-教材②概率论-高等职业教
育-教材③数理统计-高等职业教育-教材 Ⅳ.
①O151.2②O21

中国版本图书馆CIP数据核字（2021）第248561号

XIANXING DAISHU YU GAILÜ TONGJI

| 策划编辑 | 崔梅萍 | 责任编辑 | 崔梅萍 | 封面设计 | 张 楠 | 版式设计 | 杨 树 |
| 插图绘制 | 于 博 | 责任校对 | 刘娟娟 | 责任印制 | 赵 振 | | |

出版发行	高等教育出版社			网 址	http://www.hep.edu.cn
社 址	北京市西城区德外大街4号				http://www.hep.com.cn
邮政编码	100120			网上订购	http://www.hepmall.com.cn
印 刷	天津嘉恒印务有限公司				http://www.hepmall.com
开 本	787mm×1092mm 1/16				http://www.hepmall.cn
印 张	15.5				
字 数	280千字			版 次	2021年12月第1版
购书热线	010-58581118			印 次	2022年12月第2次印刷
咨询电话	400-810-0598			定 价	35.60元

本书如有缺页、倒页、脱页等质量问题，请到所购图书销售部门联系调换
版权所有 侵权必究
物 料 号 57520-00

序

　　高等职业教育的特色决定了高等数学课程应突出其实用性，但如何在高等数学教育中把握文化性与实用性，始终是备受关注和有争议的问题。高等数学作为培养大学生理性思维的重要载体，对培养学生理性思维的发展起着重要的作用，这个问题值得认真的思考和研究。由重庆电子工程职业学院郑玫教授主编的高职数学类系列新形态一体化教材，在这方面进行了积极的探索，该系列教材具备以下的特色。

　　1. 不仅将思政元素有机地融入高等数学教材中，如糖入水，如盐入味，润物无声地滋润学生，意义深远，而且，把数学与人生哲理、心理和职业规划的内容融合在一起，相得益彰。

　　2. 该书通过二维码，大大地扩展了教材的内容，同时实现了网络化、数字化与一体化，方便学生随时学习；同时将数学软件融入高等数学教学，非常有价值。

　　3. 基于学生基础水平，该书以多种形式的问题引入学习内容，深入浅出地讲解，论证简明，系统完整，易于教，便于学。很多实际应用问题涉及古今中外，与教学内容相辅相成，对生活、工作中的实际情景问题的解答，颇具启发性和趣味性，都是本书的亮点。

　　4. 配套练习、习题册安排恰当，全方位准确检查学生课前预习、课中学习、课后复习的真实情况。尤其是知行合一习题的安排，很有特色，可以全面检查学生理论联系实际，应用数学知识解决实际问题的能力。

　　总之，本系列教材一改传统数学教材的刻板印象，给人耳目一新的感觉。希望经过教学实践，在作者和出版社的共同努力下，将本书打造成高职教育的精品教材。

2021 年 4 月于重庆

前　言

　　高等数学、线性代数和概率统计是高等职业教育各类专业的重要的公共基础必修课。 通过这些课程的学习，学生理解并掌握包括函数、极限与连续、导数与微分、导数的应用、定积分与不定积分、常微分方程、空间解析几何、多元函数微分学、多元函数积分学、无穷级数与拉普拉斯变换、线性代数和概率统计的基本概念、基本理论、基本运算以及各种数学软件的应用，并通过学习，初步具备用数学思维方法概括问题的能力、逻辑推理能力以及综合运用所学知识及数学软件分析问题、解决问题的能力。

　　改革是永恒的主题，高等数学、线性代数和概率统计作为高等职业教育的基础课，由于生源的多元性，导致教师教学难度大，学生学习困难多，教学改革举步维艰。 为了更好贯彻习近平总书记"守好一段渠，种好责任田"的指示精神，适应高等职业教育高等数学课程教学改革的需要，重庆电子工程职业学院和多所兄弟院校的 20 多位教师进行了努力的探索和研究，历时多年，终于完成这套教材的编写，期盼能为高等数学、线性代数和概率统计教学方式、学习方法、评价体系的改革起到一定的作用。

　　本套教材内容采用模块化、项目式设计。 每个模块、项目的内容既自成体系，又彼此关联。 不同学校、不同专业、不同教师、不同学生，可以根据自己的需要灵活选择学习内容。 希望通过内容的模块化、项目化设计将教学评价细化到每个内容，让教学评价体现在每个教学活动中，无论是课前的预习，课中的学习，还是课后的复习，都能全方位地考察每个学生的学习情况，让学生能真正地全身心投入到平时的学习中，去体会学习的乐趣和进步的快乐。

　　本系列教材具备以下特色。

　　1. 课程思政与教材内容深度融合

　　习近平总书记指出："要用好课堂教学这个主渠道，思想政治理论课要坚持在改进中加强，提升思想政治教育亲和力和针对性，满足学生成长发展需求和期待，其他各门课都要守好一段渠、种好责任田，使各类课程与思想政治理论课同向同行，形成协同效应。"如何打破长期以来思想政治教育与专业教育相互隔绝的"孤岛效应"，将立德树人贯彻到高校课堂教学全过程、全方位、全员之中，推动思政课程与课程思政协同前行、相得益彰，构筑育人大格局，是新时代中国高校面临的重要任务之一。

进入新时代，培养什么人、怎样培养人、为谁培养人成为中国高等教育必须回答的根本问题。高校作为人才培养的主阵地，只有坚定贯彻党的教育方针，坚持社会主义大学办学方向，遵循教育为人民服务、为中国共产党治国理政服务、为巩固和发展中国特色社会主义制度服务、为改革开放和社会主义现代化建设服务的基本要求，才能承担起培养担当民族复兴大任的时代新人的历史使命和时代责任。

基于将思想政治工作贯穿整个高等数学学科体系，以德智体美劳五育并举统领课程思政的目标，本系列教材在传授知识的基础上引导学生将所学到的知识和技能转化为内在德性和素养，注重将学生个人发展与社会发展、国家发展结合起来，把家国情怀自然渗入教材内容中，激发学生为国家学习、为民族学习的热情和动力，让思政元素像"春在花，盐化水"润物无声地滋润学生，使他们成为有理想、有本领、有担当的新时代大学生。

2. 依托教材用多元评价体现课程效果

由于长期以来唯数量化的评价导向，对课程的评价主要通过考试成绩来体现，评价标准单一。为认真贯彻落实教育部关于"破五唯"的各项要求，回归教育的本质和初心，为推进课程思政营造良好的制度环境，就需要将学生的认知、情感、价值观等内容纳入其中，体现评价的人文性、多元性，本系列教材的编写思路和方法为实现这一目标提供了实现的路径和便捷。

除配备了与教学内容相关的课堂练习题，检验学生课堂学习情况外，本系列教材还配备了专门的练习册，通过课前习题检查了解学生课前预习情况；通过课后练习掌握学生课后复习的情况。每个模块还配备了基础测试题和提高测试题，通过每个模块学习结束后的模块测试，掌握学生对整个模块的学习情况。通过这些环节的检查对每个学生的学习情况有了整体的了解，再通过配备的知行合一的实际应用题，检查学生应用所学数学知识解决实际问题的能力。这样一个学期的学习结束，学生的学习情况一目了然，教师对学生的学习效果也有一个准确、综合的评价。期末考试成绩只作为评定学生成绩的一个参考数据，促使学生把主要的精力集中在认真学习的过程中，而不是"临阵磨枪"的考试上，实现改革评价方式实质性的突破。

3. 理论与实际有机结合

教材紧密结合专业需求，站在专业的前沿，密切联系实践。在讲解基础、成熟并有广泛应用的高等数学、线性代数和概率统计知识的基础上，适当引入相关专业的新知识、新方法、新技术。用学生在生活、工作中遇到的真实情景的

"实际问题"作为教材实际应用的例题，让学生通过学习能用数学知识解决实际问题，激发学习热情，挖掘学习潜力。

4. 满足不同专业、不同层次需求

兼顾学生的不同需求，教材内容在满足教学基本要求的同时，考虑到某些专业和部分学生的需要，适当地增加了某些模块教学内容的深度和广度，为适应部分学校"分层教学"的需求和部分学生"专升本"继续学习的需要，在例题和习题的安排上用☆、☆☆和☆☆☆设置了由易到难的梯度。

5. 数字化、一体化设计

借助强大的技术优势，加强了数字化、一体化设计，部分知识点、例题、习题提供了讲解视频，读者可扫描二维码随时学习，同时在"智慧职教"平台开通了在线课程，配备了与教材配套的教学 PPT，实现了教材的网络化、数字化与一体化。

6. 高等数学、线性代数和概率统计与数学实验相结合

随着计算机的广泛应用和数学软件的日趋完善，为激发学生的学习兴趣，提高学生利用计算机解决数学问题的意识和能力，将高等数学、线性代数和概率统计的教学与数学软件的使用相结合，并通过二维码链接的资源详细介绍 MATLAB 及 Lingo 等数学软件的使用方法，提高学生的能力素质。

本系列教材包括《高等数学（上册）》《高等数学（下册）》和《线性代数与概率统计》，共三册书，配备了《高等数学练习册》和《线性代数与概率统计练习册》，主要适用于高等职业教育各专业，也可作为"专升本"及各类学历文凭考试的教材或参考书。

承蒙国际系统与控制科学院院士、重庆师范大学杨新民教授为本书作序。 杨教授认真审阅了书稿，从整体框架到内容细节等，提出了许多宝贵的意见和建议。

参加系列教材编写的有重庆电子工程职业学院、重庆化工职业学院、重庆医药高等专科学校和重庆工商职业学院的资深教师和骨干教师。 本系列教材在实际应用案例的收集整理中，得到了重庆皇朝园林景观规划设计建设有限公司、深圳市科脉建筑工程有限公司、广州卓欣信息技术有限公司的专家、工程师们的大力支持和指导；在编写过程中得到了高等教育出版社崔梅萍编辑的大力支持，参考了相关的文献和教材，并得到了相关院校领导及同行的支持和帮助，在此一并致以诚挚的谢意！

由于我们的经验和水平有限，书中不当和疏漏之处在所难免，敬请广大读者批评指正。

郑玫

1668072281@ qq. com

2021 年 9 月

目　录

模块 一　线性代数初步

模块 二　概　率　论

线性代数初步

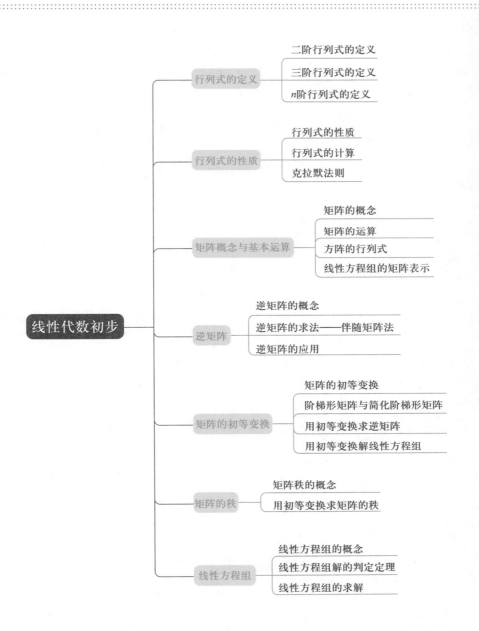

线性代数初步

- 行列式的定义
  - 二阶行列式的定义
  - 三阶行列式的定义
  - n阶行列式的定义

- 行列式的性质
  - 行列式的性质
  - 行列式的计算
  - 克拉默法则

- 矩阵概念与基本运算
  - 矩阵的概念
  - 矩阵的运算
  - 方阵的行列式
  - 线性方程组的矩阵表示

- 逆矩阵
  - 逆矩阵的概念
  - 逆矩阵的求法——伴随矩阵法
  - 逆矩阵的应用

- 矩阵的初等变换
  - 矩阵的初等变换
  - 阶梯形矩阵与简化阶梯形矩阵
  - 用初等变换求逆矩阵
  - 用初等变换解线性方程组

- 矩阵的秩
  - 矩阵秩的概念
  - 用初等变换求矩阵的秩

- 线性方程组
  - 线性方程组的概念
  - 线性方程组解的判定定理
  - 线性方程组的求解

许多自然现象和经济现象，变量之间的依赖关系，本质上是线性的，如果忽略其他因素，线性依赖的法则能较好地反映实际情况，因此线性方程和线性方程组可以作为描述一些客观现象的数学模型.科学技术、经济管理、工程领域中的许多问题，都可以归纳为建立和求解线性方程组的问题.例如：石油探测，当勘探船寻找海底石油储藏时，它的计算机每天要解成千上万的线性方程组，方程组的数据由气喷枪的爆炸引起水下冲击波，从而引起海底岩石的震动，用地震测波器来采集；线性规划，许多重要的管理决策是在线性规划模型的基础上做出的，这些模型包含几百个变量，例如，航运业使用线性规划调度航班，监视飞机的飞行位置，安排维修计划和机场运作；电路工程师使用仿真软件来设计电路和微芯片，它们包含数百万的晶体管，这样的软件技术也依赖于线性代数与线性方程组.

本模块将介绍行列式、矩阵的基本概念与运算，并利用行列式、矩阵求解线性方程组.

模块一 〉〉〉〉

项目一

行列式的定义

【引例】古典案例:鸡兔同笼

鸡和兔在一个笼子里,共有 35 个头,94 只脚,那么鸡有多少只,兔有多少只?

假设鸡有 x_1 只,兔有 x_2 只,则可以建立二元一次方程组

$$\begin{cases} x_1 + x_2 = 35, \\ 2x_1 + 4x_2 = 94. \end{cases}$$

很多常见的数学问题都可以用线性方程组求解,解线性方程组最常用的方法是消元法.下面回顾一下消元法解线性方程组的过程.

假设有二元一次线性方程组

$$\begin{cases} a_{11}x_1 + a_{12}x_2 = b_1, \\ a_{21}x_1 + a_{22}x_2 = b_2, \end{cases} \tag{1}$$

为消去未知数 x_2,以第一个方程乘以 a_{22} 减去第二个方程乘以 a_{12},得

$$(a_{11}a_{22} - a_{12}a_{21})x_1 = b_1 a_{22} - b_2 a_{12}.$$

类似地可消去 x_1,得

$$(a_{11}a_{22} - a_{12}a_{21})x_2 = b_2 a_{11} - b_1 a_{21}.$$

当 $a_{11}a_{22} - a_{12}a_{21} \neq 0$ 时,得

$$x_1 = \frac{b_1 a_{22} - b_2 a_{12}}{a_{11}a_{22} - a_{12}a_{21}}, \quad x_2 = \frac{b_2 a_{11} - b_1 a_{21}}{a_{11}a_{22} - a_{12}a_{21}}. \tag{2}$$

利用上面的讨论结果得到鸡、兔的数目分别为 23 只和 12 只.

在消元法解线性方程组的过程中,上面的式子具有普遍意义,为了方便描述这些数之间的运算,给出二阶行列式的定义.

一、二阶行列式的定义

定义 1.1 二阶行列式

1.1 《九章算术》
中关于"方程组"
的研究

1.2 项目一
知识目标
与重难点

由 4（即 2^2）个数 $a_{11},a_{12},a_{21},a_{22}$，排成两行两列（横排为行,竖排为列）的数表 $\begin{vmatrix} a_{11} & a_{12} \\ a_{21} & a_{22} \end{vmatrix}$ 所确定的表达式 $a_{11}a_{22}-a_{12}a_{21}$ 称为二阶行列式,记为

$$D=\begin{vmatrix} a_{11} & a_{12} \\ a_{21} & a_{22} \end{vmatrix}=a_{11}a_{22}-a_{12}a_{21}. \tag{3}$$

次对角线   主对角线

其中数 $a_{ij}(i=1,2;j=1,2)$ 称为二阶行列式的元素,第一个下标 i 称为行标,第二个下标 j 称为列标,数 a_{ij} 表示是位于行列式的第 i 行、第 j 列的元素.

左上角到右下角 a_{11},a_{22} 的连线叫主对角线;右上角到左下角 a_{12},a_{21} 的连线叫次对角线.二阶行列式的值等于主对角线上两个元素乘积减去次对角线上两个元素的乘积.

【例 1☆】求二阶行列式 $D=\begin{vmatrix} -1 & 2 \\ 3 & 4 \end{vmatrix}$ 的值.

解: $D=\begin{vmatrix} -1 & 2 \\ 3 & 4 \end{vmatrix}=(-1)\times4-2\times3=-4-6=-10.$

【练 1☆】计算二阶行列式

① $D=\begin{vmatrix} \sqrt{6} & 5 \\ 1 & \sqrt{6} \end{vmatrix}$;   ② $D=\begin{vmatrix} 0 & 5 \\ -1 & 6 \end{vmatrix}.$

利用行列式的定义,（2）式中的分子也可写成二阶行列式,即

$$b_1a_{22}-a_{12}b_2=\begin{vmatrix} b_1 & a_{12} \\ b_2 & a_{22} \end{vmatrix},b_2a_{11}-b_1a_{21}=\begin{vmatrix} a_{11} & b_1 \\ a_{21} & b_2 \end{vmatrix}.$$

若记 $D=\begin{vmatrix} a_{11} & a_{12} \\ a_{21} & a_{22} \end{vmatrix},D_1=\begin{vmatrix} b_1 & a_{12} \\ b_2 & a_{22} \end{vmatrix},D_2=\begin{vmatrix} a_{11} & b_1 \\ a_{21} & b_2 \end{vmatrix}$,则方程组（1）的解可记为

$$x_1=\frac{D_1}{D},x_2=\frac{D_2}{D}.$$

注:分母 D 是方程组（1）中的未知数的系数按原来的次序排列成的二阶行列式,D_1 是 D 中第一列换成常数列得到的二阶行列式,D_2 是 D 中第二列换成常数列得到的二阶行列式.

【例 2☆☆】用系数行列式的方法解二元一次方程组

$$\begin{cases} x_1+x_2=2, \\ 2x_1-3x_2=-1. \end{cases}$$

解:显然 $D=\begin{vmatrix} 1 & 1 \\ 2 & -3 \end{vmatrix}=-3-2=-5,$

$$D_1 = \begin{vmatrix} 2 & 1 \\ -1 & -3 \end{vmatrix} = -6+1 = -5,$$

$$D_2 = \begin{vmatrix} 1 & 2 \\ 2 & -1 \end{vmatrix} = -1-4 = -5.$$

所以 $x_1 = \dfrac{D_1}{D} = \dfrac{-5}{-5} = 1$, $x_2 = \dfrac{D_2}{D} = \dfrac{-5}{-5} = 1$.

【练 2 ☆ ☆】解方程组 $\begin{cases} 3x_1+4x_2=-1, \\ 2x_1+x_2=3. \end{cases}$

二、三阶行列式的定义

对于三元一次线性方程组

$$\begin{cases} a_{11}x+a_{12}y+a_{13}z=b_1, \\ a_{21}x+a_{22}y+a_{23}z=b_2, \\ a_{31}x+a_{32}y+a_{33}z=b_3, \end{cases} \tag{4}$$

也可以利用消元法得到其解的公式.形式与二元一次线性方程组的情形完全类似,为了便于记忆它的求解公式,我们引入三阶行列式的概念.

定义 1.2　三阶行列式

由 9(即 3^2)个数排成三行三列的数表 $\begin{vmatrix} a_{11} & a_{12} & a_{13} \\ a_{21} & a_{22} & a_{23} \\ a_{31} & a_{32} & a_{33} \end{vmatrix}$ 所确定的表达式

$$D = \begin{vmatrix} a_{11} & a_{12} & a_{13} \\ a_{21} & a_{22} & a_{23} \\ a_{31} & a_{32} & a_{33} \end{vmatrix} = a_{11}a_{22}a_{33}+a_{12}a_{23}a_{31}+a_{21}a_{32}a_{13}-a_{13}a_{22}a_{31}-a_{11}a_{23}a_{32}-a_{12}a_{21}a_{33}.$$

次对角线　　　　主对角线

$$\tag{5}$$

称为三阶行列式,三阶行列式表示的也是一个代数式.

三阶行列式展开式的右端有如下特点:

(1)右边 6 项求代数和,项数恰好是 3!,且正、负号各一半,每一项都是取自不同行和不同列的三个元素的积.

(2)把行列式左上角与右下角连线叫主对角线,右上角与左下角连线叫次对角线,则主对角线以及与主对角线平行的线上的元素的乘积取正号,次对角线以及与次对角线平行的线上的元素乘积取负号,我们把这个规则形象地称为三阶行列式的对角线法则.如图 1-1 所示.

可按图 1-1 记忆,即三阶行列式的值等于各实线上三个元素乘积之和减去各虚线上三个元素乘积之和.

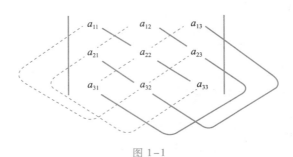

图 1-1

【例 3☆】 计算三阶行列式 $D = \begin{vmatrix} 1 & 2 & 3 \\ 0 & 4 & 5 \\ -1 & 0 & 6 \end{vmatrix}$.

解: $D = 1 \times 4 \times 6 + 2 \times 5 \times (-1) + 0 \times 0 \times 3 - 3 \times 4 \times (-1) - 2 \times 0 \times 6 - 5 \times 0 \times 1$

$\quad = 24 + (-10) + 0 - (-12) - 0 - 0 = 26$.

【例 4☆】 计算行列式 $\begin{vmatrix} 1 & 3 & 2 \\ 4 & 1 & 1 \\ 2 & -3 & 1 \end{vmatrix}$.

解: $\begin{vmatrix} 1 & 3 & 2 \\ 4 & 1 & 1 \\ 2 & -3 & 1 \end{vmatrix} = 1 \times 1 \times 1 + 4 \times (-3) \times 2 + 2 \times 3 \times 1 - 2 \times 1 \times 2 - 1 \times (-3) \times 1 - 4 \times 3 \times 1 = -30$.

【练 3☆】 计算"爱情行列式" $D = \begin{vmatrix} 我 & 0 & 生 \\ 0 & 有 & 0 \\ 你 & 0 & 幸 \end{vmatrix}$.

【练 4☆☆】 计算三阶行列式 $D = \begin{vmatrix} 1 & 2 & 3 \\ 4 & 5 & 6 \\ 7 & 8 & 9 \end{vmatrix}$.

对于三元一次线性方程组

$$\begin{cases} a_{11}x + a_{12}y + a_{13}z = b_1, \\ a_{21}x + a_{22}y + a_{23}z = b_2, \\ a_{31}x + a_{32}y + a_{33}z = b_3, \end{cases} \tag{6}$$

设

$$D = \begin{vmatrix} a_{11} & a_{12} & a_{13} \\ a_{21} & a_{22} & a_{23} \\ a_{31} & a_{32} & a_{33} \end{vmatrix}, D_1 = \begin{vmatrix} b_1 & a_{12} & a_{13} \\ b_2 & a_{22} & a_{23} \\ b_3 & a_{32} & a_{33} \end{vmatrix}, D_2 = \begin{vmatrix} a_{11} & b_1 & a_{13} \\ a_{21} & b_2 & a_{23} \\ a_{31} & b_3 & a_{33} \end{vmatrix}, D_3 = \begin{vmatrix} a_{11} & a_{12} & b_1 \\ a_{21} & a_{22} & b_2 \\ a_{31} & a_{32} & b_3 \end{vmatrix},$$

如果 $D \neq 0$，那么方程组（6）的解为

$$x = \frac{D_1}{D}, y = \frac{D_2}{D}, z = \frac{D_3}{D}.$$

【例 5☆☆】解方程组

$$\begin{cases} 2x_1 - x_2 + 3x_3 = 1, \\ 4x_1 + 2x_2 + 5x_3 = 4, \\ 2x_1 \qquad + 2x_3 = 6. \end{cases}$$

解：因为

$$D = \begin{vmatrix} 2 & -1 & 3 \\ 4 & 2 & 5 \\ 2 & 0 & 2 \end{vmatrix} = 2 \times 2 \times 2 + 4 \times 0 \times 3 + 2 \times 5 \times (-1) - 2 \times 2 \times 3 - 0 \times 5 \times 2 - 2 \times (-1) \times 4 = -6 \neq 0,$$

而　　　$D_1 = \begin{vmatrix} 1 & -1 & 3 \\ 4 & 2 & 5 \\ 6 & 0 & 2 \end{vmatrix} = -54, D_2 = \begin{vmatrix} 2 & 1 & 3 \\ 4 & 4 & 5 \\ 2 & 6 & 2 \end{vmatrix} = 6, D_3 = \begin{vmatrix} 2 & -1 & 1 \\ 4 & 2 & 4 \\ 2 & 0 & 6 \end{vmatrix} = 36,$

所以原方程组的解为

$$x_1 = \frac{D_1}{D} = 9, x_2 = \frac{D_2}{D} = -1, x_3 = \frac{D_3}{D} = -6.$$

我们将三阶行列式的展开式重新组合，则三阶行列式可用二阶行列式表示如下：

$$\begin{vmatrix} a_{11} & a_{12} & a_{13} \\ a_{21} & a_{22} & a_{23} \\ a_{31} & a_{32} & a_{33} \end{vmatrix} = a_{11}(a_{22}a_{33} - a_{23}a_{32}) - a_{12}(a_{21}a_{33} - a_{23}a_{31}) + a_{13}(a_{21}a_{32} - a_{22}a_{31})$$

$$= a_{11}(-1)^{1+1} \begin{vmatrix} a_{22} & a_{23} \\ a_{32} & a_{33} \end{vmatrix} + a_{12}(-1)^{1+2} \begin{vmatrix} a_{21} & a_{23} \\ a_{31} & a_{33} \end{vmatrix} +$$

$$a_{13}(-1)^{1+3} \begin{vmatrix} a_{21} & a_{22} \\ a_{31} & a_{32} \end{vmatrix}.$$

在这一结论中，三个二阶行列式

$$\begin{vmatrix} a_{22} & a_{23} \\ a_{32} & a_{33} \end{vmatrix}, \begin{vmatrix} a_{21} & a_{23} \\ a_{31} & a_{33} \end{vmatrix}, \begin{vmatrix} a_{21} & a_{22} \\ a_{31} & a_{32} \end{vmatrix}$$

分别是三阶行列式中去掉元素 a_{11}, a_{12}, a_{13} 所在的行和列后余下的元素按原位置排列成的二阶行列式. 一般地：

定义 1.3　余子式、代数余子式

将三阶行列式中去掉元素 a_{ij} 所在的第 i 行和第 j 列元素后剩下的元素保持原

来位置不动排成的二阶行列式叫元素 a_{ij} 的余子式,记为 M_{ij},称 $(-1)^{i+j}M_{ij}$ 为元素 a_{ij} 的代数余子式,记为 A_{ij},即 $A_{ij}=(-1)^{i+j}M_{ij}$.

由此可得 $\begin{vmatrix} a_{11} & a_{12} & a_{13} \\ a_{21} & a_{22} & a_{23} \\ a_{31} & a_{32} & a_{33} \end{vmatrix} = a_{11}A_{11}+a_{12}A_{12}+a_{13}A_{13}$,并称为行列式按第一行展开.

同理,我们可以进一步验证:三阶行列式等于其任意一行(或列)的元素与其对应的代数余子式的乘积之和.

【例 6 ☆☆】计算行列式 $\begin{vmatrix} 2 & -3 & 1 \\ 1 & 1 & 1 \\ 3 & 1 & -2 \end{vmatrix}$.

解:法一   对角线法则

$$\begin{vmatrix} 2 & -3 & 1 \\ 1 & 1 & 1 \\ 3 & 1 & -2 \end{vmatrix} = 2\times1\times(-2)+(-3)\times1\times3+1\times1\times1-3\times1\times1-1\times(-3)\times(-2)-2\times1\times1 = -23.$$

法二   按第一行展开

$$\begin{vmatrix} 2 & -3 & 1 \\ 1 & 1 & 1 \\ 3 & 1 & -2 \end{vmatrix} = 2\times\begin{vmatrix} 1 & 1 \\ 1 & -2 \end{vmatrix} - (-3)\times\begin{vmatrix} 1 & 1 \\ 3 & -2 \end{vmatrix} + 1\times\begin{vmatrix} 1 & 1 \\ 3 & 1 \end{vmatrix}$$

$$= 2\times(-3)+3\times(-5)+1\times(-2) = -23.$$

练一练

请同学们试一下按其他行或列展开此行列式的值.

【练 5 ☆☆】分别按第一行和第一列展开,计算行列式的值

$$D = \begin{vmatrix} 1 & 2 & 3 \\ 0 & 4 & 5 \\ -1 & 0 & 6 \end{vmatrix}.$$

想一想

按这个思路你能求四阶行列式的值吗?能求 n 阶行列式的值吗?

三、n 阶行列式的定义

定义 1.4 n 阶行列式的定义

由 n^2 个数 $a_{ij}(i,j=1,2,\cdots,n)$ 构成 n 行 n 列的式子

$$D = \begin{vmatrix} a_{11} & a_{12} & \cdots & a_{1n} \\ a_{21} & a_{22} & \cdots & a_{2n} \\ \vdots & \vdots & & \vdots \\ a_{n1} & a_{n2} & \cdots & a_{nn} \end{vmatrix}$$

称为 n 阶行列式.

n 阶行列式是一个算式,其算法定义如下:

当 $n=1$ 时, $D=a_{11}$.

当 $n\geqslant 2$ 时, $D=a_{i1}A_{i1}+a_{i2}A_{i2}+\cdots+a_{in}A_{in}(i=1,2,\cdots,n)$ 或

$$D=a_{1j}A_{1j}+a_{2j}A_{2j}+\cdots+a_{nj}A_{nj}(j=1,2,\cdots,n),$$

其中, $A_{ij}=(-1)^{i+j}M_{ij}$, M_{ij} 是元素 a_{ij} 的余子式, A_{ij} 是元素 a_{ij} 的代数余子式.

注: n 阶行列式余子式和代数余子式的定义与定义 1.3 相似.

定理 1.1　拉普拉斯定理

行列式的值等于它的任一行(列)的各元素与其对应的代数余子式乘积之和,即

$$D=a_{i1}A_{i1}+a_{i2}A_{i2}+\cdots+a_{in}A_{in}\quad(i=1,2,\cdots,n)$$

或

$$D=a_{1j}A_{1j}+a_{2j}A_{2j}+\cdots+a_{nj}A_{nj}\quad(j=1,2,\cdots,n)$$

注: 拉普拉斯定理的本质是降阶, 把一个 n 阶行列式展开成了 n 个 $n-1$ 阶行列式的和.

【例 7☆☆☆】计算行列式 $\begin{vmatrix} 1 & 0 & 2 & 4 \\ 0 & -1 & 0 & 1 \\ 3 & 2 & 0 & 7 \\ 1 & 0 & 5 & 2 \end{vmatrix}$.

解:按第三列展开(选择 0 多的行或列展开).

$$D=\sum_{i=1}^{4}(-1)^{i+3}a_{i3}M_{i3}=(-1)^{1+3}a_{13}M_{13}+0+0+(-1)^{4+3}a_{43}M_{43}$$

$$=2\begin{vmatrix} 0 & -1 & 1 \\ 3 & 2 & 7 \\ 1 & 0 & 2 \end{vmatrix}-5\begin{vmatrix} 1 & 0 & 4 \\ 0 & -1 & 1 \\ 3 & 2 & 7 \end{vmatrix}=-21.$$

【例 8☆☆☆】计算行列式 $\begin{vmatrix} 1 & -1 & 0 & 2 \\ 2 & 1 & 0 & 3 \\ 1 & 2 & 3 & 1 \\ 3 & 1 & 0 & 2 \end{vmatrix}$.

解:按第三列展开(选择 0 多的行或列展开)

$$\begin{vmatrix} 1 & -1 & 0 & 2 \\ 2 & 1 & 0 & 3 \\ 1 & 2 & 3 & 1 \\ 3 & 1 & 0 & 2 \end{vmatrix}=3\times(-1)^{3+3}\begin{vmatrix} 1 & -1 & 2 \\ 2 & 1 & 3 \\ 3 & 1 & 2 \end{vmatrix}$$

想一想

为何要选择零元素多的行或列展开?

$$= 3\left(1\times(-1)^{1+1}\begin{vmatrix}1 & 3\\1 & 2\end{vmatrix}+(-1)\times(-1)^{1+2}\begin{vmatrix}2 & 3\\3 & 2\end{vmatrix}+2\times(-1)^{1+3}\begin{vmatrix}2 & 1\\3 & 1\end{vmatrix}\right)$$

$$= 3(-1-5-2)$$

$$= -24.$$

结论:为了计算简单,我们一般选择含 0 最多的行或列展开.

【练 6 ☆ ☆】计算行列式

$$D=\begin{vmatrix}1 & -1 & 2\\0 & 5 & 0\\2 & 0 & 6\end{vmatrix}.$$

【练 7 ☆ ☆】计算行列式

$$D=\begin{vmatrix}1 & 2 & 0 & -1\\-2 & 0 & 4 & 0\\-6 & 4 & 0 & 7\\0 & 1 & -1 & 3\end{vmatrix}.$$

【例 9 ☆ ☆】计算上三角形行列式

$$D=\begin{vmatrix}a_{11} & a_{12} & a_{13} & a_{14}\\0 & a_{22} & a_{23} & a_{24}\\0 & 0 & a_{33} & a_{34}\\0 & 0 & 0 & a_{44}\end{vmatrix}.$$

解:第 1 列和第 4 行含 0 最多,我们选择第 1 列用拉普拉斯定理展开.

$$D\xupdownarrow{\text{按第一列展开}}a_{11}\times(-1)^{1+1}\times\begin{vmatrix}a_{22} & a_{23} & a_{24}\\0 & a_{33} & a_{34}\\0 & 0 & a_{44}\end{vmatrix}\quad(\text{第 1 列含 0 最多,再次展开降阶})$$

$$\xupdownarrow{\text{按第一列展开}}a_{11}a_{22}\times(-1)^{1+1}\begin{vmatrix}a_{33} & a_{34}\\0 & a_{44}\end{vmatrix}=a_{11}a_{22}a_{33}a_{44}.$$

注:我们把主对角线(行列式中由左上角至右下角的对角线)以下(上)元素全为零的行列式称为上(下)三角形行列式.

本例表明:上(下)三角形行列式的值就等于主对角线上元素的乘积.即

$$\begin{vmatrix}a_{11} & a_{12} & \cdots & a_{1n}\\0 & a_{22} & \cdots & a_{2n}\\\vdots & \vdots & & \vdots\\0 & 0 & \cdots & a_{nn}\end{vmatrix}=\begin{vmatrix}a_{11} & 0 & \cdots & 0\\a_{21} & a_{22} & \cdots & 0\\\vdots & \vdots & & \vdots\\a_{n1} & a_{n2} & \cdots & a_{nn}\end{vmatrix}=\boxed{a_{11}a_{22}\cdots a_{nn}.}$$

【练 8 ☆】用展开法计算行列式的值:

$$(1)\ D = \begin{vmatrix} 1 & 2 & 3 \\ 0 & 4 & 5 \\ 0 & 0 & 6 \end{vmatrix};(2)\ D = \begin{vmatrix} 1 & 2 & 3 \\ 3 & 4 & 5 \\ 7 & 8 & 9 \end{vmatrix}.$$

行列式含 0 比较多的情况下,拉普拉斯定理可以很快地降阶化简,计算相对比较简单,但是如果行列式中含 0 比较少,该怎么计算高阶行列式呢? 一个重要的求行列式值的方法,就是利用上(下)三角形行列式的值容易计算的特点,在计算行列式的时候先把它化成一个上(下)三角形行列式再求值.

习题拓展

【基础过关 ☆】

计算下列行列式.

$$(1)\ \begin{vmatrix} \sqrt{3} & 1 \\ -1 & \sqrt{3} \end{vmatrix}; \qquad (2)\ \begin{vmatrix} \sin a & \cos a \\ -\cos a & \sin a \end{vmatrix};$$

$$(3)\ \begin{vmatrix} 2 & 3 & 5 \\ 0 & -1 & 0 \\ 0 & 0 & 3 \end{vmatrix}; \qquad (4)\ \begin{vmatrix} 4 & 2 & 3 \\ 2 & 3 & 0 \\ 3 & 0 & 0 \end{vmatrix}.$$

【能力达标 ☆☆】

用展开法计算下列行列式.

$$(1)\ \begin{vmatrix} 3 & 8 & 6 \\ 1 & 5 & -1 \\ 6 & 9 & 2 \end{vmatrix}; \qquad (2)\ \begin{vmatrix} 1 & 0 & a & 1 \\ 0 & 1 & b & 1 \\ -1 & 0 & c & 1 \\ 0 & 1 & d & 1 \end{vmatrix}.$$

【思维拓展 ☆☆☆】

1. 求 x 使得 $\begin{vmatrix} 1 & 0 & 2 \\ 0 & -x & 0 \\ 2 & 3 & 1 \end{vmatrix} = \begin{vmatrix} 3x & 0 \\ -1 & x-1 \end{vmatrix}$.

2. 利用行列式解二元一次方程组.

$$(1)\ \begin{cases} 2x_1 - x_2 = 2, \\ x_1 + 3x_2 = 1; \end{cases} \qquad (2)\ \begin{cases} x_1 - 3x_2 = -1, \\ 2x_1 + x_2 = 5. \end{cases}$$

1.3 项目一
习题拓展答案

1.4 项目二
知识目标
与重难点

教师寄语

从二阶、三阶行列式到 n 阶行列式,从简到繁、从易到难、从特殊到一般.我们认识、分析问题也应遵循这个规律,循序渐进,从基础做起,举一反三,最终实现解决问题的目的.

项目二

行列式的性质

教学引入

由项目一的学习知道,行列式中若 0 元素较少,拉普拉斯定理展开计算优势不明显,计算量比较大,在项目二我们将学习行列式的性质,利用行列式的性质可以创造 0,既可以简化行列式的计算,还可以先把行列式化成一个上(下)三角形行列式,再利用下面的结论

$$\begin{vmatrix} a_{11} & a_{12} & \cdots & a_{1n} \\ 0 & a_{22} & \cdots & a_{2n} \\ \vdots & \vdots & & \vdots \\ 0 & 0 & \cdots & a_{nn} \end{vmatrix} = \begin{vmatrix} a_{11} & 0 & \cdots & 0 \\ a_{21} & a_{22} & \cdots & 0 \\ \vdots & \vdots & & \vdots \\ a_{n1} & a_{n2} & \cdots & a_{nn} \end{vmatrix} = \boxed{a_{11}a_{22}\cdots a_{nn}}$$

求行列式的值.

理论学习

一、行列式的性质

定义 1.5 转置行列式

将行列式

$$D = \begin{vmatrix} a_{11} & a_{12} & \cdots & a_{1n} \\ a_{21} & a_{22} & \cdots & a_{2n} \\ \vdots & \vdots & & \vdots \\ a_{n1} & a_{n2} & \cdots & a_{nn} \end{vmatrix}$$

的行与相应的列互换后得到的新行列式称为原行列式 D 的转置行列式,记为:D^{T}.

即

$$D^{\mathrm{T}} = \begin{vmatrix} a_{11} & a_{21} & \cdots & a_{n1} \\ a_{12} & a_{22} & \cdots & a_{n2} \\ \vdots & \vdots & & \vdots \\ a_{1n} & a_{2n} & \cdots & a_{nn} \end{vmatrix}.$$

性质 1 行列式与它的转置行列式相等,即 $D = D^{\mathrm{T}}$.

> 注:由性质1知道,行列式中的行与列具有相同的地位,对行列式的行成立的性质,对列也同样成立.

性质 2 交换行列式的任意两行(列),行列式的值变号.

> 注:互换行列式的第 i 行(列)与第 j 行(列),记为:$r_i \leftrightarrow r_j (c_i \leftrightarrow c_j)$.

如:

$$D = \begin{vmatrix} 1 & 1 & 1 \\ 0 & 0 & 3 \\ 0 & 2 & 2 \end{vmatrix} \xrightarrow{r_2 \leftrightarrow r_3} - \begin{vmatrix} 1 & 1 & 1 \\ 0 & 2 & 2 \\ 0 & 0 & 3 \end{vmatrix} = -6.$$

推论 1 若行列式中有两行(列)的元素对应相同,则此行列式的值为零.

如:

$$D = \begin{vmatrix} 1 & 2 & 3 \\ 4 & 2 & 1 \\ 1 & 2 & 3 \end{vmatrix} = 0.$$

性质 3 行列式的某一行(列)中所有元素的公因子可以提到行列式符号的外面.

$$\begin{vmatrix} a_{11} & a_{12} & \cdots & a_{1n} \\ \vdots & \vdots & & \vdots \\ ka_{i1} & ka_{i2} & \cdots & ka_{in} \\ \vdots & \vdots & & \vdots \\ a_{n1} & a_{n2} & \cdots & a_{nn} \end{vmatrix} = k \begin{vmatrix} a_{11} & a_{12} & \cdots & a_{1n} \\ \vdots & \vdots & & \vdots \\ a_{i1} & a_{i2} & \cdots & a_{in} \\ \vdots & \vdots & & \vdots \\ a_{n1} & a_{n2} & \cdots & a_{nn} \end{vmatrix}.$$

推论 2 用数 k 乘行列式,等于用数 k 乘行列式的某一行(列).

推论 3 行列式中若有两行(列)元素对应成比例,则此行列式的值为零.

如:

$$D = \begin{vmatrix} 1 & 2 & 3 \\ 4 & 2 & 1 \\ 3 & 6 & 9 \end{vmatrix} = 3 \begin{vmatrix} 1 & 2 & 3 \\ 4 & 2 & 1 \\ 1 & 2 & 3 \end{vmatrix} = 0.$$

性质 4 若行列式的某一行(或列)所有元素都是两个数的和,则此行列式等于两个行列式之和,而且这两个行列式这一行(或列)的元素分别为对应的两个数之一,其余行(或列)的元素与原行列式的对应元素相同.

如:

$$\begin{vmatrix} a_{11} & a_{12} & \cdots & a_{1n} \\ a_{21}+b_1 & a_{22}+b_2 & \cdots & a_{2n}+b_n \\ \vdots & \vdots & & \vdots \\ a_{n1} & a_{n2} & \cdots & a_{nn} \end{vmatrix} = \begin{vmatrix} a_{11} & a_{12} & \cdots & a_{1n} \\ a_{21} & a_{22} & \cdots & a_{2n} \\ \vdots & \vdots & & \vdots \\ a_{n1} & a_{n2} & \cdots & a_{nn} \end{vmatrix} + \begin{vmatrix} a_{11} & a_{12} & \cdots & a_{1n} \\ b_1 & b_2 & \cdots & b_n \\ \vdots & \vdots & & \vdots \\ a_{n1} & a_{n2} & \cdots & a_{nn} \end{vmatrix}.$$

性质 5 将行列式的某一行(列)的所有元素都乘以数 k 后加到另一行(列)对应位置的元素上,行列式的值不变.

> 注:以数 k 乘第 j 行加到第 i 行上,记作 r_i+kr_j;以数 k 乘第 j 列加到第 i 列上,记作 c_i+kc_j.

如:
$$D = \begin{vmatrix} 1 & 1 & 1 \\ 0 & 2 & 2 \\ 0 & 2 & 3 \end{vmatrix} \xlongequal{r_3+(-1)r_2} \begin{vmatrix} 1 & 1 & 1 \\ 0 & 2 & 2 \\ 0 & 0 & 1 \end{vmatrix} = 2.$$

【知识梳理】

图 1-2

二、 行列式的计算

1. 降阶法

计算行列式时,利用行列式的性质,将行列式某一行(列)只保留一个非零元素,其余元素化为零,然后按该行(列)展开,通过降阶计算行列式的值.

【例 1 ☆ ☆】计算行列式

$$D = \begin{vmatrix} 3 & 1 & -1 & 2 \\ -5 & 1 & 3 & -4 \\ 2 & 0 & 1 & -1 \\ 1 & -5 & 3 & -3 \end{vmatrix}.$$

解：$D = \begin{vmatrix} 3 & 1 & -1 & 2 \\ -5 & 1 & 3 & -4 \\ 2 & 0 & 1 & -1 \\ 1 & -5 & 3 & -3 \end{vmatrix} \xlongequal[c_4+c_3]{c_1-2c_3} \begin{vmatrix} 5 & 1 & -1 & 1 \\ -11 & 1 & 3 & -1 \\ 0 & 0 & 1 & 0 \\ -5 & -5 & 3 & 0 \end{vmatrix}$

选择第3行拉普拉斯展开化简

选择第3列拉普拉斯展开化简

$\xlongequal{\text{按第3行展开}} 1 \times (-1)^{3+3} \begin{vmatrix} 5 & 1 & 1 \\ -11 & 1 & -1 \\ -5 & -5 & 0 \end{vmatrix} \xlongequal{r_2+r_1} \begin{vmatrix} 5 & 1 & 1 \\ -6 & 2 & 0 \\ -5 & -5 & 0 \end{vmatrix}$

$= 1 \times (-1)^{1+3} \begin{vmatrix} -6 & 2 \\ -5 & -5 \end{vmatrix} \xlongequal{c_1-c_2} \begin{vmatrix} -8 & 2 \\ 0 & -5 \end{vmatrix} = 40.$

【练 1 ☆】用降阶法计算行列式的值 $D = \begin{vmatrix} 2 & 3 & 5 \\ 1 & 2 & 0 \\ 0 & 3 & 5 \end{vmatrix}$.

【练 2 ☆ ☆】用降阶法计算行列式的值 $D = \begin{vmatrix} 1 & 2 & 0 & -1 \\ -2 & 0 & 4 & 0 \\ -6 & 4 & 0 & 7 \\ 0 & 1 & -1 & 3 \end{vmatrix}$.

2. 化三角形法

计算行列式时,也常用行列式的性质,将一般行列式化为上(下)三角形行列式来计算. 化上三角形行列式的步骤是:

（1）利用行列式性质将 a_{11} 变为 ±1（或方便将第一列其他元素变为零的数）,再将第一列除 a_{11} 外其余元素全变为零;

（2）用同样的方法将 a_{22} 变为 ±1（或方便将第二列第二行以下的其他元素变为零的数）,再将第二列除 a_{22} 外第二行以下的其他元素全变为零;

（3）以此类推,直至行列式成为上三角形行列式,则这时主对角线上元素的乘积就是所求行列式的值.

【例 2 ☆ ☆】计算行列式 $D = \begin{vmatrix} 1 & 1 & 1 \\ 35 & 37 & 34 \\ 23 & 26 & 25 \end{vmatrix}$.

解:法一　$D = \begin{vmatrix} 1 & 1 & 1 \\ 35 & 37 & 34 \\ 23 & 26 & 25 \end{vmatrix} \xlongequal[r_3-23r_1]{r_2-35r_1} \begin{vmatrix} 1 & 1 & 1 \\ 0 & 2 & -1 \\ 0 & 3 & 2 \end{vmatrix} \xlongequal{r_3-\frac{3}{2}r_2} \begin{vmatrix} 1 & 1 & 1 \\ 0 & 2 & -1 \\ 0 & 0 & \frac{7}{2} \end{vmatrix}$

$= 1 \times 2 \times \frac{7}{2} = 7.$

法二　$D = \begin{vmatrix} 1 & 1 & 1 \\ 35 & 37 & 34 \\ 23 & 26 & 25 \end{vmatrix} \xlongequal[r_3 - 23r_1]{r_2 - 35r_1} \begin{vmatrix} 1 & 1 & 1 \\ 0 & 2 & -1 \\ 0 & 3 & 2 \end{vmatrix} \xlongequal{c_2 + c_3} \begin{vmatrix} 1 & 2 & 1 \\ 0 & 1 & -1 \\ 0 & 5 & 2 \end{vmatrix}$

$\xlongequal{r_3 - 5r_2} \begin{vmatrix} 1 & 2 & 1 \\ 0 & 1 & -1 \\ 0 & 0 & 7 \end{vmatrix} = 7.$

【练 3☆】用化三角形法计算行列式的值 $\begin{vmatrix} 1 & 2 & 3 \\ 4 & 5 & 6 \\ 7 & 8 & 9 \end{vmatrix}$.

【例 3☆☆☆】计算行列式 $\begin{vmatrix} 1 & 2 & 0 & 1 \\ 1 & 3 & 5 & 0 \\ 0 & 1 & 5 & 6 \\ 1 & 2 & 3 & 4 \end{vmatrix}$.

解：$\begin{vmatrix} 1 & 2 & 0 & 1 \\ 1 & 3 & 5 & 0 \\ 0 & 1 & 5 & 6 \\ 1 & 2 & 3 & 4 \end{vmatrix} \xlongequal[r_4 - r_1]{r_2 - r_1} \begin{vmatrix} 1 & 2 & 0 & 1 \\ 0 & 1 & 5 & -1 \\ 0 & 1 & 5 & 6 \\ 0 & 0 & 3 & 3 \end{vmatrix}$

$\xlongequal{r_3 - r_2} \begin{vmatrix} 1 & 2 & 0 & 1 \\ 0 & 1 & 5 & -1 \\ 0 & 0 & 0 & 7 \\ 0 & 0 & 3 & 3 \end{vmatrix} \xlongequal{r_3 \leftrightarrow r_4} - \begin{vmatrix} 1 & 2 & 0 & 1 \\ 0 & 1 & 5 & -1 \\ 0 & 0 & 3 & 3 \\ 0 & 0 & 0 & 7 \end{vmatrix}$

$= -21.$

【练 4☆☆】计算行列式 $\begin{vmatrix} 1 & 2 & -1 & 3 \\ 2 & 0 & 1 & 0 \\ 3 & -1 & 2 & 1 \\ -1 & 1 & 1 & -1 \end{vmatrix}$.

3. 其他方法

【例 4☆☆☆☆】解方程 $\begin{vmatrix} 1 & 4 & 3 & 2 \\ 2 & x+4 & 6 & 4 \\ 3 & -2 & x & 1 \\ -3 & 2 & 5 & -1 \end{vmatrix} = 0.$

解：
$$\begin{vmatrix} 1 & 4 & 3 & 2 \\ 2 & x+4 & 6 & 4 \\ 3 & -2 & x & 1 \\ -3 & 2 & 5 & -1 \end{vmatrix} \xrightarrow[\substack{r_2-2r_1 \\ r_3+r_4}]{} \begin{vmatrix} 1 & 4 & 3 & 2 \\ 0 & x-4 & 0 & 0 \\ 0 & 0 & x+5 & 0 \\ -3 & 2 & 5 & -1 \end{vmatrix}$$

$$= (x-4) \times (-1)^{2+2} \begin{vmatrix} 1 & 3 & 2 \\ 0 & x+5 & 0 \\ -3 & 5 & -1 \end{vmatrix}$$

$$= (x-4)(x+5) \times (-1)^{2+2} \begin{vmatrix} 1 & 2 \\ -3 & -1 \end{vmatrix}$$

$$= 5(x-4)(x+5) = 0,$$

得 $x_1 = 4, x_2 = -5$.

【练5☆☆】解方程 $\begin{vmatrix} x+3 & 14 & 2 \\ -2 & x-8 & -1 \\ -2 & -3 & x-2 \end{vmatrix} = 0$.

【例5☆☆】计算行列式 $D = \begin{vmatrix} a & b & b & b \\ b & a & b & b \\ b & b & a & b \\ b & b & b & a \end{vmatrix}$.

解：先把第 2, 3, 4 行的元素加到第一行上去，

$$D \xrightarrow{r_1+r_2+r_3+r_4} \begin{vmatrix} a+3b & a+3b & a+3b & a+3b \\ b & a & b & b \\ b & b & a & b \\ b & b & b & a \end{vmatrix} = (a+3b) \begin{vmatrix} 1 & 1 & 1 & 1 \\ b & a & b & b \\ b & b & a & b \\ b & b & b & a \end{vmatrix}$$

$$\xrightarrow[\substack{r_2+(-b)r_1 \\ r_3+(-b)r_1 \\ r_4+(-b)r_1}]{} (a+3b) \begin{vmatrix} 1 & 1 & 1 & 1 \\ 0 & a-b & 0 & 0 \\ 0 & 0 & a-b & 0 \\ 0 & 0 & 0 & a-b \end{vmatrix} = (a+3b)(a-b)^3.$$

【例6☆☆☆】计算 n 阶行列式 $D = \begin{vmatrix} x & a & \cdots & a \\ a & x & \cdots & a \\ \vdots & \vdots & & \vdots \\ a & a & \cdots & x \end{vmatrix}$.

解：将第 $2, 3, 4, \cdots, n$ 列加到第一列上，提取公因子后，再把第一列乘以 $-a$ 分别加到第 $2, 3, 4, \cdots, n$ 列，即

$$D = \begin{vmatrix} x+(n-1)a & a & \cdots & a \\ x+(n-1)a & x & \cdots & a \\ \vdots & \vdots & & \vdots \\ x+(n-1)a & a & \cdots & x \end{vmatrix} = \left[x+(n-1)a \right] \begin{vmatrix} 1 & a & \cdots & a \\ 1 & x & \cdots & a \\ \vdots & \vdots & & \vdots \\ 1 & a & \cdots & x \end{vmatrix}$$

$$= \left[x+(n-1)a \right] \begin{vmatrix} 1 & 0 & \cdots & 0 \\ 1 & x-a & \cdots & 0 \\ \vdots & \vdots & & \vdots \\ 1 & 0 & \cdots & x-a \end{vmatrix} = \left[x+(n-1)a \right](x-a)^{n-1}.$$

【练6☆☆】用化三角形法计算行列式的值

$$D = \begin{vmatrix} a & b & c & d \\ a & a+b & a+b+c & a+b+c+d \\ a & 2a+b & 3a+2b+c & 4a+3b+2c+d \\ a & 3a+b & 6a+3b+c & 10a+6b+3c+d \end{vmatrix}.$$

【知识梳理】

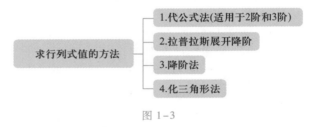

图 1-3

三、克拉默（Cramer）法则

前面二元线性方程组的解和行列式的关系,我们可以推广到一般的线性方程组的情形,得到一个行列式理论中的重要法则——克拉默法则.

定理 1.2 克拉默法则

对于 n 元一次线性方程组

$$\begin{cases} a_{11}x_1 + a_{12}x_2 + \cdots + a_{1n}x_n = b_1, \\ a_{21}x_1 + a_{22}x_2 + \cdots + a_{2n}x_n = b_2, \\ \cdots\cdots\cdots\cdots\cdots \\ a_{n1}x_1 + a_{n2}x_2 + \cdots + a_{nn}x_n = b_n, \end{cases}$$

当系数行列式不等于零,即

$$D = \begin{vmatrix} a_{11} & a_{12} & \cdots & a_{1n} \\ a_{21} & a_{22} & \cdots & a_{2n} \\ \vdots & \vdots & & \vdots \\ a_{n1} & a_{n2} & \cdots & a_{nn} \end{vmatrix} \neq 0$$

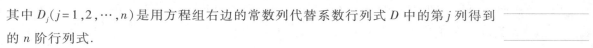

时,方程组有唯一的解

$$x_1 = \frac{D_1}{D}, x_2 = \frac{D_2}{D}, \cdots, x_n = \frac{D_n}{D},$$

其中 $D_j(j=1,2,\cdots,n)$ 是用方程组右边的常数列代替系数行列式 D 中的第 j 列得到的 n 阶行列式.

【例 7☆☆】用克拉默法则求解线性方程组

$$\begin{cases} 2x_1 + 3x_2 + 5x_3 = 2, \\ x_1 + 2x_2 = 5, \\ 3x_2 + 5x_3 = 4. \end{cases}$$

解：$D = \begin{vmatrix} 2 & 3 & 5 \\ 1 & 2 & 0 \\ 0 & 3 & 5 \end{vmatrix} = 20 \neq 0,$ $D_1 = \begin{vmatrix} 2 & 3 & 5 \\ 5 & 2 & 0 \\ 4 & 3 & 5 \end{vmatrix} = -20,$

$D_2 = \begin{vmatrix} 2 & 2 & 5 \\ 1 & 5 & 0 \\ 0 & 4 & 5 \end{vmatrix} = 60,$ $D_3 = \begin{vmatrix} 2 & 3 & 2 \\ 1 & 2 & 5 \\ 0 & 3 & 4 \end{vmatrix} = -20.$

由克拉默法则,得方程组的解为

$$x_1 = \frac{D_1}{D} = -1, x_2 = \frac{D_2}{D} = 3, x_3 = \frac{D_3}{D} = -1.$$

【例 8☆☆☆】用克拉默法则解方程组

$$\begin{cases} 2x_1 + x_2 - 5x_3 + x_4 = 8, \\ x_1 - 3x_2 - 6x_4 = 9, \\ 2x_2 - x_3 + 2x_4 = -5, \\ x_1 + 4x_2 - 7x_3 + 6x_4 = 0. \end{cases}$$

解：因为该方程组的系数行列式

$$D = \begin{vmatrix} 2 & 1 & -5 & 1 \\ 1 & -3 & 0 & -6 \\ 0 & 2 & -1 & 2 \\ 1 & 4 & -7 & 6 \end{vmatrix} = 27 \neq 0,$$

故方程组有唯一解. 又因为

$$D_1 = \begin{vmatrix} 8 & 1 & -5 & 1 \\ 9 & -3 & 0 & -6 \\ -5 & 2 & -1 & 2 \\ 0 & 4 & -7 & 6 \end{vmatrix} = 81, \qquad D_2 = \begin{vmatrix} 2 & 8 & -5 & 1 \\ 1 & 9 & 0 & -6 \\ 0 & -5 & -1 & 2 \\ 1 & 0 & -7 & 6 \end{vmatrix} = -108,$$

$$D_3 = \begin{vmatrix} 2 & 1 & 8 & 1 \\ 1 & -3 & 9 & -6 \\ 0 & 2 & -5 & 2 \\ 1 & 4 & 0 & 6 \end{vmatrix} = -27, \qquad D_4 = \begin{vmatrix} 2 & 1 & -5 & 8 \\ 1 & -3 & 0 & 9 \\ 0 & 2 & -1 & -5 \\ 1 & 4 & -7 & 0 \end{vmatrix} = 27,$$

由克拉默法则得方程组的解为 $\begin{cases} x_1 = 3, \\ x_2 = -4, \\ x_3 = -1, \\ x_4 = 1. \end{cases}$

【练7☆☆】用克拉默法则解线性方程组

$$\begin{cases} 2x_1 - x_2 + 2x_3 = -4, \\ x_1 + x_2 + 2x_3 = 1, \\ 4x_1 + x_2 + 4x_3 = -2. \end{cases}$$

实际应用

【例1☆☆】大学生在饮食方面存在很多问题,很多人不重视吃早饭,多数大学生日常饮食没有规律,为了身体的健康就要制订营养改善行动计划.正常人体每天需要摄入一定的维生素、蛋白质、脂肪和碳水化合物,下边是四种食物,它们的质量用适当的单位计量,这些食品提供的营养以及食谱所需的营养如表1–1给出.

表 1–1

营养	单位食物所含的营养				所需营养量
	食物一	食物二	食物三	食物四	
维生素	40	20	20	10	580
蛋白质	10	50	40	20	510
脂肪	20	8	8	4	272
碳水化合物	80	36	32	12	1 100

试根据这个问题建立一个线性方程组,并通过求解方程组来确定每天需要摄入上述四种食物的量.

解:设 x_1, x_2, x_3, x_4 分别为四种食物的量,则由表中的数据可得出下列线性方程组

$$\begin{cases} 40x_1 + 20x_2 + 20x_3 + 10x_4 = 580, \\ 10x_1 + 50x_2 + 40x_3 + 20x_4 = 510, \\ 20x_1 + 8x_2 + 8x_3 + 4x_4 = 272, \\ 80x_1 + 36x_2 + 32x_3 + 12x_4 = 1\ 100. \end{cases}$$

方程整理化简得同解方程组

$$\begin{cases} 4x_1+2x_2+2x_3+x_4=58, \\ x_1+5x_2+4x_3+2x_4=51, \\ 5x_1+2x_2+2x_3+x_4=68, \\ 20x_1+9x_2+8x_3+3x_4=275. \end{cases}$$

由克拉默法则可得

$$D=\begin{vmatrix} 4 & 2 & 2 & 1 \\ 1 & 5 & 4 & 2 \\ 5 & 2 & 2 & 1 \\ 20 & 9 & 8 & 3 \end{vmatrix}=2\neq0,$$

故方程组有唯一解,又

$$D_1=\begin{vmatrix} 58 & 2 & 2 & 1 \\ 51 & 5 & 4 & 2 \\ 68 & 2 & 2 & 1 \\ 275 & 9 & 8 & 3 \end{vmatrix}=20,\qquad D_2=\begin{vmatrix} 4 & 58 & 2 & 1 \\ 1 & 51 & 4 & 2 \\ 5 & 68 & 2 & 1 \\ 20 & 275 & 8 & 3 \end{vmatrix}=10,$$

$$D_3=\begin{vmatrix} 4 & 2 & 58 & 1 \\ 1 & 5 & 51 & 2 \\ 5 & 2 & 68 & 1 \\ 20 & 9 & 275 & 3 \end{vmatrix}=6,\qquad D_4=\begin{vmatrix} 4 & 2 & 2 & 58 \\ 1 & 5 & 4 & 51 \\ 5 & 2 & 2 & 68 \\ 20 & 9 & 8 & 275 \end{vmatrix}=4,$$

则 $x_1=\dfrac{D_1}{D}=10,x_2=\dfrac{D_2}{D}=5,x_3=\dfrac{D_3}{D}=3,x_4=2.$

由此我们知道,每天可以摄入 10 个单位的食物一、5 个单位的食物二、3 个单位的食物三,2 个单位的食物四就可以保证我们的健康饮食了.

【例 2☆☆☆】联合收入

已知三家大学生创业微公司分别记为 A, B,C,他们有图 1-4 所示的股份关系,即 A 公司掌握 C 公司 50% 的股份,C 公司掌握 A 公司 30% 的股份,而 A 公司 70% 的股份不受另外两

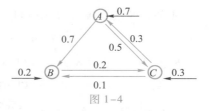

图 1-4

家公司控制等.现设 A,B 和 C 公司各自的营业净收入分别是 12 万元,10 万元,8 万元.每家公司的联合收入是其净收入加上在其他公司的股份按比例的收入提成.试确定各公司的联合收入及实际收入.

解:按照图 1-4 所示各个公司的股份比例可知,若设 A,B,C 三公司的联合收入分别为 x,y,z,则其实际收入分别为 $0.7x$,$0.2y$,$0.3z$.先求出各个公司的联

合收入.

　　因为联合收入由两个部分组成,即营业净收入及从其他公司的提成收入,故对每个公司可列出一个方程.

　　对 A 公司为 $x = 120\ 000 + 0.7y + 0.5z$,

　　对 B 公司为 $y = 100\ 000 + 0.2z$,

　　对 C 公司为 $z = 80\ 000 + 0.3x + 0.1y$,

得线性方程组

$$\begin{cases} x - 0.7y - 0.5z = 120\ 000, \\ y - 0.2z = 100\ 000, \\ -0.3x - 0.1y + z = 80\ 000. \end{cases}$$

因系数行列式

$$D = \begin{vmatrix} 1 & -0.7 & -0.5 \\ 0 & 1 & -0.2 \\ -0.3 & -0.1 & 1 \end{vmatrix} = 0.788 \neq 0,$$

由克拉默法则知,此方程组有唯一解,且

$$D_1 = \begin{vmatrix} 120\ 000 & -0.7 & -0.5 \\ 100\ 000 & 1 & -0.2 \\ 80\ 000 & -0.1 & 1 \end{vmatrix} = 243\ 800, \quad D_2 = \begin{vmatrix} 1 & 120\ 000 & -0.5 \\ 0 & 100\ 000 & -0.2 \\ -0.3 & 80\ 000 & 1 \end{vmatrix} = 108\ 200,$$

$$D_3 = \begin{vmatrix} 1 & -0.7 & 120\ 000 \\ 0 & 1 & 100\ 000 \\ -0.3 & -0.1 & 80\ 000 \end{vmatrix} = 147\ 000,$$

得 $x = \dfrac{D_1}{D} = 309\ 390.86$(元)$, y = \dfrac{D_2}{D} = 137\ 309.64$(元)$, z = \dfrac{D_3}{D} = 186\ 548.22$(元).

于是 A 公司的联合收入为 $x = 309\ 390.86$(元),实际收入为

$$0.7 \times 309\ 390.86 = 216\ 753.60 \text{(元)};$$

　　B 公司的联合收入为 $y = 137\ 309.64$(元),实际收入为

$$0.2 \times 137\ 309.64 = 27\ 461.93 \text{(元)};$$

　　C 公司的联合收入为 $z = 186\ 548.22$,实际收入为 $0.3 \times 186\ 548.22 = 55\ 964.47$(元).

习题拓展

【基础过关☆】

计算下列行列式.

(1) $\begin{vmatrix} 2 & 3 & 5 \\ -1 & 2 & 4 \\ -2 & 4 & 8 \end{vmatrix}$;

(2) $\begin{vmatrix} 103 & 100 & 204 \\ 199 & 200 & 395 \\ 301 & 300 & 600 \end{vmatrix}$;

(3) $\begin{vmatrix} a & 1 & 0 & 0 \\ -1 & b & 1 & 0 \\ 0 & -1 & c & 1 \\ 0 & 0 & -1 & d \end{vmatrix}$;

(4) $\begin{vmatrix} a & b & a+b \\ b & a+b & a \\ a+b & a & b \end{vmatrix}$.

【能力达标☆☆】

计算下列行列式.

(1) $\begin{vmatrix} 1 & 3 & 3 & 3 \\ 3 & 1 & 3 & 3 \\ 3 & 3 & 1 & 3 \\ 3 & 3 & 3 & 1 \end{vmatrix}$;

(2) $\begin{vmatrix} 1 & 2 & 3 & 4 \\ 2 & 3 & 4 & 1 \\ 3 & 4 & 1 & 2 \\ 4 & 1 & 2 & 3 \end{vmatrix}$.

【思维拓展☆☆☆】

1. 设 $\begin{vmatrix} x-1 & 0 & 1 \\ 0 & x-2 & 0 \\ 1 & 0 & x-1 \end{vmatrix} = 0$,求 x.

2. 用克拉默法则求解下列方程组:

(1) $\begin{cases} x_1+x_2+x_3+x_4=5, \\ x_1+2x_2-x_3+4x_4=-2, \\ 2x_1-3x_2-x_3-5x_4=-2, \\ 3x_1+x_2+2x_3+11x_4=0; \end{cases}$

(2) $\begin{cases} 2x_1+x_2-5x_3+x_4=8, \\ x_1-3x_2-6x_4=9, \\ 2x_2-x_3+2x_4=-5, \\ x_1+4x_2-7x_3+6x_4=0. \end{cases}$

教师寄语

埋头苦干是第一,发白才知智叟呆.勤能补拙是良训,一分辛苦一分才.

——华罗庚

我们学习了行列式的几个重要性质,理解并掌握了降阶法、化三角形法求行列式值的过程.这个过程也就是逐步降阶,化繁为简,通过不断地化零,降阶,直到最终求出行列式的值.与我们在现实生活中解决问题的过程如出一辙,无论多难的问题,只要我们勇敢面对,理清思路,明确方向,一步一步脚踏实地地去做,从小问题着手,带着思考解决问题,持之以恒,最终就能解决大问题.

1.5 项目二习题
拓展答案

项目三

矩阵概念与基本运算

1.6 项目三
知识目标
与重难点

 教学引入 ─────────────────────

【引例1】阅兵方队

2019年10月1日,为庆祝中华人民共和国成立70周年,北京天安门广场举行了盛大的阅兵仪式.在阅兵式上,70响礼炮响彻云霄,党旗、国旗、军旗迎风招展,气势磅礴的人民解放军徒步方队阔步走来,向世界宣告人民军队永远是中国共产党领导下的军队,永远是国家的捍卫者,永远是社会主义的捍卫者,永远是人民利益的捍卫者.

每个阅兵方队都是由多个独立军人组成的,如果把一个 40×50 方队中所有人的姓名列出来,再把这些姓名用符号表示,最后用括号括起来,就形成了如下矩形数表:

$$\begin{pmatrix} a_1^{(1)} & a_2^{(1)} & \cdots & a_{50}^{(1)} \\ a_1^{(2)} & a_2^{(2)} & \cdots & a_{50}^{(2)} \\ \vdots & \vdots & & \vdots \\ a_1^{(40)} & a_2^{(40)} & \cdots & a_{50}^{(40)} \end{pmatrix}.$$

为什么要研究这种矩形数表,我们来看几个实例.

【引例2】对某湖中不同大小和基因型组合的鱼的数目进行估计,结果如表1-2所示.

表 1-2

	基因型 aa	基因型 aA	基因型 AA
幼鱼	250	850	350
成年鱼	200	350	250

其实,我们用数表 $\begin{pmatrix} 250 & 850 & 350 \\ 200 & 350 & 250 \end{pmatrix}$ 就可以具体描述此湖中不同大小和基因型组合的鱼的情况.

在实际问题中,经常用数表的方式表示一些数据及其关系,如果上面的例子还看不出这种矩形数表的优势,下面再看一个例子

【引例 3】销售情况

某工厂生产的三种产品近两年来在三个主要销售地销售的产品数量(单位:t)如表 1-3 所示.

表 1-3

产品	2018 年			2019 年		
	地区 1	地区 2	地区 3	地区 1	地区 2	地区 3
产品 1	98	24	42	55	19	44
产品 2	39	15	22	43	53	38
产品 3	22	15	17	11	40	20

为了便于描述这家工厂三种产品 2018 年与 2019 年在三个主要销售地的销售情况和变化规律,我们可以将这两年的相关销售数据分别写成如下两个三行三列的矩形数表

$$\begin{pmatrix} 98 & 24 & 42 \\ 39 & 15 & 22 \\ 22 & 15 & 17 \end{pmatrix} 与 \begin{pmatrix} 55 & 19 & 44 \\ 43 & 53 & 38 \\ 11 & 40 & 20 \end{pmatrix}.$$

【引例 4】假设小红认识小英,小英不认识小红,小红认识小明,小红又认识小刚,小英认识小浩…… 这个复杂的人物关系如图 1-5 所示.

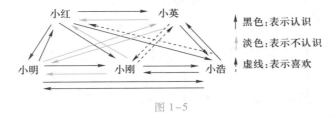

图 1-5

如果用数表就可以简明地表示为图 1-6:

起点＼终点	小红	小英	小明	小刚	小浩
小红	1	1	1	1	1
小英	2	1	2	3	1
小明	1	2	1	1	1
小刚	2	3	2	1	1
小浩	3	1	1	1	1

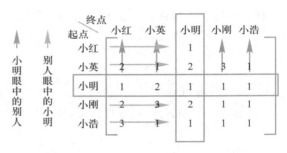

图 1-6

1 表示认识;2 表示不认识;3 代表喜欢

利用这种数表调查一个人的关系也很容易,比如我们调查一下小明,看看有谁认识他,看看他认识谁(图 1-7).

图 1-7

数学上把这种数表称为矩阵.

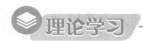

理论学习

一、矩阵的概念

1. 矩阵的定义

定义 1.6　矩阵的定义

由 $m\times n$ 个数排成的 m 行 n 列的矩形数表,记为:

$$\begin{pmatrix} a_{11} & a_{12} & \cdots & a_{1n} \\ a_{21} & a_{22} & \cdots & a_{2n} \\ \vdots & \vdots & & \vdots \\ a_{m1} & a_{m2} & \cdots & a_{mn} \end{pmatrix} \text{或} \begin{bmatrix} a_{11} & a_{12} & \cdots & a_{1n} \\ a_{21} & a_{22} & \cdots & a_{2n} \\ \vdots & \vdots & & \vdots \\ a_{m1} & a_{m2} & \cdots & a_{mn} \end{bmatrix}$$

称为 m 行 n 列矩阵,简称 $m\times n$ 阶矩阵,常用大写黑(粗)体字母 $\boldsymbol{A},\boldsymbol{B},\boldsymbol{C},\cdots$表示. 为了更清楚地表明矩阵的行数和列数,也用 $\boldsymbol{A}_{m\times n}$ 或 $\boldsymbol{A}=(a_{ij})_{m\times n}$ 表示一个 m 行 n 列的

矩阵,$a_{ij}(i=1,2,\cdots,m;j=1,2,\cdots,n)$表示矩阵$A$中位于第$i$行第$j$列的元素.

想一想

行列式和矩阵有什么区别呢?

> 注:矩阵和行列式是不相同的.矩阵是一个数表,而行列式是一个数,行列式的行数与列数必须相等,而矩阵的行数与列数可以不相等;行列式的记号是用两竖线框起来,而矩阵的记号是用括号括起来的(或圆括号或方括号).

2. 相等矩阵

定义 1.7　相等矩阵

两个矩阵的行数和列数分别相等时,就称它们是同型矩阵.

如果矩阵$A=(a_{ij})_{m\times n}$与$B=(b_{ij})_{m\times n}$是同型矩阵,且对应元素都相等,则称矩阵A与B相等,记作$A=B$.

【例 1☆】 设$A=\begin{pmatrix}4a & 5 \\ 7 & b-a\end{pmatrix}$,$B=\begin{pmatrix}8 & d \\ c & 7\end{pmatrix}$,如果$A=B$,求$a,b,c,d$.

解:由$A=B$,必有$\begin{cases}4a=8, \\ 5=d, \\ 7=c, \\ b-a=7,\end{cases}$解方程组得$\begin{cases}a=2, \\ b=9, \\ c=7, \\ d=5.\end{cases}$

【练 1☆】 设矩阵$A=\begin{pmatrix}1 & 2 & 5 \\ 1 & 4 & 7 \\ 1 & 0 & 5\end{pmatrix}$,$B=\begin{pmatrix}1 & 2 & 5 \\ 1 & 4 & 7 \\ a & 0 & b\end{pmatrix}$,若$A=B$,求$a,b$.

3. 特殊矩阵

(1)行矩阵、列矩阵

当$m=1$时,$A=(a_{11},a_{12},\cdots,a_{1n})_{1\times n}$,只有一行的矩阵$A$称为行矩阵.

当$n=1$时,$A=\begin{pmatrix}a_1 \\ a_2 \\ \vdots \\ a_m\end{pmatrix}_{m\times 1}$,只有一列的矩阵$A$称为列矩阵.

行矩阵和列矩阵也可分别称为行向量和列向量,统称为向量.向量一般用α,β,$\cdots$表示.

(2)零矩阵

所有元素都是零的矩阵称为零矩阵,记为$O_{m\times n}$或O.

例如,$O_{3\times 2}=\begin{pmatrix}0 & 0 \\ 0 & 0 \\ 0 & 0\end{pmatrix}$是 3 行 2 列的零矩阵.

注意:不同型的零矩阵是不相等的. 如 $\boldsymbol{O}_{2\times 3}=\begin{pmatrix} 0 & 0 & 0 \\ 0 & 0 & 0 \end{pmatrix}\neq \boldsymbol{O}_{3\times 2}$.

（3）方阵

当 $m=n$ 时,即行数与列数相等的矩阵 $\boldsymbol{A}$ 称为 n 阶方阵,即

$$\boldsymbol{A}=\begin{pmatrix} a_{11} & a_{12} & \cdots & a_{1n} \\ a_{21} & a_{22} & \cdots & a_{2n} \\ \vdots & \vdots & & \vdots \\ a_{n1} & a_{n2} & \cdots & a_{nn} \end{pmatrix}.$$

方阵中从左上角到右下角的直线称为方阵的主对角线,从右上角到左下角的直线称为方阵的次对角线. 元素 $a_{11},a_{22},\cdots,a_{nn}$ 称为主对角线上的元素.

（4）上（下）三角矩阵

若矩阵是方阵且主对角线以下（上）的元素全为零,则该方阵称为上（下）三角矩阵.

$$\boldsymbol{A}=\begin{pmatrix} a_{11} & a_{12} & \cdots & a_{1n} \\ 0 & a_{22} & \cdots & a_{2n} \\ \vdots & \vdots & \ddots & \vdots \\ 0 & 0 & \cdots & a_{nn} \end{pmatrix} 为上三角矩阵,$$

$$\boldsymbol{B}=\begin{pmatrix} b_{11} & 0 & \cdots & 0 \\ b_{21} & b_{22} & \cdots & 0 \\ \vdots & \vdots & \ddots & \vdots \\ b_{n1} & b_{n2} & \cdots & b_{nn} \end{pmatrix} 为下三角矩阵.$$

（5）对角矩阵

若矩阵是方阵且除了主对角线上的元素以外,其余元素全为零的矩阵称为对角矩阵. 即 $\boldsymbol{A}=\begin{pmatrix} a_{11} & 0 & \cdots & 0 \\ 0 & a_{22} & \cdots & 0 \\ \vdots & \vdots & & \vdots \\ 0 & 0 & \cdots & a_{nn} \end{pmatrix}.$

（6）单位矩阵

主对角线上元素全为 1 的 n 阶对角矩阵,称为 n 阶单位矩阵,记作 $\boldsymbol{E},\boldsymbol{E}_n,\boldsymbol{I}$ 或 $\boldsymbol{I}_n$.

如 $\boldsymbol{E}_2=\begin{pmatrix} 1 & 0 \\ 0 & 1 \end{pmatrix},\quad \boldsymbol{E}_3=\begin{pmatrix} 1 & 0 & 0 \\ 0 & 1 & 0 \\ 0 & 0 & 1 \end{pmatrix},\quad \boldsymbol{E}_n=\begin{pmatrix} 1 & 0 & \cdots & 0 \\ 0 & 1 & \cdots & 0 \\ \vdots & \vdots & & \vdots \\ 0 & 0 & \cdots & 1 \end{pmatrix},$

分别是 2 阶单位矩阵、3 阶单位矩阵和 n 阶单位矩阵.

二、矩阵的运算

1. 矩阵的加（减）法

定义 1.8　矩阵的加（减）法

设 $A = (a_{ij})_{m \times n}$ 与 $B = (b_{ij})_{m \times n}$ 均为 $m \times n$ 矩阵，A 和 B 中对应元素相加（减）所得到的新矩阵，称为矩阵 A 与 B 的和（差），记作 $A \pm B$，即

$$A \pm B = \begin{pmatrix} a_{11} \pm b_{11} & a_{12} \pm b_{12} & \cdots & a_{1n} \pm b_{1n} \\ a_{21} \pm b_{21} & a_{22} \pm b_{22} & \cdots & a_{2n} \pm b_{2n} \\ \vdots & \vdots & & \vdots \\ a_{m1} \pm b_{m1} & a_{m2} \pm b_{m2} & \cdots & a_{mn} \pm b_{mn} \end{pmatrix}.$$

矩阵加法满足下列运算律

（1）交换律：$A + B = B + A$；

（2）结合律：$(A + B) + C = A + (B + C)$.

注意：只有同型的两个矩阵才能进行矩阵的加（减）法运算.

【例 2☆】设 $A = \begin{pmatrix} 3 & -1 \\ 5 & 0 \\ 3 & 2 \end{pmatrix}$，$B = \begin{pmatrix} 2 & 4 \\ -7 & 1 \\ 8 & -2 \end{pmatrix}$，求 $A + B$，$A - B$.

解：$A + B = \begin{pmatrix} 3 & -1 \\ 5 & 0 \\ 3 & 2 \end{pmatrix} + \begin{pmatrix} 2 & 4 \\ -7 & 1 \\ 8 & -2 \end{pmatrix} = \begin{pmatrix} 5 & 3 \\ -2 & 1 \\ 11 & 0 \end{pmatrix}$，

$A - B = \begin{pmatrix} 3 & -1 \\ 5 & 0 \\ 3 & 2 \end{pmatrix} - \begin{pmatrix} 2 & 4 \\ -7 & 1 \\ 8 & -2 \end{pmatrix} = \begin{pmatrix} 1 & -5 \\ 12 & -1 \\ -5 & 4 \end{pmatrix}$.

【练 2☆】设矩阵 $A = \begin{pmatrix} -1 & 3 & 5 \\ 6 & 4 & -8 \end{pmatrix}$，$B = \begin{pmatrix} 7 & 5 & 2 \\ -1 & 2 & 5 \end{pmatrix}$，求 $A + B$ 和 $A - B$.

2. 数乘矩阵

定义 1.9　数乘矩阵

设 $A = (a_{ij})_{m \times n}$，$k$ 是任意的一个实数，用数 k 乘以矩阵 $A = (a_{ij})_{m \times n}$ 的所有元素得到的新矩阵，称为 A 的数乘矩阵，记作 kA，即

$$kA = \begin{pmatrix} ka_{11} & ka_{12} & \cdots & ka_{1n} \\ ka_{21} & ka_{22} & \cdots & ka_{2n} \\ \vdots & \vdots & & \vdots \\ ka_{m1} & ka_{m2} & \cdots & ka_{mn} \end{pmatrix}.$$

想一想

数乘矩阵和数乘行列式有什么区别？

注：数乘行列式和数乘矩阵不同，数 k 乘一个行列式 D，是用数 k 乘行列式 D 中的某一行或某一列，而数 k 乘一个矩阵 A，是用数 k 去乘矩阵 A 中的每一个元素.

数乘矩阵满足下列运算律（A，B 均为 $m×n$ 矩阵，k，l 为常数）

（1）分配律：$k(A+B)=kA+kB$；$(k+l)A=kA+lA$.

（2）结合律：$(kl)A=k(lA)=l(kA)$.

【练3☆】设矩阵 $A=\begin{pmatrix} 3 & -2 \\ 5 & 0 \\ 1 & 6 \end{pmatrix}$，$B=\begin{pmatrix} 4 & -3 \\ 8 & 2 \\ -1 & 7 \end{pmatrix}$，求 $3A+2B$.

【例3☆☆】设 $A=\begin{pmatrix} 2 & 3 \\ -1 & 4 \end{pmatrix}$，$B=\begin{pmatrix} 3 & 0 \\ -2 & 1 \end{pmatrix}$，满足 $A+2X=3B$，求 X.

解：由 $A+2X=3B$，得

$$X=\frac{1}{2}(3B-A)=\frac{1}{2}\left[3\begin{pmatrix} 3 & 0 \\ -2 & 1 \end{pmatrix}-\begin{pmatrix} 2 & 3 \\ -1 & 4 \end{pmatrix}\right]$$

$$=\frac{1}{2}\left[\begin{pmatrix} 9 & 0 \\ -6 & 3 \end{pmatrix}-\begin{pmatrix} 2 & 3 \\ -1 & 4 \end{pmatrix}\right]$$

$$=\frac{1}{2}\begin{pmatrix} 7 & -3 \\ -5 & -1 \end{pmatrix}=\begin{pmatrix} \frac{7}{2} & -\frac{3}{2} \\ -\frac{5}{2} & -\frac{1}{2} \end{pmatrix}.$$

【练4☆】设矩阵 X 满足 $3X-\begin{pmatrix} 1 & -1 \\ 3 & -5 \end{pmatrix}=\begin{pmatrix} 5 & 1 \\ 0 & -1 \end{pmatrix}$，求矩阵 X.

3．矩阵的乘法

有三个水果生产基地，今年的水果产量和销售价格见表 1-4，如何求得各基地的年产值？

表 1-4

产地	水果产量			年产值/万元
	苹果/t	梨/t	桃/t	
基地 1	218	140	95	
基地 2	345	220	114	
基地 3	186	188	225	
每吨销价/万元	0.28	0.26	0.31	

分析　我们可将这些数据按所在位置表示成矩阵,根据需要建立矩阵间的运算规则,直接求出各信息数据.

$$\begin{pmatrix} 218 & 140 & 95 \\ 345 & 220 & 114 \\ 186 & 188 & 225 \end{pmatrix} \begin{pmatrix} 0.28 \\ 0.26 \\ 0.31 \end{pmatrix} = \begin{pmatrix} 218\times0.28+140\times0.26+95\times0.31 \\ 345\times0.28+220\times0.26+114\times0.31 \\ 186\times0.28+188\times0.26+225\times0.31 \end{pmatrix} = \begin{pmatrix} 126.89 \\ 189.14 \\ 170.71 \end{pmatrix} (万元).$$

三个基地的年产值分别为:126.89 万元、189.14 万元、170.71 万元.

这里采用的运算规则是:第一个矩阵中各行数据与第二个矩阵中列数据对应相乘再相加,此即为矩阵乘法运算.

定义 1.10　矩阵的乘法

设 $A = (a_{ij})_{m\times s}$,$B = (b_{ij})_{s\times n}$,称 $m\times n$ 阶矩阵 $C = (c_{ij})_{m\times n}$ 为矩阵 A 与 B 的乘积,记作 $C = AB = (a_{ij})_{m\times s}(b_{ij})_{s\times n} = (c_{ij})_{m\times n}$,它的元素 c_{ij} 是 A 的第 i 行元素与 B 的第 j 列元素对应的乘积之和,即

$$c_{ij} = a_{i1}b_{1j} + a_{i2}b_{2j} + \cdots + a_{is}b_{sj} = \sum_{k=1}^{s} a_{ik}b_{kj} \quad (i=1,2,\cdots,m;j=1,2,\cdots,n).$$

注:(1) 只有当左矩阵 A 的列数等于右矩阵 B 的行数时,AB 才有意义.

(2) 乘积矩阵 $C = AB$ 的行数等于左矩阵 A 的行数,列数等于右矩阵 B 的列数.

【例 4☆】设矩阵 $A = \begin{pmatrix} 2 & -1 \\ -4 & 0 \\ 3 & 5 \end{pmatrix}$,$B = \begin{pmatrix} 1 & -1 \\ 0 & 2 \end{pmatrix}$,计算 AB.

解:$AB = \begin{pmatrix} 2 & -1 \\ -4 & 0 \\ 3 & 5 \end{pmatrix} \begin{pmatrix} 1 & -1 \\ 0 & 2 \end{pmatrix}$

$$= \begin{pmatrix} 2\times1+(-1)\times0 & 2\times(-1)+(-1)\times2 \\ -4\times1+0\times0 & -4\times(-1)+0\times2 \\ 3\times1+5\times0 & 3\times(-1)+5\times2 \end{pmatrix} = \begin{pmatrix} 2 & -4 \\ -4 & 4 \\ 3 & 7 \end{pmatrix}.$$

【例 5☆☆】求下列矩阵 AB 与 BA 的值.

(1) $A = \begin{pmatrix} 1 \\ -1 \\ 2 \end{pmatrix}$,$B = (1 \quad -1 \quad 3)$;　　(2) $A = \begin{pmatrix} -1 & 2 \\ -2 & 1 \end{pmatrix}$,$B = \begin{pmatrix} 1 & 2 \\ 2 & 1 \end{pmatrix}$.

解:(1) $AB = \begin{pmatrix} 1 \\ -1 \\ 2 \end{pmatrix}(1 \quad -1 \quad 3) = \begin{pmatrix} 1 & -1 & 3 \\ -1 & 1 & -3 \\ 2 & -2 & 6 \end{pmatrix}$,

想一想

在例4中,能否计算 BA?

$$BA = \begin{pmatrix} 1 & -1 & 3 \end{pmatrix} \begin{pmatrix} 1 \\ -1 \\ 2 \end{pmatrix} = 1 \times 1 + (-1) \times (-1) + 3 \times 2 = 8.$$

（2）$AB = \begin{pmatrix} -1 & 2 \\ -2 & 1 \end{pmatrix} \begin{pmatrix} 1 & 2 \\ 2 & 1 \end{pmatrix} = \begin{pmatrix} 3 & 0 \\ 0 & -3 \end{pmatrix}$，

$$BA = \begin{pmatrix} 1 & 2 \\ 2 & 1 \end{pmatrix} \begin{pmatrix} -1 & 2 \\ -2 & 1 \end{pmatrix} = \begin{pmatrix} -5 & 4 \\ -4 & 5 \end{pmatrix}.$$

从上面两个例子看出：

（1）AB 有意义时，BA 不一定有意义.

（2）即使 AB 与 BA 都有意义，它们也不一定是同型矩阵.

（3）即使 AB 与 BA 都有意义，且是同型矩阵，AB 与 BA 也不一定相等.

因此，矩阵的乘法通常不满足交换律，即一般情况下 $AB \neq BA$.

特别，当 $AB = BA$ 时，称矩阵 A 与 B 可交换.

【练5☆】设矩阵 $A = \begin{pmatrix} 1 & -1 \\ -1 & 1 \end{pmatrix}$，$B = \begin{pmatrix} 1 & 1 \\ -1 & -1 \end{pmatrix}$，$C = \begin{pmatrix} 2 & 0 \\ 0 & -1 \end{pmatrix}$，求 AB，BA 及 AC.

【例6☆】设 $A = \begin{pmatrix} -1 & -1 \\ 1 & 1 \end{pmatrix}$，$B = \begin{pmatrix} 1 & -1 \\ -1 & 1 \end{pmatrix}$，求 AB.

解：$AB = \begin{pmatrix} -1 & -1 \\ 1 & 1 \end{pmatrix} \begin{pmatrix} 1 & -1 \\ -1 & 1 \end{pmatrix} = \begin{pmatrix} 0 & 0 \\ 0 & 0 \end{pmatrix}$.

结论：

（1）若 $AB = O$，不一定有 $A = O$ 或 $B = O$；

（2）即使 $A \neq O$ 且 $B \neq O$，也可能有 $AB = O$.

【例7☆】设 $A = \begin{pmatrix} 3 & 1 \\ 4 & 0 \end{pmatrix}$，$B = \begin{pmatrix} 2 & 1 \\ 4 & 0 \end{pmatrix}$，$C = \begin{pmatrix} 0 & 0 \\ 1 & 1 \end{pmatrix}$，求 AC，BC.

解：$AC = \begin{pmatrix} 3 & 1 \\ 4 & 0 \end{pmatrix} \begin{pmatrix} 0 & 0 \\ 1 & 1 \end{pmatrix} = \begin{pmatrix} 1 & 1 \\ 0 & 0 \end{pmatrix}$，$BC = \begin{pmatrix} 2 & 1 \\ 4 & 0 \end{pmatrix} \begin{pmatrix} 0 & 0 \\ 1 & 1 \end{pmatrix} = \begin{pmatrix} 1 & 1 \\ 0 & 0 \end{pmatrix}$.

结论：在一般情况下，矩阵乘法不满足消去律，即不能由 $AC = BC$ 消去 C，推出 $A = B$.

【练6☆】设矩阵 $A = \begin{pmatrix} a_{11} & a_{12} \\ a_{21} & a_{21} \end{pmatrix}$，$E = \begin{pmatrix} 1 & 0 \\ 0 & 1 \end{pmatrix}$，求 AE，EA.

可以发现，任何矩阵与单位阵相乘，不仅可以交换，而且乘积等于本身，所以单位矩阵是一个很重要的矩阵，相当于实数中的"1".

矩阵乘法满足下列运算规则：

（1）乘法结合律$(AB)C=A(BC)$.

（2）左乘分配律　$A(B+C)=AB+AC$；

　　　右乘分配律$(B+C)A=BA+CA$.

（3）数乘结合律　$k(AB)=(kA)B=A(kB)$，其中k是一个常数.

4. 方阵的幂

据矩阵乘法的定义，我们规定方阵A的k次幂为

$$A^0=E,\quad A^k=\underbrace{AAA\cdots A}_{k}\quad（k\text{为正整数}）.$$

方阵的幂满足以下运算规律（假设运算都是可行的）：

（1）$A^mA^n=A^{m+n}(m,n\text{是非负整数})$；

（2）$(A^m)^n=A^{mn}$.

【例8☆☆】求$\begin{pmatrix}3&2\\-4&-3\end{pmatrix}^5$.

解：因为$\begin{pmatrix}3&2\\-4&-3\end{pmatrix}^2=\begin{pmatrix}3&2\\-4&-3\end{pmatrix}\begin{pmatrix}3&2\\-4&-3\end{pmatrix}=\begin{pmatrix}1&0\\0&1\end{pmatrix}=E_2$，

所以$\begin{pmatrix}3&2\\-4&-3\end{pmatrix}^5=\begin{pmatrix}3&2\\-4&-3\end{pmatrix}^2\begin{pmatrix}3&2\\-4&-3\end{pmatrix}^2\begin{pmatrix}3&2\\-4&-3\end{pmatrix}=\begin{pmatrix}3&2\\-4&-3\end{pmatrix}$.

5. 矩阵的转置

定义 1.11　转置矩阵

将一个$m\times n$矩阵

$$A=\begin{pmatrix}a_{11}&a_{12}&\cdots&a_{1n}\\a_{21}&a_{22}&\cdots&a_{2n}\\\vdots&\vdots&&\vdots\\a_{m1}&a_{m2}&\cdots&a_{mn}\end{pmatrix}_{m\times n}$$

的行与相应的列依次互换位置，得到的$n\times m$矩阵，称为A的转置矩阵，记作A^T或A'，即

$$A^T=\begin{pmatrix}a_{11}&a_{21}&\cdots&a_{m1}\\a_{12}&a_{22}&\cdots&a_{m2}\\\vdots&\vdots&&\vdots\\a_{1n}&a_{2n}&\cdots&a_{mn}\end{pmatrix}_{n\times m}.$$

如，$A=\begin{pmatrix}1&2&2\\4&5&8\end{pmatrix}$，$A^T=\begin{pmatrix}1&4\\2&5\\2&8\end{pmatrix}$.

矩阵的转置满足下列运算规则：

（1）$(A^{\mathrm{T}})^{\mathrm{T}}=A$；

（2）$(A+B)^{\mathrm{T}}=A^{\mathrm{T}}+B^{\mathrm{T}}$；

（3）$(kA)^{\mathrm{T}}=kA^{\mathrm{T}}$（$k$ 为实数）；

（4）$(AB)^{\mathrm{T}}=B^{\mathrm{T}}A^{\mathrm{T}}$.

【例 9 ☆☆】设矩阵 $A=\begin{pmatrix}0 & -1\\ 3 & 2\end{pmatrix}$，$B=\begin{pmatrix}1 & 7 & 2\\ 4 & 2 & 0\end{pmatrix}$，求 $(AB)^{\mathrm{T}}$.

解：法一　因为　$AB=\begin{pmatrix}0 & -1\\ 3 & 2\end{pmatrix}\begin{pmatrix}1 & 7 & 2\\ 4 & 2 & 0\end{pmatrix}=\begin{pmatrix}-4 & -2 & 0\\ 11 & 25 & 6\end{pmatrix}$，

所以 $(AB)^{\mathrm{T}}=\begin{pmatrix}-4 & 11\\ -2 & 25\\ 0 & 6\end{pmatrix}$.

法二　$(AB)^{\mathrm{T}}=B^{\mathrm{T}}A^{\mathrm{T}}=\begin{pmatrix}1 & 4\\ 7 & 2\\ 2 & 0\end{pmatrix}\begin{pmatrix}0 & 3\\ -1 & 2\end{pmatrix}=\begin{pmatrix}-4 & 11\\ -2 & 25\\ 0 & 6\end{pmatrix}$.

【练 7☆】设矩阵 $A=\begin{pmatrix}1 & -2\\ 3 & 0\\ 2 & 3\end{pmatrix}$，求矩阵 AA^{T}.

利用转置可得到对称矩阵和反对称矩阵的概念.

定义 1.12　对称矩阵、反对称矩阵

若 n 阶方阵 A，满足 $A^{\mathrm{T}}=A$，即 $a_{ij}=a_{ji}$（$i,j=1,2,\cdots,n$），则称 A 为对称矩阵.

若 n 阶方阵 A 满足 $A^{\mathrm{T}}=-A$，即 $a_{ij}=-a_{ji}$（$i,j=1,2,\cdots,n$），则称 A 为反对称矩阵.

例如，$A=\begin{pmatrix}1 & 4 & 5\\ 4 & 2 & 6\\ 5 & 6 & 3\end{pmatrix}$，$\begin{pmatrix}1 & 0 & -2\\ 0 & 3 & 5\\ -2 & 5 & 4\end{pmatrix}$ 是对称矩阵，$B=\begin{pmatrix}0 & -1\\ 1 & 0\end{pmatrix}$ 是反对称矩阵，

$C=\begin{pmatrix}1 & 4 & 5\\ 7 & 2 & 6\\ 8 & 9 & 3\end{pmatrix}$ 既不是对称矩阵也不是反对称矩阵.

三、方阵的行列式

定义 1.13　方阵的行列式

设 $A=(a_{ij})_{n\times n}$ 为 n 阶方阵，方阵 A 中元素 $a_{ij}(i,j=1,2,\cdots,n)$ 的位置保持不变所构成的行列式

$$\begin{vmatrix} a_{11} & a_{12} & \cdots & a_{1n} \\ a_{21} & a_{22} & \cdots & a_{2n} \\ \vdots & \vdots & & \vdots \\ a_{n1} & a_{n2} & \cdots & a_{nn} \end{vmatrix}$$

称为方阵 A 的行列式,记为 $|A|$.

注:方阵 A 与方阵 A 的行列式是两个不同的概念,前者是一张数表,而后者是一个数值.

设 A,B 为 n 阶方阵,显然方阵的行列式满足下列规律:

(1) $|A^T| = |A|$; (2) $|kA| = k^n|A|$; (3) $|AB| = |A||B|$.

【例 10 ☆☆】设 $A = \begin{pmatrix} 2 & 5 & -1 \\ 0 & -1 & 6 \\ 0 & 0 & 3 \end{pmatrix}$,$B = \begin{pmatrix} 7 & 0 & 0 \\ -3 & 2 & 0 \\ 9 & 8 & 1 \end{pmatrix}$,求 $|2A|$ 及 $|AB|$.

解:因为 A 和 B 为三阶行列式,可求得 $|A| = -6$,$|B| = 14$,而

$$2A = \begin{pmatrix} 4 & 10 & -2 \\ 0 & -2 & 12 \\ 0 & 0 & 6 \end{pmatrix},\ |2A| = -48,\ 即\ |2A| = 2^3|A|.$$

$$AB = \begin{pmatrix} 2 & 5 & -1 \\ 0 & -1 & 6 \\ 0 & 0 & 3 \end{pmatrix}\begin{pmatrix} 7 & 0 & 0 \\ -3 & 2 & 0 \\ 9 & 8 & 1 \end{pmatrix} = \begin{pmatrix} -10 & 2 & -1 \\ 57 & 46 & 6 \\ 27 & 24 & 3 \end{pmatrix}.$$

计算得 $|AB| = -84$,验证了 $|AB| = |A||B|$.

【练 8 ☆】设矩阵 $A = \begin{pmatrix} 4 & -6 & 9 \\ 1 & -2 & 2 \\ 0 & 0 & 1 \end{pmatrix}$,求 $|3A|$,$|A^5|$.

四、线性方程组的矩阵表示

定义 1.14 增广矩阵

一般地,对于含有 m 个方程 n 个未知数的 n 元线性方程组

$$\begin{cases} a_{11}x_1 + a_{12}x_2 + \cdots + a_{1n}x_n = b_1, \\ a_{21}x_1 + a_{22}x_2 + \cdots + a_{2n}x_n = b_2, \\ \cdots\cdots\cdots\cdots \\ a_{m1}x_1 + a_{m2}x_2 + \cdots + a_{mn}x_n = b_m, \end{cases} \tag{7}$$

记

$$A = \begin{pmatrix} a_{11} & a_{12} & \cdots & a_{1n} \\ a_{21} & a_{22} & \cdots & a_{2n} \\ \vdots & \vdots & & \vdots \\ a_{m1} & a_{m2} & \cdots & a_{mn} \end{pmatrix}, \quad B = \begin{pmatrix} b_1 \\ b_2 \\ \vdots \\ b_m \end{pmatrix}, \quad X = \begin{pmatrix} x_1 \\ x_2 \\ \vdots \\ x_n \end{pmatrix},$$

根据矩阵乘法的定义,线性方程组(7)可表示成矩阵方程形式

$$AX = B.$$

其中 A, B, X 分别称为系数矩阵、常数项矩阵和未知数矩阵.

将系数矩阵与常数项矩阵放在一起构成的矩阵

$$\widetilde{A} = (A \mid B) = \begin{pmatrix} a_{11} & a_{12} & \cdots & a_{1n} & b_1 \\ a_{21} & a_{22} & \cdots & a_{2n} & b_2 \\ \vdots & \vdots & & \vdots & \vdots \\ a_{m1} & a_{m2} & \cdots & a_{mn} & b_m \end{pmatrix}$$

称为方程组的增广矩阵,可记作 $\widetilde{A}$.

因为线性方程组是由它的系数和常数项决定的,所以任意一个线性方程组都有唯一的增广矩阵与之对应.

【例 11☆】用矩阵表示线性方程组 $\begin{cases} x+2y-3z=8, \\ 5y+2z=-4, \\ 2x+3z=-2, \end{cases}$ 并写出增广矩阵.

解:设

$$A = \begin{pmatrix} 1 & 2 & -3 \\ 0 & 5 & 2 \\ 2 & 0 & 3 \end{pmatrix}, \quad X = \begin{pmatrix} x \\ y \\ z \end{pmatrix}, \quad B = \begin{pmatrix} 8 \\ -4 \\ -2 \end{pmatrix},$$

则原方程组可简记为

$$AX = B,$$

其中

$$\widetilde{A} = \begin{pmatrix} 1 & 2 & -3 & 8 \\ 0 & 5 & 2 & -4 \\ 2 & 0 & 3 & -2 \end{pmatrix}.$$

【练 9☆】用矩阵表示线性方程组

$$\begin{cases} x_1+2x_2+3x_3=1, \\ 2x_1+2x_2+x_3=0, \\ 3x_1+4x_2+3x_3=-1. \end{cases}$$

【练10☆】写出以矩阵 $\widetilde{A} = \begin{pmatrix} 1 & 2 & 3 & 1 \\ -1 & 3 & -1 & 0 \\ 1 & 4 & -3 & -2 \\ -1 & 1 & 4 & 3 \end{pmatrix}$ 为增广矩阵的线性方程组.

【例1 ☆☆】某个班级学习小组五名同学的两学期期末成绩与总评要求如表1-5,两学期成绩平均计算,利用矩阵及其运算用百分制评定每位同学总成绩.

表1-5

成绩		科目成绩						
		数学		英语		制图		平时考核
同学编号	同学1	92	88	88	90	90	92	98	90
	同学2	86	90	94	86	86	90	96	90
	同学3	82	88	86	84	98	83	90	94
	同学4	90	84	84	90	80	76	95	88
	同学5	94	96	78	88	85	86	95	92
考核比例		0.3		0.3		0.2		0.2

解:记

$$A = \begin{pmatrix} 92 & 88 & 90 & 98 \\ 86 & 94 & 86 & 96 \\ 82 & 86 & 98 & 90 \\ 90 & 84 & 80 & 95 \\ 94 & 78 & 85 & 95 \end{pmatrix}, B = \begin{pmatrix} 88 & 90 & 92 & 90 \\ 90 & 86 & 90 & 90 \\ 88 & 84 & 83 & 94 \\ 84 & 90 & 76 & 88 \\ 96 & 88 & 86 & 92 \end{pmatrix}, C = \begin{pmatrix} 0.3 \\ 0.3 \\ 0.2 \\ 0.2 \end{pmatrix},$$

则得每位同学总成绩: $\frac{1}{2}(A+B)C = \begin{pmatrix} 90.7 \\ 89.6 \\ 87.5 \\ 86.1 \\ 89.2 \end{pmatrix}$.

【例2☆☆】某工厂生产 A, B, C 三种产品,各种产品每件所需的生产成本估计值以及各个季度各种产品的生产件数由表1-6,表1-7分别给出:

表 1-6

名目	A	B	C
原材料	0.11	0.45	0.33
劳动力	0.20	0.33	0.24
管理费	0.20	0.10	0.12

表 1-7

产品	一	二	三	四
A	5 000	4 500	3 500	1 000
B	2 000	2 400	2 200	1 800
C	6 000	6 300	7 000	5 900

试给出一张表明各季度生产各类产品所需的各种成本的明细表.

解:借助矩阵记号,可将上述两张表格写成矩阵形式

$$F=\begin{pmatrix} 0.11 & 0.45 & 0.33 \\ 0.20 & 0.33 & 0.24 \\ 0.20 & 0.10 & 0.12 \end{pmatrix}, G=\begin{pmatrix} 5\,000 & 4\,500 & 3\,500 & 1\,000 \\ 2\,000 & 2\,400 & 2\,200 & 1\,800 \\ 6\,000 & 6\,300 & 7\,000 & 5\,900 \end{pmatrix}$$

$$\text{则}\ FG=\begin{matrix}\text{原材料}\\\text{劳动力}\\\text{管理费}\end{matrix}\begin{pmatrix} 3\,430 & 3\,654 & 3\,685 & 2\,867 \\ 3\,100 & 3\,204 & 3\,106 & 2\,210 \\ 1\,920 & 1\,896 & 1\,760 & 1\,088 \end{pmatrix}.$$

【例3☆☆】某商场电子柜台 2020 年 9 月的部分产品销量见表 1-8,求销售这几种产品的总收益.

表 1-8

价量\产品	单价/元	销量/个
快译典	1 200	180
硬盘	760	100
MP5	800	300

解:设用矩阵 $P=\begin{pmatrix}1\,200\\760\\800\end{pmatrix}$ 表示产品的单价,用矩阵 $Q=\begin{pmatrix}180\\100\\300\end{pmatrix}$ 表示销量,则这几

种产品的销售收益为 $R=(1\,200\ \ 760\ \ 800)\begin{pmatrix}180\\100\\300\end{pmatrix}=532\,000$(元).

【例4☆☆】多媒体技术中,彩色视频图像编码的过程是:首先把外部输入的 R,G,B 信号进行坐标变换,从 R,G,B 彩色空间变为 Y,U,V 彩色空间,其变换公式为

$$\begin{cases} Y=0.299R+0.587G+0.114B, \\ U=-0.169R-0.332G+0.5B, \\ V=0.5R-0.419G-0.081B, \end{cases}$$

将公式用矩阵乘法表示.

1.7 矩阵在图片存储与解析中的应用

解:

$$\begin{pmatrix} Y \\ U \\ V \end{pmatrix} = \begin{pmatrix} 0.299 & 0.587 & 0.114 \\ -0.169 & -0.332 & 0.500 \\ 0.500 & -0.419 & -0.081 \end{pmatrix} \begin{pmatrix} R \\ G \\ B \end{pmatrix}.$$

习题拓展

【基础过关☆】

1. 已知矩阵 $A=\begin{pmatrix} x & 0 & y \\ z & 1 & 4 \end{pmatrix}$, $B=\begin{pmatrix} 3 & 0 & -5 \\ -2 & 1 & 4 \end{pmatrix}$, 且 $A=B$, 求 x,y,z.

2. 已知矩阵 $A=\begin{pmatrix} 3 & 7 \\ 4 & 2 \\ -1 & 3 \end{pmatrix}$, $B=\begin{pmatrix} -1 & 3 \\ 0 & 1 \\ -2 & 4 \end{pmatrix}$,

(1) 求 $3A-5B$;   (2) $3X-2B=A$, 求 X.

3. 设 $A=\begin{pmatrix} 3 & 2 & -1 \\ 2 & -3 & 5 \end{pmatrix}$, $B=\begin{pmatrix} 1 & 3 \\ -5 & 4 \\ 3 & 6 \end{pmatrix}$, 求 AB 和 BA.

【能力达标☆☆】

1. 计算下列矩阵:

(1) $\begin{pmatrix} 1 \\ 2 \\ 3 \end{pmatrix}(1 \quad 2 \quad 3)$;   (2) $(1 \quad 2 \quad 3)\begin{pmatrix} 1 \\ 2 \\ 3 \end{pmatrix}$;

(3) $\begin{pmatrix} 1 & 0 & -1 & 2 \\ -1 & 1 & 3 & 0 \\ 0 & 5 & -1 & 4 \end{pmatrix}\begin{pmatrix} 0 & 3 & 4 \\ 1 & 2 & 1 \\ 3 & 1 & -1 \\ -1 & 2 & 1 \end{pmatrix}$; (4) $\begin{pmatrix} 1 & 2 & -1 & 1 \\ 3 & 2 & 0 & 2 \\ 4 & 0 & 2 & 1 \end{pmatrix}\begin{pmatrix} x_1 \\ x_2 \\ x_3 \\ x_4 \end{pmatrix}\begin{pmatrix} 0 & 3 & 4 \\ 1 & 2 & 1 \\ 3 & 1 & -1 \\ -1 & 2 & 1 \end{pmatrix}$.

2. 设 $A = \begin{pmatrix} 3 & 0 & 1 \\ 0 & 1 & 4 \end{pmatrix}$，$B = \begin{pmatrix} 1 & 2 \\ 3 & -4 \\ 1 & -1 \end{pmatrix}$，求 $|AB|$.

【思维拓展 ☆☆☆】

1. 设矩阵 $A = \begin{pmatrix} 1 & 0 & 0 \\ 0 & 2 & 0 \\ 0 & 0 & 3 \end{pmatrix}$，求 A^3.

2. 设 A，B 为 n 阶矩阵，且 A 为对称矩阵，证明 $B^{\mathrm{T}}AB$ 也是对称矩阵.

1.8　项目三
拓展习题
答案

教师寄语

　　很多看似复杂的问题或现象都可以用矩阵来简单地表示.生活中也需要用数学思维和方法去进行总结和提炼,在纷繁复杂的各种现象中练就透过现象看本质的本领;更需要练就用数学语言来描述和表达生活中的问题,用所学的数学知识去分析和解决实际问题的能力.

项目四

逆矩阵

1.9　项目四
知识目标
与重难点

教学引入

　　在密码信息传输中,矩阵运算的应用非常广泛,主要是编码和译码.所谓编码是将明文加上密钥加密成密文发送出去,而译码是将密文通过密钥解密成明文.由于两过程是相反的,因此矩阵的逆运算就发挥了较好的作用.一般通用的传递信息方法是先在 26 个英文字母与数字间建立一一对应关系,例如可以是:

$$
\begin{array}{cccc}
A & B & \cdots & Y & Z \\
\downarrow & \downarrow & & \downarrow & \downarrow \\
1 & 2 & \cdots & 25 & 26
\end{array}
$$

　　若要发出信息" I LOVE YOU",使用上述代码,则此信息码为"9,12,15,22,5,25,15,21",此种编码很容易被别人破译.我们可以利用矩阵乘法对明文" I LOVE YOU"进行加密,加密后进行传送,然后由合法用户进行解密,具体做法如下：

（1）选择一个可逆矩阵作为密钥矩阵，如选择

$$A = \begin{pmatrix} 1 & 0 & 1 \\ -1 & 1 & 0 \\ 0 & 1 & -1 \end{pmatrix},$$

将明文编码记为明文矩阵 $B = \begin{pmatrix} 9 & 22 & 15 \\ 12 & 5 & 21 \\ 15 & 25 & 0 \end{pmatrix}$（空格对应于 0）.

（2）利用矩阵乘法

$$AB = \begin{pmatrix} 1 & 0 & 1 \\ -1 & 1 & 0 \\ 0 & 1 & -1 \end{pmatrix} \begin{pmatrix} 9 & 22 & 15 \\ 12 & 5 & 21 \\ 15 & 25 & 0 \end{pmatrix} = \begin{pmatrix} 24 & 47 & 15 \\ 3 & -17 & 6 \\ -3 & -20 & 21 \end{pmatrix} = C$$

即可得到密文矩阵 C，将密文编码"24,3,-3,47,-17,-20,15,6,21"传输给用户.

（3）合法用户收到密文后可以利用矩阵 A 的逆矩阵进行解密.

什么是逆矩阵？如何求逆矩阵？合法用户如何得到"明码"？

理论学习

一、逆矩阵的概念

1. 逆矩阵的定义

在初等数学中，设 a,b 为两个非零常数，若 $ab = ba = 1$，则称数 a 与 b 互为倒数，a 的倒数也称之为 a 的逆，a 的倒数记为 $\frac{1}{a}$ 或 a^{-1}，对于矩阵我们亦有类似的概念.

如，设 $A = \begin{pmatrix} 1 & -1 \\ 1 & 1 \end{pmatrix}$，$B = \begin{pmatrix} 1/2 & 1/2 \\ -1/2 & 1/2 \end{pmatrix}$，由于 $\begin{pmatrix} 1 & -1 \\ 1 & 1 \end{pmatrix} \begin{pmatrix} 1/2 & 1/2 \\ -1/2 & 1/2 \end{pmatrix} = \begin{pmatrix} 1 & 0 \\ 0 & 1 \end{pmatrix}$，且

$$\begin{pmatrix} 1/2 & 1/2 \\ -1/2 & 1/2 \end{pmatrix} \begin{pmatrix} 1 & -1 \\ 1 & 1 \end{pmatrix} = \begin{pmatrix} 1 & 0 \\ 0 & 1 \end{pmatrix},$$

即有 $AB = BA = E$，由此可给出逆矩阵的定义.

定义 1.15　逆矩阵

对于 n 阶方阵 A，如果存在 n 阶方阵 B，使得 $AB = BA = E$，则称方阵 A 为可逆矩阵，方阵 B 称为 A 的逆矩阵，记作 A^{-1}，即 $B = A^{-1}$.

由定义知：

（1）单位矩阵 E 可逆，且 $E^{-1}=E$.

（2）如果方阵 A 是可逆矩阵，那么方阵 B 也是可逆矩阵，并且 A 与 B 互为逆阵，即 $B=A^{-1}$，$A=B^{-1}$.

（3）可逆方阵的行列式的值一定是非零的，方阵的逆矩阵是唯一的.

（4）并非任一矩阵都可逆.

【例 1 ☆】 设 $A=\begin{pmatrix} 1 & -3 \\ 0 & 1 \end{pmatrix}$，$B=\begin{pmatrix} 1 & 3 \\ 0 & 1 \end{pmatrix}$，判断 A 与 B 是否互为逆矩阵.

解：$AB=\begin{pmatrix} 1 & 0 \\ 0 & 1 \end{pmatrix}$，$BA=\begin{pmatrix} 1 & 0 \\ 0 & 1 \end{pmatrix}$，由定义知 A 与 B 互为逆矩阵.

2. 可逆矩阵的性质

设 A 和 B 为同阶可逆方阵，数 $k\neq 0$，则

（1）$(A^{-1})^{-1}=A$；

（2）$(A^{\mathrm{T}})^{-1}=(A^{-1})^{\mathrm{T}}$；

（3）$(kA)^{-1}=\dfrac{1}{k}A^{-1}$；

（4）AB 可逆，且 $(AB)^{-1}=B^{-1}A^{-1}$.

二、逆矩阵的求法——伴随矩阵法

问题：在什么条件下矩阵 A 是可逆的？如果 A 可逆，怎样求 A^{-1}？

定义 1.16 伴随矩阵

由方阵 A 的行列式 $|A|$ 中各元素的代数余子式 A_{ij} 所构成的矩阵为：

$$A^*=\begin{pmatrix} A_{11} & A_{21} & \cdots & A_{n1} \\ A_{12} & A_{22} & \cdots & A_{n2} \\ \vdots & \vdots & & \vdots \\ A_{1n} & A_{2n} & \cdots & A_{nn} \end{pmatrix},$$

称为矩阵 A 的伴随矩阵

显然，A 的伴随矩阵 A^* 是将 $A=(a_{ij})_{n\times n}$ 中各元素换成相应的代数余子式再转置而来.

想一想

请同学们观察伴随矩阵的元素角标构成，能发现什么规律吗？

【例 2 ☆ ☆】 求方阵 $A=\begin{pmatrix} 1 & 0 & 1 \\ 2 & 1 & 0 \\ -3 & 2 & -5 \end{pmatrix}$ 的伴随矩阵.

解：按定义有：

$$A_{11}=\begin{vmatrix} 1 & 0 \\ 2 & -5 \end{vmatrix}=-5,\ A_{21}=-\begin{vmatrix} 0 & 1 \\ 2 & -5 \end{vmatrix}=2,\ A_{31}=\begin{vmatrix} 0 & 1 \\ 1 & 0 \end{vmatrix}=-1,$$

$$A_{12} = - \begin{vmatrix} 2 & 0 \\ -3 & -5 \end{vmatrix} = 10, A_{22} = \begin{vmatrix} 1 & 1 \\ -3 & -5 \end{vmatrix} = -2, A_{32} = - \begin{vmatrix} 1 & 1 \\ 2 & 0 \end{vmatrix} = 2,$$

$$A_{13} = \begin{vmatrix} 2 & 1 \\ -3 & 2 \end{vmatrix} = 7, A_{23} = - \begin{vmatrix} 1 & 0 \\ -3 & 2 \end{vmatrix} = -2, A_{33} = \begin{vmatrix} 1 & 0 \\ 2 & 1 \end{vmatrix} = 1.$$

故:$A^* = \begin{pmatrix} -5 & 2 & -1 \\ 10 & -2 & 2 \\ 7 & -2 & 1 \end{pmatrix}$.

【练1☆☆】求方阵 $A = \begin{pmatrix} -1 & 0 & 1 \\ 0 & 1 & 3 \\ 1 & 2 & 1 \end{pmatrix}$ 的伴随矩阵.

定理 1.3 n 阶方阵 A 可逆的充分必要条件是其行列式 $|A| \neq 0$,并且当 A 可逆时,有

$$A^{-1} = \frac{1}{|A|} A^*,$$

其中 A^* 是方阵 A 的伴随矩阵.

【例3☆☆】已知矩阵 $A = \begin{pmatrix} 1 & -2 & 1 \\ 2 & -3 & 1 \\ 3 & 1 & -3 \end{pmatrix}$,求

(1)矩阵 A 的伴随矩阵 A^*;(2)A^{-1}.

解:(1)

$$A_{11} = (-1)^{1+1} \begin{vmatrix} -3 & 1 \\ 1 & -3 \end{vmatrix} = 8, A_{21} = (-1)^{2+1} \begin{vmatrix} -2 & 1 \\ 1 & -3 \end{vmatrix} = -5, A_{31} = (-1)^{3+1} \begin{vmatrix} -2 & 1 \\ -3 & 1 \end{vmatrix} = 1,$$

$$A_{12} = (-1)^{1+2} \begin{vmatrix} 2 & 1 \\ 3 & -3 \end{vmatrix} = 9, A_{22} = (-1)^{2+2} \begin{vmatrix} 1 & 1 \\ 3 & -3 \end{vmatrix} = -6, A_{32} = (-1)^{3+2} \begin{vmatrix} 1 & 1 \\ 2 & 1 \end{vmatrix} = 1,$$

$$A_{13} = (-1)^{1+3} \begin{vmatrix} 2 & -3 \\ 3 & 1 \end{vmatrix} = 11, A_{23} = (-1)^{2+3} \begin{vmatrix} 1 & -2 \\ 3 & 1 \end{vmatrix} = -7, A_{33} = (-1)^{3+3} \begin{vmatrix} 1 & -2 \\ 2 & -3 \end{vmatrix} = 1.$$

故 A 的伴随矩阵为 $\quad\quad A^* = \begin{pmatrix} 8 & -5 & 1 \\ 9 & -6 & 1 \\ 11 & -7 & 1 \end{pmatrix}$.

(2)因为 $|A| = \begin{vmatrix} 1 & -2 & 1 \\ 2 & -3 & 1 \\ 3 & 1 & -3 \end{vmatrix} = 1 \neq 0$,所以

$$A^{-1} = \frac{1}{|A|} A^* = \begin{pmatrix} 8 & -5 & 1 \\ 9 & -6 & 1 \\ 11 & -7 & 1 \end{pmatrix}.$$

【练 2☆】设方阵 $A = \begin{pmatrix} 3 & 1 \\ 2 & -5 \end{pmatrix}$，问 A 是否可逆，如果可逆，求 A^{-1}.

【练 3☆☆】判断方阵 $A = \begin{pmatrix} 2 & 3 & 5 & 4 \\ 1 & -1 & 8 & 6 \\ -3 & 4 & 6 & -7 \\ 2 & 3 & 5 & 4 \end{pmatrix}$ 是否可逆.

三、逆矩阵的应用

1. 解矩阵方程

可以利用逆矩阵求解的矩阵方程有下列三种形式：

（1）$AX = B$，$|A| \neq 0 \Rightarrow X = A^{-1}B$.

（2）$XA = B$，$|A| \neq 0 \Rightarrow X = BA^{-1}$.

（3）$AXB = C$，$|A| \neq 0$ 且 $|B| \neq 0 \Rightarrow X = A^{-1}CB^{-1}$.

证明：对矩阵方程

$$AX = B,$$

当系数矩阵 A 可逆时，用 A^{-1} 左乘矩阵方程的两端，有

$$A^{-1}AX = A^{-1}B, 即 X = A^{-1}B (A^{-1}A = E).$$

同理，对于 $XA = B$，当系数矩阵 A 可逆时，用 A^{-1} 右乘矩阵方程的两端有 $X = BA^{-1}$　$(A^{-1}A = E)$.

对于 $AXB = C$，当系数矩阵 A，B 均可逆，则用 A^{-1} 左乘矩阵方程的两端，用 B^{-1} 右乘矩阵方程的两端得解

$$X = A^{-1}CB^{-1}(A^{-1}A = E, B^{-1}B = E).$$

【例 4☆】已知 $A = \begin{pmatrix} 1 & -2 & 1 \\ 2 & -3 & 1 \\ 3 & 1 & -3 \end{pmatrix}$，$B = \begin{pmatrix} 0 & 1 \\ -1 & 3 \\ 1 & 0 \end{pmatrix}$，求解矩阵方程 $AX = B$.

解：先求出 A^{-1}，利用例 3 结果得

$$A^{-1} = \begin{pmatrix} 8 & -5 & 1 \\ 9 & -6 & 1 \\ 11 & -7 & 1 \end{pmatrix},$$

用 A^{-1} 左乘矩阵方程 $AX = B$ 的两端得

$$X = A^{-1}B = \begin{pmatrix} 8 & -5 & 1 \\ 9 & -6 & 1 \\ 11 & -7 & 1 \end{pmatrix} \begin{pmatrix} 0 & 1 \\ -1 & 3 \\ 1 & 0 \end{pmatrix} = \begin{pmatrix} 6 & -7 \\ 7 & -9 \\ 8 & -10 \end{pmatrix}.$$

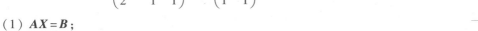

【例5☆☆】设 $A = \begin{pmatrix} 1 & -1 & 1 \\ 1 & 1 & 0 \\ 2 & 1 & 1 \end{pmatrix}$, $B = \begin{pmatrix} 1 & 0 \\ 0 & 2 \\ 1 & 1 \end{pmatrix}$, 解矩阵方程

（1） $AX = B$；

（2） $XA = B^{\mathrm{T}}$.

解：利用逆矩阵的计算方法可得

$$A^{-1} = \begin{vmatrix} 1 & 2 & -1 \\ -1 & -1 & 1 \\ -1 & -3 & 2 \end{vmatrix}.$$

（1）等式 $AX = B$ 的两端的左边同时乘以 A^{-1}，得

$$X = A^{-1}B = \begin{pmatrix} 1 & 2 & -1 \\ -1 & -1 & 1 \\ -1 & -3 & 2 \end{pmatrix}\begin{pmatrix} 1 & 0 \\ 0 & 2 \\ 1 & 1 \end{pmatrix} = \begin{pmatrix} 0 & 3 \\ 0 & -1 \\ 1 & -4 \end{pmatrix};$$

（2）等式 $XA = B^{\mathrm{T}}$ 的两端的右边同时乘以 A^{-1}，得

$$X = B^{\mathrm{T}}A^{-1} = \begin{pmatrix} 1 & 0 & 1 \\ 0 & 2 & 1 \end{pmatrix}\begin{pmatrix} 1 & 2 & -1 \\ -1 & -1 & 1 \\ -1 & -3 & 2 \end{pmatrix} = \begin{pmatrix} 0 & -1 & 1 \\ -3 & -5 & 4 \end{pmatrix}.$$

【练4☆☆】解矩阵方程 $\begin{pmatrix} 2 & 5 \\ 1 & 3 \end{pmatrix} X = \begin{pmatrix} 4 & -6 \\ 2 & 1 \end{pmatrix}$.

2. 解线性方程组

由前面的学习我们知道，含 n 个未知量 m 个方程的 n 元一次线性方程组

$$\begin{cases} a_{11}x_1 + a_{12}x_2 + \cdots + a_{1n}x_n = b_1, \\ a_{21}x_1 + a_{22}x_2 + \cdots + a_{2n}x_n = b_2, \\ \cdots\cdots\cdots\cdots \\ a_{m1}x_1 + a_{m2}x_2 + \cdots + a_{mn}x_n = b_m \end{cases}$$

用矩阵方程可以表示为 $AX = B$.

【例6☆☆】利用逆矩阵求解线性方程组

$$\begin{cases} 3x_1 + 7x_2 - 3x_3 = 2, \\ -2x_1 - 5x_2 + 2x_3 = 1, \\ -4x_1 - 10x_2 + 3x_3 = 3. \end{cases}$$

解：设

$$A = \begin{pmatrix} 3 & 7 & -3 \\ -2 & -5 & 2 \\ -4 & -10 & 3 \end{pmatrix}, B = \begin{pmatrix} 2 \\ 1 \\ 3 \end{pmatrix}, X = \begin{pmatrix} x_1 \\ x_2 \\ x_3 \end{pmatrix},$$

则此方程组可写成 $AX=B$,因 $|A|=1\neq0$,故矩阵 A 存在逆矩阵.

求出矩阵 A 的逆矩阵

$$A^{-1}=\begin{pmatrix} 5 & 9 & -1 \\ -2 & -3 & 0 \\ 0 & 2 & -1 \end{pmatrix}.$$

所以

$$X=A^{-1}B=\begin{pmatrix} 5 & 9 & -1 \\ -2 & -3 & 0 \\ 0 & 2 & -1 \end{pmatrix}\begin{pmatrix} 2 \\ 1 \\ 3 \end{pmatrix}=\begin{pmatrix} 16 \\ -7 \\ -1 \end{pmatrix},$$

故原方程组的解为 $x_1=16,x_2=-7,x_3=-1$.

【练5☆☆】求解线性方程组 $\begin{cases} x+2y-3z=8, \\ 5y+2z=-4, \\ 2x+3z=-2. \end{cases}$

实际应用

根据教学引入中介绍的利用矩阵在密码信息传输中进行加密和解密的方法,回答下面例题中的问题.

【例1☆☆】(解密算法)设加密密钥矩阵为:

$$A=\begin{pmatrix} -1 & -1 & 2 & 0 \\ 1 & 1 & -1 & 0 \\ 0 & 0 & -1 & 1 \\ 1 & 0 & 0 & -1 \end{pmatrix},$$

若用户收到的密文编码为: $-19,19,25,-21;0,18,-18,15;3,10,-8,3;-2,20,-7,$ 12,请问它传输了什么信息?

解:我们将密文编码按列向量排成密文矩阵为

$$C=\begin{pmatrix} -19 & 0 & 3 & -2 \\ 19 & 18 & 10 & 20 \\ 25 & -18 & -8 & -7 \\ -21 & 15 & 3 & 12 \end{pmatrix},$$

则明文矩阵

$$B=A^{-1}C=\begin{pmatrix} 1 & 1 & 1 & 1 \\ 0 & 1 & -1 & -1 \\ 1 & 1 & 0 & 0 \\ 1 & 1 & 1 & 0 \end{pmatrix}\begin{pmatrix} -19 & 0 & 3 & -2 \\ 19 & 18 & 10 & 20 \\ 25 & -18 & -8 & -7 \\ -21 & 15 & 3 & 12 \end{pmatrix}=\begin{pmatrix} 4 & 15 & 8 & 23 \\ 15 & 21 & 15 & 15 \\ 0 & 18 & 13 & 18 \\ 25 & 0 & 5 & 11 \end{pmatrix}$$

于是,得到相应传输的信息为:DO YOUR HOMEWORK(做作业).

同学们,动动脑筋,试试用这个方法传递你想传递的专属密文给你想传递的人.

 习题拓展 -

【基础过关☆】

1. 求下列矩阵的逆矩阵.

(1) $\begin{pmatrix} 1 & 2 \\ 2 & 5 \end{pmatrix}$;　　　　　(2) $\begin{pmatrix} \cos\theta & -\sin\theta \\ \sin\theta & \cos\theta \end{pmatrix}$;

(3) $\begin{pmatrix} 1 & 2 & 3 \\ 2 & 2 & 1 \\ 3 & 4 & 3 \end{pmatrix}$.

2. 用逆矩阵解下列矩阵方程 $\begin{pmatrix} 1 & -5 \\ -1 & 4 \end{pmatrix} X = \begin{pmatrix} 3 & 2 \\ 1 & 4 \end{pmatrix}$.

【能力达标☆☆】

1. 若 n 阶矩阵 A 满足方程 $A^2 + 2A + 3E = O$,求 A^{-1}.

2. 用逆矩阵解线性方程组

$$\begin{cases} x_1 + x_2 - x_3 = 2, \\ -2x_1 + x_2 + x_3 = 3, \\ x_1 + x_2 + x_3 = 6. \end{cases}$$

【思维拓展☆☆☆】

若要发送的信息是由两个单词组成,现有加密矩阵 $A = \begin{pmatrix} 1 & 2 & 1 \\ 2 & 1 & 1 \\ 0 & 2 & 1 \end{pmatrix}$,用矩阵乘

法对要发送的信息(明文)进行加密,变成"密文"后进行传送.若已知"密文"编码

为矩阵 $\begin{pmatrix} 21 & 64 & 65 & 21 \\ 30 & 57 & 40 & 42 \\ 12 & 49 & 65 & 0 \end{pmatrix}$,试求明文编码以及明文内容.

教师寄语

　　逆向思维,也称求异思维,能让我们从问题的对立面(反面)进行探索,让思维更发散,更多维,从而树立新思想,开拓新思路,创建新方法.这也告诉我们,要想找到对立、矛盾双方求同存异解决问题的最佳方法和思路就是换位思考,站在对方的立场、角度去思考问题,就能明确对方的优势和劣势,帮助我们更好地解决问题.

1.10　项目四
习题拓展答案

项目五

矩阵的初等变换

1.11　项目五
知识目标
与重难点

【引例 1】用消元法解线性方程组

$$\begin{cases} x_1+x_2+x_3=4, \\ 2x_1-x_2+x_3=2, \\ 3x_1+2x_2+2x_3=4. \end{cases}$$

解:

$$\begin{cases} x_1+x_2+x_3=4, \\ 2x_1-x_2+x_3=2, \\ 3x_1+2x_2+2x_3=4 \end{cases} \xrightarrow[(3)-3\times(1)]{(2)-2\times(1)} \begin{cases} x_1+x_2+x_3=4, \\ -3x_2-x_3=-6, \\ -x_2-x_3=-8 \end{cases}$$

$$\xrightarrow{(2)\leftrightarrow(3)} \begin{cases} x_1+x_2+x_3=4, \\ -x_2-x_3=-8, \\ -3x_2-x_3=-6 \end{cases} \xrightarrow{(3)-3\times(2)} \begin{cases} x_1+x_2+x_3=4, \\ -x_2-x_3=-8, \\ 2x_3=18 \end{cases} \longrightarrow \begin{cases} x_1=-4, \\ x_2=-1, \\ x_3=9. \end{cases}$$

可以看出,方程组在求解过程中,通常使用下面三种变换:

(1)互换变换:互换两个方程的位置;

(2)数乘变换:用一个非零数乘以某一个方程;

(3)倍加变换:将某一个方程乘以一个非零常数,加到另一个方程上去.

这三种变换称为方程组的初等变换,我们可以证明,线性方程组经过初等变换后其解不变.

还可以看出,每一次消元只是三个未知数的系数和常数项发生变化,未知数本身并没有改变,所以求解线性方程组只需考察未知数的系数和常数项构成的矩阵即可.消元法的求解过程就是一个矩阵的变化过程,我们称其为矩阵的初等变换.

理论学习

一、矩阵的初等变换

定义 1.17　矩阵的初等行变换

下列三种变换,称为矩阵的初等行变换.

(1) 交换两行(交换 i,j 两行,记作 $r_i \leftrightarrow r_j$);

(2) 以数 $k \neq 0$ 乘某一行中的所有元素(k 乘第 i 行,记作 kr_i);

(3) 把某一行的所有元素的 k 倍加到另一行的对应元素上(第 j 行的 k 倍加到第 i 行上,记作 $r_i + kr_j$ 或 $kr_j + r_i$.

如果将定义中对矩阵进行"行"的三种变换,改为对矩阵进行"列"的三种变换,则称为矩阵的初等列变换.矩阵的初等行变换和初等列变换统称为矩阵的初等变换.以后我们主要应用的是初等行变换.

定义 1.18　等价矩阵

如果方阵 A 经过有限次初等变换变成方阵 B,就称矩阵 A 与 B 等价,记作 $A \sim B$.

矩阵之间的等价关系具有下列性质

(1) 反身性　$A \sim A$;

(2) 对称性　若 $A \sim B$,则 $B \sim A$;

(3) 传递性　若 $A \sim B$, $B \sim C$,则 $A \sim C$.

如　$A = \begin{pmatrix} 1 & 2 & 3 \\ 2 & 3 & -5 \\ 4 & 7 & 1 \end{pmatrix} \xrightarrow[r_3-4r_1]{r_2-2r_1} \begin{pmatrix} 1 & 2 & 3 \\ 0 & -1 & -11 \\ 0 & -1 & -11 \end{pmatrix} \xrightarrow{r_3-r_2} \begin{pmatrix} 1 & 2 & 3 \\ 0 & -1 & -11 \\ 0 & 0 & 0 \end{pmatrix} = B,$

则 $A \sim B$.

【例1☆】用矩阵的初等行变换表示消元法求解引例1中的方程组的过程.

$$\begin{cases} x_1 + x_2 + x_3 = 4, \\ 2x_1 - x_2 + x_3 = 2, \\ 3x_1 + 2x_2 + 2x_3 = 4. \end{cases}$$

解: $\widetilde{A} = (A \mid B) = \begin{pmatrix} 1 & 1 & 1 & 4 \\ 2 & -1 & 1 & 2 \\ 3 & 2 & 2 & 4 \end{pmatrix} \xrightarrow[r_3-3r_1]{r_2-2r_1} \begin{pmatrix} 1 & 1 & 1 & 4 \\ 0 & -3 & -1 & -6 \\ 0 & -1 & -1 & -8 \end{pmatrix}$

$\xrightarrow{r_2 \leftrightarrow r_3} \begin{pmatrix} 1 & 1 & 1 & 4 \\ 0 & -1 & -1 & -8 \\ 0 & -3 & -1 & -6 \end{pmatrix} \xrightarrow{r_3-3r_2} \begin{pmatrix} 1 & 1 & 1 & 4 \\ 0 & -1 & -1 & -8 \\ 0 & 0 & 2 & 18 \end{pmatrix} \xrightarrow{\frac{1}{2}r_3} \begin{pmatrix} 1 & 1 & 1 & 4 \\ 0 & -1 & -1 & -8 \\ 0 & 0 & 1 & 9 \end{pmatrix}$

$\xrightarrow[r_1-r_3]{r_2+r_3} \begin{pmatrix} 1 & 1 & 0 & -5 \\ 0 & -1 & 0 & 1 \\ 0 & 0 & 1 & 9 \end{pmatrix} \xrightarrow[(-1)r_2]{r_1+r_2} \begin{pmatrix} 1 & 0 & 0 & -4 \\ 0 & 1 & 0 & -1 \\ 0 & 0 & 1 & 9 \end{pmatrix}.$

将上述矩阵还原成一个线性方程组,得原方程组的解:

$$\begin{cases} x_1 = -4, \\ x_2 = -1, \\ x_3 = 9. \end{cases}$$

二、阶梯形矩阵与简化阶梯形矩阵

为研究阶梯形矩阵与简化阶梯形矩阵,我们先给出零行与非零行的概念.

定义 1.19 零行 非零行

若矩阵中某行的元素全为 0,则称此行为零行. 若矩阵中某行的元素至少有一个不为 0,则称此行为非零行.

定义 1.20 阶梯形矩阵

满足以下两个条件的矩阵称为阶梯形矩阵.

(1)零行(若有零行存在)在矩阵的最下方;

(2)每一个非零行的首非零元所在列的下方元素全为零,且非零行的第一个非零元素的列标随着行标的递增而严格增大.

如: 矩阵 $\begin{pmatrix} 1 & 0 & 1 \\ 0 & 2 & 3 \\ 0 & 0 & -7 \end{pmatrix}$, $\begin{pmatrix} 5 & 8 & 0 & 9 & 12 \\ 0 & -1 & 4 & 3 & 1 \\ 0 & 0 & 0 & 7 & 13 \end{pmatrix}$, $\begin{pmatrix} 5 & 11 & 0 & 7 \\ 0 & -1 & 0 & 6 \\ 0 & 0 & 3 & 2 \\ 0 & 0 & 0 & 0 \end{pmatrix}$

都是阶梯形矩阵.

$\begin{pmatrix} 2 & 1 & 2 & 3 \\ 0 & 0 & 2 & 1 \\ 0 & 0 & 1 & 2 \end{pmatrix}$ 不是阶梯形矩阵.

【例 2 ☆】将矩阵 $A = \begin{pmatrix} 2 & 3 & 4 & 5 & 6 \\ 1 & 2 & 3 & 4 & 5 \\ 3 & 4 & 5 & 6 & 2 \end{pmatrix}$ 化成阶梯形矩阵.

解:$A = \begin{pmatrix} 2 & 3 & 4 & 5 & 6 \\ 1 & 2 & 3 & 4 & 5 \\ 3 & 4 & 5 & 6 & 2 \end{pmatrix} \xrightarrow{r_1 \leftrightarrow r_2} \begin{pmatrix} 1 & 2 & 3 & 4 & 5 \\ 2 & 3 & 4 & 5 & 6 \\ 3 & 4 & 5 & 6 & 2 \end{pmatrix}$

$\xrightarrow[r_3 - 3r_1]{r_2 - 2r_1} \begin{pmatrix} 1 & 2 & 3 & 4 & 5 \\ 0 & -1 & -2 & -3 & -4 \\ 0 & -2 & -4 & -6 & -13 \end{pmatrix} \xrightarrow{-r_2} \begin{pmatrix} 1 & 2 & 3 & 4 & 5 \\ 0 & 1 & 2 & 3 & 4 \\ 0 & -2 & -4 & -6 & -13 \end{pmatrix}$

$\xrightarrow{r_3 + 2r_2} \begin{pmatrix} 1 & 2 & 3 & 4 & 5 \\ 0 & 1 & 2 & 3 & 4 \\ 0 & 0 & 0 & 0 & -5 \end{pmatrix}.$

将一个矩阵 A 通过初等行变换化成阶梯形矩阵 B,称矩阵 B 为矩阵 A 的阶梯形矩阵. 一个矩阵的阶梯形矩阵不是唯一的,但是它们含有的非零行的行数是唯一的.

【练1☆☆】将矩阵 $A = \begin{pmatrix} 1 & 3 & -1 & -2 \\ 2 & -1 & 2 & 3 \\ 3 & 2 & 1 & 1 \\ 1 & -4 & 3 & 5 \end{pmatrix}$ 化为阶梯形矩阵.

定义 1.21 简化阶梯形矩阵

满足以下两个条件的阶梯形矩阵称为简化阶梯形矩阵

（1）各非零行的首非零元为 1;

（2）首非零元所在列除 1 以外其他元素全为零.

如:矩阵 $\begin{pmatrix} 1 & 0 & 0 & 3 \\ 0 & 1 & 0 & -6 \\ 0 & 0 & 1 & 9 \\ 0 & 0 & 0 & 0 \end{pmatrix}$, $\begin{pmatrix} 1 & 0 & 0 & 0 & 5 \\ 0 & 1 & 2 & 0 & 1 \\ 0 & 0 & 0 & 1 & 1 \\ 0 & 0 & 0 & 0 & 0 \end{pmatrix}$ 是简化阶梯形矩阵,

$\begin{pmatrix} 1 & 0 & 2 & 0 \\ 0 & 1 & 0 & 0 \\ 0 & 0 & 1 & 1 \\ 0 & 0 & 0 & 0 \end{pmatrix}$, $\begin{pmatrix} 1 & 0 & 0 & 0 & 0 \\ 0 & 1 & 4 & 1 & -1 \\ 0 & 0 & 0 & 1 & 1 \\ 0 & 0 & 0 & 0 & 1 \end{pmatrix}$ 不是简化阶梯形矩阵.

> **想一想**
>
> 你能将不是简化阶梯形的矩阵,通过矩阵行变换化为简化阶梯形的矩阵吗?

【练2☆】判断下列矩阵是不是行阶梯形矩阵.

（1）$\begin{pmatrix} 1 & 0 & -1 & 0 \\ 0 & 1 & -1 & 0 \\ 0 & 0 & 5 & 6 \\ 0 & 0 & 0 & 2 \end{pmatrix}$; 　　（2）$\begin{pmatrix} 0 & -1 & 2 \\ 3 & 0 & -4 \\ 1 & 3 & 0 \end{pmatrix}$; 　　（3）$\begin{pmatrix} 5 & -1 & 7 \\ 0 & 2 & 4 \\ 0 & 0 & 0 \end{pmatrix}$;

（4）$\begin{pmatrix} 2 & 0 & 0 & 1 \\ 0 & 1 & 0 & 1 \\ 0 & 1 & 0 & 0 \end{pmatrix}$; 　　（5）$\begin{pmatrix} 0 & 0 & 0 & 0 \\ 2 & 0 & 1 & 0 \\ 0 & 1 & 1 & 1 \end{pmatrix}$; 　　（6）$\begin{pmatrix} 4 & 6 & 5 & 1 \\ 0 & 0 & 2 & 3 \\ 0 & 0 & 0 & 0 \end{pmatrix}$.

【练3☆】判断下列矩阵是不是行简化阶梯形矩阵.

（1）$\begin{pmatrix} 0 & 1 & 0 & 1 \\ 0 & 0 & 1 & 1 \\ 0 & 0 & 0 & 0 \end{pmatrix}$; 　　（2）$\begin{pmatrix} 1 & 1 & 0 & 1 \\ 0 & 1 & 1 & 1 \\ 0 & 0 & 0 & 0 \end{pmatrix}$; 　　（3）$\begin{pmatrix} 1 & 0 & 0 & 1 \\ 0 & 1 & 0 & 1 \\ 0 & 1 & 1 & 1 \end{pmatrix}$;

（4）$\begin{pmatrix} 1 & 1 & 0 & 1 \\ 0 & 0 & 1 & 1 \\ 0 & 0 & 0 & 0 \end{pmatrix}$; 　　（5）$\begin{pmatrix} 1 & 0 & -1 & 0 \\ 0 & 1 & -1 & 0 \\ 0 & 0 & 0 & 2 \end{pmatrix}$.

【例 3 ☆☆】用矩阵的初等行变换将矩阵 $A = \begin{pmatrix} 3 & 2 & 9 & 6 \\ -1 & -3 & 4 & -17 \\ 1 & 4 & -7 & 3 \\ -1 & -4 & 7 & -3 \end{pmatrix}$ 分别化为行

阶梯形矩阵和简化阶梯形矩阵.

解：

$$A = \begin{pmatrix} 3 & 2 & 9 & 6 \\ -1 & -3 & 4 & -17 \\ 1 & 4 & -7 & 3 \\ -1 & -4 & 7 & -3 \end{pmatrix} \xrightarrow{r_1 \leftrightarrow r_3} \begin{pmatrix} 1 & 4 & -7 & 3 \\ -1 & -3 & 4 & -17 \\ 3 & 2 & 9 & 6 \\ -1 & -4 & 7 & -3 \end{pmatrix}$$

$$\xrightarrow[\substack{r_3 - 3r_1 \\ r_4 + r_1}]{r_2 + r_1} \begin{pmatrix} 1 & 4 & -7 & 3 \\ 0 & 1 & -3 & -14 \\ 0 & -10 & 30 & -3 \\ 0 & 0 & 0 & 0 \end{pmatrix} \xrightarrow{r_3 + 10r_2} \begin{pmatrix} 1 & 4 & -7 & 3 \\ 0 & 1 & -3 & -14 \\ 0 & 0 & 0 & -143 \\ 0 & 0 & 0 & 0 \end{pmatrix}$$

$$\xrightarrow{\left(-\frac{1}{143}\right)r_3} \begin{pmatrix} 1 & 4 & -7 & 3 \\ 0 & 1 & -3 & -14 \\ 0 & 0 & 0 & 1 \\ 0 & 0 & 0 & 0 \end{pmatrix} \xrightarrow[\substack{r_1 - 3r_3}]{r_2 + 14r_3} \begin{pmatrix} 1 & 4 & -7 & 0 \\ 0 & 1 & -3 & 0 \\ 0 & 0 & 0 & 1 \\ 0 & 0 & 0 & 0 \end{pmatrix} \xrightarrow{r_1 - 4r_2} \begin{pmatrix} 1 & 0 & 5 & 0 \\ 0 & 1 & -3 & 0 \\ 0 & 0 & 0 & 1 \\ 0 & 0 & 0 & 0 \end{pmatrix}.$$

【例 4 ☆☆】将矩阵 $A = \begin{pmatrix} 1 & 1 & 1 & 1 \\ 0 & 1 & 2 & 2 \\ 3 & 2 & -1 & 5 \\ 5 & 4 & 3 & 3 \end{pmatrix}$ 化为简化阶梯形矩阵.

解：$A = \begin{pmatrix} 1 & 1 & 1 & 1 \\ 0 & 1 & 2 & 2 \\ 3 & 2 & -1 & 5 \\ 5 & 4 & 3 & 3 \end{pmatrix} \xrightarrow[\substack{r_4 - 5r_1}]{r_3 - 3r_1} \begin{pmatrix} 1 & 1 & 1 & 1 \\ 0 & 1 & 2 & 2 \\ 0 & -1 & -4 & 2 \\ 0 & -1 & -2 & -2 \end{pmatrix}$

$$\xrightarrow[\substack{r_3 + r_2 \\ r_4 + r_2}]{r_1 - r_2} \begin{pmatrix} 1 & 0 & -1 & -1 \\ 0 & 1 & 2 & 2 \\ 0 & 0 & -2 & 4 \\ 0 & 0 & 0 & 0 \end{pmatrix} \xrightarrow{-\frac{1}{2}r_3} \begin{pmatrix} 1 & 0 & -1 & -1 \\ 0 & 1 & 2 & 2 \\ 0 & 0 & 1 & -1 \\ 0 & 0 & 0 & 0 \end{pmatrix} \xrightarrow[\substack{r_2 - 2r_3}]{r_1 + r_3} \begin{pmatrix} 1 & 0 & 0 & -2 \\ 0 & 1 & 0 & 4 \\ 0 & 0 & 1 & -1 \\ 0 & 0 & 0 & 0 \end{pmatrix}.$$

定理 1.4　任意非零矩阵经过若干次初等行变换后都能化成同型阶梯形矩阵和同型简化阶梯形矩阵.

注：矩阵 A 的行阶梯形矩阵通常不是唯一的,但 A 的简化阶梯形矩阵是唯一的.

【练 4☆☆】将矩阵 $A = \begin{pmatrix} 0 & 2 & -1 \\ 1 & 1 & 2 \\ -1 & -1 & -1 \end{pmatrix}$ 化为简化阶梯形矩阵.

【练 5☆☆】用矩阵的初等行变换将矩阵 $A = \begin{pmatrix} 1 & 6 & 1 \\ 0 & 2 & 5 \\ 4 & 2 & -3 \end{pmatrix}$ 化为简化阶梯形

矩阵.

三、用初等变换求逆矩阵

我们可以证明:对可逆矩阵 A 与同阶的单位矩阵 E 作相同的初等行(或列)变换,如果矩阵 A 变换为 E,则 E 就变换为 A^{-1}.因此,用初等行变换求矩阵 A 的逆矩阵时,只需在矩阵 A 的右边添上一个同阶的单位矩阵构成一个新矩阵 $(A \vdots E)$,则用初等行变换将 $(A \vdots E)$ 中的 A 变换为 E 的同时,E 就变换为 A^{-1},即

$$(A \vdots E) \xrightarrow{\text{初等行变换}} (E \vdots A^{-1}).$$

定理 1.5 如果 A 为可逆矩阵,则经过有限次初等行变换可将它化为同阶单位矩阵.

用初等变换求 n 阶方阵 A 的逆矩阵的方法:

(1) 构造 $n \times 2n$ 阶矩阵 $(A \vdots E)$.

(2) 对矩阵 $(A \vdots E)$ 施以初等行变换,当将矩阵 A 化为单位矩阵 E 时,则其中的单位矩阵 E 就化为 A^{-1},即

$$(A \vdots E) \xrightarrow{\text{初等行变换}} (E \vdots A^{-1}).$$

【例 5☆☆】设 $A = \begin{pmatrix} 1 & 2 & 3 \\ 2 & 2 & 1 \\ 3 & 4 & 3 \end{pmatrix}$,求 A^{-1}.

解:$(A \vdots E) = \begin{pmatrix} 1 & 2 & 3 & \vdots & 1 & 0 & 0 \\ 2 & 2 & 1 & \vdots & 0 & 1 & 0 \\ 3 & 4 & 3 & \vdots & 0 & 0 & 1 \end{pmatrix} \xrightarrow[r_3-3r_1]{r_2-2r_1} \begin{pmatrix} 1 & 2 & 3 & \vdots & 1 & 0 & 0 \\ 0 & -2 & -5 & \vdots & -2 & 1 & 0 \\ 0 & -2 & -6 & \vdots & -3 & 0 & 1 \end{pmatrix}$

$\xrightarrow[r_3-r_2]{r_1+r_2} \begin{pmatrix} 1 & 0 & -2 & \vdots & -1 & 1 & 0 \\ 0 & -2 & -5 & \vdots & -2 & 1 & 0 \\ 0 & 0 & -1 & \vdots & -1 & -1 & 1 \end{pmatrix} \xrightarrow[r_2-5r_3]{r_1-2r_3} \begin{pmatrix} 1 & 0 & 0 & \vdots & 1 & 3 & -2 \\ 0 & -2 & 0 & \vdots & 3 & 6 & -5 \\ 0 & 0 & -1 & \vdots & -1 & -1 & 1 \end{pmatrix}$

$\xrightarrow[(-1)r_3]{\left(-\frac{1}{2}\right)r_2} \begin{pmatrix} 1 & 0 & 0 & \vdots & 1 & 3 & -2 \\ 0 & 1 & 0 & \vdots & -3/2 & -3 & 5/2 \\ 0 & 0 & 1 & \vdots & 1 & 1 & -1 \end{pmatrix},$

所以
$$A^{-1} = \begin{pmatrix} 1 & 3 & -2 \\ -3/2 & -3 & 5/2 \\ 1 & 1 & -1 \end{pmatrix}.$$

【练6☆☆】设矩阵 $A = \begin{pmatrix} 1 & 3 & 3 \\ 1 & 4 & 3 \\ 1 & 3 & 4 \end{pmatrix}$，求其逆矩阵 A^{-1}.

四、用初等变换解矩阵方程

$$AX = B,$$
$$A^{-1}AX = A^{-1}B,$$
$$X = A^{-1}B.$$

$$(A \ \vdots \ B) \xrightarrow{\text{初等行变换}} (E \ \vdots \ A^{-1}B).$$

【例6☆☆】求解矩阵方程 $\begin{pmatrix} 0 & 1 & 2 \\ 1 & 1 & 4 \\ 2 & -1 & 0 \end{pmatrix} X = \begin{pmatrix} 1 & 1 \\ 0 & 1 \\ -1 & 0 \end{pmatrix}.$

解：$(A \ \vdots \ B) = \begin{pmatrix} 0 & 1 & 2 & \vdots & 1 & 1 \\ 1 & 1 & 4 & \vdots & 0 & 1 \\ 2 & -1 & 0 & \vdots & -1 & 0 \end{pmatrix} \xrightarrow{r_1 \leftrightarrow r_2} \begin{pmatrix} 1 & 1 & 4 & \vdots & 0 & 1 \\ 0 & 1 & 2 & \vdots & 1 & 1 \\ 2 & -1 & 0 & \vdots & -1 & 0 \end{pmatrix}$

$\xrightarrow{r_3 - 2r_1} \begin{pmatrix} 1 & 1 & 4 & \vdots & 0 & 1 \\ 0 & 1 & 2 & \vdots & 1 & 1 \\ 0 & -3 & -8 & \vdots & -1 & -2 \end{pmatrix} \xrightarrow[r_3 + 3r_2]{r_1 - r_2} \begin{pmatrix} 1 & 0 & 2 & \vdots & -1 & 0 \\ 0 & 1 & 2 & \vdots & 1 & 1 \\ 0 & 0 & -2 & \vdots & 2 & 1 \end{pmatrix}$

$\xrightarrow[\left(-\frac{1}{2}\right)r_3]{\substack{r_1 + r_3 \\ r_2 + r_3}} \begin{pmatrix} 1 & 0 & 0 & \vdots & 1 & 1 \\ 0 & 1 & 0 & \vdots & 3 & 2 \\ 0 & 0 & 1 & \vdots & -1 & -\dfrac{1}{2} \end{pmatrix},$

所以 $X = A^{-1}B = \begin{pmatrix} 1 & 1 \\ 3 & 2 \\ -1 & -\dfrac{1}{2} \end{pmatrix}.$

【练7☆☆】求解矩阵方程 $\begin{pmatrix} 1 & 2 & 3 \\ 2 & 2 & 1 \\ 3 & 4 & 3 \end{pmatrix} X = \begin{pmatrix} 2 & 5 \\ 3 & 1 \\ 4 & 3 \end{pmatrix}.$

五、用初等变换解线性方程组

利用初等行变换可以直接求线性方程组解的重要结论：

$$(A \,\vdots\, B) \xrightarrow{\text{初等行变换}} (E \,\vdots\, X).$$

具体做法是:(1)将线性方程组化为矩阵方程;

(2)利用重要结论求解矩阵方程.

【例7☆☆】求解线性方程组

$$\begin{cases} x+2y-3z=8, \\ 5y+2z=-4, \\ 2x+3z=-2. \end{cases}$$

解:将线性方程组简记为:

$$AX=B,$$

其中 $A=\begin{pmatrix} 1 & 2 & -3 \\ 0 & 5 & 2 \\ 2 & 0 & 3 \end{pmatrix}, X=\begin{pmatrix} x \\ y \\ z \end{pmatrix}, B=\begin{pmatrix} 8 \\ -4 \\ -2 \end{pmatrix}.$$

$$(A \,\vdots\, B)=\begin{pmatrix} 1 & 2 & -3 & \vdots & 8 \\ 0 & 5 & 2 & \vdots & -4 \\ 2 & 0 & 3 & \vdots & -2 \end{pmatrix} \xrightarrow{r_3-2r_1} \begin{pmatrix} 1 & 2 & -3 & \vdots & 8 \\ 0 & 5 & 2 & \vdots & -4 \\ 0 & -4 & 9 & \vdots & -18 \end{pmatrix} \xrightarrow{r_2+r_3} \begin{pmatrix} 1 & 2 & -3 & \vdots & 8 \\ 0 & 1 & 11 & \vdots & -22 \\ 0 & -4 & 9 & \vdots & -18 \end{pmatrix}$$

$$\xrightarrow[r_3+4r_2]{r_1-2r_2} \begin{pmatrix} 1 & 0 & -25 & \vdots & 52 \\ 0 & 1 & 11 & \vdots & -22 \\ 0 & 0 & 53 & \vdots & -106 \end{pmatrix} \xrightarrow{\frac{1}{53}r_3} \begin{pmatrix} 1 & 0 & -25 & \vdots & 52 \\ 0 & 1 & 11 & \vdots & -22 \\ 0 & 0 & 1 & \vdots & -2 \end{pmatrix} \xrightarrow[r_2-11r_3]{r_1+25r_3} \begin{pmatrix} 1 & 0 & 0 & \vdots & 2 \\ 0 & 1 & 0 & \vdots & 0 \\ 0 & 0 & 1 & \vdots & -2 \end{pmatrix},$$

$$X=A^{-1}B=\begin{pmatrix} x \\ y \\ z \end{pmatrix}=\begin{pmatrix} 2 \\ 0 \\ -2 \end{pmatrix}.$$

【练8☆☆】利用矩阵的初等变换求解方程组

$$\begin{cases} 3x_1+7x_2-3x_3=2, \\ -2x_1-5x_2+2x_3=1, \\ -4x_1-10x_2+3x_3=3. \end{cases}$$

习题拓展

【基础过关☆】

1.将下列矩阵化为简化阶梯形矩阵.

$$(1)\begin{pmatrix} 1 & -3 & 2 \\ -3 & 0 & 1 \\ 1 & 1 & -1 \end{pmatrix}; \qquad (2)\begin{pmatrix} 1 & 1 & 2 & 1 \\ 2 & -1 & 2 & 4 \\ 1 & -2 & 0 & 3 \\ 4 & 1 & 4 & 2 \end{pmatrix}.$$

2. 用初等变换法求逆矩阵.

$$(1)\begin{pmatrix} 1 & 0 & 0 \\ 1 & 2 & 0 \\ 1 & 2 & 3 \end{pmatrix};\qquad (2)\begin{pmatrix} 1 & 2 & -3 \\ 0 & 1 & 2 \\ 0 & 0 & 1 \end{pmatrix};\qquad (3)\begin{pmatrix} 0 & 1 & 1 \\ 1 & 1 & 2 \\ 2 & -1 & 0 \end{pmatrix}.$$

【能力达标☆☆】

1. 用初等变换求解矩阵方程 $\begin{pmatrix} 2 & 5 \\ 1 & 3 \end{pmatrix} X = \begin{pmatrix} 4 & -6 \\ 2 & 1 \end{pmatrix}$.

2. 用矩阵的初等行变换求解下列方程组

$$\begin{cases} x_1 + 2x_2 + 3x_3 = 1, \\ 2x_1 + 2x_2 + x_3 = 0, \\ 3x_1 + 4x_2 + 3x_3 = -1. \end{cases}$$

【思维拓展☆☆☆】

已知矩阵 $A = \begin{pmatrix} 1 & -1 & 0 \\ 0 & 1 & -1 \\ -1 & 0 & 1 \end{pmatrix}$,且满足 $AX = 2X + A$,求 X.

1.12　项目五
习题拓展答案

（教师寄语）

　　形变而质不变,变与不变,是相对和相辅相成的.我们认识事物,不仅要观其表象更要明其内里.每个矩阵经过一系列的初等变换,最终都能化成简化阶梯形矩阵.就如同人生,道路虽然曲折,但你追求的目标始终在那里,只要你一直坚持,始终朝着正确的方向前行,最后就一定能实现你的目标.

项目六

矩阵的秩

1.13　项目六
知识目标
与重难点

➡ 教学引入

　　《韩非子·内储说上》中"滥竽充数"的故事大家都耳熟能详."齐宣王使人吹竽,必三百人.南郭处士请为王吹竽,宣王说之,廪食以数百人.宣王死,湣王立.好一一听之,处士逃."故事中的南郭先生并无真实才学,300 人中真正会吹竽的只有

299 人,南郭先生是无用的,没有他也并不影响吹竽的效果.

讨论方程组

$$\begin{cases} x_1-2x_2+3x_3=5, \\ 2x_1-x_2+3x_3=1, \\ 4x_1-5x_2+9x_3=11. \end{cases}$$

观察方程组可得,第三个方程即为第一个方程乘以 2 与第二个方程相加的结果.所以本方程组虽然形式上有三个方程,但"真正起作用"的有效方程其实只有两个.一个线性方程组有效方程的个数将影响方程组的求解,所以我们需要研究方程组中有效方程的个数.

理论学习

一、矩阵秩的概念

1. 矩阵的 k 阶子式

定义 1.22 k 阶子式

在 $m \times n$ 阶矩阵 A 中,任取 k 行与 k 列($k \leq \min(m,n)$),位于这些行、列交叉点处的 k^2 个元素,保持它们在矩阵 A 中的位置不变得到的 k 阶行列式称为 A 的一个 k 阶子式.

【例 1 ☆】求矩阵 $A = \begin{pmatrix} 2 & -3 & 8 & 2 \\ 2 & 12 & -2 & 12 \\ 1 & 3 & 1 & 4 \end{pmatrix}$ 的一个二阶子式,所有的三阶子式.

解:取第 1,3 行与第 2,4 列交叉点处的 4 个元素保持原来的位置组成的二阶行列式就是 A 的一个二阶子式 $\begin{vmatrix} -3 & 2 \\ 3 & 4 \end{vmatrix} = -18$.

矩阵 A 的全部三阶子式为

$$\begin{vmatrix} 2 & -3 & 8 \\ 2 & 12 & -2 \\ 1 & 3 & 1 \end{vmatrix} = 0, \quad \begin{vmatrix} 2 & -3 & 2 \\ 2 & 12 & 12 \\ 1 & 3 & 4 \end{vmatrix} = 0,$$

$$\begin{vmatrix} 2 & 8 & 2 \\ 2 & -2 & 12 \\ 1 & 1 & 4 \end{vmatrix} = 0, \quad \begin{vmatrix} -3 & 8 & 2 \\ 12 & -2 & 12 \\ 3 & 1 & 4 \end{vmatrix} = 0.$$

想一想

矩阵的 r 阶子式是唯一的吗?如果不是,应该有多少个?

注:$m \times n$ 矩阵 A 的 k 阶子式共有 $C_m^k \cdot C_n^k$ 个,其中不为零的子式称为非零子式.

【练1☆】求矩阵 $\begin{pmatrix} 2 & -1 & 1 & 3 \\ 0 & 1 & -1 & 3 \\ 4 & 2 & -2 & 18 \end{pmatrix}$ 的一个二阶子式、一个三阶子式.

2. 矩阵的秩

定义 1.23　矩阵的秩

若矩阵 A 中有一个 r 阶子式不为零,而所有 $r+1$ 阶子式(若存在)全为零,则称矩阵 A 的秩为 r,记为 $r(A)=r$.

例 1 中,矩阵 A 的所有的三阶子式全部为 0,而有一个二阶子式不为 0,所以 A 的秩是 2,即 $r(A)=2$.

规定:零矩阵的秩为零,即 $r(O)=0$.

显然,$0 \leqslant r(A_{m \times n}) \leqslant \min(m,n)$,$r(A)=r(A^T)$.

【例2☆】求矩阵 $A = \begin{pmatrix} 1 & 3 & 0 & 5 & 4 \\ 0 & -1 & 0 & 7 & 3 \\ 7 & 0 & 5 & 3 & 5 \\ 2 & 6 & 0 & 10 & 8 \end{pmatrix}$ 的秩.

解:因为矩阵的第 1 行和第 4 行的元素对应成比例,因此任何 4 阶子式的值都为零.但有一个 3 阶子式

$$\begin{vmatrix} 1 & 3 & 0 \\ 0 & -1 & 0 \\ 7 & 0 & 5 \end{vmatrix} = -5 \neq 0,$$

于是 $r(A)=3$.

【练2☆】求矩阵 $A = \begin{pmatrix} 1 & -1 & 1 \\ 1 & 1 & 3 \\ 2 & 3 & 2 \end{pmatrix}$ 的秩.

【例3☆】求矩阵 $A = \begin{pmatrix} 2 & -1 & 0 & 4 & -3 \\ 0 & 0 & 3 & 1 & 2 \\ 0 & 0 & 0 & 4 & -3 \\ 0 & 0 & 0 & 0 & 0 \end{pmatrix}$ 的秩.

解:矩阵 A 是一个阶梯形矩阵,其非零行有 3 行,因此 A 的所有 4 阶子式为零,而以三个非零行的第一个非零元为对角元素的 3 阶行列式 $\begin{vmatrix} 2 & 0 & 4 \\ 0 & 3 & 1 \\ 0 & 0 & 4 \end{vmatrix}$ 是一个上三角行列式,它显然不为零,所以 $r(A)=3$.

按定义求矩阵的秩,对于低阶矩阵还是方便的,但对于高阶矩阵,要计算多个 k

阶子式就比较麻烦,且计算量较大.有没有更好的方法呢?

二、用初等变换求矩阵的秩

定义 1.24 满秩矩阵

设 A 为 n 阶方阵,若 $r(A)=n$,则称 A 为满秩矩阵,或非奇异矩阵,或非退化矩阵.

如:$\begin{pmatrix} 1 & 2 & 0 \\ 0 & 4 & 2 \\ 0 & 0 & -2 \end{pmatrix}$,$E_n = \begin{pmatrix} 1 & 0 & \cdots & 0 \\ 0 & 1 & \cdots & 0 \\ \vdots & \vdots & & \vdots \\ 0 & 0 & \cdots & 1 \end{pmatrix}$ 等都是满秩矩阵.

定理 1.6 任何满秩矩阵都能通过初等行变换化成同阶单位矩阵.

定理 1.7 初等变换不改变矩阵的秩.

即若 $A \xrightarrow{\text{初等变换}} B$,则 $r(A)=r(B)$.

利用初等行变换求矩阵的秩的方法:

$A \xrightarrow{\text{初等行变换}}$ 阶梯形矩阵 $B \Rightarrow r(A)=$ 矩阵 B 中非零行的行数.

据此定理,求矩阵的秩,只要把矩阵用初等行变换变成阶梯形矩阵,阶梯形矩阵中非零行的行数即是该矩阵的秩.

【例 4☆】用初等行变换求矩阵 $A = \begin{pmatrix} 1 & -2 & -1 & -2 & 2 \\ 4 & 1 & 2 & 1 & 3 \\ 2 & 5 & 4 & 5 & -1 \\ 1 & 1 & 1 & 2 & 4 \end{pmatrix}$ 的秩 $r(A)$.

解:对 A 实施初等变换,化为阶梯形矩阵

$$A \xrightarrow[\substack{r_3-2r_1 \\ r_4-r_1}]{\substack{r_2-4r_1}} \begin{pmatrix} 1 & -2 & -1 & -2 & 2 \\ 0 & 9 & 6 & 9 & -5 \\ 0 & 9 & 6 & 9 & -5 \\ 0 & 3 & 2 & 4 & 2 \end{pmatrix} \xrightarrow[\substack{r_4-\frac{1}{3}r_2}]{\substack{r_3-r_2}} \begin{pmatrix} 1 & -2 & -1 & -2 & 2 \\ 0 & 9 & 6 & 9 & -5 \\ 0 & 0 & 0 & 0 & 0 \\ 0 & 0 & 0 & 1 & \frac{11}{3} \end{pmatrix}$$

$$\xrightarrow{r_4 \leftrightarrow r_3} \begin{pmatrix} 1 & -2 & -1 & -2 & 2 \\ 0 & 9 & 6 & 9 & -5 \\ 0 & 0 & 0 & 1 & \frac{11}{3} \\ 0 & 0 & 0 & 0 & 0 \end{pmatrix},$$

所以 $r(A)=3$.

【例 5☆】已知方阵 $A = \begin{pmatrix} 1 & 2 & 4 \\ 2 & \lambda & 1 \\ 1 & 1 & 0 \end{pmatrix}$，问 λ 取何值时，$r(A) = 2$ 和 $r(A) = 3$.

解：对 A 进行初等变换，化为阶梯形矩阵

$$A = \begin{pmatrix} 1 & 2 & 4 \\ 2 & \lambda & 1 \\ 1 & 1 & 0 \end{pmatrix} \xrightarrow[r_3 - r_1]{r_2 - 2r_1} \begin{pmatrix} 1 & 2 & 4 \\ 0 & \lambda - 4 & -7 \\ 0 & -1 & -4 \end{pmatrix}$$

$$\xrightarrow{r_3 \leftrightarrow r_2} \begin{pmatrix} 1 & 2 & 4 \\ 0 & -1 & -4 \\ 0 & \lambda - 4 & -7 \end{pmatrix} \xrightarrow{r_3 + (\lambda - 4)r_2} \begin{pmatrix} 1 & 2 & 4 \\ 0 & -1 & -4 \\ 0 & 0 & -4\lambda + 9 \end{pmatrix}.$$

当 $-4\lambda + 9 = 0$，即 $\lambda = \dfrac{9}{4}$ 时，阶梯形矩阵的非零行数是 2，所以 $r(A) = 2$；

当 $-4\lambda + 9 \neq 0$，即 $\lambda \neq \dfrac{9}{4}$ 时，阶梯形矩阵的非零行数是 3，所以 $r(A) = 3$.

【练 3☆】求下列矩阵的秩：

$$A = \begin{pmatrix} 1 & 2 & -1 & 3 & 5 \\ -2 & -4 & 2 & -6 & -10 \end{pmatrix}, B = \begin{pmatrix} 1 & -2 & 3 & -1 \\ 3 & -1 & 5 & -3 \\ 2 & 1 & 2 & -2 \end{pmatrix}.$$

1.14　矩阵
的"秩"探源

习题拓展

【基础过关☆】

1. 已知 5 阶方阵 A 的行列式的值 $|A| = 2$，则方阵 A 的秩是多少？

2. 计算下列矩阵的秩：

$$(1) \begin{bmatrix} 1 & 3 & -2 & 2 \\ 0 & 2 & -1 & 3 \\ -2 & 0 & 1 & 5 \end{bmatrix};$$

$$(2) \begin{pmatrix} 0 & 0 & 0 & 1 \\ 1 & 1 & 0 & 1 \\ 2 & 2 & 0 & 1 \\ 1 & 1 & 0 & 0 \end{pmatrix}.$$

【能力达标☆☆】

1. 求下列矩阵的秩：

$$(1) \begin{pmatrix} 1 & 2 & 0 & 0 & 1 \\ 0 & 6 & 2 & 4 & 10 \\ 1 & 11 & 3 & 6 & 16 \\ 1 & -19 & -7 & -14 & -34 \end{pmatrix};$$

$$(2) \begin{pmatrix} 1 & -2 & -1 & 0 & 2 \\ -2 & 4 & 2 & 6 & -6 \\ 2 & -1 & 0 & 2 & 3 \\ 3 & 3 & 3 & 3 & 4 \end{pmatrix}.$$

2. 已知矩阵 $\boldsymbol{A} = \begin{pmatrix} 2 & -1 & -1 & 1 \\ 1 & 2 & -1 & -2 \\ 3 & 1 & -2 & k \end{pmatrix}$，若 $r(\boldsymbol{A}) = 2$，求 k 的值.

【思维拓展☆☆☆】

设 $\boldsymbol{A} = \begin{pmatrix} 1 & -1 & 1 & 2 \\ 3 & \lambda & -1 & 2 \\ 5 & 3 & \mu & 6 \end{pmatrix}$，已知 $r(\boldsymbol{A}) = 2$，求 μ 与 λ 的值.

1.15 项目六
习题拓展答案

项目七 线性方程组

1.16 线性方程
组知识目标
与重难点

▶ 教学引入

　　行车道上经常会出现塞车现象，在城市的车流高峰期尤为常见. 道路网中每条路、每个交叉路口的车流量调查是分析、评价及改善城市交通状况的基础. 根据实际车流量的信息设计流量控制方案，必要时设置单行线，以免大量车辆长时间堵车. 例如某区域单向行驶线路如图 1-8 所示，我们如何判断单行线是否设置合理，如何改动才更合理呢？

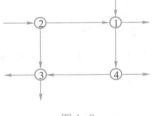

图 1-8

▣ 理论学习

一、线性方程组的概念

　　由 m 个 n 元线性方程组成的方程组的一般形式为

$$\begin{cases} a_{11}x_1 + a_{12}x_2 + \cdots + a_{1n}x_n = b_1, \\ a_{21}x_1 + a_{22}x_2 + \cdots + a_{2n}x_n = b_2, \\ \cdots\cdots\cdots\cdots \\ a_{m1}x_1 + a_{m2}x_2 + \cdots + a_{mn}x_n = b_m, \end{cases} \tag{7}$$

其中 $x_1,x_2,\cdots,x_n$ 代表 n 个未知量,m 是方程的个数,这里 n 与 m 不一定相等.

记系数矩阵 $\boldsymbol{A} = \begin{pmatrix} a_{11} & a_{12} & \cdots & a_{1n} \\ a_{21} & a_{22} & \cdots & a_{2n} \\ \vdots & \vdots & & \vdots \\ a_{m1} & a_{m2} & \cdots & a_{mn} \end{pmatrix}$,未知量矩阵 $\boldsymbol{X} = \begin{pmatrix} x_1 \\ x_2 \\ \vdots \\ x_n \end{pmatrix}$,常数项矩阵 $\boldsymbol{B} =$

$\begin{pmatrix} b_1 \\ b_2 \\ \vdots \\ b_m \end{pmatrix}$,则线性方程组可以表示成矩阵方程 $\boldsymbol{AX} = \boldsymbol{B}$ 的形式.

未知量的系数与常数项组成线性方程组(7)的增广矩阵

$$\widetilde{\boldsymbol{A}} = (\boldsymbol{A} \mid \boldsymbol{B}) = \begin{pmatrix} a_{11} & a_{12} & \cdots & a_{1n} & b_1 \\ a_{21} & a_{22} & \cdots & a_{2n} & b_2 \\ \vdots & \vdots & & \vdots & \vdots \\ a_{m1} & a_{m2} & \cdots & a_{mn} & b_m \end{pmatrix}.$$

线性方程组与增广矩阵的简化阶梯形矩阵 $\widetilde{\boldsymbol{A}} = (\boldsymbol{A} \mid \boldsymbol{B})$ 是一一对应的.

如矩阵 $\widetilde{\boldsymbol{A}} = \begin{pmatrix} 1 & 0 & 0 & 3 \\ 0 & 1 & 0 & 1 \\ 0 & 0 & 1 & -2 \end{pmatrix}$,对应于三元线性方程组的解为 $\begin{cases} x_1 = 3, \\ x_2 = 1, \\ x_3 = -2. \end{cases}$

定义 1.25　非齐次线性方程组、齐次线性方程组

对线性方程组(7),如果常数项 $b_1,b_2,\cdots,b_m$ 不全为零,则称它为非齐次线性方程组,形如

$$\begin{cases} a_{11}x_1 + a_{12}x_2 + \cdots + a_{1n}x_n = b_1, \\ a_{21}x_1 + a_{22}x_2 + \cdots + a_{2n}x_n = b_2, \\ \cdots\cdots\cdots\cdots \\ a_{m1}x_1 + a_{m2}x_2 + \cdots + a_{mn}x_n = b_m, \end{cases} \tag{7}$$

它的矩阵形式为 $\boldsymbol{AX} = \boldsymbol{B}$.

如果常数项 $b_1,b_2,\cdots,b_m$ 全为零,则称它为齐次线性方程组,形如

$$\begin{cases} a_{11}x_1 + a_{12}x_2 + \cdots + a_{1n}x_n = 0, \\ a_{21}x_1 + a_{22}x_2 + \cdots + a_{2n}x_n = 0, \\ \cdots\cdots\cdots\cdots \\ a_{m1}x_1 + a_{m2}x_2 + \cdots + a_{mn}x_n = 0, \end{cases} \tag{8}$$

它的矩阵形式为 $\boldsymbol{AX} = \boldsymbol{O}$.

定义 1.26　方程组的解

使方程组(7)成立的数 $k_1,k_2,\cdots,k_n$，称为线性方程组的解. 若 $k_1,k_2,\cdots,k_n$ 全为零，则称为方程组(8)的零解，否则称为非零解.

对于 n 元线性方程组，我们主要解决以下三个问题：

(1) 怎样判断一个线性方程组是否有解？

(2) 如果方程组有解，如何求它的解？

(3) 如果方程组的解不止一个，如何找出它的全部解？

二、线性方程组解的判定定理

定理 1.8　线性方程组解的判定定理

对于 n 元非齐次线性方程组 $AX=B$，

(1) 方程组 $AX=B$ 有解的充分必要条件是 $r(A)=r(A\vdots B)$，

当 $r(A)=r(A\vdots B)=n$ 时，方程组有唯一解；

当 $r(A)=r(A\vdots B)<n$ 时，方程组有无穷多个解.

(2) 若 $r(A)\neq r(A\vdots B)$，则方程组无解.

定理 1.9　齐次线性方程组解的判定定理

对于 n 元齐次线性方程组 $AX=O$，有 $r(A)\equiv r(A\vdots B)=r(A\vdots O)$，故齐次线性方程组总有解.

(1) 当 $r(A)=n$ 时，方程组 $AX=O$ 有唯一解(零解)，即 $x_1=x_2=\cdots=x_n=0$；

(2) 当 $r(A)<n$ 时，方程组 $AX=O$ 有无穷多个解(即有非零解).

【例 1☆】讨论线性方程组 $\begin{cases} x_1+x_2+x_3=1, \\ -x_1+2x_2-4x_3=2, \\ 2x_1+5x_2-x_3=3 \end{cases}$ 解的情况.

解：

$$(A\vdots B)=\begin{pmatrix} 1 & 1 & 1 & 1 \\ -1 & 2 & -4 & 2 \\ 2 & 5 & -1 & 3 \end{pmatrix} \xrightarrow[r_3-2r_1]{r_2+r_1} \begin{pmatrix} 1 & 1 & 1 & 1 \\ 0 & 3 & -3 & 3 \\ 0 & 3 & -3 & 1 \end{pmatrix} \xrightarrow{r_3-r_2} \begin{pmatrix} 1 & 1 & 1 & 1 \\ 0 & 3 & -3 & 3 \\ 0 & 0 & 0 & -2 \end{pmatrix},$$

因为 $r(A)=2\neq r(A\vdots B)=3$，所以原方程组无解.

【例 2☆】讨论线性方程组 $\begin{cases} x+2y+3z+4w=0, \\ x+y+2z+3w=0, \\ x+5y+z+2w=0, \\ x+5y+5z+2w=0 \end{cases}$ 解的情况.

解：$A=\begin{pmatrix} 1 & 2 & 3 & 4 \\ 1 & 1 & 2 & 3 \\ 1 & 5 & 1 & 2 \\ 1 & 5 & 5 & 2 \end{pmatrix} \xrightarrow[r_4-r_1]{\substack{r_2-r_1 \\ r_3-r_1}} \begin{pmatrix} 1 & 2 & 3 & 4 \\ 0 & -1 & -1 & -1 \\ 0 & 3 & -2 & -2 \\ 0 & 3 & 2 & -2 \end{pmatrix} \xrightarrow[r_4+3r_2]{r_3+3r_2} \begin{pmatrix} 1 & 2 & 3 & 4 \\ 0 & -1 & -1 & -1 \\ 0 & 0 & -5 & -5 \\ 0 & 0 & -1 & -5 \end{pmatrix}$

$$
\xrightarrow[\substack{(-1)r_2 \\ \left(-\frac{1}{5}\right)r_3 \\ (-1)r_4}]{}
\begin{pmatrix}
1 & 2 & 3 & 4 \\
0 & 1 & 1 & 1 \\
0 & 0 & 1 & 1 \\
0 & 0 & 1 & 5
\end{pmatrix}
\xrightarrow{r_4 - r_3}
\begin{pmatrix}
1 & 2 & 3 & 4 \\
0 & 1 & 1 & 1 \\
0 & 0 & 1 & 1 \\
0 & 0 & 0 & 4
\end{pmatrix},
$$

即：$r(A) = n = 4$.

由定理 1.9 知原方程只有零解，即 $x = y = z = w = 0$.

【练 1☆】判断线性方程组 $\begin{cases} x - 2y + 3z - w = 1, \\ 3x - y + 5z - 3w = 2, \\ 2x + y + 2z - 2w = 3 \end{cases}$ 是否有解.

【例 3☆☆】讨论 a, b 取何值时，下面线性方程组有解，并说明解的个数.

$$
\begin{cases}
x_1 + x_2 + x_3 + x_4 + x_5 = 1, \\
3x_1 + 2x_2 + x_3 + x_4 - 3x_5 = a, \\
x_2 + 2x_3 + 2x_4 + 6x_5 = 3, \\
5x_1 + 4x_2 + 3x_3 + 3x_4 - x_5 = b.
\end{cases}
$$

解：

$$
\widetilde{A} =
\begin{pmatrix}
1 & 1 & 1 & 1 & 1 & \vdots & 1 \\
3 & 2 & 1 & 1 & -3 & \vdots & a \\
0 & 1 & 2 & 2 & 6 & \vdots & 3 \\
5 & 4 & 3 & 3 & -1 & \vdots & b
\end{pmatrix}
\xrightarrow[r_4 - 5r_1]{r_2 - 3r_1}
\begin{pmatrix}
1 & 1 & 1 & 1 & 1 & \vdots & 1 \\
0 & -1 & -2 & -2 & -6 & \vdots & a-3 \\
0 & 1 & 2 & 2 & 6 & \vdots & 3 \\
0 & -1 & -2 & -2 & -6 & \vdots & b-5
\end{pmatrix}
$$

$$
\xrightarrow[r_4 - r_2]{r_3 + r_2}
\begin{pmatrix}
1 & 1 & 1 & 1 & 1 & \vdots & 1 \\
0 & -1 & -2 & -2 & -6 & \vdots & a-3 \\
0 & 0 & 0 & 0 & 0 & \vdots & a \\
0 & 0 & 0 & 0 & 0 & \vdots & b-a-2
\end{pmatrix}.
$$

因为 $r(A) = 2$，所以 $\begin{cases} a = 0, \\ b - a - 2 = 0, \end{cases}$ 解得 $\begin{cases} a = 0, \\ b = 2. \end{cases}$

即当 $a = 0, b = 2$ 时原方程组有解，又 $r(A) = 2 < 5$，所以原方程组有无穷多个解.

三、线性方程组的求解

1. 求齐次线性方程组的解

【例 4☆☆☆】解线性方程组 $\begin{cases} x_1 + x_2 - x_3 + x_4 = 0, \\ x_1 - x_2 + 2x_3 - x_4 = 0, \\ 3x_1 + x_2 + x_4 = 0. \end{cases}$

分析：对齐次线性方程组 $AX = O$，因常数项全部为零，为简便只需化简系数

矩阵.

解：① 将系数矩阵化为阶梯形矩阵，求出 $r(A)$，判断原方程有多少解.

$$A=\begin{pmatrix} 1 & 1 & -1 & 1 \\ 1 & -1 & 2 & -1 \\ 3 & 1 & 0 & 1 \end{pmatrix} \xrightarrow[r_3-3r_1]{r_2-r_1} \begin{pmatrix} 1 & 1 & -1 & 1 \\ 0 & -2 & 3 & -2 \\ 0 & -2 & 3 & -2 \end{pmatrix} \xrightarrow{r_3-r_2} \begin{pmatrix} 1 & 1 & -1 & 1 \\ 0 & -2 & 3 & -2 \\ 0 & 0 & 0 & 0 \end{pmatrix}$$

由此可以看出，$r(A)=2<n=4$，所以方程组有无穷多个解.

② 将系数矩阵化为简化阶梯形矩阵，确定原方程的同解方程；确定自由未知量的取值.

$$\begin{pmatrix} 1 & 1 & -1 & 1 \\ 0 & -2 & 3 & -2 \\ 0 & 0 & 0 & 0 \end{pmatrix} \xrightarrow[r_1-r_2]{-\frac{1}{2}r_2} \begin{pmatrix} 1 & 0 & \frac{1}{2} & 0 \\ 0 & 1 & -\frac{3}{2} & 1 \\ 0 & 0 & 0 & 0 \end{pmatrix}$$

得同解方程组 $\begin{cases} x_1=-\dfrac{x_3}{2}, \\ x_2=\dfrac{3}{2}x_3-x_4, \end{cases}$　x_3,x_4 为自由未知量.

③ 令 $x_3=C_1$，$x_4=C_2$，其中 $C_1,C_2\in\mathbf{R}$，得出原方程组的通解：

$$X=\begin{pmatrix} x_1 \\ x_2 \\ x_3 \\ x_4 \end{pmatrix} = \begin{pmatrix} -\dfrac{1}{2}C_1 \\ \dfrac{3}{2}C_1-C_2 \\ C_1 \\ C_2 \end{pmatrix} = \begin{pmatrix} -\dfrac{1}{2}C_1 \\ \dfrac{3}{2}C_1 \\ C_1 \\ 0 \end{pmatrix} + \begin{pmatrix} 0 \\ -C_2 \\ 0 \\ C_2 \end{pmatrix} = C_1\begin{pmatrix} -\dfrac{1}{2} \\ \dfrac{3}{2} \\ 1 \\ 0 \end{pmatrix} + C_2\begin{pmatrix} 0 \\ -1 \\ 0 \\ 1 \end{pmatrix},$$

其中 $C_1,C_2\in\mathbf{R}$.

【例 5☆☆☆】求解齐次线性方程组

$$\begin{cases} x-y-z+w=0, \\ x-y+z-3w=0, \\ x-y-2z+3w=0. \end{cases}$$

解：① 将系数矩阵化为阶梯形矩阵，求出 $r(A)$，判断原方程组有多少解.

$$A=\begin{pmatrix} 1 & -1 & -1 & 1 \\ 1 & -1 & 1 & -3 \\ 1 & -1 & -2 & 3 \end{pmatrix} \xrightarrow[r_3-r_1]{r_2-r_1} \begin{pmatrix} 1 & -1 & -1 & 1 \\ 0 & 0 & 2 & -4 \\ 0 & 0 & -1 & 2 \end{pmatrix} \xrightarrow{\frac{1}{2}r_2} \begin{pmatrix} 1 & -1 & -1 & 1 \\ 0 & 0 & 1 & -2 \\ 0 & 0 & -1 & 2 \end{pmatrix}$$

$$\xrightarrow{r_3+r_2}\begin{pmatrix}1 & -1 & -1 & 1\\0 & 0 & 1 & -2\\0 & 0 & 0 & 0\end{pmatrix},$$

$r(A)=2<n=4$,故原方程组有无穷多个解.

② 将系数矩阵化为简化阶梯形矩阵,确定原方程组的同解方程组;确定自由未知量的取值.

$$\begin{pmatrix}1 & -1 & -1 & 1\\0 & 0 & 1 & -2\\0 & 0 & 0 & 0\end{pmatrix}\xrightarrow{r_1+r_2}\begin{pmatrix}1 & -1 & 0 & -1\\0 & 0 & 1 & -2\\0 & 0 & 0 & 0\end{pmatrix},$$

得原方程组同解于

$$\begin{cases}x-y-w=0,\\z-2w=0,\end{cases}\text{即}\begin{cases}x=y+w,\\z=2w,\end{cases}y,w\text{ 为自由未知量}.$$

③ 令 $y=C_1$,$w=C_2$,其中 $C_1,C_2\in\mathbf{R}$,得出原方程组的通解:

$$X=\begin{pmatrix}x\\y\\z\\w\end{pmatrix}=\begin{pmatrix}C_1+C_2\\C_1\\2C_2\\C_2\end{pmatrix}=\begin{pmatrix}C_1\\C_1\\0\\0\end{pmatrix}+\begin{pmatrix}C_2\\0\\2C_2\\C_2\end{pmatrix}=C_1\begin{pmatrix}1\\1\\0\\0\end{pmatrix}+C_2\begin{pmatrix}1\\0\\2\\1\end{pmatrix}(C_1,C_2\in\mathbf{R}).$$

归纳起来求解齐次线性方程组解的步骤为:

① 将系数矩阵化为阶梯形矩阵,求出 $r(A)$,判断原方程组有多少解;

② 将系数矩阵化为简化阶梯形矩阵,确定原方程组的同解方程组;确定自由未知量的取值;

③ 得出原方程组的通解.

【练 2☆☆】解齐次线性方程组

$$\begin{cases}x_1+3x_2-5x_3-3x_4=0,\\3x_1+4x_2-x_3-2x_4=0,\\2x_1+x_2+4x_3+x_4=0,\\x_1+x_2-x_3-x_4=0.\end{cases}$$

2. 求非齐次线性方程组的解

【例 6☆☆】解线性方程组

$$\begin{cases}x_1-2x_2+3x_3=4,\\2x_1+x_2-3x_3=5,\\-x_1+2x_2+2x_3=6,\\3x_1-3x_2+2x_3=7.\end{cases}$$

解：① 将增广矩阵化为阶梯形矩阵，求出 $r(A)$，判断原方程组有多少解.

$$(A \vdots B)=\begin{pmatrix} 1 & -2 & 3 & 4 \\ 2 & 1 & -3 & 5 \\ -1 & 2 & 2 & 6 \\ 3 & -3 & 2 & 7 \end{pmatrix} \xrightarrow[\substack{r_3+r_1 \\ r_4-3r_1}]{r_2-2r_1} \begin{pmatrix} 1 & -2 & 3 & 4 \\ 0 & 5 & -9 & -3 \\ 0 & 0 & 5 & 10 \\ 0 & 3 & -7 & -5 \end{pmatrix}$$

$$\xrightarrow[\frac{1}{5}r_3]{r_2-2r_4} \begin{pmatrix} 1 & -2 & 3 & 4 \\ 0 & -1 & 5 & 7 \\ 0 & 0 & 1 & 2 \\ 0 & 3 & -7 & -5 \end{pmatrix} \xrightarrow[r_4+3r_2]{r_1-2r_2} \begin{pmatrix} 1 & 0 & -7 & -10 \\ 0 & -1 & 5 & 7 \\ 0 & 0 & 1 & 2 \\ 0 & 0 & 8 & 16 \end{pmatrix} \xrightarrow[r_4-8r_3]{-r_2} \begin{pmatrix} 1 & 0 & -7 & -10 \\ 0 & 1 & -5 & -7 \\ 0 & 0 & 1 & 2 \\ 0 & 0 & 0 & 0 \end{pmatrix}.$$

因为 $r(A)=r(A \vdots B)=3=n$，所以方程组有唯一解.

② 将增广矩阵化为简化阶梯形矩阵，确定原方程组的同解方程组.

$$\begin{pmatrix} 1 & 0 & -7 & -10 \\ 0 & 1 & -5 & -7 \\ 0 & 0 & 1 & 2 \\ 0 & 0 & 0 & 0 \end{pmatrix} \xrightarrow[r_2+5r_3]{r_1+7r_3} \begin{pmatrix} 1 & 0 & 0 & 4 \\ 0 & 1 & 0 & 3 \\ 0 & 0 & 1 & 2 \\ 0 & 0 & 0 & 0 \end{pmatrix}.$$

③ 得出原方程组的解为

$$\begin{cases} x_1=4, \\ x_2=3, \\ x_3=2. \end{cases}$$

【例 7☆☆】解线性方程组 $\begin{cases} x_1+x_2-x_3-3x_4=3, \\ x_1-x_3-x_4=1, \\ x_2-2x_4=2. \end{cases}$

解：① 将增广矩阵化为阶梯形矩阵，求出 $r(A)$，判断原方程组有多少解.

$$(A \vdots B)=\begin{pmatrix} 1 & 1 & -1 & -3 & 3 \\ 1 & 0 & -1 & -1 & 1 \\ 0 & 1 & 0 & -2 & 2 \end{pmatrix} \xrightarrow{r_2-r_1} \begin{pmatrix} 1 & 1 & -1 & -3 & 3 \\ 0 & -1 & 0 & 2 & -2 \\ 0 & 1 & 0 & -2 & 2 \end{pmatrix}$$

$$\xrightarrow[\substack{r_3+r_2 \\ -r_2}]{r_1+r_2} \begin{pmatrix} 1 & 0 & -1 & -1 & 1 \\ 0 & 1 & 0 & -2 & 2 \\ 0 & 0 & 0 & 0 & 0 \end{pmatrix}.$$

因为 $r(A)=r(A \vdots B)=2<n=4$，所以方程组有无穷多个解.

② 将增广矩阵化为简化阶梯形矩阵，确定原方程组的同解方程组；确定自由未知量的取值.

同解方程组为 $\begin{cases} x_1 = x_3 + x_4 + 1, \\ x_2 = 2x_4 + 2, \end{cases}$ x_3, x_4 为自由未知量.

③ 令 $x_3 = C_1, x_4 = C_2 (C_1, C_2 \in \mathbf{R})$，得出原方程组的通解.

$$X = \begin{pmatrix} x_1 \\ x_2 \\ x_3 \\ x_4 \end{pmatrix} = \begin{pmatrix} C_1 + C_2 + 1 \\ 2C_2 + 2 \\ C_1 \\ C_2 \end{pmatrix} = \begin{pmatrix} C_1 \\ 0 \\ C_1 \\ 0 \end{pmatrix} + \begin{pmatrix} C_2 \\ 2C_2 \\ 0 \\ C_2 \end{pmatrix} + \begin{pmatrix} 1 \\ 2 \\ 0 \\ 0 \end{pmatrix} = C_1 \begin{pmatrix} 1 \\ 0 \\ 1 \\ 0 \end{pmatrix} + C_2 \begin{pmatrix} 1 \\ 2 \\ 0 \\ 1 \end{pmatrix} + \begin{pmatrix} 1 \\ 2 \\ 0 \\ 0 \end{pmatrix} (C_1, C_2 \in \mathbf{R}).$$

归纳起来求解非齐次线性方程组解的步骤为：

① 将增广矩阵化为阶梯形矩阵，求出 $r(\boldsymbol{A})$，判断原方程组有多少解；

② 将增广矩阵化为简化阶梯形矩阵，确定原方程组的同解方程组；确定自由未知量的取值；

③ 得出原方程组的通解.

【练 3☆☆】解线性方程组 $\begin{cases} 2x_1 - 3x_2 + 5x_3 + 7x_4 = 1, \\ 4x_1 - 6x_2 + 2x_3 + 3x_4 = 2, \\ 2x_1 - 3x_2 - 11x_3 - 15x_4 = 4. \end{cases}$

【例 8☆☆☆】k 为何值时，齐次线性方程组 $\begin{cases} kx_1 + x_2 + x_3 = 0, \\ x_1 + kx_2 - x_3 = 0, \\ -3x_1 - x_2 + x_3 = 0 \end{cases}$ 有非零解，并求出它的通解.

解：$D = \begin{vmatrix} k & 1 & 1 \\ 1 & k & -1 \\ -3 & -1 & 1 \end{vmatrix} = (k+1)^2$，所以当 $(k+1)^2 = 0$，即 $k = -1$ 时，方程组有非零解. 此时，

$$\boldsymbol{A} = \begin{pmatrix} -1 & 1 & 1 \\ 1 & -1 & -1 \\ -3 & -1 & 1 \end{pmatrix} \xrightarrow{r_1 \leftrightarrow r_2} \begin{pmatrix} 1 & -1 & -1 \\ -1 & 1 & 1 \\ -3 & -1 & 1 \end{pmatrix} \xrightarrow[r_3 + 3r_1]{r_2 + r_1} \begin{pmatrix} 1 & -1 & -1 \\ 0 & 0 & 0 \\ 0 & -4 & -2 \end{pmatrix}$$

$$\xrightarrow{r_2 \leftrightarrow r_3} \begin{pmatrix} 1 & -1 & -1 \\ 0 & -4 & -2 \\ 0 & 0 & 0 \end{pmatrix} \xrightarrow{-\frac{1}{4}r_2} \begin{pmatrix} 1 & -1 & -1 \\ 0 & 1 & \frac{1}{2} \\ 0 & 0 & 0 \end{pmatrix} \xrightarrow{r_1 + r_2} \begin{pmatrix} 1 & 0 & -\frac{1}{2} \\ 0 & 1 & \frac{1}{2} \\ 0 & 0 & 0 \end{pmatrix},$$

得同解方程组 $\begin{cases} x_1 = \dfrac{1}{2} x_3, \\ x_2 = -\dfrac{1}{2} x_3. \end{cases}$

取 x_3 为自由未知量,令 $x_3=C(C\in\mathbf{R})$,得原方程组的通解

$$X=\begin{pmatrix}x_1\\x_2\\x_3\end{pmatrix}=\begin{pmatrix}\dfrac{1}{2}C\\-\dfrac{1}{2}C\\C\end{pmatrix}=C\begin{pmatrix}\dfrac{1}{2}\\-\dfrac{1}{2}\\1\end{pmatrix}(C\in\mathbf{R}).$$

【例 9☆☆☆】λ 为何值时,线性方程组

$$\begin{cases}x_1+x_2+\lambda x_3=4,\\-x_1+\lambda x_2+x_3=\lambda^2,\\x_1-x_2+2x_3=-4\end{cases}$$

(1) 无解?(2) 有唯一解?(3) 有无穷多个解?并在有解时求出所有解.

解:

$$\widetilde{A}=\begin{pmatrix}1&1&\lambda&4\\-1&\lambda&1&\lambda^2\\1&-1&2&-4\end{pmatrix}\to\cdots\to\begin{pmatrix}1&1&\lambda&4\\0&1&\dfrac{\lambda-2}{2}&4\\0&0&\dfrac{(\lambda+1)(4-\lambda)}{2}&\lambda(\lambda-4)\end{pmatrix}.$$

(1) 当 $\dfrac{(\lambda+1)(4-\lambda)}{2}=0$ 且 $\lambda(\lambda-4)\neq0$ 时,方程组无解,则 $\lambda=-1$.

(2) 当 $\dfrac{(\lambda+1)(4-\lambda)}{2}\neq0$ 时方程组有唯一解,则 $\lambda\neq-1$ 且 $\lambda\neq4$.

(3) 当 $\dfrac{(\lambda+1)(4-\lambda)}{2}=0$ 且 $\lambda(\lambda-4)=0$ 时,方程组有无穷多个解,则 $\lambda=4$.

当 $\lambda\neq-1$ 且 $\lambda\neq4$ 时,

$$\widetilde{A}=\begin{pmatrix}1&1&\lambda&4\\-1&\lambda&1&\lambda^2\\1&-1&2&-4\end{pmatrix}\to\begin{pmatrix}1&0&0&\dfrac{\lambda^2+2\lambda}{1+\lambda}\\0&1&0&\dfrac{\lambda^2+2\lambda+4}{1+\lambda}\\0&0&1&-\dfrac{2\lambda}{1+\lambda}\end{pmatrix},$$

方程组有唯一解 $\begin{cases}x_1=\dfrac{\lambda^2+2\lambda}{1+\lambda},\\x_2=\dfrac{\lambda^2+2\lambda+4}{1+\lambda},\\x_3=-\dfrac{2\lambda}{1+\lambda}.\end{cases}$

当 $\lambda=4$ 时,$\widetilde{A}=\begin{pmatrix}1&1&4&4\\-1&4&1&16\\1&-1&2&-4\end{pmatrix}\xrightarrow[r_3-r_1]{r_2+r_1}\begin{pmatrix}1&1&4&4\\0&5&5&20\\0&-2&-2&-8\end{pmatrix}$

$$\xrightarrow[-\frac{1}{2}r_2]{\frac{1}{5}r_2} \begin{pmatrix} 1 & 1 & 4 & 4 \\ 0 & 1 & 1 & 4 \\ 0 & 1 & 1 & 4 \end{pmatrix} \xrightarrow{r_3-r_2} \begin{pmatrix} 1 & 1 & 4 & \vdots & 4 \\ 0 & 1 & 1 & \vdots & 4 \\ 0 & 0 & 0 & \vdots & 0 \end{pmatrix} \xrightarrow{r_1-r_2} \begin{pmatrix} 1 & 0 & 3 & \vdots & 0 \\ 0 & 1 & 1 & \vdots & 4 \\ 0 & 0 & 0 & \vdots & 0 \end{pmatrix},$$

原方程组的同解方程组

$$\begin{cases} x_1 = -3x_3, \\ x_2 = -x_3 + 4. \end{cases}$$

x_3 为自由未知量,令 $x_3 = C(C \in \mathbf{R})$,得原方程组的通解:

$$X = \begin{pmatrix} x_1 \\ x_2 \\ x_3 \end{pmatrix} = \begin{pmatrix} -3C \\ -C+4 \\ C \end{pmatrix} = C \begin{pmatrix} -3 \\ -1 \\ 1 \end{pmatrix} + \begin{pmatrix} 0 \\ 4 \\ 0 \end{pmatrix} (C \in \mathbf{R}).$$

说明:齐次线性方程组 $AX = O$,$|A| = 0$ 时,$r(A) = r < n$,方程组有非零解;$|A| \neq 0$ 时,$r(A) = r = n$,方程组有唯一的零解.

实际应用

【例 1 ☆☆】交通流量分析

某区域单向行驶路线图如图 1-9 所示,图中给出了交通高峰时段,每小时进入和离开路口的车辆数. 正常情况下,每个交叉路口进入和离开的车辆数目相等,并假设区域内无车辆滞留. 试分析区域内各条道路上的交通流量如何,单行线设置是否合理?

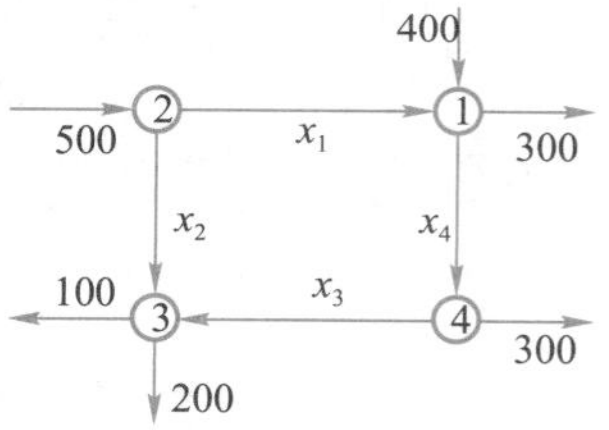

解:依据每一路口进入的车辆数与离开车辆数相等可得

图 1-9

$$x_1 + 400 = 300 + x_4 (路口 1), x_1 + x_2 = 500 (路口 2),$$
$$x_2 + x_3 = 100 + 200 (路口 3), x_4 = x_3 + 300 (路口 4).$$

整理得

$$\begin{cases} x_1 - x_4 = -100, \\ x_1 + x_2 = 500, \\ x_2 + x_3 = 300, \\ -x_3 + x_4 = 300. \end{cases}$$

所以

$$(A \;\vdots\; B) = \begin{pmatrix} 1 & 0 & 0 & -1 & -100 \\ 1 & 1 & 0 & 0 & 500 \\ 0 & 1 & 1 & 0 & 300 \\ 0 & 0 & -1 & 1 & 300 \end{pmatrix} \rightarrow \begin{pmatrix} 1 & 0 & 0 & -1 & -100 \\ 0 & 1 & 0 & 1 & 600 \\ 0 & 0 & 1 & -1 & -300 \\ 0 & 0 & 0 & 0 & 0 \end{pmatrix},$$

方程组的解为

$$\begin{cases} x_1 = x_4 - 100, \\ x_2 = -x_4 + 600, \\ x_3 = x_4 - 300, \\ x_4 = C. \end{cases}$$

解中存在一个自由变量,有无穷多个解.要确定区域各路流量,还需添加 x_4 的统计值.例如 $x_4 = 400$,则 $x_1 = 300, x_2 = 200, x_3 = 100$;如 $x_4 = 200$,则 $x_1 = 100, x_2 = 400$, $x_3 = -100$.这表明单行线"3←4"应改为"3→4"才合理.

【例2☆☆】卫星定位

卫星导航系统是着眼于全球安全和社会经济发展需要,为全球用户提供全天候、全天时、高精度的定位、导航和授时服务的重要基础设施,已逐步渗透到人类社会生产和人们生活的方方面面.

卫星导航系统的基本原理是测量出已知位置的卫星到用户接收器之间的距离,然后综合多颗卫星的数据计算出接收器的具体位置.除了用户的三维坐标 x, y, z 外,还要引进卫星与接收器之间的时间差 Δt 作为未知数,用 4 个方程将这 4 个未知数解出来.如果想知道接收器的位置,那么至少要能接收到 4 个卫星的信号.

接收器 (x, y, z) 和第 i 个卫星 (x_i, y_i, z_i) 之间的距离为

$(x-x_i)^2 + (y-y_i)^2 + (z-z_i)^2 = c^2(t-t_i)^2, i = 1, 2, 3, 4$(其中 c 表示光速),

整理得

$$2x_i x + 2y_i y + 2z_i z - 2c^2 t_i t = x^2 + y^2 + z^2 + x_i^2 + y_i^2 + z_i^2 - c^2 t^2 - c^2 t_i^2,$$

对 $i = 1, 2, 3, 4$,以 $i = 4$ 时的方程为基准,$i = 1, 2, 3$ 时的方程与其相减,得方程组

$$\begin{cases} (x_1-x_4)x + (y_1-y_4)y + (z_1-z_4)z - c^2(t_1-t_4)t = d_1, \\ (x_2-x_4)x + (y_2-y_4)y + (z_2-z_4)z - c^2(t_2-t_4)t = d_2, \\ (x_3-x_4)x + (y_3-y_4)y + (z_3-z_4)z - c^2(t_3-t_4)t = d_3, \\ 2x_4 x + 2y_4 y + 2z_4 z - 2c^2 t_4 t = x^2 + y^2 + z^2 + x_4^2 + y_4^2 + z_4^2 - c^2 t^2 - c^2 t_4^2, \end{cases}$$

其中,$d_i = 0.5 \cdot (x_i^2 + y_i^2 + z_i^2 - x_4^2 - y_4^2 - z_4^2 - c^2 t_i^2 + c^2 t_4^2)$.通过求解该方程组得到接收器的位置 (x, y, z).

设接收器收到 4 个卫星的数据如表 1-9 所示,其中位置由经度、纬度、海拔高度组成,$c = 0.469$,求接收器的位置.

表 1-9

卫星	位置	时刻
1	$(1.12,2.10,1.40)$	$00：00：1.06$
2	$(0.00,1.53,2.30)$	$00：00：0.56$
3	$(1.40,1.12,2.10)$	$00：00：1.16$
4	$(2.30,0.00,1.53)$	$00：00：0.75$

解：将数据代入得 $d_1=-0.12,d_2=0.04,d_3=-0.17$，故相应的方程组为

$$\begin{cases} -1.18x+2.10y-0.13z-0.15t=-0.12, \\ -2.3x+1.53y+0.77z+0.04t=0.04, \\ -0.90x+1.12y+0.57z-0.136t=-0.17, \\ 4.6x+3.06z-0.33t=x^2+y^2+z^2-0.22t^2+7.75. \end{cases}$$

由前 3 个方程得
$$\begin{cases} x=-0.252\,1+0.209\,5t, \\ y=-0.215\,7+0.200\,1t, \\ z=-0.272\,5+0.176\,3t, \end{cases}$$

代入第 4 个方程得 $t=4.28$，故该接收器在 $00：00：4.28$ 时刻的位置为 $(0.644\,6,0.640\,7,0.482\,1)$。

卫星定位系统虽然不是线性方程组，但其前 3 个方程可用线性方程组理论求解，再代入第 4 个方程得到该方程组的解。

1.17 数学之理 北斗之用—— 高斯消元法

感悟

　　经过几代航天人的奋斗，我国航天事业创造了以"两弹一星"、载人航天、月球探测为代表的辉煌成就，积淀了深厚博大的航天精神。2020 年 7 月 31 日，习近平总书记在人民大会堂庄严宣布："北斗三号全球卫星导航系统正式开通"，这标志着我国建立了独立自主、开放兼容的全球卫星导航系统，中国北斗从此走向了服务全球、造福人类的时代舞台。今后无论到世界哪个角落，人们都可以靠中国的卫星导航服务寻找到方向。

　　这是中国航天人在建设科技强国征程上立起的又一座精神丰碑，既是与"两弹一星"精神、载人航天精神血脉延续，又具有鲜明时代特质的宝贵精神财富，激励着广大科研工作者继续勇攀科技高峰，激发大学生们独立自主的精神和创新能力，肩负起科技强国的使命和责任，激扬起亿万人民同心共筑中国梦的磅礴力量。

想一想

微信朋友圈问题

微信朋友圈经常出现这样的游戏："在图中的方框里填写适当的数字，使得式子

成立".这可以用线性方程组相关知识建立模型,求解满足条件的自然数的结果.

【例3☆☆☆】(闭合工资问题)

木工、电工、漆工三个人合作同意彼此装修他们自己的房子.在装修前他们达成如下的协议:(1)每个人工作十天(包括给自己家干活在内);(2)每个人的日工资根据一般的市价为 600 ~ 800 元,且均为整数;

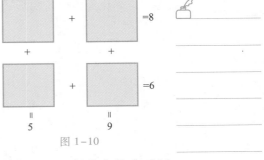

图 1–10

(3)每个人的日工资数应使得每人的总收入与总支出相等.表 1–10 是他们协商后制定出来的工作天数的分配方案.

表 1–10

	木工	电工	漆工
在木工家工作天数	2	1	6
在电工家工作天数	4	5	1
在漆工家工作天数	4	4	3

请确定木工、电工、漆工的日工资.

解:根据协议中每个人总收入与总支出相等的原则,分别考虑木工、电工、漆工的总收入和总支出.

设木工、电工、漆工的日工资分别为 x, y, z,则木工 10 个工作日总收入是 $10x$,而木工、电工、漆工三个人在木工家工作的天数分别是 2 天,1 天,6 天,按日工资累计,木工的总支出为 $2x+y+6z$,于是木工的收支平衡等式为

$$2x+y+6z = 10x,$$

同理可建立电工的收支平衡等式为 $4x+5y+z=10y$,漆工的收支平衡等式为 $4x+4y+3z=10z$.

将三个等式联立得到描述实际问题的方程组

$$\begin{cases} 2x+y+6z=10x, \\ 4x+5y+z=10y, \\ 4x+4y+3z=10z, \end{cases}$$

整理后得齐次线性方程组

$$\begin{cases} -8x+y+6z=0, \\ 4x-5y+z=0, \\ 4x+4y-7z=0. \end{cases}$$

求解该齐次线性方程组.

设该齐次线性方程组系数矩阵为

$$A = \begin{pmatrix} -8 & 1 & 6 \\ 4 & -5 & 1 \\ 4 & 4 & -7 \end{pmatrix}.$$

将该矩阵化为简化阶梯形矩阵，

$$A=\begin{pmatrix}-8&1&6\\4&-5&1\\4&4&-7\end{pmatrix}\xrightarrow{r_1\leftrightarrow r_2}\begin{pmatrix}4&-5&1\\-8&1&6\\4&4&-7\end{pmatrix}\xrightarrow[r_3-r_1]{r_2+2r_1}\begin{pmatrix}4&-5&1\\0&-9&8\\0&9&-8\end{pmatrix}$$

$$\xrightarrow{r_3+r_2}\begin{pmatrix}4&-5&1\\0&-9&8\\0&0&0\end{pmatrix}\xrightarrow{-\frac{1}{9}r_2}\begin{pmatrix}4&-5&1\\0&1&-\frac{8}{9}\\0&0&0\end{pmatrix}\xrightarrow{r_1+5r_2}\begin{pmatrix}4&0&-\frac{31}{9}\\0&1&-\frac{8}{9}\\0&0&0\end{pmatrix}$$

$$\xrightarrow{\frac{1}{4}r_1}\begin{pmatrix}1&0&-\frac{31}{36}\\0&1&-\frac{8}{9}\\0&0&0\end{pmatrix},$$

即原方程同解于

$$\begin{cases}x-\dfrac{31}{36}z=0,\\y-\dfrac{8}{9}z=0.\end{cases}$$

齐次线性方程组的通解可表示为

$$\begin{pmatrix}x\\y\\z\end{pmatrix}=k\begin{pmatrix}\dfrac{31}{36}\\\dfrac{8}{9}\\1\end{pmatrix}(k\in\mathbf{R}).$$

确定满足条件 $600\leq x,y,z\leq800$ 的方程组的解，即选择恰当的 k，就可以确定木工、电工、漆工的日工资.

当 $k=720$ 时满足题意，得 $x=620$ 元，$y=640$ 元，$z=720$ 元，即木工、电工、漆工的日工资分别为 620 元，640 元，720 元.

 习题拓展

【基础过关】

1. n 元非齐次线性方程组 $AX=B$ 无解的充分必要条件为_____.

2. 解线性方程组 $\begin{cases}x_1-2x_2+x_3+x_4=1,\\x_1-2x_2+x_3-x_4=-1,\\x_1-2x_2+x_3+5x_4=5.\end{cases}$

【能力达标】

1. 设 $A=\begin{pmatrix} 1 & 0 & 3 & -1 \\ -1 & 1 & 2 & -2 \\ -2 & 4 & 14 & -7 \\ -1 & 4 & 17 & -8 \end{pmatrix}$，$B=\begin{pmatrix} 1 \\ 6 \\ 20 \\ 21 \end{pmatrix}$，解方程组 $AX=B$.

2. 已知线性方程组 $\begin{cases} -2x_1+x_2+x_3=-2, \\ x_1-2x_2+x_3=\lambda, \\ x_1+x_2-2x_3=\lambda^2, \end{cases}$ 当 λ 取何值时,方程组有解? 并求其

通解.

【思维拓展】

已知 $\alpha_1,\alpha_2,\alpha_3$ 是 $AX=B$ 的解,证明 $\beta=3\alpha_1-\alpha_2-2\alpha_3$ 为齐次线性方程组 $AX=O$ 的解.

1.18　项目七
习题拓展答案

附录一　MATLAB 在线性代数中的应用

1. 实验目的　应用 MATLAB 进行矩阵运算,求逆矩阵,解线性方程组.

2. 主要命令

在矩阵运算中常见的命令如下:

A±B	矩阵 A 加减矩阵 B
A+k	矩阵 A 的所有元素加上数 k
A×B	矩阵 A 乘矩阵 B
k×A,A×k	矩阵 A 的所有元素乘数 k
A′	矩阵 A 的转置
A/B	右除
A\B	左除
inv(A)或 A^(-1)	矩阵 A 的逆矩阵(A 应该为可逆矩阵)
A^k	矩阵 A 的 k 次幂

3. 实验举例

【例 1】设 $A=\begin{pmatrix} 2 & -3 \\ 1 & 2 \\ 3 & 5 \end{pmatrix}$，$B=\begin{pmatrix} 4 & -2 & 1 \\ 2 & 5 & 3 \end{pmatrix}$，求 AB.

解:输入命令

```
A=[2 -3;1 2;3 5];
B=[4 -2 1;2 5 3];
A*B
```

结果

ans =

      2   -19   -7

      8   8   7

     22   19   18

【例2】设 $A = \begin{pmatrix} 1 & 2 & 3 \\ 2 & 2 & 1 \\ 3 & 4 & 3 \end{pmatrix}$,求 A^{-1}.

解:输入命令

A = [1 2 3;2 2 1;3 4 3];

>>A1 = inv(A)

结果

A1 =

    1.000 0   3.000 0   -2.000 0

   -1.500 0   -3.000 0   2.500 0

    1.000 0   1.000 0   -1.000

【例3】解线性方程组 $\begin{cases} x_1 + 3x_2 - 2x_3 - x_4 = 3, \\ 2x_1 + 6x_2 - 3x_3 = 13, \\ 3x_1 + 9x_2 - 9x_3 - 5x_4 = 8. \end{cases}$

解:原线性方程组的系数矩阵为 A,未知向量为 X,右端向量为 B,解矩阵方程 $AX = B$,先通过对应矩阵的秩看看解的情况.

输入命令

clear;

>>A = [1 3 -2 -1;2 6 -3 0;3 9 -9 -5];

>>B = [3 13 8];

>>$\widetilde{A}$ = [A:B];

>>rank(A), rank(B),rank($\widetilde{A}$)

结果

ans = 3

ans = 1

ans = 3

显然这里 $\text{rank}(A) = \text{rank}(\widetilde{A}) < n$,所以原方程组有无穷多个解.

习　题　一

一、选择题

1. 若行列式 $\begin{vmatrix} a_{11} & a_{12} & a_{13} \\ a_{21} & a_{22} & a_{23} \\ a_{31} & a_{32} & a_{33} \end{vmatrix} = D$，则 $\begin{vmatrix} a_{31} & a_{32} & a_{33} \\ a_{21} & a_{22} & a_{23} \\ a_{11} & a_{12} & a_{13} \end{vmatrix} = (\quad)$.

A. D　　　　　　B. $-D$　　　　　　C. $3D$　　　　　　D. $2D$

2. 若 $\begin{vmatrix} a_1 & a_2 & a_3 \\ b_1 & b_2 & b_3 \\ c_1 & c_2 & c_3 \end{vmatrix} = D$，则 $\begin{vmatrix} ka_1 & ka_2 & ka_3 \\ kb_1 & kb_2 & kb_3 \\ kc_1 & kc_2 & kc_3 \end{vmatrix} = (\quad)$.

A. kD　　　　　　B. D　　　　　　C. k^3D　　　　　　D. $-D$

3. 设矩阵 $A_{m \times n}$ 和矩阵 $B_{m \times n}$，若 $A+B$ 为 $m \times n$ 阶零矩阵 $O_{m \times n}$，则(　　).

A. A 和 B 都是零矩阵　　　　　　B. A 和 B 中至少有一个是零矩阵

C. A 和 B 中有一个是方阵　　　　D. A 和 B 都可能是非零矩阵

4. 若 $AB = O$，则(　　).

A. A 和 B 都是零矩阵　　　　　　B. A 和 B 中至少有一个是零矩阵

C. A 和 B 都可能不是零矩阵　　　D. A 和 B 必为方阵

5. 若矩阵 A 的秩为 3,则(　　).

A. A 的 3 阶子式都不为零

B. A 的 2 阶子式可能全为零

C. A 的 3 阶子式至少有一个不为零

D. A 的 3 阶子式中至少有一个不为零,而 3 阶以上的子式全为零

6. 若 n 阶方阵 A 可逆,则(　　).

A. $r(A) \leq n$　　B. $r(A) < n$　　C. $r(A) > 0$　　D. $r(A) = n$

7. 设 A 是 n 元线性方程组的系数矩阵,$\widetilde{A}$ 是方程组的增广矩阵,则方程组有唯一解的充要条件是(　　).

A. $r(A) = r(\widetilde{A})$　　B. $r(A) < r(\widetilde{A})$　　C. $r(A) \leq n$　　D. $r(A) = r(\widetilde{A}) = n$

8. 设 A 为 3×2 矩阵,B 为 2×3 矩阵,则下列运算中(　　)可以进行.

A. AB　　　B. AB^{T}　　　C. $A+B$　　　D. BA^{T}

9. 以下结论正确的是(　　).

A. 若 A，B 均为零矩阵，则有 $A=B$　　　B. 若 $AB=AC$，且 $A\neq O$，则 $B=C$

C. 对角矩阵是对称矩阵　　　　　　　　D. 若 $A\neq O$，$B\neq O$，则 $AB\neq O$

10. 设矩阵 A 是可逆矩阵，下列结论错误的是（　　）．

A. $AA^{-1}=E$　　　B. $|A|\neq 0$　　　C. $|A|=A$　　　D. $|A|=|A^{\mathrm{T}}|$

11. 设 A、B 均为方阵，且 $AXB=E$，则 $X=$（　　）．

A. $A^{-1}B^{-1}$　　　B. $B^{-1}A^{-1}$　　　C. BA^{-1}　　　D. $A^{-1}B$

12. 线性方程组 $A_{m\times n}X=B$ 有无穷多个解的充分必要条件是（　　）．

A. $r(A)=r(A|B)<m$　　　　　　　B. $r(A|B)<n$

C. $m<n$　　　　　　　　　　　　D. $r(A)=r(A|B)<n$

13. 线性方程组 $AX=B$ 中，若 $r(A|B)=4$，$r(A)=3$，则该线性方程组（　　）．

A. 有唯一解　　B. 无解　　C. 有非零解　　D. 有无穷多个解

二、填空题

1. 互换行列式的某两行元素，则行列式的值_____．

2. 设矩阵 $A=(1\ \ 2\ \ 3)$，矩阵 $B=\begin{pmatrix}4\\5\\6\end{pmatrix}$，则 $AB=$_____．

3. 设 $A=\begin{pmatrix}1&0&2\\a&0&3\\2&3&-1\end{pmatrix}$，当 $a=$_____时，A 是对称矩阵．

4. 设 A 为 n 阶可逆矩阵，则 $r(A)=$_____．

5. 设齐次线性方程组 $A_{m\times n}X_{n\times 1}=O$，且 $r(A)=r<n$，则其一般解中的自由未知量的个数等于_____．

6. 设线性方程组 $AX=B$，且 $\widetilde{A}=\begin{pmatrix}1&1&1&6\\0&-1&3&2\\0&0&t+1&0\end{pmatrix}$，则 t_____时，方程组有唯一解．

三、计算下列行列式的值

1. $\begin{vmatrix}2&3&-1\\1&-4&1\\5&-2&3\end{vmatrix}$；　　2. $\begin{vmatrix}4&2&3\\2&3&0\\3&0&0\end{vmatrix}$；　　3. $\begin{vmatrix}1&-5&3&-3\\2&0&1&-1\\3&1&-1&2\\4&1&3&-1\end{vmatrix}$．

四、设 $A=\begin{pmatrix}2&-1\\-6&3\end{pmatrix}$，$B=\begin{pmatrix}3&1&-2\\4&1&-3\end{pmatrix}$，$C=\begin{pmatrix}0&4&0\\-2&7&1\end{pmatrix}$，求 AB 和 AC，并说明矩阵乘法不满足消去律．

五、已知 $A = \begin{pmatrix} 2 & 0 & 2 & 2 \\ 0 & 1 & 0 & 0 \\ 2 & 1 & 0 & 1 \\ 0 & 1 & 0 & 0 \end{pmatrix}$，求 $r(A)$.

六、求矩阵 $A = \begin{pmatrix} 2 & 2 & 3 \\ 1 & -1 & 0 \\ -1 & 2 & 1 \end{pmatrix}$ 的逆矩阵 A^{-1}.

七、设矩阵 $A = \begin{pmatrix} 1 & 2 \\ 3 & 5 \end{pmatrix}$，$B = \begin{pmatrix} 1 & 2 \\ 2 & 3 \end{pmatrix}$，求解矩阵方程 $XA = B$.

八、下列线性方程组是否有解，若有解，求出它的通解.

（1）$\begin{cases} x_1 & +2x_3 = -1, \\ -x_1 + x_2 - 3x_3 = 2, \\ 2x_1 - x_2 + 5x_3 = 0; \end{cases}$ （2）$\begin{cases} x_1 & +2x_3 - x_4 = 0, \\ -x_1 + x_2 - 3x_3 + 2x_4 = 0, \\ 2x_1 - x_2 + 5x_3 - 3x_4 = 0. \end{cases}$

九、当 λ 取何值时，线性方程组 $\begin{cases} x_1 + x_2 + x_3 & = 1, \\ 2x_1 + x_2 - 4x_3 = \lambda, \\ -x_1 & + 5x_3 = 1 \end{cases}$ 有解？并求其通解.

1.19 习题一
解答

概率论

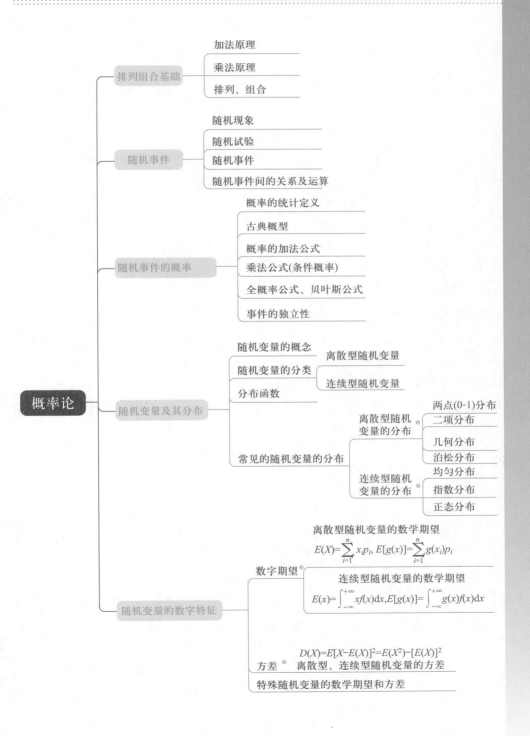

一门开始于研究赌博机会的科学，居然成了人类知识中最重要的学科，这无疑是令人惊讶的事情.

——拉普拉斯

2.1 概率论的
发展历史

　　概率论主要研究随机现象的统计规律.它在科学技术、工农业生产及经济管理工作中都有广泛的应用.在物理学方面，高能电子或核子穿过吸收体时，产生级联（或倍增）现象，在研究电子—光子级联过程的起伏问题时，要用到随机过程.当核子穿到吸收体的某一深度时，则需要计算核子的概率分布；物理学中的放射性衰变，粒子计数器，原子核照相，乳胶中的径迹理论和原子核反应堆中的问题等研究要用到泊松过程；在化学反应动力学中，研究化学反应的时变率及影响这些时变率的因素问题，自动催化反应，单分子反应，双分子反应及一些连锁反应的动力学模型等要用生灭过程（马尔科夫过程）来描述.随机过程理论所提供的方法对于生物数学非常重要.研究群体的增长问题时，有生灭随机模型，两性增长模型，群体间竞争与生尅等模型.传染病流行问题要用到具有有限个状态的多变量非线性生灭过程.在遗传问题中涉及的最大基因频率分布等；许多服务系统，如电话通信，船舶装卸，机器损修，病人候诊，红绿灯交换，库存控制，水库调度，购货排队等等，都可用一类概率模型来描述，这类概率模型涉及的过程叫排队过程；在通信、雷达探测、地震探测等领域中，都有传递信号与接收信号的问题，传递信号时会受到噪声的干扰，噪声本身是随机的，所以概率论是信息论研究中必不可少的工具.在空间科学和工业生产的自动化技术中需要用到信息论和控制理论，而研究带随机干扰的控制问题，也要用到概率论的方法；在社会科学领域，特别是经济学中研究最优决策和经济的稳定增长等问题，也大量采用概率论的方法.正如拉普拉斯所说"生活中最重要的问题，其中绝大多数实质上只是概率的问题".

模块二 >>>

项目一

排列组合基础

 **教学引入** - ○

2.2 项目一
知识目标
与重难点

【引例 1】抽奖游戏

下面是一个免费抽奖的游戏.在一个箱子中有 10 个红球和 10 个白球,参与者从箱子中任意抓出 10 个球,获奖规则如下:

奖金 300 元	奖金 30 元	奖金 3 元	奖金 2 元	奖金 1 元	罚款 5 元
10 个球 颜色相同	9 个球的 颜色相同	8 个球的 颜色相同	7 个球的 颜色相同	6 个球的 颜色相同	5 个球的 颜色相同

理论学习 - ○

想一想
你会参加这样的
游戏吗?如果你参加
游戏期待获奖吗?

一、两个基本原理

【引例 2】从成都到重庆,搭乘公共交通工具有乘火车、乘汽车两种选择.一天中,火车有 56 班,汽车有 48 班,那么一天中,乘坐这些交通工具从成都到重庆共有多少种走法?

因为乘火车有 56 种走法,乘汽车有 48 种走法,每一种走法都能从成都到重庆,所以共有 56+48 = 104 种不同走法.

定义 2.1 加法原理

做一件事,完成它有 n 类办法,在第一类办法中有 m_1 种不同的方法,在第二类办法中有 m_2 种不同的方法……在第 n 类办法中有 m_n 种不同的方法,那么完成这件事共有 $N = m_1 + m_2 + \cdots + m_n$ 种不同的方法,又称分类加法计数原理.

【引例 3】从甲村到丙村,需要经过乙村.甲村到乙村的路线有 3 种,乙村到丙村的路线有 2 种,那么从甲村到丙村共有多少种路线?

因为甲村到乙村有 3 种走法,乙村到丙村有 2 种走法,分两步完成,而每一步走法都不能从甲村到达丙村,必须两步同时完成才能从甲村到丙村,所以从甲村到丙村共有 3×2 = 6 种不同走法.

定义 2.2   乘法原理

做一件事,完成它需要分成 n 个步骤,做第一个步骤有 m_1 种不同的方法,做第二个步骤有 m_2 种不同方法……做第 n 个步骤有 m_n 种不同的方法,那么完成这件事共有 $N = m_1 \times m_2 \times \cdots \times m_n$ 种不同的方法,又称分步乘法计数原理.

二、排列

定义 2.3   排列

从 n 个不同元素中,任取 $m(m \leq n)$ 个元素,按照一定顺序排成一列,叫作从 n 个不同元素中取出 m 个元素的一个排列,并称所有排列的个数为排列数,记作:A_n^m(或 P_n^m).特别当 $m = n$ 时,叫作全排列.

排列数公式:

$$A_n^m = n(n-1)(n-2)\cdots(n-m+1),$$

$$A_n^n = n(n-1)(n-2)\cdots 3 \cdot 2 \cdot 1 = n!,$$

$$A_n^m = \frac{n!}{(n-m)!} \quad (规定:0! = 1).$$

【例 1☆】 计算排列数.

(1)计算 A_{10}^3,A_6^6,$A_8^4 - 2A_8^2$,$\dfrac{2A_8^5 + 7A_8^4}{A_8^8 - A_9^5}$;

(2)求证:$A_{n+1}^m - A_n^m = mA_n^{m-1}$;

(3)解方程 $A_{2x}^3 = 100A_x^2$.

解:(1)$A_{10}^3 = 10 \times 9 \times 8 = 720$,$A_6^6 = 6 \times 5 \times 4 \times 3 \times 2 \times 1 = 720$,

$A_8^4 - 2A_8^2 = 8 \times 7 \times 6 \times 5 - 2 \times 8 \times 7 = 1568$,

$$\frac{2A_8^5 + 7A_8^4}{A_8^8 - A_9^5} = \frac{2 \times 8 \times 7 \times 6 \times 5 \times 4 + 7 \times 8 \times 7 \times 6 \times 5}{8 \times 7 \times 6 \times 5 \times 4 \times 3 \times 2 \times 1 - 9 \times 8 \times 7 \times 6 \times 5} = \frac{8 \times 7 \times 6 \times 5 \times (8+7)}{8 \times 7 \times 6 \times 5 \times (24-9)} = 1.$$

(2)$A_{n+1}^m - A_n^m = \dfrac{(n+1)!}{(n+1-m)!} - \dfrac{n!}{(n-m)!} = \dfrac{n!}{(n-m)!} \cdot \left(\dfrac{n+1}{n+1-m} - 1 \right)$

$$= \frac{n!}{(n-m)!} \cdot \frac{m}{(n+1-m)} = m \cdot \frac{n!}{(n+1-m)!} = mA_n^{m-1},$$

故 $A_{n+1}^m - A_n^m = mA_n^{m-1}$.

(3)原方程可化为

$$2x(2x-1)(2x-2) = 100x(x-1),$$

因为 $x \neq 0$ 且 $x \neq 1$,所以 $2x - 1 = 25$.解得 $x = 13$.经检验 $x = 13$ 是原方程的解.

【例 2☆】 甲地到乙地的高铁共经过 15 个车站,共需准备多少种车票?

解:因为从 A 站到 B 站与从 B 站到 A 站须用两种票,故可看成是从 15 个元素中取出 2 个的排列数:

$$A_{15}^2 = 15 \times 14 = 210（种）.$$

【练1☆】（1）一家有四口人,每年照一张全家福,他们突然想到一件事情,想让每年这四个人的排列方式都不完全相同. 比如今年是 $ABCD$,明年就可以是 $ABDC$.那么这家人的"全家福"计划最多可以实行多少年呢?

（2）这家人掐指一算,发现很快就不能继续拍了,可能过了某年之后,无论怎么排列都会和往年重复,于是这家人决定生一个小孩,这样又可以多拍几年,那么假设有了一个孩子之后,"全家福"计划最多可以实行多少年呢?

三、组合

定义 2.4　组合

从 n 个不同元素中,任取 $m(m \leqslant n)$ 个元素组成一组,叫作从 n 个不同元素中取出 m 个元素的一个组合,并称所有组合的个数为组合数,记作: C_n^m,其中:

$$C_n^m = \frac{A_n^m}{A_m^m} = \frac{n(n-1)(n-2)\cdots(n-m+1)}{m!},$$

$$C_n^m = \frac{n!}{m!(n-m)!},$$

$$C_n^m = C_n^{n-m},$$

$$C_{n+1}^m = C_n^m + C_n^{m-1}（规定:0! = 1）.$$

【例3☆】在某综艺节目的文化测试中,需从 5 个试题中任意选答 3 题,问:

（1）有几种不同的选题方法?

（2）若有一道题是必答题,有几种不同的选题方法?

解:（1）所求不同的选题方法数,就是从 5 个不同元素里取出 3 个元素的组合数,即 $C_5^3 = 10$ 种.

（2）因为已有一道题必选,所以只要在另外 4 道题中选 2 道,因此不同的选题方法有 $C_4^2 = 6$ 种.

【例4☆】平面内有 10 个点,其中任意 3 个点都不共线,每 3 个点可以确定一个三角形,这些点一共可以确定多少个三角形?

解: $C_{10}^3 = \dfrac{10!}{3! \times 7!} = 120（个）.$

【例5☆】重庆某工程院校汽车维修专业 2019001 班共有 38 名学生. 他们两两握手一次,共握手多少次?两两互赠照片一张,需多少张照片?

解:握手次数为　　　　$C_{38}^2 = \dfrac{38!}{2! \times 36!} = 703（次）;$

互赠照片为　　　　$A_{38}^2 = \dfrac{38!}{36!} = 1\,406（张）.$

【例 6☆☆】在某足球联赛中共有 15 支球队参加,每队都要与其余各队在主、客场分别比赛 1 次,共要进行多少场比赛?

解:由于任何两队间进行 1 次主场比赛与 1 次客场比赛,所以一场比赛相当于从 15 个不同元素中任取 2 个元素的一个排列.因此总共进行的比赛场次是

$$A_{15}^2 = 15 \times 14 = 210.$$

【练 2☆】1. 现有 10 名某校数学教师,其中男教师 6 名,女教师 4 名,

(1)现要从中选 2 名去参加教学技能比赛,有多少种不同的选法?

(2)现要从中选出男、女教师各 2 名去参加比赛,有多少种不同的选法?

2. 甲、乙、丙 3 位同学选修课程,从 4 门课程中,甲选修 2 门,乙、丙各选修 3 门,则不同的选修方案共有_____种(用数字作答).

3. 从班委会 5 名成员中选出 3 名,分别担任班级学习委员、文娱委员与体育委员,其中甲、乙二人不能担任文娱委员,则不同的选法共有_____种(用数字作答).

 习题拓展 -----------------○

【基础过关☆☆】

1. 用 0,1,2,3,4,5 这六个数字,

(1)组成没有重复数字的五位数,其中十位数字大于百位数字的有多少个?

(2)组成没有重复数字的五位数,由小到大排列,21350 是第几个数?

2. 某校高中部,高一有 6 个班,高二有 7 个班,高三有 8 个班,学校利用星期六组织 2 个班的学生参加社会实践,要求这 2 个班为不同年级,有多少种不同选法?

【能力达标☆☆】

1. 用 0,1,2,3,4,5 这六个数字,

(1)可以组成多少个数字不重复的五位数的偶数?

(2)可以组成多少个数字不重复且能被 5 整除的五位数?

2. 有 4 名男生、5 名女生,全体排成一行,问下列情形各有多少种不同的排法?

(1)男、女生分别排在一起;

(2)男女相间.

【思维拓展☆☆☆】

1. 8 人围桌而坐,共有多少种坐法?

2. 马路上有编号为 1,2,3,4,5,6,7,8,9 的九盏路灯,现要关掉其中的 3 盏,但不能关掉相邻的 2 盏或 3 盏,也不能关掉两端的 2 盏,求满足条件的关灯方法有多少种?

3. 30 030 能被多少个不同的偶数整除？

2.3 项目一
习题拓展答案

项目二

随机事件

教学引入

【引例1】《勇敢者的游戏》

此科幻电影中出现的尤曼吉(Jumanji)是一种类似大富翁的棋类游戏,与大富翁不同的是,每当尤曼吉的棋子走到一格时,格子中描述的东西就会真实地出现,在被投掷骰子的排列组合间,万兽奔腾、大洪水、甚至时空穿越都一一上演.

【引例2】购买航空意外险

资料显示,1999年"2.24"的温州空难后的一段时间内,购买航空意外险的旅客大幅增加,但没过多久,投保率就开始回落.同样2000年"6.22"的武汉空难中机上的38名乘客全部遇难.此后一段时间里投保率一度高达60%,然而,不到半年,投保率也开始回落.所以有人把航空意外险比喻成"创可贴",当空难的阴影渐渐远去之后,就没有多少人记得它的价值了.

2.4 项目二
知识目标
与重难点

理论学习

一、随机事件的概念

在生活中我们会发现未知的因素实在太多了.例如,我们无法确定明天是否下雨;无法预测生活中的每份合同都能保证履行;不能准确预测明年在重庆出生的第一个婴儿的性别.类似的情形都包含着可能性,或不确定性.

1. 随机现象

在自然界和人类的实践活动中经常遇到各种各样的现象,这些现象可分为两类,一类是确定的,如

（1）在一个标准大气压下,水加热到100℃时必然沸腾;

（2）向上抛一块石头必然下落;

（3）同性电荷相斥,异性电荷相吸;

2.5 卡尔达诺
与《赌博之书》

（4）苹果熟了会从树上掉下来；

等等,这种在一定条件下有确定结果的现象称为确定性现象.

另一类现象是随机的,如:

（1）在相同的条件下,向上抛一枚质地均匀的硬币,其结果可能出现正面朝上,也可能反面朝上;

（2）一个人在相同的条件下投篮,他可能投中,也可能投不中.

以上的现象都具有随机性,即在一定条件下进行试验或观察会出现不同的结果（也就是说,多于一种可能的试验结果）,而且在每次试验之前都无法预言会出现哪一个结果（不能肯定试验会出现哪一个结果）,这种现象称为随机现象.

在客观世界中,随机现象是极为普遍的,例如"某地区的年降雨量""某电话交换台在单位时间内收到的用户的呼唤次数""一年全省的经济总量",等等.

对于随机现象,在试验之前,虽然我们断定不了将产生哪种结局,呈现出一种偶然性.但是在大量重复试验之后,我们发现随机现象的产生将会呈现出某种规律性.例如,多次抛掷一枚骰子之后,我们会发现各个点出现的可能性一样大,将各占 $\frac{1}{6}$.随机现象呈现出来的这种规律性称为"统计规律性".概率论与数理统计就是揭示随机现象统计规律性的一门数学学科.

2. 随机试验

一个试验如果满足下述条件:

（1）试验在相同的条件下可以重复进行;

（2）试验的所有可能结果在试验之前是明确知道的,并且不止一个;

（3）每次试验之前不能确定这次试验会出现哪一个结果,

称这样的试验是随机试验.

在通常情况下,我们将随机试验用大写的英文字母"E"表示. 如

E_1:抛一枚硬币,观察正面、反面出现的情况.

E_2:掷一枚骰子,观察出现的点数.

E_3:重庆火车北站售票处一天内售出的车票数.

E_4:某地一昼夜的最低温度和最高温度.

定义 2.5　基本事件

随机试验的每一个可能结果称为基本事件,记作 $\omega_1, \omega_2, \omega_3, \cdots$.

因为随机试验的所有结果是确定的,从而所有的基本事件也是确定的.

3. 随机事件

定义 2.6　样本空间、随机事件

所有基本事件的集合称为基本事件空间或样本空间,记作 Ω,即 $\Omega=\{\omega_1,$ $\omega_2,\omega_3,\cdots\}$.样本空间中的元素,即随机试验的每一个结果称为样本点.试验的每一个可能出现的结果称为随机事件,简称事件.事件用 A,B,C 等大写英文字母表示.

特别:在每一次试验中必定发生的事件称为必然事件,记为 Ω.

在每一次试验中一定不发生的事件称为不可能事件,记为 $\varnothing$.

上面 4 个随机试验对应的样本空间分别为:

$\Omega=\{$正、反$\}$,

$\Omega=\{1,2,3,4,5,6\}$,

$\Omega=\{0,1,2,\cdots,n\}$,

$\Omega=\{(x,y)\mid T_0\leqslant x\leqslant y\leqslant T_1\}$,其中 x 表示最低温度,y 表示最高温度.并设这一地区的温度不会低于 T_0,也不会高于 T_1.

【例 1☆】设试验 E:掷一枚骰子,观察其出现的点数.记 $A_i=\{$出现第 i 点$\}$,$i=$ $1,2,3,4,5,6$.显然 A_1,A_2,A_3,A_4,A_5,A_6 是 6 个基本事件,$\Omega=\{A_1,A_2,A_3,A_4,A_5,A_6\}$ 是样本空间.

若事件 $A=\{$出现偶数点$\}$,则 $A=\{A_2,A_4,A_6\}$;

$B=\{$出现点数大于 3$\}=\{A_4,A_5,A_6\}$;

$\varnothing=\{$出现大于 6 的点$\}$.

二、随机事件间的关系及运算

对于随机试验而言,它的样本空间 Ω 可以包含很多随机事件,概率论的任务之一就是研究随机事件的规律,为此需要研究事件间的关系与运算.由于随机事件是样本空间的子集,因此事件的关系与运算和集合的关系与运算完全类似.下面来研究事件之间的关系.

1. 事件间的关系

E:抛掷一枚均匀的骰子,给出下列事件,设

$A_1=\{$掷出 1 点$\}$,　$A_2=\{$掷出 2,4,6 点$\}$,　$A_3=\{$掷出偶数点$\}$,

$A_4=\{$掷出奇数点$\}$,　$A_5=\{$掷出 2,3,4 点$\}$,

$A_6=\{$掷出点数小于 5$\}$,　$A_7=\{$掷出 3 点$\}$.

（1）事件的包含关系

如果事件 A 发生必然导致事件 B 发生,则称事件 B 包含事件 A,记作:$A\subset B$ 或 $B\supset A$.读作:A 包含于 B 或 B 包含 A.如图 2-1 所示.

$A_1=\{$掷出 1 点$\}$,$A_4=\{$掷出奇数点$\}$,显然 A_1 发生必将导致 A_4 发生,所以 $A_1\subset A_4$.

显然 $\varnothing \subset A \subset \Omega$.

（2）事件的相等

如果事件 A 和 B 满足 $A \subset B$ 且 $B \subset A$，则称 A 与 B 相等，记作：$A = B$.

$A_2 = \{$掷出 2，4，6 点$\}$，$A_3 = \{$掷出偶数点$\}$，$A_2 = A_3$.

（3）和事件

事件"A 与 B 至少有一个发生"（或者说事件"A 或 B"发生），则称此事件为事件 A 与事件 B 的和，记作：$A \cup B$ 或 $A+B$. 如图 2-2 所示.

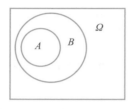
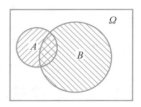

图 2-1   图 2-2

$A_1 = \{$掷出 1 点$\}$，$A_5 = \{$掷出 2，3，4 点$\}$，$A_6 = \{$掷出点数小于 5$\}$，则 $A_6 = A_1 \cup A_5$.

显然：① $A \cup \varnothing = A$，$A \cup \Omega = \Omega$，$A \cup A = A$.

② 若 $A \subset B$，则 $A \cup B = B$；同理，若 $B \subset A$，则 $B \cup A = A$.

③ $A \subset A \cup B$，$B \subset A \cup B$.

和事件可推广到多个事件的情形：

$$A_1 \cup A_2 \cup \cdots \cup A_n = \{A_1, A_2, \cdots, A_n \text{ 至少有一个发生}\}$$
$$= \{A_1 \text{ 发生，或 } A_2 \text{ 发生，}\cdots\text{，或 } A_n \text{ 发生}\}.$$

（4）积事件

事件"A 与 B 同时发生"，则称此事件为事件 A 与事件 B 的积. 记作：$A \cap B$（或 AB），如图 2-3 所示.

$A_4 = \{$掷出奇数点$\}$，$A_5 = \{$掷出 2，3，4 点$\}$，$A_7 = \{$掷出 3 点$\}$，则 $A_7 = A_4 \cap A_5$.

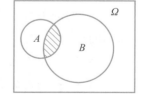

显然：① $A \cap \varnothing = \varnothing$，$A \cap \Omega = A$，$A \cap A = A$.

② 若 $A \subset B$，则 $A \cap B = A$；同理，若 $B \subset A$，则 $B \cap A = B$.

③ $A \cap B \subset A$，$A \cap B \subset B$.

图 2-3

积事件也可推广到多个事件的情形：

$$A_1 \cap A_2 \cap \cdots \cap A_n = \{A_1, A_2, \cdots, A_n \text{ 同时发生}\}.$$

（5）差事件

事件 A 发生而事件 B 不发生，这一事件称为事件 A 与事件 B 的差. 记作：$A-B$. 如图 2-4 所示.

$A_5 = \{$掷出 2,3,4 点$\}$,$A_3 = \{$掷出偶数点$\}$,$A_7 = \{$掷出 3 点$\}$,$A_5 - A_3 = A_7$.

（6）互不相容事件（互斥事件）

如果事件 A 与 B 不能同时发生,即 $A \cap B = \varnothing$,则称 A 与 B 互不相容（或互斥）.如图 2-5 所示.

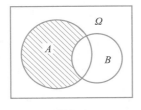 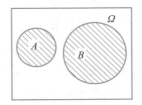

图 2-4   图 2-5

$A_1 = \{$掷出 1 点$\}$,$A_3 = \{$掷出偶数点$\}$,显然 A_1,A_3 互斥,即 $A_1 \cap A_3 = \varnothing$.

设 n 个事件 $A_1,A_2,\cdots,A_n$ 两两互不相容,即 $A_i A_j = \varnothing (i,j = 1,2,\cdots,n,i \neq j)$,称事件 $A_1,A_2,\cdots,A_n$ 互不相容（互斥）.

（7）事件对立或互逆

如果两个事件 A,B 满足 $A \cup B = \Omega, AB = \varnothing$,则称事件 A 与事件 B 对立或互逆,并称 A 是 B 的对立事件,或 B 是 A 的对立事件,把 A 的对立事件记作 $\overline{A}$,即 $B = \overline{A}$.如图 2-6 所示.

$A_2 = \{$掷出 2,4,6 点$\}$,$A_4 = \{$掷出奇数点$\}$,因为 $A_2 \cup A_4 = \Omega, A_2 A_4 = \varnothing$,所以 $\overline{A_2} = A_4, \overline{A_4} = A_2$.

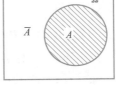

图 2-6

显然:① $A \cup \overline{A} = \Omega, A \cap \overline{A} = \varnothing$.

② $\overline{\overline{A}} = A, \overline{\Omega} = \varnothing, \overline{\varnothing} = \Omega, A - B = A\overline{B}$.

由此说明,若事件 A 比较复杂,而它的对立事件比较简单,那么我们在求复杂事件的概率时,可以转化为求它的对立事件的概率.

2. 事件的运算律

① 交换律 $A \cup B = B \cup A, A \cap B = B \cap A$（或 $AB = BA$）.

② 结合律 $(A \cup B) \cup C = A \cup (B \cup C)$（或 $(AB)C = A(BC)$）.

③ 分配律 $(A \cup B) \cap C = (A \cap C) \cup (B \cap C)$;

$\qquad (A \cap B) \cup C = (A \cup C) \cap (B \cup C)$.

④ 对偶律（德摩根定律）,$\overline{A \cup B} = \overline{A} \cap \overline{B}, \overline{A \cap B} = \overline{A} \cup \overline{B}$.

推广:$\overline{\bigcup_{i=1}^{n} A_i} = \bigcap_{i=1}^{n} \overline{A_i}$ $\overline{\bigcap_{i=1}^{n} A_i} = \bigcup_{i=1}^{n} \overline{A_i}$.

【例 2 ☆ ☆】设 A,B,C 为 Ω 中的随机事件,试用 A,B,C 表示下列事件.

（1）A 与 B 发生而 C 不发生；

（2）A 发生，B 与 C 不发生；

（3）恰有一个事件发生；

（4）恰有两个事件发生；

（5）三个事件都发生；

（6）至少有一个事件发生；

（7）A,B,C 都不发生；

（8）A,B,C 不都发生；

（9）A,B,C 不多于一个发生.

解：（1）$AB-C$ 或 $AB\overline{C}$；

（2）$A-B-C$ 或 $A\overline{B}\,\overline{C}$；

（3）$A\overline{B}\,\overline{C}\cup\overline{A}\,B\,\overline{C}\cup\overline{A}\,\overline{B}\,C$；

（4）$\overline{A}BC\cup A\overline{B}C\cup AB\overline{C}$；

（5）ABC；

（6）$A\cup B\cup C$ 或（3）（4）（5）之和；

（7）$\overline{A}\,\overline{B}\,\overline{C}$；

（8）$\overline{ABC}$；

（9）$\overline{A}\,\overline{B}\,\overline{C}\cup A\overline{B}\,\overline{C}\cup\overline{A}\,B\,\overline{C}\cup\overline{A}\,\overline{B}\,C$ 或 $\overline{AB}\cup\overline{BC}\cup\overline{CA}$.

【例 3 ☆☆】对某一目标进行三次射击，$A=\{$第一次击中目标$\}$，$B=\{$第二次击中目标$\}$，$C=\{$第三次击中目标$\}$，试求下列各事件：

（1）$\{$至少一次击中目标$\}$；

（2）$\{$三次都击中目标$\}$；

（3）$\{$第一次击中目标，第二、三次都没有击中目标$\}$；

（4）$\{$三次都没有击中目标$\}$.

解：（1）$\{$至少一次击中目标$\}=A\cup B\cup C$；

（2）$\{$三次都击中目标$\}=ABC$；

（3）$A=\{$第一次击中目标$\}$，$\overline{B}=\{$第二次没击中目标$\}$，$\overline{C}=\{$第三次没击中目标$\}$，所以

$$\{$第一次击中目标、第二、三次都没有击中目标$\}=A\overline{B}\,\overline{C}；$$

（4）$\{$三次都没有击中目标$\}=\overline{A}\,\overline{B}\,\overline{C}$.

【例 4 ☆☆☆】袋中有三个球编号为 1,2,3，从中任意摸出一球，观察其号码，记 $A=\{$球的号码小于 3$\}$，$B=\{$球的号码为奇数$\}$，$C=\{$球的号码为 3$\}$.

试问:(1) 样本空间是什么?

(2) A 与 B, A 与 C, B 与 C 是否互不相容?

(3) A, B, C 对立事件是什么?

(4) A 与 B 的和事件,积事件,差事件各是什么?

解:设 $\omega_i=\{$摸到球的号码为 $i\}$, $i=1,2,3$,则

(1) 样本空间为 $\Omega=\{\omega_1,\omega_2,\omega_3\}$;

(2) $A=\{\omega_1,\omega_2\}$, $B=\{\omega_1,\omega_3\}$, $C=\{\omega_3\}$. A 与 B, B 与 C 是相容的,A 与 C 互不相容;

(3) $\overline{A}=\{\omega_3\}$, $\overline{B}=\{\omega_2\}$, $\overline{C}=\{\omega_1,\omega_2\}$;

(4) $A\cup B=\Omega$, $AB=\{\omega_1\}$, $A-B=\{\omega_2\}$.

【练1☆☆】甲、乙、丙三人各向目标射击一发子弹,以 A, B, C 分别表示甲乙丙命中目标,试用 A, B, C 表示下列事件:

(1) 至少有一人命中目标;　　　(2) 恰好有一人命中目标;

(3) 三人都没命中目标;　　　　(4) 三人未全命中目标;

(5) 恰好有两人命中目标;　　　(6) 最多有一人命中目标.

 习题拓展 --------------------------------○

【基础过关☆】

1. 判断事件"A, B 至少发生一个"与"A, B 最多发生一个"是否是对立事件?

2. 下列各式说明 A 与 B 之间具有何种包含关系?

(1) $AB=A$;　　(2) $A\cup B=A$.

【能力达标☆☆】

1. 投掷一枚骰子的试验,观察其出现的点数,事件 $A=\{$偶数点$\}$, $B=\{$奇数点$\}$, $C=\{$点数小于 5$\}$, $D=\{$小于 5 的偶数点$\}$,讨论上述各事件间的关系.

2. 设某工人连续生产了 4 个零件,用 A_i 表示他生产的第 i 个零件是正品($i=1,2,3,4$),试用事件的运算表示下列各事件:

(1) 没有一个是次品;

(2) 至少有一个是次品;

(3) 只有一个是次品;

(4) 至少有三个不是次品;

(5) 恰好有三个是次品;

(6) 至多有一个是次品.

2.6　项目二
习题拓展答案

项目三

随机事件的概率

2.7 项目三
知识目标与
重难点

2.8 故事阅读
1名数学家＝
10个师

理论学习

一、概率的统计定义

定义 2.7 频率

在相同的条件下独立重复进行 n 次试验,事件 A 发生的次数,称为频数,记为 n_A,称比值 $\dfrac{n_A}{n}$ 为在 n 次试验中事件 A 出现的频率,记为 $f(A)$,即

$$f(A) = \frac{n_A}{n}.$$

为了进一步探求事件的频率和事件发生可能性之间的内在联系,历史上有很多数学家做了大量的重复试验,表 2-1 就是抛掷硬币这个著名试验的一些试验结果.

表 2-1

实验者	n	n_A	$f_n(A)$
德·摩根(De Morgan)	2 048	1 061	0.518 1
蒲丰(Buffon)	4 040	2 048	0.507 0
皮尔逊(Pearson)	12 000	6 019	0.501 6
皮尔逊	24 000	12 012	0.500 5

分析表 2-1 发现,虽然事件 $A=\{$正面向上$\}$ 发生的频率 $f_n(A)$ 各不相同,但是它们都在一个固定数值 0.5 附近摆动,而且,随着试验次数的增加,这种摆动的幅度越来越小,有逐渐稳定于数值 0.5 的趋势.

由频率的定义 $f_n(A) = \dfrac{n_A}{n}$,$0 \le n_A \le n$,可以得到频率的性质:

(1) $0 \le f_n(A) \le 1$;

(2) $f_n(\Omega) = 1$,$f_n(\varnothing) = 0$.

上述试验的结果从客观上揭示了一个事件发生的频率稳定于一个固定数值的规律,这一统计规律性称为频率的稳定性. 它表明随机事件发生可能性的大小都是

由它自身固有的客观属性决定的. 因此, 任何事件发生的可能性的大小都是可以度量的, 我们将用来表示事件发生可能性大小的数值称为事件的概率.

定义 2.8　概率的统计定义

对于随机事件 A, $f_n(A)$ 为其在 n 次试验中出现的频率. 当试验次数 n 无限增大时, $f_n(A)$ 最终的稳定值为 p, 则称 p 为随机事件 A 的概率, 记为 $P(A)=p$.

例如, 在一定的条件下, 1 000 粒种子平均来说大约有 850 粒种子发芽, 设事件 $A=\{850$ 粒种子发芽$\}$, 则事件 A 的频率为 $\dfrac{850}{1\ 000}$, 也可认为事件 A 的概率为 $P(A)=0.85$.

由于概率是频率的稳定值, 因此频率具有的性质, 概率也有相应的性质.

（1）非负性　$0 \leqslant P(A) \leqslant 1$.

（2）规范性　$P(\Omega)=1$, $P(\varnothing)=0$;

注意: 概率为 1 的事件不一定为必然事件. 同样, 概率为 0 的事件不一定为不可能事件.

（3）有限可加性　若 $A_i A_j = \varnothing\ (i \neq j; i,j=1,2,\cdots,n)$, 则

$$P\left(\bigcup_{i=1}^{n} A_i\right) = \sum_{i=1}^{n} P(A_i).$$

即有限个互不相容事件和事件的概率等于这些事件的概率之和.

特别地, 因 $A \cup \bar{A} = \Omega$, $A \cap \bar{A} \neq \varnothing$, 从而有 $P(A)+P(\bar{A})=1$, 即

$$P(A)=1-P(\bar{A}),\ P(\bar{A})=1-P(A).$$

二、古典概型

我们来观察两个随机试验:

E_1: 投掷一枚质地均匀的硬币的试验;

E_2: 投掷一枚质地均匀的骰子的试验.

在试验 E_1 中, 结果只有两个基本事件, 即"正面朝上"或"反面朝上", 它们都是随机事件; 在试验 E_2 中, 所有的试验结果只有 6 个, 即出现"1 点""2 点""3 点""4 点""5 点""6 点", 它们也都是随机事件.

以上两个随机试验具有如下两个特点:

（1）基本事件的总数是有限个（有限性）;

（2）每个基本事件发生的可能性相同（等可能性）.

我们把具有这种特点的概率模型称为古典概型.

定义 2.9　古典概型

若随机试验具有下述特征:

（1）有限性：基本事件总数有限；

（2）等可能性：每个基本事件出现的可能性是相等的.

就称这种数学模型为古典概型.

古典概型在概率论中具有非常重要的地位，一方面它直观，简单，另一方面它概括了许多实际内容，因此在实际中有很广泛的应用.

定义 2.10　古典概率

对任一古典概型试验，若样本空间的基本事件总数为 n，事件 A 包含 m 个基本事件，则事件 A 发生的概率为：$P(A) = \dfrac{m}{n} = \dfrac{A \text{发生的次数}}{\text{基本事件总数}}$.

不难验证，古典概型具有非负性、规范性和有限可加性. 即对任何事件 A，其概率都具有如下性质：$0 \leq P(A) \leq 1$，$P(\Omega) = 1$，$P(\varnothing) = 0$.

【例 1☆】有三个子女的家庭，设每个孩子是男是女的概率相等，则至少有一个男孩的概率是多少？

解：设 $A = \{$至少有一个男孩$\}$，以 H 表示男孩，T 表示女孩.

$$\Omega = \{HHH, HHT, HTH, THH, HTT, TTH, THT, TTT\},$$

$$A = \{HHH, HHT, HTH, THH, HTT, TTH, THT\},$$

$$P(A) = \frac{7}{8}.$$

【例 2☆】一套 4 册的选集，随机地放到书架上，求各册书自左至右恰好成 1，2，3，4 的顺序的概率.

解：设 $A = $"各册书自左至右恰好成 1，2，3，4 的顺序"，显然：基本事件总数为 4!，A 包含的基本事件数为 1，

$$P(A) = \frac{1}{4!} = \frac{1}{24} \approx 0.041\ 7.$$

【例 3☆☆】　在盒子中有十个相同的球，分别标为 1，2，3，$\cdots$，9，10，从中任摸一球，求此球的号码为偶数的概率.

解：设 $i = \{$所取的球的号码为 $i\}$，$i = 1,2,\cdots,10$，则 $\Omega = \{1,2,\cdots,10\}$. 故基本事件总数 $n = 10$. 令 $A = \{$所取的号码为偶数$\}$，因而 A 含有 5 个基本事件，

$$P(A) = \frac{5}{10} = 0.5.$$

【练 1☆☆】在盒子中有五个球（三个白球、二个黑球），从中任取两个. 问取出的两个球都是白球的概率；是一白一黑的概率.

【例 4☆☆☆】　设有 n 个人，每个人等可能地被分配到 N 个房间中的任意一间去住（$n \leq N$），求下列事件的概率.

（1）$A = \{$指定的 n 个房间各有一人住$\}$；

（2）$B=\{$ 恰好有 n 个房间，其中各有一人住 $\}$.

解：因为每一个人有 N 个房间可供选择（没有限制每间房住多少人），所以 n 个人住的方式共有 N^n 种，它们是等可能的.

（1）n 个人都分到指定的 n 间房中去住，保证每间房中各有一人住.

第一人有 n 种选择，第二人有 $n-1$ 种选择……最后一人只能分到剩下的一间房中去住，共有 $n(n-1)\cdots2\times1=n!$ 种选择，即 A 含有 $n!$ 个基本事件. 所以

$$P(A)=\frac{n!}{N^n}.$$

（2）n 个人都分到的 n 间房中，保证每间只要一人，共有 $n!$ 种选择，而 n 间房未指定，故可以从 N 间房中任意选取，共有 C_N^n 种取法，故 B 包含了 $C_N^n n!$ 种取法. 所以

$$P(B)=\frac{C_N^n n!}{N^n}.$$

【例 5 ☆☆】设有 N 件产品，其中有 M 件次品，现从这 N 件中任取 n 件，求其中恰有 k 件次品的概率.

解：设事件 $A=\{$ 恰好有 k 件次品 $\}$，基本事件总数为 N 件产品中抽取 n 件产品，即为 $n=C_N^n$.

再求事件 A 包含的基本事件个数 m. 首先在 M 件次品中抽取 k 件次品，然后因为一共需要抽取 n 件产品，所以剩余 $n-k$ 件产品在正品 $N-M$ 中抽取，因此

$$m=C_M^k C_{N-M}^{n-k}.$$

故

$$P(A)=\frac{C_M^k C_{N-M}^{n-k}}{C_N^n}.$$

该模型称为"超几何模型".

从上述几个例子可以看出，求解古典概型问题的关键是在寻找基本事件总数和事件 A 发生的次数. 有时正面求较困难时，可以求它的对立方面.

【例 6 ☆☆☆】某班有 n 个人（$n<365$），问至少有两个人的生日在同一天的概率是多大？（假定一年按 365 天计算）

解：设 $A=\{$ 至少有两个人的生日在同一天 $\}$，则 A 的情况比较复杂（两人、三人……在同一天），但 A 的对立事件 $\bar{A}=\{n$ 个人的生日全不相同 $\}$. 所以

$$P(\bar{A})=\frac{C_N^n n!}{N^n}=\frac{N!}{N^n(N-n)!}\quad(N=365),$$

$$P(A)=1-\frac{N!}{N^n(N-n)!}\quad(N=365).$$

这就是有名的"生日问题",对于不同的 n 值,得相应的 $P(A)$ 见表 2-2.

表 2-2

$n/$人	10	20	23	30	40	50
$P(A)$	0.12	0.41	0.51	0.71	0.89	0.97

表 2-2 的答案足以引起大家的好奇,因为"一个班级中至少有两个人生日相同"的概率并不像大多数人想象得那样小,而是足够大. 这个例子告诉我们"直觉"并不可靠,因此研究随机现象统计规律是相当重要的.

【练 2☆☆】袋中共有 15 个白球,3 个黑球,从中任取 3 个,求至少取得一个黑球的概率.

三、概率的加法公式

1. 若 $A_i A_j = \varnothing (1 \leq i \leq j \leq n)$,则 $P\left(\bigcup_{i=1}^{n} A_i\right) = \sum_{i=1}^{n} P(A_i)$;

2. 对任一随机事件 A,有 $P(\bar{A}) = 1 - P(A)$,$P(A) = 1 - P(\bar{A})$;

3. 若 $A \subset B$,则 $P(B-A) = P(B) - P(A)$;

4. 对任意两个事件 A,B,有 $P(A \cup B) = P(A) + P(B) - P(AB)$;

5. 任意三个事件,则有

$P(A \cup B \cup C) = P(A) + P(B) + P(C) - P(AB) - P(AC) - P(BC) + P(ABC)$.

推论 1(一般加法公式)设 $A_1, A_2, \cdots, A_n$ 为任意 n 个随机事件,则有

$$P\left(\bigcup_{i=1}^{n} A_i\right) = \sum_{i=1}^{n} P(A_i) - \sum_{1 \leq i<j \leq n} P(A_i A_j) + \sum_{1 \leq i<j<k \leq n} P(A_i A_j A_k) - \cdots + (-1)^{n-1} P\left(\bigcap_{i=1}^{n} A_i\right).$$

【例 7☆☆】从 $0,1,2,\cdots,9$ 十个数字中任选三个不同的数字,求三个数字中不含 0 或 5 的概率.

解:设 $A = \{$三个数字中不含 0 或 5$\}$,$B = \{$三个数字中不含 0$\}$,$C = \{$三个数字中不含 5$\}$,

$$P(A) = P(B \cup C) = P(B) + P(C) - P(BC) = \frac{C_9^3}{C_{10}^3} + \frac{C_9^3}{C_{10}^3} - \frac{C_8^3}{C_{10}^3} = \frac{7}{10} + \frac{7}{10} - \frac{7}{15} = 0.933\,3.$$

【例 8☆☆】设 A,B,C 为三个随机事件,且 $P(A) = P(B) = P(C) = \frac{1}{4}$,$P(AB) = P(BC) = \frac{1}{16}$,$P(AC) = 0$,求:

（1）A,B,C 至少有一个发生的概率;

（2）A,B,C 全不发生的概率.

解：（1）显然：$ABC \subset AC, P(ABC) \leqslant P(AC) = 0$，又 $P(ABC) \geqslant 0$，从而 $P(ABC) = 0$.

$P(A \cup B \cup C) = P(A) + P(B) + P(C) - P(AB) - P(AC) - P(BC) + P(ABC)$

$$= \frac{1}{4} + \frac{1}{4} + \frac{1}{4} - \frac{1}{16} - 0 - \frac{1}{16} + 0 = \frac{5}{8} = 0.625;$$

（2）$P(\overline{A}\,\overline{B}\,\overline{C}) = P(\overline{A \cup B \cup C}) = 1 - P(A \cup B \cup C) = 0.375.$

【例9☆☆】设事件 A, B 互不相容，且 $P(A) = p, P(B) = q$，试求：$P(A \cup B)$，$P(AB), P(\overline{A}B), P(\overline{A} \cup B), P(\overline{A}\,\overline{B}).$

解：$P(A \cup B) = P(A) + P(B) = p + q,$

$P(AB) = P(\varnothing) = 0,$

$P(\overline{A}B) = P(B\overline{A}) = P(B - A) = P(B) - P(AB) = P(B) = q,$

$P(\overline{A} \cup B) = P(\overline{A}) + P(B) - P(\overline{A}B) = P(\overline{A}) + q - q = P(\overline{A}) = 1 - p,$

$P(\overline{A}\,\overline{B}) = P(\overline{A \cup B}) = 1 - P(A \cup B) = 1 - p - q.$

【练3☆☆】设 $P(A) = 0.7, P(B) = 0.6, P(A - B) = 0.3$，求 $P(\overline{A}B), P(A \cup B)$，$P(\overline{A}\,\overline{B})$.

【例10☆☆☆】对某社区调查结果的统计表明，有台式电脑的家庭占85%，有笔记本电脑的家庭占25%，没有电脑的家庭占10%，随机到任意一家去，问该家庭：

（1）没有笔记本电脑的概率；

（2）有电脑的概率；

（3）有台式电脑或无电脑的概率；

（4）笔记本电脑和台式电脑都有的概率.

解：设事件 $A = \{$该家庭有台式电脑$\}, B = \{$该家庭有笔记本电脑$\}$，由已知条件得 $P(A) = 0.85, P(B) = 0.25, P(\overline{A}\,\overline{B}) = P(\overline{A \cup B}) = 0.1.$

（1）$P(\overline{B}) = 1 - P(B) = 1 - 0.25 = 0.75;$

（2）$P(A \cup B) = 1 - P(\overline{A \cup B}) = 1 - 0.1 = 0.9;$

（3）由于事件 A 和事件 $\overline{A \cup B}$ 是互不相容的，故

$$P(A \cup \overline{A \cup B}) = P(A) + P(\overline{A \cup B}) = 0.85 + 0.1 = 0.95;$$

（4）由于事件 A 和事件 B 不是互不相容的，由

$$P(A \cup B) = P(A) + P(B) - P(AB),$$

故 $P(AB) = P(A) + P(B) - P(A \cup B)$，即 $P(AB) = 0.85 + 0.25 - 0.9 = 0.2.$

所以笔记本电脑和台式电脑都有的概率是20%.

四、条件概率

在概率的计算中,常常会遇到这样的情况,在某一事件 B 已经发生的条件下,求另一个事件 A 发生的概率,通常记为 $P(A|B)$. 添加了一个附加条件,事件的概率一般会发生变化.

【引例 1】一个盒子中有 10 张彩票,其中 3 张有奖,现在 10 个人摸彩票,问:

(1) 第一个人中奖的概率是多少?

(2) 已知第一个人中奖,则第二个人也中奖的概率是多少?

解:设 $A = \{$第一个人中奖$\}$,$B = \{$第二个人中奖$\}$,则

(1) $P(A) = \dfrac{3}{10}$;

(2) $P(B|A) = \dfrac{2}{9}$.

在事件 A 发生的条件下事件 B 发生的概率和事件 B 发生的概率显然是不一样.

【引例 2】盒子中装有 16 个球,其中 6 个是木质球,10 个是玻璃球. 而木质球中有 2 个是红色的,4 个是蓝色的;玻璃球中有 3 个是红色的,7 个是蓝色的. 现从中任取一个球,求:

(1) 该球是木质球的概率;

(2) 已知该球是红球的情况下,该球是木质球的概率.

解:为明显起见,我们将题中假设列表 2-3:

表 2-3

质地 球色	木质球	玻璃球
红色球	2	3
蓝色球	4	7

共有 16 个球,记

$A = \{$任取一球是木质球$\}$,　　$B = \{$任取一球是红色球$\}$,

$C = \{$任取一球是玻璃球$\}$,　　$D = \{$任取一球是蓝色球$\}$,

用古典概型的概率计算公式,求得

$$P(A) = \frac{6}{16}, \quad P(B) = \frac{5}{16},$$

$$P(C) = \frac{10}{16}, \quad P(D) = \frac{11}{16}.$$

易知,$P(A)$ 就是所求问题 (1) 的概率.

显然,所求问题 (2) 的条件发生了变化,所求的木质球不再是 16 个球中的木质

球,而只是 5 个红色球中的木质球,一共只有 5 种可能,木质球(又是红色球)是 2 个,所求概率记为 $P(A|B)$,于是有

$$P(A|B)=\frac{2}{5}.$$

同理,已知抽到木质球,求它是红色球的概率 $P(B|A)$. 由表 2-3 马上得到

$$P(B|A)=\frac{2}{6}=\frac{1}{3}.$$

这种条件发生变化,在已知某事件发生的情况下,另一事件发生的概率,就是条件概率.

定义 2.11　条件概率

设 A,B 是两个随机事件,且 $P(A)>0$,那么在事件 A 发生的条件下事件 B 发生的概率称作条件概率,记作

$$P(B|A)=\frac{P(AB)}{P(A)}.$$

【例 11☆】5 个球中有 3 个白球,2 个红球,每次任取 1 个,无放回地抽取两次,试求在第一次取得红球的条件下,第二次取到白球的概率.

解:设事件 $A=\{$第一次取到红球$\}$,$B=\{$第二次取到白球$\}$.

据题意,由于事件 A 已经发生,而且取出的球不再放回,所以 5 个球中只剩下 4 个,其中白球仍有 3 个,于是在事件 A 发生的条件下事件 B 发生的概率,记为 $P(B|A)$,即 $P(B|A)=\frac{3}{4}$.

或由于 $P(A)=\frac{2}{5},P(AB)=P(A)P(B)=\frac{2}{5}\times\frac{3}{4}=\frac{3}{10}$,由条件概率公式可以得到

$$P(B|A)=\frac{P(AB)}{P(A)}=\frac{\frac{3}{10}}{\frac{2}{5}}=\frac{3}{4}.$$

【例 12☆☆】10 个产品中有 7 个正品,3 个次品,从中不放回地抽取两次,已知第一次取到次品的条件下,求第二次取到次品的概率.

解:设 $A=\{$第一次取到次品$\}$,$B=\{$第二次取到次品$\}$.

$P(B|A)$ 为第一次取到次品的条件下,求第二次取到次品的概率.

$$P(A)=\frac{3}{10},P(AB)=\frac{C_3^1}{C_{10}^1}\frac{C_2^1}{C_9^1}=\frac{1}{15},P(B|A)=\frac{P(AB)}{P(A)}=\frac{1/15}{3/10}=\frac{2}{9}.$$

归纳起来计算条件概率的两种方法:

(1) 在样本空间 Ω 中,先求 $P(B)$ 和 $P(AB)$,再求 $P(A|B)$;

(2) 在缩减的样本空间 B 中求事件 A 的概率,就得到 $P(A|B)$.

【练4☆☆】

1. 一盒中混有 100 只新、旧乒乓球,各有红、白两色,分类如表 2-4 所示,现随机取出一球,若取得的是红球,试求该红球是新球的概率.

表 2-4

	新	旧	
红	50	10	60
白	35	5	40
	85	15	100

2. 已知 100 个零件中有 5 个次品,每次从中任取一个,取后不放回,求第二次才取得正品的概率.

五、乘法公式

【引例3】 一场精彩的音乐会将要开演,5 个人好不容易才得到了一张门票,现在要用抽签的方式来决定谁去现场看演出. 5 张同样的卡片,只有一张写"有",其余的什么也没写,让 5 个人依次抽取. 可他们争先恐后,都害怕被排到后面抽取. 有人说:"先抽的人当然要比后抽的人抽到的机会大.""第一个人抽的时候,无论如何写有的卡片还在,假若它被第一个抽去了,后面的人就根本不用抽了."其他人也随声附和道. 难道后抽的确实比先抽的吃亏吗? 主持抽签的人站出来说:"大家不必争先恐后,你们一个一个按次序来. 每个人抽到'有'的卡片机会一样大". 到底谁说的对呢? 让我们用概率论的知识来计算一下每个人抽到"有"的概率到底有多大?

定理 2.1 乘法公式

设 A,B 是两个随机事件,则

$$P(AB) = \begin{cases} P(A)P(B|A), & P(A)>0, \\ P(B)P(A|B), & P(B)>0. \end{cases}$$

推论:(1)设 A,B,C 为任意三个事件,则 $P(ABC)=P(A)P(B|A)P(C|AB)$.

(2)设 $A_i(i=1,2,\cdots,n)$ 为 n 个事件,则

$$P(A_1A_2\cdots A_n) = P(A_1)P(A_2|A_1)P(A_3|A_1A_2)\cdots P(A_n|A_1A_2\cdots A_{n-1}).$$

【例13☆☆】 甲、乙两市都位于长江下游,据一百多年来的气象记录,知道在一年中雨天的比例甲市为 20%,乙市为 18%,两地同时下雨的比例为 12%. 记 $A=\{$甲市出现雨天$\}$,$B=\{$乙市出现雨天$\}$. 求

(1)两市至少有一市是雨天的概率.

（2）乙市出现雨天的条件下，甲市也出现雨天的概率.

（3）甲市出现雨天的条件下，乙市也出现雨天的概率.

解：（1）$P(A \cup B) = P(A) + P(B) - P(AB) = 0.2 + 0.18 - 0.12 = 0.26$.

（2）$P(A \mid B) = \dfrac{P(AB)}{P(B)} = \dfrac{0.12}{0.18} \approx 0.666\,7$.

（3）$P(B \mid A) = \dfrac{P(AB)}{P(A)} = \dfrac{0.12}{0.2} = 0.6$.

【例 14☆☆】设甲袋中有白球 3 个，黑球 5 个；乙袋中有白球 4 个，黑球 6 个，从甲袋中取出一个球放入乙袋，再从乙袋取出一个球放入甲袋，求甲袋球的成分不变的概率.

解：设 $A = \{$从甲袋中取到白球$\}$，$B = \{$从乙袋中取到白球$\}$，$C = \{$甲袋球的成分不变$\}$.

$$P(C) = P(AB \cup \overline{A}\,\overline{B}) = P(AB) + P(\overline{A}\,\overline{B}) = P(A)P(B \mid A) + P(\overline{A})P(\overline{B} \mid \overline{A})$$

$$= \frac{3}{8} \times \frac{5}{11} + \frac{5}{8} \times \frac{7}{11} = \frac{50}{88} \approx 0.568\,1.$$

【练 5☆☆】

1. 设某种动物从出生起活到 20 岁以上的概率是 0.8，活到 25 岁以上的概率是 0.4，问：现在 20 岁的这种动物，它能活到 25 岁以上的概率是多少？

2. 已知袋中有 5 个红球，4 个白球.

（1）不放回地取三次，一次一个，求前两次取到红球，后一次取到白球的概率；

（2）取三次，一次一个，如果取到红球，将红球拿出，放回 2 个白球，否则不放回. 求前两次取到红球，后一次取到白球的概率.

【例 15☆☆】（引例 3 解答）

解：不妨设 $A_i = \{$第 i 个人抽到"有"$\}$（$i = 1,2,3,4,5$），则 $\overline{A_i} = \{$第 i 个人未抽到"有"$\}$（$i = 1,2,3,4,5$）. 显然对于第一个人而言，

$$P(A_1) = \frac{1}{5}, \quad P(\overline{A_1}) = \frac{4}{5}.$$

即第一个人抽到音乐会门票的概率是 $\dfrac{1}{5}$.

若第二个人抽到音乐会门票，也就是第一个人未抽到，因此

$$P(A_2) = P(\overline{A_1} A_2).$$

由乘法公式

$$P(A_2) = P(\overline{A_1} A_2) = P(\overline{A_1}) P(A_2 \mid \overline{A_1}) = \frac{4}{5} \times \frac{1}{4} = \frac{1}{5}.$$

同理，若第三个人抽到音乐会门票，也就是第一个人和第二个人都未抽到，因此

$$P(A_3) = P(\overline{A_1}\,\overline{A_2}A_3) = P(\overline{A_1})P(\overline{A_2}\,|\,\overline{A_1})P(A_3\,|\,\overline{A_1}\,\overline{A_2}) = \frac{4}{5} \times \frac{3}{4} \times \frac{1}{3} = \frac{1}{5}.$$

这样计算下去,不难发现每个人抽到门票的概率都是 $\frac{1}{5}$. 因此主持抽签的人说的是对的,"每个人抽到'有'的卡片机会一样大".

六、全概率公式与贝叶斯公式

全概率公式与贝叶斯公式主要用来计算比较复杂的事件的概率. 它们实质上都是加法公式和乘法公式的综合应用和推广.

1. 全概率公式

定义 2.12 完备事件组(一个划分)

设样本空间 Ω 中的事件组 $A_1, A_2, \cdots, A_n$ 满足两个条件:

(1) $A_iA_j = \varnothing, i \neq j(i,j=1,2,\cdots,n)$,即诸 $A_i, A_j(i \neq j)$ 互不相容;

(2) $A_1 \cup A_2 \cup \cdots \cup A_n = \Omega$.

则称 $A_1, A_2, \cdots, A_n$ 构成一个完备事件组(一个划分). 如图 2-7 所示.

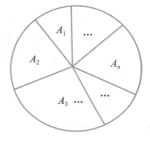

图 2-7

定理 2.2 全概率公式

设有样本空间 Ω 的划分 $A_1, A_2, \cdots, A_n$,对任一事件 $B \subset \Omega$,有

$$P(B) = P(A_1)P(B|A_1) + P(A_2)P(B|A_2) + \cdots + P(A_n)P(B|A_n)$$

$$= \sum_{i=1}^{n} P(A_i)P(B|A_i).$$

特别当 $n=2$ 时,将 A_1 记为 A,则 A_2 为 $\overline{A}$,则全概率公式为

$$P(B) = P(A)P(B|A) + P(\overline{A})P(B|\overline{A}).$$

【例 16☆☆】5 个乒乓球,其中 3 个新球,2 个旧球,每次取一个,无放回地取两次,求第二次取到新球的概率.

解:设 $A_i = \{$第 i 次取到新球$\}$.

$$P(A_2) = P(\Omega A_2) = P[(A_1 \cup \overline{A_1})A_2] = P(A_1A_2 \cup \overline{A_1}A_2)$$

$$= P(A_1)P(A_2|A_1) + P(\overline{A_1})P(A_2|\overline{A_1}) = \frac{3}{5} \times \frac{2}{4} + \frac{2}{5} \times \frac{3}{4} = 0.6.$$

【例 17☆☆】设一个仓库中有 10 箱同样规格的产品. 已知这十箱中依次有 5 箱、3 箱、2 箱是甲厂、乙厂、丙厂生产的,又甲厂、乙厂、丙厂生产的该种产品的次品率依次为 $\frac{1}{10}, \frac{1}{15}, \frac{1}{20}$. 从这 10 箱产品中任取一箱,再从中任取一件产品,求取得的产品是正品的概率.

解:设 $A=\{$ 任取一产品是正品 $\}$, B_1, B_2, B_3 依次表示取得的这箱产品是甲厂、乙厂、丙厂生产的. 显然, B_1, B_2, B_3 两两互斥,且

$$B_1 \cup B_2 \cup B_3 = \Omega.$$

显然由已知条件可得

$$P(B_1)=\frac{5}{10}, P(B_2)=\frac{3}{10}, P(B_3)=\frac{2}{10},$$

$$P(A|B_1)=\frac{9}{10}, P(A|B_2)=\frac{14}{15}, P(A|B_3)=\frac{19}{20}.$$

$$P(A)=\sum_{i=1}^{3}P(B_i)P(A|B_i)=\frac{5}{10}\times\frac{9}{10}+\frac{3}{10}\times\frac{14}{15}+\frac{2}{10}\times\frac{19}{20}=0.92.$$

【练 6☆☆】

某工厂有四条生产线生产同一种产品,该四条流水线的产量分别占总产量的 15%,20%,30%,35%,又这四条流水线的不合格品率分别为 5%,4%,3% 及 2%,现在从出厂的产品中任取一件,问恰好抽到不合格品的概率为多少?

2. 贝叶斯公式

【例 18☆☆】在上例中,已经取得正品,问取得的那箱产品是甲厂、乙厂、丙厂生产的概率各是多少?

解:与上例相同,有

$$P(B_1)=\frac{5}{10}, P(B_2)=\frac{3}{10}, P(B_3)=\frac{2}{10},$$

$$P(A|B_1)=\frac{9}{10}, P(A|B_2)=\frac{14}{15}, P(A|B_3)=\frac{19}{20}.$$

且 $$P(A)=\sum_{i=1}^{3}P(B_i)P(A|B_i)=\frac{5}{10}\times\frac{9}{10}+\frac{3}{10}\times\frac{14}{15}+\frac{2}{10}\times\frac{19}{20}=0.92.$$

故 $$P(B_1|A)=\frac{P(B_1 A)}{P(A)}=\frac{P(B_1)P(A|B_1)}{P(A)}=\frac{\frac{5}{10}\times\frac{9}{10}}{0.92}\approx0.489\,1.$$

同理 $$P(B_2|A)=\frac{P(B_2 A)}{P(A)}=\frac{P(B_2)P(A|B_2)}{P(A)}=\frac{\frac{3}{10}\times\frac{14}{15}}{0.92}\approx0.304\,4.$$

$$P(B_3|A)=\frac{P(B_3 A)}{P(A)}=\frac{P(B_3)P(A|B_3)}{P(A)}=\frac{\frac{2}{10}\times\frac{19}{20}}{0.92}\approx0.206\,5.$$

在上面的计算中,事实上已经得到了一个极为有用的公式.

定理 2.3　贝叶斯公式

设有样本空间 Ω 的划分 A_1, A_2, $\cdots$, A_n, 对任一事件 $B \subset \Omega$, 有

$$P(A_k|B) = \frac{P(A_k)P(B|A_k)}{\sum\limits_{i=1}^{n} P(A_i)P(B|A_i)}(1 \leqslant k \leqslant n).$$

【例19 ☆ ☆ ☆】根据生产某种新产品的有关数据分析表明,当机器调整好的时候,产品的合格率为99%,而当机器发生某种故障时,其合格率为60%.每天早上开动机器时,机器调整良好的概率为95%.已知某天第一件产品为合格品,试求当天机器调整好的概率是多少?

解:设 $A = \{$产品合格$\}$,$B = \{$机器调整好$\}$.由已知条件得

$$P(A|B) = 0.99, P(A|\overline{B}) = 0.6, P(B) = 0.95, P(\overline{B}) = 0.05.$$

$$P(B|A) = \frac{P(B)P(A|B)}{P(B)P(A|B) + P(\overline{B})P(A|\overline{B})} = \frac{0.95 \times 0.99}{0.95 \times 0.99 + 0.05 \times 0.60} \approx 0.969\ 1.$$

【练7 ☆ ☆】某工厂中,三台机器分别生产的产品占总数的25%,35%,40%,它们生产的产品中分别有5%,4%,2%的次品,将这些产品混在一起,现随机地取出一个产品,问它是次品的概率是多少?该次品由三台中的哪台机器生产的概率最大?

七、事件的独立性

生活经验告诉我们,天气情况不好,尤其是大雾天气发生车祸的可能性要大一些,而晴朗的天气与某人买彩票中奖的可能性没有任何关系.在现实生活中,有些事件对另一些事件有影响,有些事件之间则互不影响.概率论对这类问题进行了研究,并提出了事件独立性的概念

1. 两个事件的独立性

对于两事件 A, B,条件概率 $P(B|A) = \dfrac{P(AB)}{P(A)}$ 其值不外乎有两种情形:

(1) $P(B|A) \neq P(B)$;(2) $P(B|A) = P(B)$.

前者表明事件 B 发生的概率因事件 A 的出现而发生了变化,事件 A 对事件 B 有影响,或者说事件 B 依赖于事件 A;而后者表明事件 B 发生的概率不受事件 A 的出现这个条件的影响,自然称 B 不依赖于事件 A,或者说 B 对 A 独立,下面给出定义.

定义 2.13　两个事件相互独立

若两个随机事件 A 与事件 B 满足:$P(AB) = P(A)P(B)$,则称事件 A 与事件 B 相互独立,简称 A, B 独立.

由事件独立的定义和乘法公式可得:

(1) 事件的独立性具有相互性,即若事件 B 对 A 独立,必有 A 对 B 独立;

(2) 事件 A 与 B 独立的充分必要条件是:$P(B) = P(B|A)$(当 $P(A) > 0$ 时),或

$P(A) = P(A|B)$（当 $P(B) > 0$ 时）；

（3）若四对事件 $A, B; A, \overline{B}; \overline{A}, B; \overline{A}, \overline{B}$ 中有一对独立，则其余三对也独立.

【例 20☆】 从一副 52 张的扑克牌中任意抽取一张，以 A 表示抽出一张 A，以 B 表示抽出一张黑桃，问 A 与 B 是否独立？

解：由题意， $P(A) = \dfrac{4}{52}, P(A|B) = \dfrac{1}{13}, P(B) = \dfrac{1}{4}, P(AB) = \dfrac{1}{52}$,

因为 $P(AB) = P(A)P(B)$，所以 $P(A|B) = P(A) = \dfrac{1}{13}$. A 与 B 是相互独立的.

【例 21☆☆】 设事件 A 与 B 独立，且 $P(A \cup B) = 0.6, P(A) = 0.5$，求 $P(B)$.

解：事件 A 与 B 为两独立事件，故 $P(AB) = P(A)P(B)$. 而
$$P(A \cup B) = P(A) + P(B) - P(AB) = P(A) + P(B) - P(A)P(B),$$
即 $0.6 = 0.5 + P(B) - 0.5P(B)$，解得 $P(B) = 0.2$.

定理 2.4 独立事件的加法公式

设事件 A 与事件 B 相互独立，则

（1） $P(A \cup B) = P(A) + P(B) - P(A)P(B)$；

（2） $P(A \cup B) = 1 - P(\overline{A \cup B}) = 1 - P(\overline{A}\,\overline{B}) = 1 - P(\overline{A})P(\overline{B})$.

2. 三个事件相互独立

两个事件相互独立的概念，可推广到三个事件的情形.

定义 2.14 三个事件相互独立

设 A, B, C 是三个事件，如果同时满足下列四个等式：
$$P(AB) = P(A)P(B);$$
$$P(BC) = P(B)P(C);$$
$$P(AC) = P(A)P(C);$$
$$P(ABC) = P(A)P(B)P(C),$$
则称事件 A, B, C 是相互独立的.

同理，可推广到 n 个事件的情形.

对 n 个事件 $A_1, A_2, \cdots, A_n$，若其中任意 $k(2 \leqslant k \leqslant n)$ 个事件积的概率等于这 k 个事件的概率之积，则称 $A_1, A_2, \cdots, A_n$ 相互独立. 此时有
$$P(A_1 A_2 \cdots A_n) = P(A_1)P(A_2) \cdots P(A_n).$$

结论

设事件 $A_1, A_2, \cdots, A_n$ 相互独立，则
$$P(A_1 \cup A_2 \cup \cdots \cup A_n) = 1 - P(\overline{A_1 \cup A_2 \cup \cdots \cup A_n}) = 1 - P(\overline{A_1}\,\overline{A_2}\cdots\overline{A_n})$$
$$= 1 - P(\overline{A_1})P(\overline{A_2}) \cdots P(\overline{A_n}).$$

注意:事件 A,B 相互独立与事件 A,B 互不相容是两个不同的概念,不能混淆.事件 A,B 相互独立是指事件 B 发生的概率与事件 A 是否发生无关;事件 A,B 互不相容是指 B 的发生必然导致 A 的不发生,即事件 B 发生的概率与事件 A 是否发生有关,也即 $AB=\varnothing$.

在实际问题中,两事件是否独立,并不总是需要通过公式的计算来证明,也可以根据具体情况来分析、判断,只要事件间没有明显的联系或联系甚微,我们就可认为它们是相互独立的.

【例 22☆☆】有甲乙两个狙击手独立地射击同一个目标,已知甲击中的概率是 0.8,乙击中的概率是 0.9,问目标被击中的概率.

解:设 $A=\{$甲击中目标$\}$,$P(A)=0.8$,$B=\{$乙击中目标$\}$,$P(B)=0.9$,$A\cup B=\{$目标被击中$\}$,则

法一
$$P(A\cup B)=P(A)+P(B)-P(AB)$$
$$=P(A)+P(B)-P(A)P(B)=0.98.$$

法二
$$P(A\cup B)=1-P(\overline{A\cup B})=1-P(\overline{A}\,\overline{B})=1-P(\overline{A})P(\overline{B})$$
$$=1-(1-0.8)(1-0.9)=0.98.$$

【例 23☆☆】张、王、赵三同学各自独立地去解一道数学题,他们解出的概率为 $\frac{1}{5},\frac{1}{3},\frac{1}{4}$,试求(1)恰有一人解出的概率;(2)难题被解出的概率.

解:设 $A_i(i=1,2,3)$ 分别表示张、王、赵三同学解出难题这三个事件. 由题设知 A_1,A_2,A_3 相互独立.

(1)设 $A=\{$三人中恰有一人解出难题$\}$,则 $A=A_1\overline{A_2}\,\overline{A_3}\cup\overline{A_1}A_2\,\overline{A_3}\cup\overline{A_1}\,\overline{A_2}A_3$.
$$P(A)=P(A_1\overline{A_2}\overline{A_3})+P(\overline{A_1}A_2\overline{A_3})+P(\overline{A_1}\overline{A_2}A_3)$$
$$=P(A_1)P(\overline{A_2})P(\overline{A_3})+P(\overline{A_1})P(A_2)P(\overline{A_3})+P(\overline{A_1})P(\overline{A_2})P(A_3)$$
$$=\frac{1}{5}\times\frac{2}{3}\times\frac{3}{4}+\frac{4}{5}\times\frac{1}{3}\times\frac{3}{4}+\frac{4}{5}\times\frac{2}{3}\times\frac{1}{4}\approx0.433\,3.$$

(2)设 $B=\{$难题被解出$\}$,
$$P(B)=P(A_1\cup A_2\cup A_3)=1-P(\overline{A_1})P(\overline{A_2})P(\overline{A_3})$$
$$=1-\left(1-\frac{1}{5}\right)\left(1-\frac{1}{3}\right)\left(1-\frac{1}{4}\right)=\frac{3}{5}.$$

【例 24☆☆】常言道:"三个臭皮匠,顶个诸葛亮". 这是对人多办法多、人多智慧多的一种赞誉.用数量的形式来描述这句话.

解:不妨设 $A_i=\{$第 i 个人单独解决问题$\}$,$i=1,2,3$,其概率分别为

$$P(A_1)=0.45, P(A_2)=0.55, P(A_3)=0.6.$$

设 $B=\{问题解决\}$，则

$$P(B)=P(A_1\cup A_2\cup A_3)=1-P(\overline{A_1}\,\overline{A_2}\,\overline{A_3})=1-P(\overline{A_1})P(\overline{A_2})P(\overline{A_3})$$
$$=1-0.55\times0.45\times0.4=1-0.099=0.901.$$

本题结果表明，三个并不聪明的臭皮匠聚在一起能解决问题的概率居然高达 90.1%，这远远超出了我们的想象，也从数学的角度说明了团队协作的重要性.

【例 25 ☆☆】假设每支步枪击中飞机的概率为 0.004，问至少需要多少支步枪同时射出一颗子弹，才能保证以 99% 的概率击中飞机？

猜一猜
用步枪能击落飞机吗？

解：$A_i=\{第\,i\,支步枪击中飞机\}(i=1,2,3,\cdots,n)$，$B=\{击中飞机\}$，则 $P(A_i)=0.004(i=1,2,3,\cdots,n)$.

$$P(B)=P(A_1\cup A_2\cup A_3\cup\cdots\cup A_n)=1-P(\overline{A_1}\,\overline{A_2}\,\overline{A_3}\cdots\overline{A_n})$$
$$=1-P(\overline{A_1})P(\overline{A_2})\cdots P(\overline{A_n})$$
$$=1-(1-0.004)^n\geqslant99\%,$$

即 $0.996^n\leqslant0.01$，解得　　　$n\geqslant\dfrac{\ln0.01}{\ln0.996}\approx1\,148.99.$

取 $n=1\,149$. 所以至少需要 1 149 支步枪同时射出一颗子弹，才能保证以 99% 的概率击中飞机.

教师寄语

无论是用数量的形式来描述"三个臭皮匠，顶个诸葛亮"；还是用步枪击落飞机这个超出我们想象的事实，都用数学的语言告诉我们一个道理："团结就是力量""一花不成春，一木不成林". 团结的力量可以把渺小变成巨大，把不可能变成可能. 一个人力量再大、再强，也没有集体的力量大；一个人再聪明，也没有集体的智慧多. 因此遇到事情或困难我们要依靠集体的力量，发挥团队的作用，只有心往一处想，劲往一处使，才能取得更大的成功.

3. 伯努利概型

【引例 4】某人共进行了 3 次投篮，他的命中率为 0.8，求他恰好投中 2 次的概率.

解：设 $A_i=\{第\,i\,次投中\}(i=1,2,3)$，$B=\{恰好投中2次\}$.

$$P(B)=P(A_1A_2\overline{A_3}\cup A_1\overline{A_2}A_3\cup\overline{A_1}A_2A_3)=P(A_1A_2\overline{A_3})+P(A_1\overline{A_2}A_3)+P(\overline{A_1}A_2A_3)$$
$$=P(A_1)P(A_2)P(\overline{A_3})+P(A_1)P(\overline{A_2})P(A_3)+P(\overline{A_1})P(A_2)P(A_3)$$
$$=0.8^2\times0.2+0.8^2\times0.2+0.8^2\times0.2=C_3^2 0.8^2(1-0.8)^{3-2}=0.384.$$

定义 2.15　伯努利试验

若试验 E 只有两个可能的结果：A 及 $\overline{A}$，则称这个试验为伯努利试验.

定义 2.16 伯努利概型

设随机试验 E 具有如下特征：

（1）每次试验是相互独立的；

（2）每次试验有且仅有两种结果：事件 A 和事件 $\overline{A}$；

（3）每次试验的结果发生的概率相同，即 $P(A)=p$，$P(\overline{A})=1-p=q$.

则称试验 E 表示的数学模型为伯努利概型. 若试验做了 n 次，则这个试验就称为 n 重伯努利试验.

定理 2.5 伯努利公式

在 n 重伯努利试验中，若事件 A 发生的概率为 p，则事件 A 恰好发生 k 次的概率为：

$$B(k;n,p)=P_n(k)=C_n^k p^k (1-p)^{n-k}=C_n^k p^k q^{n-k}\ (q=1-p,k=0,1,2,\cdots,n).$$

【例 26☆☆】一条自动生产线上产品的一级品率是 0.6，现检查 10 件，求：

（1）恰好有 3 件一级品的概率.

（2）至少有 2 件一级品的概率.

解：（1）$P_{10}(3)=C_{10}^3 (0.6)^3 \times (0.4)^7 \approx 0.042\ 5.$

（2）设 $A=\{$至少抽到 2 件一级品$\}$，

$$P(A)=\sum_{k=2}^{10} P_{10}(k)=1-\sum_{k=0}^{1} P_{10}(k)$$
$$=1-C_{10}^0 (0.6)^0 \times (0.4)^{10}-C_{10}^1 (0.6)\times (0.4)^9=0.998.$$

【例 27☆】某人做某事的成功率为 0.01，他重复做了 400 次，求他至少成功一次的概率？

解：设 $A=\{$至少成功一次$\}$，则 $\overline{A}=\{$一次都未成功$\}$.

利用二项概率公式（伯努利公式）得所求的概率为

$$P(A)=1-P(\overline{A})=1-C_{400}^0 \times 0.01^0 \times 0.99^{400} \approx 0.982.$$

教师寄语

一个人做某事虽然成功率仅有 0.01，即只有 1% 成功的可能，但他不气馁，坚持、执着地做 400 次，他成功的可能性居然能高达 98.2%. 这从数学的角度诠释了"有志者事竟成"的道理.

【练 8☆☆】

一大批电子元件，一级品率为 0.2，随机取 10 个，求：

（1）恰有 6 个一级品的概率.

（2）最多只有 2 个一级品的概率.

实际应用

2.9　概率三大公式

【例 1☆☆☆】

某保险公司认为,人可以分为两类,第一类是容易出事故的,另一类则是比较谨慎,不易出事故的.保险公司的统计数字表明,一个容易出事故的人在一年内出一次事故的概率为 0.04,而对于比较谨慎的人这个概率仅为 0.02,如果第一类人占总人数的 30%,那么一客户在购买保险单后一年内出一次事故的概率为多少?

解:设 $A=\{$容易出事故的$\}$,则 $\overline{A}=\{$比较谨慎的$\}$.由题意有

$$P(A)=0.3,P(\overline{A})=0.7.$$

设 $B=\{$一年内出事故$\}$,由题意有

$$P(B|A)=0.04,P(B|\overline{A})=0.02,$$

显然 A 与 $\overline{A}$ 是一个划分,则

$$P(B)=P(A)P(B|A)+P(\overline{A})P(B|\overline{A})=0.3\times0.04+0.7\times0.02=0.026.$$

【例 2☆☆☆】股票上涨

为了了解某只股票在未来一段时间内价格的变化,往往会分析影响股票价格的基本因素,比如利率的变化.根据经验,在利率下调的情况下,该支股票价格上涨的概率为 70%,而在利率不变的情况下,其价格上涨的概率为 40%.现假设经分析估计利率下调的概率为 40%,利率不变的概率为 60%.求该只股票上涨的概率.

解:设 $A=\{$利率下调$\}$,则 $\overline{A}=\{$利率不变$\}$,由题意有

$$P(A)=0.4,P(\overline{A})=0.6.$$

设 $B=\{$该只股票价格上涨$\}$,由题意有

$$P(B|A)=0.7,P(B|\overline{A})=0.4,$$

显然 A 与 $\overline{A}$ 是一个划分,则

$$P(B)=P(A)P(B|A)+P(\overline{A})P(B|\overline{A})=0.4\times0.7+0.6\times0.4=0.52.$$

【例 3☆☆☆】银行贷款

某银行规定:对于申请贷款的企业,只有当按期偿还贷款的概率不低于 0.6 时才能考虑提供贷款.现有一企业欲申请贷款,用于扩大再生产,预测在正常生产的情况下,按期偿还贷款的概率为 0.8,在生产因素不正常的情况下,按期偿还贷款的概率为 0.3,多年资料表明该企业生产因素正常的概率为 0.75,试决策银行能不能向该企业提供贷款?

解:设 $A = \{$生产因素正常$\}$,则 $\bar{A} = \{$生产因素不正常$\}$,由题意有

$$P(A) = 0.75, P(\bar{A}) = 0.25,$$

设 $B = \{$按期偿还贷款$\}$,由题意有

$$P(B|A) = 0.8, P(B|\bar{A}) = 0.3,$$

显然 A 与 $\bar{A}$ 是一个划分,则

$$P(B) = P(A)P(B|A) + P(\bar{A})P(B|\bar{A}) = 0.75 \times 0.8 + 0.25 \times 0.3 = 0.675.$$

因为 $P(B) = 0.675 > 0.6$,故银行可以考虑向该企业提供贷款.

【例 4☆☆☆】色盲检查

一般而言,男性中有 5% 是色盲患者,女性中有 0.25% 是色盲患者,今从男女人数相等的人群中随机地挑选一人,恰好是色盲患者,问此人是男性的概率是多少?

解:$A = \{$任选一人是色盲$\}$,$B = \{$任选一人是男性$\}$,显然:$B, \bar{B}$ 互不相容,且 $B \cup \bar{B} = \Omega$,故

$$P(B|A) = \frac{P(AB)}{P(A)} = \frac{P(B)P(A|B)}{P(B)P(A|B) + P(\bar{B})P(A|\bar{B})}$$

$$= \frac{0.5 \times 0.05}{0.5 \times 0.05 + 0.5 \times 0.0025} \approx 0.9524.$$

【例 5☆☆☆】医院疾病筛查

用甲胎蛋白法普查肝癌,令 $C = \{$被检验者患肝癌$\}$,$\bar{C} = \{$被检验者未患肝癌$\}$,$A = \{$甲胎蛋白法检查结果为阳性$\}$,$\bar{A} = \{$甲胎蛋白法检查结果为阴性$\}$,由过去资料 $P(A|C) = 0.95, P(\bar{A}|\bar{C}) = 0.9$,又已知某地居民的肝癌发病率 $P(C) = 0.0004$,在普查中查出一批甲胎蛋白检查结果为阳性的人,求这批人中患有肝癌的概率 $P(C|A)$.

解:由贝叶斯公式

$$P(C|A) = \frac{P(C)P(A|C)}{P(C)P(A|C) + P(\bar{C})P(A|\bar{C})}$$

$$= \frac{0.0004 \times 0.95}{0.0004 \times 0.95 + 0.9996 \times 0.1} = 0.0038.$$

虽然从 $P(A|C) = 0.95, P(\bar{A}|\bar{C}) = 0.9$ 看,似乎此检验方法很准确. 但从上面的计算知,经甲胎蛋白法检查结果为阳性的人群中,其实真正患肝癌的人还是很少的(只占 0.38%). 因此,虽然检验法相当可靠,但用它作为确诊肝癌的手段并不太妥当. 不过,若呈阳性,则得肝癌的概率较之正常人群中人患肝癌的概率 0.0004 约扩大了 10 倍,为 0.0038,所以该检验不失为一种辅助检验手段.

【例 6☆☆☆】股票走势

在通常情况下,股市中股票的涨跌有时候是相互联系的,有时候则是毫无关联的. 根据股市的情况,甲、乙两只股票上涨的概率分别是 0.8 和 0.7,某位股民决定购买这两只股票,如果这两只股票的涨跌相互独立,求:

(1) 买入的股票至少有一只上涨的概率;

(2) 两只股票同时上涨的概率;

(3) 甲上涨但乙不上涨的概率;

(4) 只有一只股票上涨的概率.

解:设 $A=\{$股票甲上涨$\}$,$B=\{$股票乙上涨$\}$.

(1) $P(A\cup B)=P(A)+P(B)-P(AB)=P(A)+P(B)-P(A)P(B)$

$$=0.8+0.7-0.8\times0.7=0.94.$$

(2) $P(AB)=P(A)P(B)=0.8\times0.7=0.56.$

(3) $P(A\bar{B})=P(A)P(\bar{B})=P(A)[1-P(B)]=0.8\times0.3=0.24.$

(4) $P(A\bar{B}\cup\bar{A}B)=P(A)P(\bar{B})+P(\bar{A})P(B)=P(A)[1-P(B)]+[1-P(A)]P(B)$

$$=0.8\times0.3+0.2\times0.7=0.38.$$

【例7☆☆☆】奖金分配

在一次比赛中设立奖金 1 万元. 比赛规定:五战三胜,即谁先胜三局,谁就获得 1 万元奖金. 设甲、乙两人技术相当,现已比赛 3 局,甲胜 2 局,由于某种原因,必须终止比赛,问这 1 万元奖金该如何分配?

解:方案一:平均分,这对甲不公平.

方案二:全给甲,这对乙不公平.

方案三:按已胜局数的比例分配,即甲拿 $\dfrac{2}{3}$,乙拿 $\dfrac{1}{3}$,表面上这种方案最合理,但甲、乙对此方案均有异议.

事实上,设想继续比赛,要使甲、乙有一个胜 3 局,只要再比 2 局就有结果,因此甲、乙的分配比例应该按再比 2 局甲至少胜 1 局的概率与乙胜 2 局的概率之比进行分配.

$$P_{甲}=C_2^1\left(\dfrac{1}{2}\right)^2+C_2^2\left(\dfrac{1}{2}\right)^2=\dfrac{3}{4},\quad P_{乙}=C_2^2\left(\dfrac{1}{2}\right)^2=\dfrac{1}{4}.$$

即最合理的分配方案是:甲拿 $10\,000\times\dfrac{3}{4}=7\,500$(元),乙拿 $10\,000\times\dfrac{1}{4}=2\,500$(元).

【例8☆☆☆】一大楼装有 5 个同类型的供水设备,调查表明在任一时刻,每个供水设备被使用的概率为 0.1,问:同一时刻

(1) 恰好有 2 个设备被使用的概率是多少?

(2) 至少有 3 个设备被使用的概率是多少?

（3）至多有 3 个设备被使用的概率是多少？

解：由已知条件知，此问题是 $p=0.1$，$n=5$ 的伯努利概型.

（1）$P_5(2)=C_5^2\times(0.1)^2\times(0.9)^3=0.0729$.

（2）设 $A=\{$至少 3 个设备被使用$\}$，则

$$P(A)=P_5(3)+P_5(4)+P_5(5)$$
$$=C_5^3(0.1)^3(0.9)^2+C_5^4(0.1)^4(0.9)+C_5^5(0.1)^5(0.9)^0$$
$$=0.081+0.0045+0.00001\approx0.0086.$$

（3）设 $B=\{$至多 3 个设备被使用$\}$，则

$$P(B)=P_5(0)+P_5(1)+P_5(2)$$
$$=C_5^0(0.1)^0(0.9)^5+C_5^1(0.1)^1(0.9)^4+C_5^2(0.1)^2(0.9)^3$$
$$=0.59049+0.32955+0.0729\approx0.9929.$$

【例 9 ☆☆☆】随机打开房门

某人有一串 n 把外形相同的钥匙，其中只有一把能打开家门. 有一天该人酒醉后回家，下意识地每次从 n 把钥匙中随便拿一把去开门，问该人第 k 次才把门打开的概率为多少？

解：设 $A=\{$第 k 次才把门打开$\}$.

因为该人每次从 n 把钥匙中任取一把（试用后不做记号又放回），所以能打开门的一把钥匙在每次试用中恰被选中的概率为 $\dfrac{1}{n}$，易知，这是一个伯努利试验，在第 k 次才把门打开，意味着前面 $k-1$ 次都没有打开，于是由独立性即得

$$P(A)=\left(1-\frac{1}{n}\right)\left(1-\frac{1}{n}\right)\cdots\left(1-\frac{1}{n}\right)=\left(1-\frac{1}{n}\right)^{k-1}.$$

【例 10 ☆☆☆】在可靠性理论中的应用

对于一个电子元件，它能正常工作的概率 p，称为它的可靠性. 元件组成系统，系统正常工作的概率称为该系统的可靠性. 随着近代电子技术组成迅猛发展，关于元件和系统可靠性的研究已发展成为一门新的学科——可靠性理论. 概率论是研究可靠性理论的重要工具.

如果构成系统的每个元件的可靠性均为 $r(0<r<1)$，且各元件能否正常工作是相互独立的，试求下面两种系统的可靠性.

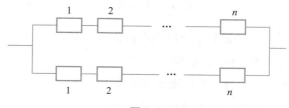

图 2-8

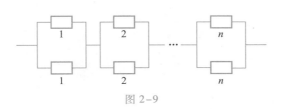

图 2-9

解：第一种系统

每条线路要能正常工作当且仅当该通路上各元件正常工作,故其可靠性为 r^n,也即通路发生故障的概率为 $1-r^n$. 由于系统是由两通路并联而成的,两条通路同时发生故障的概率为 $(1-r^n)^2$,因此上述系统的可靠性为

$$R_s = 1-(1-r^n)^2 = r^n(2-r^n).$$

第二种系统

每对并联元件的可靠性为

$$1-(1-r)^2 = r(2-r).$$

系统由 n 对并联元件串联而成,故其可靠性为

$$R_s = [r(2-r)]^n = r^n(2-r)^n.$$

重要结论:虽然上面两个系统同样由 $2n$ 个相同元件构成,作用也相同,但是第二种构成方式比第一种方式可靠性大.

习题拓展

【基础过关☆】

1. 从数字 1,2,3,4,5 中任取 3 个数字组成三位数,求所得三位数是偶数的概率.

2. 10 个螺丝钉中有 3 个是坏的,随机抽取 4 个,问事件 $A=\{$恰有 2 个好的$\}$ 和事件 $B=\{4$ 个全好$\}$ 的概率是多少?

【能力达标☆☆】

1. 盒中有 3 个白球,2 个红球,从中任取两个球,试求至少有一个白球的概率.

2. 某地区订日报的占 60%,订晚报的占 30%,不订报的占 25%,试求两种报都订的概率.

【思维拓展☆☆☆】

1. 袋中有 N 个白球,1 个黑球,把球随机地一个一个抽出来,求第 k 次抽出的球是黑球的概率 $(1 \leqslant k \leqslant N+1)$.

2. "重庆风采"电脑彩票的玩法是从 01,02,03,…,32 这 32 个号码中任选 7 个号码下注,若选中的号码与开奖机随机开出的 7 个号码全相同则中一等奖;若选中的号码与开奖机随机开出的 7 个号码中有 6 个号码相同则中二等奖. 开奖机已开出的号码不再放回,不考虑号码的顺序,求中一等奖和二等奖的概率.

2.10　项目三习题拓展答案

项目四

随机变量及其分布

2.11　项目四
知识目标
与重难点

为了进行定量的数学处理,必须把随机现象的结果数量化,这就引出了随机变量的概念. 在概率论中借助变量的思想,引入随机变量及其相关概念,使之逐渐成为描述随机现象的主要工具. 对于随机现象统计规律的研究,由随机事件及其概率的研究扩大为随机变量及其取值规律的研究.

教学引入

【引例1】抛掷一枚骰子,掷出骰子的点数记为 X,显然 X 的取值随抛掷结果而变化,其值可能是:1,2,3,4,5,6. 我们称变量 X 为随机变量. 其每个抛掷结果的概率都是确定的 $\dfrac{1}{6}$.

【引例2】抛掷一枚硬币,其结果有两种可能:

$$A = \{正面朝上\}, \quad B = \{反面朝上\}.$$

虽然其结果不是数量,但我们可将其数量化,约定用"0"表示正面朝上,用"1"表示反面朝上,则同样可以用变量 X 来描述抛掷结果,其取值可能为:0,1. 我们称变量 X 为随机变量,其每个抛掷结果的概率都是确定的 $\dfrac{1}{2}$.

【引例3】重庆地铁3号线高峰时间每3分钟一班,以 X 表示乘客的候车时间,则 X 取值范围是 $\{X \mid 0 \leqslant X \leqslant 3\}$,我们称变量 X 为随机变量. 显然 $\{X \mid X>2\}$ 和 $\{X \mid X<3\}$ 都是随机事件.

从上面的引例发现,有了随机变量,随机事件的表达在形式上简洁很多.

理论学习

一、随机变量

1. 随机变量的概念

定义 2.17　随机变量

如果对于随机试验 E 的样本空间 Ω 中的每一个基本事件 ω,都有一个实数 $X(\omega)$ 与之对应,则称 $X(\omega)$ 是一个随机变量. 常用大写字母 $X,Y,Z,W,\cdots$ 或者希腊

字母 ξ, η, ζ 来表示随机变量.

2. 随机变量的分类

随机变量的概念建立在随机事件的基础上,随机变量按其取值情况可分为离散型和非离散型两类. 如果随机变量的取值是无穷可列或有限个,而且以确定的概率取不同的值,则称该随机变量为离散型随机变量,如引例 1,引例 2;若随机变量的取值不仅无穷多,而且还不能一一列出,则称该随机变量为连续型随机变量,如引例 3.

从随机变量的个数来分,随机变量又可分为一维随机变量和多维随机变量.

二、分布函数

我们已经知道了随机变量的分类,而离散型随机变量只取有限个或可列个值,这有很大的局限性. 实际问题中许多随机现象出现的一些变量,如"测量某地的气温""某型号显像管的寿命""某省高考体检时每个考生的身高、体重"等,它们的取值是可以充满某个区间或区域的(不会只取有限个或可列个值),对于这样的随机变量,应如何描述它们的统计规律呢?

1. 分布函数的概念

定义 2.18　分布函数

设 $X(\omega)$ 是样本空间 Ω 上的随机变量,则称 $F(x)=P(X(\omega)\leqslant x), x\in(-\infty,+\infty)$ 是随机变量 $X(\omega)$ 的概率分布函数,简称为分布函数或分布.

重要结论:

(1) 分布函数实质上就是事件 $(X\leqslant x)$ 的概率.

(2) 分布函数是定义在实数域上,以区间 $[0,1]$ 为值域的普通函数.

(3) 分布函数 $F(x)$ 描述事件 $\{X\leqslant x\}$ 发生的概率,即为 $P(X\leqslant x)$.

2. 分布函数的性质

由概率的性质可知分布函数具有以下性质:

(1) 非负性　$\forall x\in(-\infty,+\infty), 0\leqslant F(x)\leqslant 1$.

(2) 单调性　若 $x_1<x_2$,则 $F(x_1)\leqslant F(x_2)$.

(3) 若 $a<b, P(a<X\leqslant b)=F(b)-F(a), P(X>a)=1-F(a)$.

(4) 极限性　$\lim\limits_{x\to-\infty}F(x)=F(-\infty)=0, \lim\limits_{x\to+\infty}F(x)=F(+\infty)=1$.

(5) 右连续性　$F(x+0)=F(x)(-\infty<x<+\infty)$.

(2)、(4)、(5)是分布函数的三个基本性质,可以证明,任一个满足这三个性质的函数,一定可以作为某个随机变量的分布函数. 因此,满足这三个性质的函数通常都称为分布函数.

2.12 性质(3)
证明

三、离散型随机变量及其概率分布

1. 离散型随机变量的分布列与分布函数

定义 2.19 离散型随机变量的概率分布(分布列)

如果离散型随机变量 X 的一切可能取值为 $x_k(k=1,2,3,\cdots)$,则称 X 取 x_k 的概率 $p_k=P(X=x_k)(k=1,2,3,\cdots)$ 为随机变量 X 的概率分布列,简称分布列,常用表 2-5 的形式来表示.

表 2-5

X	x_1	x_2	$\cdots$	x_n	$\cdots$
$P(X=x_k)$	p_1	p_2	$\cdots$	p_n	$\cdots$

显然,p_k 满足两个条件:

(1)非负性 $p_k \geqslant 0, k=1,2,3,\cdots$;

(2)归一性 $\displaystyle\sum_{k=1}^{\infty} p_k = 1$.

离散型随机变量 X 的分布函数为

$$F(x)=P(X \leqslant x)=\sum_{x_i < x} p_i.$$

【例 1☆☆】 设随机变量 X 的分布列如表 2-6 所示.

表 2-6

X	-1	2	3
P	$\dfrac{1}{2}$	$\dfrac{1}{3}$	$\dfrac{1}{6}$

求随机变量 X 的分布函数.

解:由已知得:当 $x < -1$ 时,$P(X \leqslant x)=P(\varnothing)=0$;

当 $x \in [-1,2)$ 时,$P(X \leqslant x)=P(X=-1)=\dfrac{1}{2}$;

当 $x \in [2,3)$ 时,$P(X \leqslant x)=P(X=-1)+P(X=2)=\dfrac{5}{6}$;

当 $x \geqslant 3$ 时,$P(X \leqslant x)=P(\Omega)=1$.

$$F(x)=\begin{cases} 0, & x < -1, \\ \dfrac{1}{2}, & -1 \leqslant x < 2, \\ \dfrac{5}{6}, & 2 \leqslant x < 3, \\ 1, & x \geqslant 3. \end{cases}$$

【练1☆☆】设袋中有 5 个球(3 个白球 2 个黑球),从中任取两球,求取到的黑球数的分布函数.

【例2☆☆】从含有 3 件次品的 10 件产品中,随机抽取 3 件,试求抽到次品件数的分布列.

解:用 X 表示取得次品的件数,则 X 可取 $0,1,2,3$ 四个值,则有

$$P(X=0)=\frac{C_3^0 C_7^3}{C_{10}^3}=\frac{7}{24}, \quad P(X=1)=\frac{C_3^1 C_7^2}{C_{10}^3}=\frac{21}{40},$$

$$P(X=2)=\frac{C_3^2 C_7^1}{C_{10}^3}=\frac{7}{40}, \quad P(X=3)=\frac{C_3^3 C_7^0}{C_{10}^3}=\frac{1}{120}.$$

则 X 的分布列如下:

表 2-7

X	0	1	2	3
$P(X=x_k)$	$\frac{7}{24}$	$\frac{21}{40}$	$\frac{7}{40}$	$\frac{1}{120}$

【例3☆☆】在 $n=5$ 的伯努利试验中,设随机事件 A 在一次试验中出现的概率为 p,令 X 为 5 次试验中事件 A 出现的次数,求随机变量 X 的分布列.

解:显然 $P(X=k)=C_5^k p^k q^{5-k}(q=1-p;k=0,1,2,3,4,5)$,于是 X 的分布列为

表 2-8

X	0	1	2	3	4	5
$P(X=x_k)$	q^5	$5pq^4$	$10p^2 q^3$	$10p^3 q^2$	$5p^4 q$	p^5

【练2☆☆】设袋中有 5 个球(3 个白球 2 个黑球),从中任取两球,求取到的黑球数的分布列.

【例4☆☆】设随机变量 X 的分布函数为

$$F(x)=A+B\arctan x, x\in \mathbf{R}.$$

求(1) 系数 A 和 B; (2) $P(-1<X\leqslant 1)$.

解:(1) 因为 $F(-\infty)=0,F(+\infty)=1$,所以

$$\begin{cases} A+B\left(-\frac{\pi}{2}\right)=0, \\ A+B\left(\frac{\pi}{2}\right)=1, \end{cases} \quad 解得 \begin{cases} A=\frac{1}{2}, \\ B=\frac{1}{\pi}, \end{cases}$$

故 $F(x)=\frac{1}{2}+\frac{1}{\pi}\arctan x.$

（2）$P(-1<X\leqslant 1)=F(1)-F(-1)=\dfrac{1}{\pi}[\arctan 1-\arctan(-1)]=\dfrac{1}{2}.$

2. 常见的离散型随机变量及其分布函数

（1）两点分布

若随机变量 X 的分布列为

表 2-9

X	1	0
P	p	$1-p$

称 X 服从两点分布或 0-1 分布.

两点分布的分布函数为

$$F(x)=\begin{cases}0, & x<0,\\ 1-p, & 0\leqslant x<1,\\ 1, & x\geqslant 1.\end{cases}$$

（2）二项分布

若随机变量 X 的分布列为 $P(X=k)=C_n^k p^k q^{n-k}(k=0,1,2,\cdots,n)$（其中 $p+q=1$），则称随机变量 X 服从二项分布，记为 $X\sim B(k;n,p)$ 或 $X\sim B(n,p)$.

显然两点分布是二项分布在 $n=1$ 的情形.

考察伯努利概型，n 次独立重复试验中事件 A 发生的次数 X 服从二项分布."二项分布"的名称由来就是因为二项式 $(px+q)^n$ 的展开式中 x^k 的系数恰好是 $C_n^k p^k q^{n-k}$.

【例 5☆☆】某车间有 4 台需要独立管理的车床，每台车床在一分钟内需要管理的概率为 0.1，试作出在同一分钟内这些车床需要管理台数的分布列.

解：4 台车床在同一分钟内需要管理的台数 X 为离散型随机变量，它可以取 0，1，2，3，4 五个值，据题意，X 服从二项分布，即

$$P(X=k)=C_4^k 0.1^k 0.9^{4-k}, k=0,1,2,3,4.$$

所以 X 的分布列为：

表 2-10

X	0	1	2	3	4
p_k	0.656 1	0.291 8	0.048 6	0.003 6	0.000 1

（3）几何分布

在伯努利试验中，每次事件 A 发生的概率为 p，不发生的概率为 $q=1-p$，设试

验进行到第 k 次 A 才发生,则伯努利试验的试验次数 X 的分布列为 $P(X=k)=q^{k-1}p$ $(k=0,1,2,\cdots)$. 称这种分布为几何分布,记为 $X \sim g(k,p)$.

(4)泊松(Poisson)分布

若随机变量 X 的概率分布为 $P(X=k)=\dfrac{\lambda^{k}}{k!}e^{-\lambda}(k=0,1,2,\cdots)$, λ 是大于零的常数,称 X 服从参数为 λ 的泊松分布,记为 $X \sim p(k,\lambda)$ 或简记为 $X \sim p(\lambda)$.

泊松分布在管理科学中占有很重要的地位,它通常用来描述"稀有事件";如在一段时间内电话交换台接收到的呼唤次数;到某商店去的顾客人数;某纺纱机上的断头次数;书中的错别字等,这些大都服从泊松分布.

【例6☆】一铸件的砂眼(缺陷)数服从参数为 $\lambda=0.5$ 的泊松分布,试求此铸件上至多有1个砂眼(合格品)的概率和至少有2个砂眼(不合格品)的概率.

解:以 X 表示这种铸件的砂眼数,由题意知 $X \sim P(0.5)$,则此种铸件上至多有1个砂眼的概率为

$$P(X\leqslant 1)=\dfrac{0.5^{0}}{0!}e^{-0.5}+\dfrac{0.5^{1}}{1!}e^{-0.5}=0.91.$$

至少有2个砂眼的概率为

$$P(X\geqslant 2)=1-P(X\leqslant 1)=0.09.$$

【例7☆☆】某商店出售某种商品,历史销售记录分析表明,月销售量(件)服从参数为8的泊松分布.问在月初进货时,需要多少库存量,才能有90%的把握满足顾客的需求.

解:以 X 表示这种商品的月销售量,则 $X \sim P(8)$.那么满足要求的是使下式成立的最小正整数 n:

$$P(X\leqslant n)\geqslant 0.90.$$

为了寻求此种 n,可以利用泊松分布表,附表1对各种 λ 的值,给出了泊松分布函数 $P(X\leqslant x)=\displaystyle\sum_{k=0}^{x}\dfrac{\lambda^{k}}{k!}e^{-\lambda}$ 的数值表. 在 $\lambda=8$ 时,可从附表1中查得

$$P(X\leqslant 11)=0.888, P(X\leqslant 12)=0.936.$$

所以月初进货12(件)时,能满足93.6%的顾客的需求.

在二项分布中,当 n 和 k 都比较大时,要计算 $B(k;n,p)=C_{n}^{k}p^{k}q^{n-k}$ 是非常烦琐的. 但当 n 很大、p 很小时可以用泊松分布作为二项分布的一种近似.

定理2.6 在 n 重伯努利试验中,当 n 充分大时,记 $\lambda=np$,则 X 近似地服从参数为 λ 的泊松分布,即近似等式 $C_{n}^{k}p^{k}q^{n-k}\approx\dfrac{\lambda^{k}}{k!}e^{-\lambda}$ 成立.

在实际应用中,只要 $n\geqslant 30, p\leqslant 0.1$,可用此公式,此时的近似情况较好.

【例8☆☆】设一批产品的次品率不超过0.5%,今从中随机抽取200件样品

2.13 定理2.6
证明

进行检查,发现 5 件次品,问能否相信"次品数不超过 0.5%"的假设?

解:假设这批产品的次品率为 0.5% ,现计算 200 件产品中的次品数不低于 5 的事件 A 的概率.

$$P(A) = \sum_{k=5}^{200} C_{200}^k (0.005)^k (0.995)^{200-k} \approx \sum_{k=5}^{\infty} \frac{(0.005 \times 200)^k e^{-0.005 \times 200}}{k!}$$

$$= \sum_{k=5}^{\infty} \frac{1^k e^{-1}}{k!} = 1 - \sum_{k=0}^{4} \frac{1^k e^{-1}}{k!} = 1 - 0.996 = 0.004 \text{(查附表 1)}.$$

这个概率很小,约为千分之四. 人们在长期的实践中总结出了一条原理:概率很小的事件在一次试验中,实际上是几乎不可能发生的. 根据这条原理,"次品数不超过 0.5%"的假设是不可信的.

【练3☆☆】有一繁忙的汽车站,每天有大量的汽车经过,设每辆汽车在一天的某段时间内出事故的概率为 0.000 1,在某天的该段时间内有 1 000 辆汽车经过汽车站,问:出事故的次数不小于 2 的概率是多少?

四、连续型随机变量及其分布

1. 连续型随机变量的概率密度及分布函数

定义 2.20　连续型随机变量的概率密度函数

对于随机变量 X,若存在一个非负可积函数 $f(x)$,使得对任意实数 $a,b(a<b)$, 都有 $P(a<X<b) = \int_a^b f(x) dx$,则称 X 为连续型随机变量,并称 $f(x)$ 为 X 的概率密度函数,简称概率密度. 概率密度与概率之间的关系如图 2-10 所示.

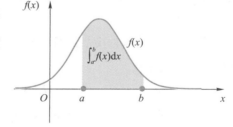

图 2-10

显然,概率密度 $f(x)$ 具有以下性质:

(1) $f(x) \geq 0$;

(2) $\int_{-\infty}^{+\infty} f(x) dx = 1$;

(3) $F(x) = \int_{-\infty}^x f(x) dx$,显然 $F'(x) = f(x)$;

(4) 对任何实数 a,$P(X=a)=0$,若 $a<b$ 有

$$P(a<X<b) = P(a \leq X<b) = P(a<X \leq b) = P(a \leq X \leq b) = \int_a^b f(x) dx.$$

【例9☆☆】设连续型随机变量 X 的概率密度为

$$f(x) = \begin{cases} \dfrac{A}{\sqrt{1-x^2}}, & |x| \leq 1, \\ 0, & |x| > 1, \end{cases}$$

求(1) 系数 A ;(2) $P\left(-\dfrac{1}{2}<X\leqslant\dfrac{1}{2}\right)$;(3) $F(x)$.

解:(1) 由 $\displaystyle\int_{-\infty}^{+\infty}f(x)\mathrm{d}x=\int_{-1}^{1}\dfrac{A}{\sqrt{1-x^{2}}}\mathrm{d}x=1$ 得

$$A\left[\arcsin x\right]_{-1}^{1}=1,\text{即}\ A=\dfrac{1}{\pi}.$$

(2) $P\left(-\dfrac{1}{2}<X\leqslant\dfrac{1}{2}\right)=\displaystyle\int_{-\frac{1}{2}}^{\frac{1}{2}}\dfrac{1}{\pi\sqrt{1-x^{2}}}\mathrm{d}x=\dfrac{1}{\pi}\left[\arcsin x\right]_{-\frac{1}{2}}^{\frac{1}{2}}=\dfrac{1}{3}.$

(3) $F(x)=\displaystyle\int_{-\infty}^{x}f(t)\mathrm{d}t.$

当 $x\leqslant-1$ 时, $F(x)=\displaystyle\int_{-\infty}^{x}0\mathrm{d}t=0$;

当 $-1<x<1$ 时, $F(x)=\displaystyle\int_{-\infty}^{-1}0\mathrm{d}t+\dfrac{1}{\pi}\int_{-1}^{x}\dfrac{1}{\sqrt{1-t^{2}}}\mathrm{d}t$

$$=\dfrac{1}{\pi}\left[\arcsin t\right]_{-1}^{x}=\dfrac{1}{2}+\dfrac{1}{\pi}\arcsin x;$$

当 $x\geqslant1$ 时, $F(x)=\displaystyle\int_{-\infty}^{-1}0\mathrm{d}t+\dfrac{1}{\pi}\int_{-1}^{1}\dfrac{1}{\sqrt{1-t^{2}}}\mathrm{d}t+\int_{1}^{x}0\mathrm{d}t$

$$=\dfrac{1}{\pi}\left[\arcsin t\right]_{-1}^{1}=1.$$

综上所述,分布函数为 $F(x)=\begin{cases}0, & x\leqslant-1,\\[2mm]\dfrac{1}{2}+\dfrac{1}{\pi}\arcsin x, & -1<x<1,\\[2mm]1, & x\geqslant1.\end{cases}$

【例 10 ☆☆】某型号电冰箱的某种电器元件的使用寿命是一随机变量,用 X 来表示,其概率密度函数为

$$f(x)=\begin{cases}A\mathrm{e}^{-\frac{x}{10}}, & x\geqslant0,\\[2mm]0, & x<0,\end{cases}$$

式中 x 的单位为年,求:

(1) 常数 A ;

(2) 在一年内该电器元件损坏的概率.

解:(1) 由概率密度函数的性质有

$$\int_{-\infty}^{+\infty}f(x)\mathrm{d}x=\int_{0}^{+\infty}A\mathrm{e}^{-\frac{x}{10}}\mathrm{d}x=1,A=\dfrac{1}{10}.$$

(2) 该电器元件在一年内损坏的概率就是随机变量 X 在区间 $(0,1)$ 内取值的概率

$$P(0<X<1)=\int_0^1 f(x)\,\mathrm{d}x=\int_0^1 \frac{1}{10}\mathrm{e}^{-\frac{x}{10}}\mathrm{d}x=1-\mathrm{e}^{-\frac{1}{10}}\approx 0.095.$$

【练4☆☆】设随机变量 X 的概率密度为

$$f(x)=\begin{cases}x, & 0\leqslant x<1,\\ 2-x, & 1\leqslant x<2,\\ 0, & 其他,\end{cases}$$

求：（1） $P\left(X\geqslant \dfrac{1}{2}\right)$；（2） $P\left(\dfrac{1}{2}<X<\dfrac{3}{2}\right)$.

2. 常见的连续型随机变量及其分布函数

（1）均匀分布

若随机变量 X 的概率密度为

$$f(x)=\begin{cases}\dfrac{1}{b-a}, & a\leqslant x\leqslant b,\\ 0, & 其他,\end{cases}$$

则称 X 服从 $[a,b]$ 上的均匀分布，记作 $X\sim U[a,b]$. 均匀分布的概率密度曲线如图 2-11 所示.

当 $a<c<d<b$ 时，

$$P(c<X<d)=\int_c^d f(x)\,\mathrm{d}x=\frac{1}{b-a}\int_c^d \mathrm{d}x=\frac{d-c}{b-a}.$$

这表明 X 取值于 $[a,b]$ 中任一小区间的概率与该小区间的长度成正比，而与该小区间的位置无关.

均匀分布的分布函数为

$$F(x)=\begin{cases}0, & x<a,\\ \dfrac{x-a}{b-a}, & a\leqslant x<b,\\ 1, & x\geqslant b,\end{cases}$$

其图形如图 2-12 所示.

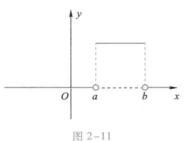

图 2-11

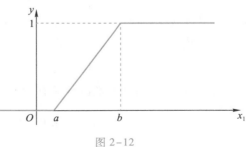

图 2-12

【例 11☆☆】设某随机变量 X 在区间 $[0,10]$ 上服从均匀分布,求 $P(3<X<7)$.

解:因 $X \sim U[0,10]$,X 的概率密度为:

$$f(x) = \begin{cases} 0.1, & 0 \leqslant x \leqslant 10, \\ 0, & \text{其他}, \end{cases}$$

2.14 求均匀
分布的分布
函数

所以 $P(3<X<7) = \int_3^7 0.1\mathrm{d}t = 0.4$.

【例 12☆☆】公共汽车站每隔 5 分钟有一辆汽车通过,乘客到达汽车站的任一时刻是等可能的,求乘客候车时间不超过 3 分钟的概率.

解:设乘客到达公共汽车站的时刻为 X,则 $X \sim U[0,5)$,其概率密度函数为

$$f(t) = \begin{cases} \dfrac{1}{5}, & t \in [0,5), \\ 0, & t \notin [0,5). \end{cases}$$

$$P(0 \leqslant X \leqslant 3) = \frac{3}{5} = 0.6.$$

(2)指数分布

若随机变量 X 的概率密度为

$$f(x) = \begin{cases} \lambda \mathrm{e}^{-\lambda x}, & x \geqslant 0, \\ 0, & x<0 \end{cases} \quad (\lambda>0),$$

则称 X 服从参数为 λ 的指数分布,记为 $X \sim E(\lambda)$. 指数分布的概率密度曲线,如图 2-13 所示.

$$P(a<X<b) = \lambda \int_a^b \mathrm{e}^{-\lambda x}\mathrm{d}x = \mathrm{e}^{-\lambda a} - \mathrm{e}^{-\lambda b}.$$

$$\int_{-\infty}^{+\infty} f(x)\mathrm{d}x = \int_0^{+\infty} \lambda \mathrm{e}^{-\lambda x}\mathrm{d}x = 1 - \lim_{x \to +\infty} \mathrm{e}^{-\lambda x} = 1.$$

指数分布的分布函数为

$$F(x) = \begin{cases} 0, & x \leqslant 0, \\ 1-\mathrm{e}^{-\lambda x}, & x>0, \end{cases}$$

其图形如图 2-14 所示.

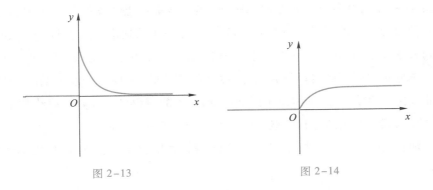

图 2-13   图 2-14

指数分布有着重要的应用,一般用它来作为各种"寿命"分布的近似.如电子元件的寿命、电话通话时间、随机服务系统的服务时间等,常认为服从指数分布.

【例13☆☆】已知某种电子管的寿命 $X(h)$ 服从指数分布,概率密度为:

$$f(x)=\begin{cases}\dfrac{1}{1\ 000}\mathrm{e}^{-\frac{x}{1\ 000}}, & x\geqslant 0, \\ 0, & x<0,\end{cases}$$

求这种电子管能使用 1 000 h 以上的概率.

解:依题意得所求概率为

$$P(X\geqslant 1\ 000)=P(1\ 000\leqslant X<+\infty)=\int_{1\ 000}^{+\infty}\frac{1}{1\ 000}\mathrm{e}^{-\frac{x}{1\ 000}}\mathrm{d}x=\frac{1}{\mathrm{e}}\approx 0.368.$$

【例14☆☆】　设连续型随机变量 X 的分布函数为

$$F(x)=\begin{cases}a+b\mathrm{e}^{-\lambda x}, & x>0, \\ 0, & x\leqslant 0\end{cases}\quad(\lambda>0).$$

(1)求 a,b 的值;

(2)证明 $F(x)$ 是指数分布 $E(\lambda)$ 的分布函数.

解:由分布函数的性质,得

$$F(+\infty)=a=1.$$

因连续型随机变量 X 的分布函数是连续函数,故 $F(0)=a+b=0$,即 $b=-1$.即

$$F(x)=\begin{cases}1-\mathrm{e}^{-\lambda x}, & x>0, \\ 0, & x\leqslant 0\end{cases}\quad(\lambda>0),$$

故 $F(x)$ 是指数分布 $E(\lambda)$ 的分布函数.

(3)正态分布

若随机变量 X 的概率密度函数为

$$\varphi(x)=\frac{1}{\sqrt{2\pi}\sigma}\mathrm{e}^{-\frac{(x-\mu)^2}{2\sigma^2}},-\infty<x<+\infty,\sigma>0,$$

称 X 服从参数为 μ,σ^2 的正态分布,记为 $X\sim N(\mu,\sigma^2)$.

正态分布是概率论中最重要的一个分布,研究表明许多实际问题中的变量,如测量误差、射击时弹着点与靶心间的距离、热力学中理想气体的分子速度、某地区成年男子的身高等都可以认为服从正态分布.进一步的理论研究表明,一个变量如果受到大量微小的、独立的随机因素的影响,那么这个变量一般服从正态分布.

正态分布的密度曲线呈倒钟形,μ 称为位置参数,σ 称为形状参数.正态概率密度曲线关于直线 $x=\mu$ 对称,σ 的大小表示曲线陡缓程度.σ 越大,曲线越平缓;σ 越小,曲线越陡峭.正态分布的概率密度曲线如图 2-15 所示.

特别:当 $\mu=0,\sigma=1$ 时,正态分布 $N(0,1)$ 称为标准正态分布,其概率密度函数为:

$$\varphi(x) = \frac{1}{\sqrt{2\pi}} e^{-\frac{x^2}{2}}, \quad -\infty < x < +\infty.$$

标准正态分布的分布函数为

$$\Phi(x) = \frac{1}{\sqrt{2\pi}} \int_{-\infty}^{x} e^{-\frac{t^2}{2}} dt,$$

标准正态分布的分布函数曲线如图 2-16 所示.

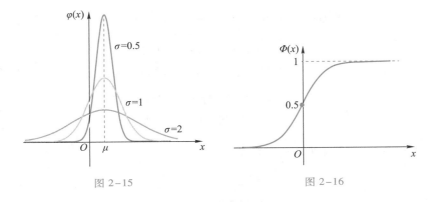

图 2-15　　　　　　　　　　　图 2-16

标准正态分布函数 $\Phi(x)$ 具有如下的性质:

① $\Phi(-\infty) = 0, \Phi(+\infty) = 1$;

② $\Phi(0) = \dfrac{1}{2}$;

③ $\Phi(-x) = 1 - \Phi(x)$;

④ $\Phi(x) = \dfrac{1}{\sqrt{2\pi}} \displaystyle\int_{-\infty}^{x} e^{-\frac{t^2}{2}} dt$ 的值可以查标准正态分布数值表(见书后附表 2).

定理 2.7　设 $X \sim N(\mu, \sigma^2)$,则

$$P(X < x) = \Phi\left(\frac{x-\mu}{\sigma}\right).$$

重要结论:

(1) 若 $X \sim N(0,1)$,则 $P(x_1 < X \leqslant x_2) = \Phi(x_2) - \Phi(x_1)$;

(2) 若 $X \sim N(\mu, \sigma^2)$,则 $Y = \dfrac{X-\mu}{\sigma} \sim N(0,1)$,

$$P(a < X < b) = \Phi\left(\frac{b-\mu}{\sigma}\right) - \Phi\left(\frac{a-\mu}{\sigma}\right).$$

$$P(X > b) = 1 - \Phi\left(\frac{b-\mu}{\sigma}\right).$$

2.15　定理 2.7
证明

【例 15 ☆ ☆】已知 $X \sim N(0,1)$,求 $P(1 < X < 2)$.

解:$P(1 < X < 2) = \displaystyle\int_{1}^{2} \frac{1}{\sqrt{2\pi}} e^{-\frac{x^2}{2}} dx = \int_{-\infty}^{2} \frac{1}{\sqrt{2\pi}} e^{-\frac{x^2}{2}} dx - \int_{-\infty}^{1} \frac{1}{\sqrt{2\pi}} e^{-\frac{x^2}{2}} dx = \Phi(2) - \Phi(1)$,

查表得：$\Phi(2)=0.977\,2$，$\Phi(1)=0.841\,3$，故
$$P(1<X<2)=0.135\,9.$$

【练5☆☆】设 $X\sim N(0,1)$，查表求 $P(X<2.34)$，$P(X>1.23)$，$P(-1<X<1.5)$.

【例16☆☆】设 X 服从正态分布 $N(1,4)$，求：

（1）$P(0\leqslant X\leqslant 1.6)$；（2）$P(5<X<7.2)$；（3）$P(X\geqslant 2.3)$.

解：（1）由题意得 $X\sim N(1,4)$，即 $\mu=1$，$\sigma=2$，则
$$
\begin{aligned}
P(0\leqslant X\leqslant 1.6)&=\Phi\left(\frac{1.6-1}{2}\right)-\Phi\left(\frac{0-1}{2}\right)\\
&=\Phi(0.3)-\Phi(-0.5)\\
&=\Phi(0.3)-[1-\Phi(0.5)]\\
&=0.617\,9-0.308\,5\\
&=0.309\,4
\end{aligned}
$$

（2）
$$
\begin{aligned}
P(5<X<7.2)&=\Phi\left(\frac{7.2-1}{2}\right)-\Phi\left(\frac{5-1}{2}\right)\\
&=\Phi(3.1)-\Phi(2)\\
&=0.999\,0-0.977\,2\\
&=0.021\,8.
\end{aligned}
$$

（3）$P(X\geqslant 2.3)=1-\Phi\left(\dfrac{2.3-1}{2}\right)=1-0.742\,2=0.257\,8.$

【练6☆☆】设 $X\sim N(3,2^2)$，求：

（1）$P(2<X\leqslant 5)$，$P(-4<X\leqslant 10)$，$P(|X|>2)$，$P(X>3)$；

（2）求常数 c，使 $P(X>c)=P(X\leqslant c)$.

【例17☆☆☆】设随机变量 X 服从正态分布 $N(\mu,\sigma^2)$，求 X 落在区间 $[\mu-k\sigma,\mu+k\sigma]$ 的概率.

解：
$$
\begin{aligned}
P(\mu-k\sigma\leqslant X\leqslant\mu+k\sigma)&=P(|X-\mu|\leqslant k\sigma)=P\left(\left|\frac{X-\mu}{\sigma}\right|\leqslant k\right)\\
&=\Phi(k)-\Phi(-k)=2\Phi(k)-1.
\end{aligned}
$$

查标准正态分布表得
$$
\begin{aligned}
P(\mu-\sigma\leqslant X\leqslant\mu+\sigma)&=2\Phi(1)-1=0.682\,6;\\
P(\mu-2\sigma\leqslant X\leqslant\mu+2\sigma)&=2\Phi(2)-1=0.954\,4;\\
P(\mu-3\sigma\leqslant X\leqslant\mu+3\sigma)&=2\Phi(3)-1=0.997\,4.
\end{aligned}
$$

如图 2-17 所示对于正态分布 $X\sim N(\mu,\sigma^2)$，有 $P(|X-\mu|<3\sigma)=0.997\,4$，也就是说 X 的取值几乎全部落在 $(\mu-3\sigma,\mu+3\sigma)$ 中，或者说事件 $\{|X-\mu|>3\sigma\}$ 几乎不会发生，这就是统计学中的 3σ 原理.

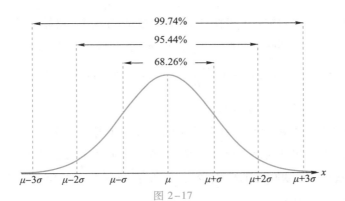

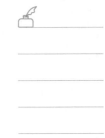

图 2-17

实际应用

【例1☆☆☆】汽车维修

一辆在 4S 店维修的汽车经检查需更换 1 只电子元件,某维修工不慎将手中的 2 只新的电子元件放入已经报废的零件箱中,而箱子里有 3 只报废的电子元件. 从外观上是无法区分新旧电子元件的,因此维修工需要对这些元件逐一测试,求此维修工首次取到新的电子元件时所需的测试次数 X 的概率分布.

解:由题意,维修工的抽取方式是不放回的,故所需抽取次数的全部可能值为 $1,2,3,4$. 设 $A_k=\{$第 k 次取到新元件$\}$($k=1,2,3,4$),则 X 的概率分布为

$$P(X=1)=P(A_1)=\frac{2}{5},$$

$$P(X=2)=P(\overline{A_1}A_2)=P(\overline{A_1})P(A_2\mid\overline{A_1})=\frac{3}{5}\times\frac{2}{4}=\frac{3}{10},$$

$$P(X=3)=P(\overline{A_1}\ \overline{A_2}A_3)=P(\overline{A_1})P(\overline{A_2}\mid\overline{A_1})P(A_3\mid\overline{A_1}\ \overline{A_2})=\frac{3}{5}\times\frac{2}{4}\times\frac{2}{3}=\frac{1}{5},$$

$$P(X=4)=1-[P(X=1)+P(X=2)+P(X=3)]=1-\left(\frac{2}{5}+\frac{3}{10}+\frac{1}{5}\right)=1-\frac{9}{10}=\frac{1}{10},$$

即此维修工首次取到新元件时所需测试次数 X 的概率分布为

表 2-11

X	1	2	3	4
P	$\dfrac{2}{5}$	$\dfrac{3}{10}$	$\dfrac{1}{5}$	$\dfrac{1}{10}$

【例2☆☆☆】核电站发生事故的概率

假设核电站一年内发生重大事故的可能性是 $0.000\,01$,如果一个国家有 $1\,000$ 个核电站,问在某年内该核电站至少发生一次重大事故的概率是多少?

解:设 X 表示某年内至少发生一次重大事故的次数,依题意有 $n = 1\ 000, p = 0.000\ 01$,则 $X \sim B(1\ 000, 0.000\ 01)$,故 $\lambda = np = 1\ 000 \times 0.000\ 01 = 0.01$,

$$P(X \geqslant 1) \approx 1 - \frac{0.01^0}{0!} e^{-0.01} = 1 - 0.99 = 0.01.$$

【例 3☆☆☆】人寿保险问题

有 10 000 名同年龄段且同社会阶层的人参加了某保险公司的一项人寿保险. 每个投保人在每年初需交纳 200 元保费,而在这一年中若投保人死亡,则受益人可从保险公司获得 100 000 元的赔偿费. 据生命表知这类人的年死亡率为 0.001. 试求保险公司在这项业务上

(1)亏本的概率.

(2)至少获利 500 000 元的概率.

解:设 X 为 10 000 名投保人在一年中死亡的人数,则 X 服从二项分布 $b(10\ 000, 0.001)$. 保险公司在这项业务上一年的总收入为 $200 \times 10\ 000 = 2\ 000\ 000$(元). 因为 $n = 10\ 000$ 很大, $p = 0.001$ 很小,所以用 $\lambda = np = 10$ 的泊松分布进行近似计算.

(1)保险公司在这项业务上"亏本"就相当于 $\{X > 20\}$. 因此所求概率为

$$P(X > 20) = 1 - P(X \leqslant 20) \approx 1 - \sum_{k=0}^{20} \frac{10^k}{k!} e^{-10} = 1 - 0.998 = 0.002.$$

由此可看出,保险公司在这项业务上亏本的可能性是微小的.

(2)保险公司在这项业务上"至少获利 500 000 元"就相当于 $\{X \leqslant 15\}$. 因此所求概率为

$$P(X \leqslant 15) \approx \sum_{k=0}^{15} \frac{10^k}{k!} e^{-10} = 0.951.$$

由此可看出,保险公司在这项业务上至少获利 500 000 元的可能性很大.

【例 4☆☆☆】航空公司订单

航空公司发现预订了指定航班的乘客通常有 4% 不登机,为此航空公司采取了一项措施:即对只有 98 个座位的航班售出 100 张机票,求某航班中订了票的每位乘客都有座位的概率?

解:设 A 表示预定了指定航班的乘客登机这一事件,则 $P(A) = 0.96$.

用 X 表示某航班中登机乘客的人数,则 $X \sim B(100, 0.96)$,要使某航班中每位乘客都有座位,则 $X \leqslant 98$,故某航班中订了票的每位乘客都有座位的概率为

$$P(X \leqslant 98) = 1 - P(X > 98) = 1 - P(X = 99) - P(X = 100)$$
$$= 1 - C_{100}^{99}(0.96)^{99}(0.04) - C_{100}^{100}(0.96)^{100}$$
$$\approx 1 - 0.070\ 3 - 0.016\ 9 = 0.912\ 8.$$

【例 5☆☆☆】工程建设

某市科学城某项工程在积极建设中. 该项工程所需时间为 X(单位:天), $X \sim N(30,25^2)$, 按照合同规定, 若在 30 天内完成, 则奖励 15 万元; 若在 30 至 45 天内完成, 则奖励 1 万元; 若超过 45 天完成, 则罚款 10 万元. 分别求该工程队在完成这项工程时, 罚款 10 万元的概率和奖励 15 万元的概率.

解: 设该工程队在完成这项工程时, 奖励额为 Y, 由题意知 $X \sim N(30,25^2)$, 所以罚款 10 万元的概率为

$$P(Y=-10) = P(X>45) = 1-F(45) = 1-\Phi\left(\frac{45-30}{5}\right)$$

$$= 1-\Phi(3) = 1-0.998\ 7 = 0.001\ 3.$$

奖励 15 万元的概率为 $P(Y=15) = P(X \leqslant 30) = F(30) = \Phi(0) = 0.5.$

 习题拓展

【基础过关】

1. 设随机变量 X 服从泊松分布, $X \sim P(\lambda)(\lambda>0)$, 且 $P(x=1)=P(x=2)$, 则 $\lambda =$ _____.

2. 某地区的月降水量 X(单位:cm)服从正态分布 $N(40,16)$, 试求该地区连续 10 个月降水量都不超过 50 cm 的概率.

3. (1) 设随机变量 X 服从正态分布 $N(0,2)$, $P(X>1)=p$, 则 $P(-1<X<0)=$ _____.

(2) 已知随机变量 X 服从正态分布 $N(2,\sigma^2)$, 且 $P(X<4)=0.8$, 则 $P(0<X<2)$ = _____.

【能力达标】

1. 已知随机变量 X 服从正态分布 $N(3,\sigma^2)$, $P(X \leqslant 6)=0.84$, 则 $P(X \leqslant 0)=$ _____.

2. 设随机变量 X 的分布列是:

表 2-12

X	-1	0	1
P	0.3	0.5	0.2

求随机变量 X 的分布函数.

3. 已知随机变量 X 服从正态分布 $N(\mu,\sigma^2)$, 其正态曲线在 $(-\infty,80)$ 上是增函数, 在 $(80,+\infty)$ 上为减函数, 且 $P(72 \leqslant X \leqslant 88)=0.682\ 6.$

(1) 求参数 μ,σ 的值;

（2）求 $P(64<X\leqslant 72)$ 的值.

【思维拓展】

1. 设随机变量 X 的概率密度函数是

$$f(x)=\begin{cases} \dfrac{A}{\sqrt{1-x^2}}, & |x|<1, \\ 0, & |x|\geqslant 1, \end{cases}$$

试求（1）系数 A；

（2）X 落在区间 $\left(-\dfrac{1}{2},\dfrac{1}{2}\right)$，$\left(-\dfrac{\sqrt{3}}{2},2\right)$ 内的概率；

（3）$X=\dfrac{2}{3}$ 的概率.

2. 在某校举行的数学竞赛中，全体参赛学生的竞赛成绩 X 近似服从正态分布 $N(70,100)$. 已知成绩在 90 分以上（含 90 分）的学生有 12 名.

（1）此次参赛的学生总数约为多少人？

（2）若该校计划奖励竞赛成绩排在前 50 名的学生，则设奖的分数线约为多少分？

2.16 项目四
习题拓展答案

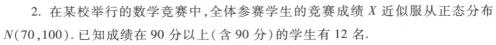

项目五

随机变量的数字特征

2.17 项目五
知识目标
与重难点

概率分布全面地描述了随机变量取值的统计规律性，而数字特征则描述这种统计规律性的某些重要特征. 数字特征包括数学期望、方差、协方差、相关系数和矩等，这里只介绍数学期望和方差.

"期望"在我们日常生活中常指有根据的希望，而在概率论中，数学期望源于历史上一个著名的分赌本问题.

教学引入

【引例 1】分赌本问题

17 世纪中叶，一位赌徒向法国数学家帕斯卡（Pascal，1623—1662）提出一个分赌本问题：甲、乙两赌徒赌技相同，各出赌注 50 法郎，每局无平局. 他们约定，谁先赢三局则得到全部 100 法郎的赌本. 当甲赢了两局，乙赢了一局，因故要终止赌博.

现问这 100 法郎如何分才算公平?

分析:第一种分法:甲得 $100 \times \frac{1}{2}$ 法郎,乙得 $100 \times \frac{1}{2}$ 法郎.

第二种分法:甲得 $100 \times \frac{2}{3}$ 法郎,乙得 $100 \times \frac{1}{3}$ 法郎.

第一种分法仅以甲、乙两人赌技相同为由,平均分配赌本,没有考虑到甲已经比乙多赢一局这一事实,显然对甲是不公平的.

第二种分法相比第一种分法不仅考虑到赌博的前提条件,而且考虑到了已经进行三局赌博的结果,当然更公平一些.但是,第二种分法还是没有考虑在已有结果的基础上,如果赌局继续进行下去会出现什么结果,还是不够公平.

第三种分法:

帕斯卡认为,如果赌局继续,甲的最终所得 X 有两个可能结果:0 或 100,再赌两局就可结束,其结果有下面四种:甲甲、甲乙、乙甲、乙乙(其中,"甲乙"表示第一局甲胜,第二局乙胜),即甲的最终所得 X 的概率分布为:

表 2-13

X	0	100
P	$\frac{1}{4}$	$\frac{3}{4}$

经过分析,帕斯卡认为甲的"期望"所得应为 $0 \times \frac{1}{4} + 100 \times \frac{3}{4} = 75$ 法郎,乙得 25 法郎.这种方法既考虑到已赌局数,又考虑了再赌下去的一种"期望",它比前两种方法更为合理.

这就是数学期望这个名称的由来.其实称为"均值"更形象一些.对本引例而言,就是再赌下去的话,甲"平均"可以赢 75 法郎.

下面我们分别讨论离散型随机变量和连续型随机变量的数学期望.

2.18 帕斯卡简历

一、数学期望

1. 离散型随机变量的数学期望

下面分析如何由分布来求"均值".

(1)算术平均:如果有 n 个数 $x_1, x_2, \cdots, x_n$,那么求这 n 个数的算术平均 $\bar{x}$ 只需将此 n 个数相加后除以 n,即 $\bar{x} = \frac{1}{n} \sum_{i=1}^{n} x_i$.

（2）加权平均：如果这 n 个数中有相同的，不妨设其中有 n_1 个取值为 x_i，$i=1$，2，$\cdots$，k. 将其列表为表 2-14：

表 2-14

取值	x_1	x_2	$\cdots$	x_k
频数	n_1	n_2	$\cdots$	n_k
频率	$\dfrac{n_1}{n}$	$\dfrac{n_2}{n}$	$\cdots$	$\dfrac{n_k}{n}$

则其"均值"为 $\dfrac{1}{n}\sum\limits_{i=1}^{k} n_i x_i = \sum\limits_{i=1}^{k} \dfrac{n_i}{n} x_i$.

其实，这个"加权"平均的权数 $\dfrac{n_i}{n}$ 就是数值 x_i 出现的频率，当 n 很大时，频率就稳定在其概率附近.

（3）分配赌本问题启示我们，对于离散型随机变量 X，如果其可能取值为 x_1，x_2，$\cdots$，x_n，则用取值的概率作为一种"权数"做加权平均是十分合理的.

【引例 2】某手表厂在出厂的产品中，抽查了 $N=100$ 只手表的日走时误差，其数据如下：

表 2-15

日走时误差	-2	-1	0	1	2	3	4
只数	3	10	17	28	21	16	5

这时，抽查到的这 100 只手表的平均日走时误差为：

$$\dfrac{\sum\limits_{k=-2}^{4} k N_k}{N} = \dfrac{(-2)\times 3 + (-1)\times 10 + 0\times 17 + 1\times 28 + 2\times 21 + 3\times 16 + 4\times 5}{100} = 1.22 \text{ 秒／日},$$

其中 $\dfrac{N_k}{N}$ 是"日走时误差为 k 秒"这一事件的频率，可记为 f_k，于是

$$\text{平均值} = \sum_{k=-2}^{4} k \cdot f_k.$$

当 N 较大时，$\dfrac{N_k}{N}$ 接近 p_k，于是 $\dfrac{\sum\limits_{k=-2}^{4} k N_k}{N}$ 接近于 $\sum\limits_{k=-2}^{4} k \cdot p_k$，就是说，当试验次数很大时，随机变量 X 的观察值的算术平均 $\sum\limits_{k=-2}^{4} \dfrac{k N_k}{N}$ 接近于 $\sum k \cdot p_k$，称 $\sum k \cdot p_k$ 为随机变量 X 的数学期望. 一般地，有如下定义.

定义 2.21　离散型随机变量的数学期望

设离散型随机变量 X 的概率分布为：

表 2-16

X	x_1	x_2	$\cdots$	x_k	$\cdots$
P	p_1	p_2	$\cdots$	p_k	$\cdots$

若级数 $\sum_{k=1}^{\infty} x_k p_k$ 绝对收敛，则称其为随机变量 X 的数学期望或均值，记作 $E(X)$.

即
$$E(X) = x_1 p_1 + x_2 p_2 + \cdots + x_k p_k + \cdots = \sum_{k=1}^{\infty} x_k p_k (k=1,2,\cdots).$$

若 $\sum_{k=1}^{\infty} |x_k| p_k = \infty$，则称 X 的数学期望不存在.

若随机变量函数 $Y=g(X)$ 的数学期望存在，则
$$E(Y) = E[g(X)] = \sum_{k=1}^{\infty} g(x_k) p_k \quad (k=1,2,\cdots).$$

【例 1☆】甲、乙两台机床生产同一种零件，在一天的次品数分别记为 X, Y，已知 X, Y 的分布律分别如下：

表 2-17

X	0	1	2	3
P	0.4	0.3	0.2	0.1

表 2-18

Y	0	1	2
P	0.3	0.5	0.2

如果两台机床的产量相同，问哪台机床较好？

解：$E(X) = \sum_{k=0}^{3} k p_k = 0 \times 0.4 + 1 \times 0.3 + 2 \times 0.2 + 3 \times 0.1 = 1$，

$E(Y) = \sum_{k=0}^{2} k p_k = 0 \times 0.3 + 1 \times 0.5 + 2 \times 0.2 = 0.9$，

$E(Y) < E(X)$，因此认为乙机床比甲机床好.

【例 2☆☆】　某厂要决定今后 5 年内某电子产品的生产批量，以便及早做好生产前的各项准备工作. 根据以往销售统计资料及市场调查和预测知：未来市场出现销路好、销路一般和销路差三种状态的概率分别为 0.3,0.5 和 0.2；若按大、中、小三种不同生产批量投产，今后 5 年内不同销售状态下的损益值如表 2-19.

表 2-19

损益　概率 方案	状态	销路好	销路一般	销路差
		0.3	0.5	0.2
大批量生产损益 X_1		20	14	-2
中批量生产损益 X_2		12	17	12
小批量生产损益 X_3		8	10	10

试作出分析,以确定最佳生产批量.

解: $E(X_1)=0.3{\times}20+0.5{\times}14+0.2{\times}(-2)=12.6$,

　　$E(X_2)=0.3{\times}12+0.5{\times}17+0.2{\times}12=14.5$,

　　$E(X_3)=0.3{\times}8+0.5{\times}10+0.2{\times}10=9.4$,

$E(X_2)$ 比 $E(X_1)$ 和 $E(X_3)$ 都大,所以认为选择中批量生产方案为优.

【练 1☆】一批产品有 5 个等级,相应的概率分别为 0.7, 0.15, 0.1, 0.03 和 0.02. 其利润分别为 10 元, 5 元, 1 元, 0.5 元和 -7 元. 求该批产品的平均利润.

【例 3☆☆☆】随机变量 X 的概率分布为:

表 2-20

X	0	1	2	3
P	$\dfrac{1}{2}$	$\dfrac{1}{4}$	$\dfrac{1}{8}$	$\dfrac{1}{8}$

求 $E(X)$, $E(X^2)$, $E(-2X+1)$.

解: $E(X)=0{\times}\dfrac{1}{2}+1{\times}\dfrac{1}{4}+2{\times}\dfrac{1}{8}+3{\times}\dfrac{1}{8}=\dfrac{7}{8}$,

$E(X^2)=0^2{\times}\dfrac{1}{2}+1^2{\times}\dfrac{1}{4}+2^2{\times}\dfrac{1}{8}+3^2{\times}\dfrac{1}{8}=\dfrac{15}{8}$,

$E(-2X+1)=(0+1){\times}\dfrac{1}{2}+(-2{\times}1+1){\times}\dfrac{1}{4}+(-2{\times}2+1){\times}\dfrac{1}{8}+(-2{\times}3+1){\times}\dfrac{1}{8}=-\dfrac{3}{4}$.

【练 2☆】随机变量 X 的分布列为:

表 2-21

X	-2	0	2
P	0.4	0.3	0.3

求 $E(3X^2+5)$.

2. 连续型随机变量的数学期望

定义 2.22　连续型随机变量的数学期望

设 X 是一个连续型随机变量,概率密度函数为 $f(x)$,当 $\int_{-\infty}^{+\infty} xf(x)\,\mathrm{d}x$ 绝对收敛,

则称积分 $\int_{-\infty}^{+\infty} xf(x)\,\mathrm{d}x$ 为随机变量 X 的数学期望,记作 $E(X)$,即

$$E(X)=\int_{-\infty}^{+\infty} xf(x)\,\mathrm{d}x.$$

若随机变量函数 $Y=g(X)$ 的数学期望存在,则

$$E(Y)=E[g(X)]=\int_{-\infty}^{+\infty} g(x)f(x)\,\mathrm{d}x,$$

其中 $f(x)$ 是 X 的概率密度函数.

【例4☆☆】设随机变量 X 的概率密度为

$$f(x)=\begin{cases} \dfrac{1}{\pi\sqrt{1-x^2}}, & -1<x<1, \\ 0, & \text{其他}, \end{cases}$$

求 $E(X)$.

解:$E(X)=\int_{-\infty}^{+\infty} xf(x)\,\mathrm{d}x=\dfrac{1}{\pi}\int_{-1}^{1} \dfrac{x}{\sqrt{1-x^2}}\,\mathrm{d}x=0.$

【练3☆☆】设随机变量 X 的概率密度为 $f(x)=\begin{cases} \mathrm{e}^{-x}, & x>0 \\ 0, & x\leqslant 0, \end{cases}$ 求 $E(X)$.

【例5☆☆】设随机变量 X 的概率密度为 $f(x)=\begin{cases} 2x, & 0\leqslant x\leqslant 1, \\ 0, & \text{其他}, \end{cases}$ 求 $E(2X)$,

$E(X^2)$.

解:

$$E(2X)=\int_{-\infty}^{+\infty} 2xf(x)\,\mathrm{d}x=4\int_{0}^{1} x^2\,\mathrm{d}x=\frac{4}{3},$$

$$E(X^2)=\int_{-\infty}^{+\infty} x^2f(x)\,\mathrm{d}x=2\int_{0}^{1} x^3\,\mathrm{d}x=\frac{1}{2}.$$

二、几种常用分布的数学期望

1. 几种常用离散型分布的数学期望

① 两点分布

设 X 的分布列为

表 2-22

X	1	0
P_i	p	$1-p$

则
$$E(X) = 1 \times p + 0 \times (1-p) = p.$$

② 二项分布　设 $X \sim B(n,p)$，则 $p_i = P(X=i) = C_n^i p^i q^{n-i} (i=0,1,2,\cdots,n)$，其中 $q = 1-p.$ 故

$$
\begin{aligned}
E(X) &= \sum_{i=0}^{n} i C_n^i p^i q^{n-i} \\
&= \sum_{i=1}^{n} i \frac{n(n-1)\cdots[n-(i-1)]}{i!} p^i q^{n-i} \\
&= np \sum_{i=1}^{n} \frac{(n-1)(n-2)\cdots[(n-1)-(i-2)]}{(i-1)!} p^{i-1} q^{(n-1)-(i-1)} \\
&\xlongequal{k=i-1} np \sum_{k=0}^{n-1} \frac{(n-1)(n-2)\cdots[(n-1)-(k-1)]}{k!} p^k q^{(n-1)-k} \\
&= np \sum_{k=0}^{n-1} C_{n-1}^k p^k q^{(n-1)-k} \\
&= np(p+q)^{n-1} = np.
\end{aligned}
$$

③ 几何分布　设 $X \sim g(k,p)$，则 $E(X) = \dfrac{1}{p}.$

④ 泊松分布　设 $X \sim P(\lambda)$，则

$$p_i = P(X=i) = \frac{\lambda^i}{i!} e^{-\lambda} (\lambda > 0, i=0,1,2,\cdots),$$

故 $E(X) = \displaystyle\sum_{i=0}^{\infty} i \frac{\lambda^i}{i!} e^{-\lambda} = \lambda e^{-\lambda} \sum_{i=1}^{\infty} \frac{\lambda^{i-1}}{(i-1)!} \xlongequal{k=i-1} \lambda e^{-\lambda} \sum_{k=0}^{\infty} \frac{\lambda^k}{k!} = \lambda e^{-\lambda} e^{\lambda} = \lambda,$

$$E(X) = \lambda.$$

2. 几种常用连续型随机变量的数学期望

① 均匀分布

设 $X \sim U[a,b]$，$f(x) = \begin{cases} \dfrac{1}{b-a}, & a \leqslant x \leqslant b, \\ 0, & \text{其他}, \end{cases}$ 则

$$E(X) = \int_{-\infty}^{+\infty} x f(x) \, \mathrm{d}x = \int_a^b \frac{x}{b-a} \, \mathrm{d}x = \frac{a+b}{2}.$$

因为 X 在 $[a,b]$ 上均匀分布，它取值的平均值当然应该在 $[a,b]$ 的中间，也就是 $\dfrac{a+b}{2}.$

② 指数分布

设 $X \sim E(\lambda)$，$f(x) = \begin{cases} \lambda e^{-\lambda x}, & x \geqslant 0, \\ 0, & x < 0, \end{cases}$ 则

$$E(X) = \int_0^{+\infty} x \lambda e^{-\lambda x} \, \mathrm{d}x = -\int_0^{+\infty} x \, \mathrm{d}e^{-\lambda x} = \int_0^{+\infty} e^{-\lambda x} \, \mathrm{d}x = \frac{1}{\lambda}.$$

③ 正态分布

设 $X \sim N(\mu, \sigma^2)$, $f(x) = \dfrac{1}{\sqrt{2\pi}\,\sigma} \mathrm{e}^{-\frac{(x-\mu)^2}{2\sigma^2}}$ $(-\infty < x < +\infty)$, 则

$$E(X) = \int_{-\infty}^{+\infty} x f(x) \, \mathrm{d}x = \frac{1}{\sqrt{2\pi}\,\sigma} \int_{-\infty}^{+\infty} x \mathrm{e}^{-\frac{(x-\mu)^2}{2\sigma^2}} \, \mathrm{d}x$$

$$\xrightarrow{y=\frac{x-\mu}{\sigma}} \frac{1}{\sqrt{2\pi}} \int_{-\infty}^{+\infty} (\sigma y + \mu) \mathrm{e}^{-\frac{y^2}{2}} \, \mathrm{d}y = \frac{\mu}{\sqrt{2\pi}} \int_{-\infty}^{+\infty} \mathrm{e}^{-\frac{y^2}{2}} \, \mathrm{d}y = \mu.$$

三、数学期望的性质

性质 1　设 C 为任意常数, 则 $E(C) = C$.

性质 2　设 C 为任意常数, X 为随机变量, 则 $E(CX) = CE(X)$.

性质 3　设 X, Y 均为随机变量, 则 $E(X \pm Y) = E(X) \pm E(Y)$.

性质 4　设随机变量 X, Y 相互独立, 则 $E(XY) = E(X)E(Y)$.

性质 5　设随机变量 X, Y 相互独立, a, b, c 均为常数, 则
$$E(aX + bY + c) = aE(X) + bE(Y) + c.$$

【例 6☆☆】若 $X \sim P(\lambda)$, $Y \sim B(n, p)$, 求 $E(3X-5)$, $E(2X+3Y)$.

解: $X \sim P(\lambda)$, $E(X) = \lambda$; $Y \sim B(n, p)$, $E(Y) = np$,

$E(3X-5) = 3E(X) - E(5) = 3\lambda - 5$, $E(2X+3Y) = 2E(X) + 3E(Y) = 2\lambda + 3np$.

【例 7☆☆】设随机变量 X 的分布列如表 2-23.

表 2-23

X	-2	0	1	3
P	$\dfrac{1}{3}$	$\dfrac{1}{2}$	$\dfrac{1}{12}$	$\dfrac{1}{12}$

求 $E(2X^2 + 5)$.

解: 法一

$$E(2X^3 + 5) = [2 \times (-2)^3 + 5] \times \frac{1}{3} + [2 \times 0^3 + 5] \times \frac{1}{2} + [2 \times 1^3 + 5] \times \frac{1}{12} + [2 \times 3^3 + 5] \times \frac{1}{12}$$

$$= -\frac{11}{3} + \frac{5}{2} + \frac{7}{12} + \frac{59}{12} = \frac{13}{3}.$$

法二　　$E(2X^3 + 5) = 2E(X^3) + 5$,

$$E(X^3) = (-2)^3 \times \frac{1}{3} + 0^3 \times \frac{1}{2} + 1^3 \times \frac{1}{12} + 3^3 \times \frac{1}{12} = -\frac{1}{3},$$

$$E(2X^3 + 5) = 2E(X^3) + 5 = 2 \times \left(-\frac{1}{3}\right) + 5 = \frac{13}{3}.$$

【练4☆☆】设随机变量 X 的概率分布为

表 2-24

X	-2	0	2	3
P	$\dfrac{1}{8}$	$\dfrac{1}{4}$	$\dfrac{3}{8}$	$\dfrac{1}{4}$

求 $E(X^2)$，$E(-2X+1)$．

四、随机变量的方差

1. 方差的概念

定义 2.23　方差

设 X 是一个随机变量，数学期望 $E(X)$ 存在，如果 $E[X-E(X)]^2$ 也存在，则称 $E[X-E(X)]^2$ 为随机变量 X 的方差，并记为 $D(X)$ 或 $\mathrm{Var}(X)$．方差的平方根 $\sqrt{D(X)}$ 又称为标准差、均方差或根方差，常记为 σ．

（1）若 X 为离散型随机变量，概率分布为 $P(X=x_k)=p_k(k=1,2,\cdots)$，则随机变量 X 的方差为 $D(X)=\sum\limits_{k=1}^{\infty}[x_k-E(X)]^2 p_k$．

（2）若 X 为连续型随机变量，概率密度为 $f(x)$，则随机变量 X 的方差为

$$D(X)=\int_{-\infty}^{+\infty}f(x)[x-E(X)]^2\mathrm{d}x.$$

2. 方差计算的简化公式

$$D(X)=E[X-E(X)]^2=E[X^2-2XE(X)+(E(X))^2]=E(X^2)-[E(X)]^2.$$

证明见后面的性质 5．

【例8☆☆】设离散型随机变量 X 的概率分布为：

表 2-25

X	-1	0	0.5	1	2
P	0.1	0.5	0.1	0.1	0.2

求 $D(X)$．

解：$E(X)=(-1)\times0.1+0\times0.5+0.5\times0.1+1\times0.1+2\times0.2=0.45$，

$E(X^2)=(-1)^2\times0.1+0^2\times0.5+0.5^2\times0.1+1^2\times0.1+2^2\times0.2=1.025$，

$D(X)=E(X^2)-[E(X)]^2=1.025-0.45^2=0.8225$．

【练5☆☆】设离散型随机变量 X 的概率分布为：

表 2-26

X	-1	0	0.5	1	2
P	$\dfrac{1}{3}$	$\dfrac{1}{6}$	$\dfrac{1}{6}$	$\dfrac{1}{12}$	$\dfrac{1}{4}$

求 $D(X)$.

【例 9☆☆】设随机变量 X 的概率密度为 $f(x)=\begin{cases}\dfrac{3}{2}x^2, & -1\leqslant x\leqslant 1, \\ 0, & \text{其他,}\end{cases}$ 求 $D(X)$.

解：
$$E(X)=\int_{-\infty}^{+\infty}xf(x)\,\mathrm{d}x=\frac{3}{2}\int_{-1}^{1}x^3\,\mathrm{d}x=0,$$

$$E(X^2)=\int_{-\infty}^{+\infty}x^2f(x)\,\mathrm{d}x=\frac{3}{2}\int_{-1}^{1}x^4\,\mathrm{d}x=\frac{3}{5},$$

$$D(X)=E(X^2)-[E(X)]^2=\frac{3}{5}.$$

【练 6☆☆】

设随机变量 X 的概率密度为 $f(x)=\begin{cases}2x, & 0\leqslant x\leqslant 1, \\ 0, & \text{其他,}\end{cases}$ 求 $D(X)$.

3. 几种常用分布的方差

（1）离散型随机变量的方差

① 两点分布

设 X 的分布列为

表 2-27

X	1	0
P	p	$1-p$

$$E(X)=p, D(X)=E(X^2)-[E(X)]^2=p-p^2=pq \quad (q=1-p).$$

② 二项分布

$X\sim B(n,p)$, $E(X)=np$,

$$E(X^2)=\sum_{k=0}^{n}k^2\mathrm{C}_n^k p^k q^{n-k}=\sum_{k=1}^{n}npk\mathrm{C}_{n-1}^{k-1}p^{k-1}q^{n-k}$$

$$\xlongequal{m=k-1}np\sum_{m=0}^{n-1}(m+1)\mathrm{C}_{n-1}^m p^m q^{n-m-1}$$

$$=np\Big[\sum_{m=0}^{n-1}m\mathrm{C}_{n-1}^m p^m q^{n-m-1}+\sum_{m=0}^{n-1}\mathrm{C}_{n-1}^m p^m q^{n-m-1}\Big]$$

$$=np[(n-1)p+1],$$

$$D(X) = E(X^2) - [E(X)]^2$$
$$= np[(n-1)p+1] - (np)^2$$
$$= npq.$$

③ 泊松分布

设 $X \sim p(k, \lambda)$，$E(X) = \lambda$，

$$E(X^2) = \sum_{k=0}^{\infty} k^2 \frac{\lambda^k}{k!} e^{-\lambda} = \sum_{k=1}^{\infty} k \frac{\lambda^{k-1}}{(k-1)!} \lambda e^{-\lambda}$$

$$\xlongequal{m=k-1} \lambda \sum_{m=0}^{\infty} (m+1) \frac{\lambda^m}{m!} e^{-\lambda}$$

$$= \lambda \sum_{m=0}^{\infty} m \frac{\lambda^m}{m!} e^{-\lambda} + \lambda \sum_{m=0}^{\infty} \frac{\lambda^m}{m!} e^{-\lambda}$$

$$= \lambda^2 + \lambda,$$

$$D(X) = E(X^2) - [E(X)]^2 = \lambda\lambda + \lambda - \lambda^2 = \lambda,$$

即 $E(X) = D(X) = \lambda$，

④ 几何分布

设 $X \sim g(k, p)$，$E(X) = \dfrac{1}{p}$，$D(X) = \dfrac{q}{p^2}$.

（2）连续型随机变量的方差

① 均匀分布

$X \sim U[a, b]$，即 $f(x) = \begin{cases} \dfrac{1}{b-a}, & x \in [a, b], \\ 0, & x \notin [a, b]. \end{cases}$

$$E(X) = \frac{a+b}{2},$$

$$E(X^2) = \int_a^b x^2 f(x) \, dx = \frac{x^3}{3(b-a)} \Big|_a^b = \frac{a^2 + ab + b^2}{3},$$

$$D(X) = E(X^2) - [E(X)]^2 = \frac{(b-a)^2}{12}.$$

② 指数分布

设 $X \sim E(\lambda)$，则 $E(X) = \dfrac{1}{\lambda}$，

$$E(X^2) = \int_0^{+\infty} x^2 \lambda e^{-\lambda x} \, dx = -\int_0^{+\infty} x^2 \, de^{-\lambda x}$$

$$= -x^2 e^{-\lambda x} \Big|_0^{+\infty} + 2\int_0^{+\infty} x e^{-\lambda x} \, dx$$

$$= \frac{2}{\lambda} \int_0^{+\infty} x \lambda e^{-\lambda x} \, dx = \frac{2}{\lambda^2},$$

$$D(X) = E(X^2) - [E(X)]^2 = \frac{2}{\lambda^2} - \left(\frac{1}{\lambda}\right)^2 = \frac{1}{\lambda^2}.$$

③ 正态分布

设 $X \sim N(\mu, \sigma^2)$，则 $E(X) = \mu$，

$$D(X) = \int_{-\infty}^{+\infty} (x-\mu)^2 \frac{1}{\sqrt{2\pi}\,\sigma} \mathrm{e}^{-\frac{(x-\mu)^2}{2\sigma^2}} \mathrm{d}x \xlongequal{y=\frac{x-\mu}{\sigma}} \int_{-\infty}^{+\infty} y^2 \frac{\sigma^2}{\sqrt{2\pi}} \mathrm{e}^{-\frac{y^2}{2}} \mathrm{d}y$$

$$= \frac{\sigma^2}{\sqrt{2\pi}} \left[-y\mathrm{e}^{-\frac{y^2}{2}} \Big|_{-\infty}^{+\infty} + \int_{-\infty}^{+\infty} \mathrm{e}^{-\frac{y^2}{2}} \mathrm{d}y \right] = \sigma^2 \left[\frac{1}{\sqrt{2\pi}} \int_{-\infty}^{+\infty} \mathrm{e}^{-\frac{y^2}{2}} \mathrm{d}y \right] = \sigma^2.$$

4. 常用分布表

表 2-28

名称	概率分布	期望	方差	参数范围
二点分布	$P(X=k) = p^k q^{1-k}$　$k=0,1$	p	pq	$0<p<1$　$q=1-p$
二项分布	$P(X=k) = C_n^k p^k q^{n-k}$　$k=0,1,\cdots,n$	np	npq	$0<p<1$　$q=1-p$　n 为自然数
几何分布	$P(X=k) = q^{k-1}p$	$\dfrac{1}{p}$	$\dfrac{q}{p^2}$	$0<p<1$　$q=1-p$
泊松分布	$P(X=k) = \dfrac{\lambda^k}{k!}\mathrm{e}^{-\lambda}$　$k=0,1,2,\cdots$	λ	λ	$\lambda>0$
均匀分布	$f(x) = \dfrac{1}{b-a}(a \leqslant x \leqslant b)$	$\dfrac{a+b}{2}$	$\dfrac{(a-b)^2}{12}$	$b>a$
指数分布	$f(x) = \lambda \mathrm{e}^{-\lambda x}(x>0)$	$\dfrac{1}{\lambda}$	$\dfrac{1}{\lambda^2}$	$\lambda>0$
正态分布	$f(x) = \dfrac{1}{\sqrt{2\pi}\,\sigma}\mathrm{e}^{-\frac{(x-\mu)^2}{2\sigma^2}}$	μ	σ^2	μ 任意　$\sigma>0$

5. 方差的性质

性质 1　设 C 为任意常数，则 $D(C) = 0$.

性质 2　设 C 为任意常数，X 为随机变量，则 $D(CX) = C^2 D(X)$.

证明：$D(CX) = E[CX - E(CX)]^2 = E[CX - CE(X)]^2 = E[C^2(X - E(X)^2)]$

$\qquad\qquad = C^2 E[X - E(X)^2] = C^2 D(X)$.

性质 3　设 X, Y 为相互独立的随机变量，则

$$D(X \pm Y) = D(X) + D(Y).$$

性质 4   设随机变量 X, Y 相互独立，a, b, c 均为常数，则

$$D(aX+bY+c) = a^2 D(X) + b^2 D(Y).$$

证明：$D(aX+bY+c) = D(aX) + D(bY) + D(c) = a^2 D(X) + b^2 D(Y)$.

性质 5   设 X 为随机变量，则 $D(X) = E(X^2) - [E(X)]^2$.

证明：因为 $D(X) = E[X - E(X)]^2$ （$E(X)$ 是一个常数）

$$= E[X^2 - 2X(E(X)) + (E(X))^2]$$

$$= E(X^2) - 2[E(X)][E(X)] + [E(X)]^2$$

$$= E(X^2) - [E(X)]^2.$$

【例 10 ☆☆】设随机变量 X, Y 相互独立，它们的概率密度分别为：

$$f(x) = \begin{cases} 2e^{-2x}, & x > 0, \\ 0, & x \leqslant 0, \end{cases} \qquad f(y) = \begin{cases} 4, & 0 \leqslant x \leqslant \dfrac{1}{4}, \\ 0, & 其他, \end{cases}$$

求 $D(X+Y)$.

解：显然 $X \sim E(2)$，$D(X) = \dfrac{1}{2^2} = \dfrac{1}{4}$，$Y \sim U\left(0, \dfrac{1}{4}\right)$，$D(X) = \dfrac{\left(\dfrac{1}{4} - 0\right)^2}{12} = \dfrac{1}{192}$，

$$D(X+Y) = D(X) + D(Y) = \dfrac{1}{4} + \dfrac{1}{192} = \dfrac{49}{192}.$$

【例 11 ☆☆】若连续型随机变量 X 的概率密度为：

$$f(x) = \begin{cases} ax^2 + bx + c, & 0 < x < 1, \\ 0, & 其他, \end{cases}$$

且 $E(X) = 0.5$，$D(X) = 0.15$，求常数 a, b, c.

解：

$$\int_{-\infty}^{+\infty} f(x)\,dx = \int_0^1 (ax^2 + bx + c)\,dx = \dfrac{a}{3} + \dfrac{b}{2} + c = 1, \tag{1}$$

$$E(X) = \int_{-\infty}^{+\infty} xf(x)\,dx = \int_0^1 x(ax^2 + bx + c)\,dx = \dfrac{a}{4} + \dfrac{b}{3} + \dfrac{c}{2} = 0.5, \tag{2}$$

$$E(X^2) = \int_{-\infty}^{+\infty} x^2 f(x)\,dx = \int_0^1 x^2(ax^2 + bx + c)\,dx = \dfrac{a}{5} + \dfrac{b}{4} + \dfrac{c}{3},$$

$$D(X) = E(X^2) - [E(X)]^2, \quad E(X^2) = D(X) + [E(X)]^2 = 0.4,$$

$$\dfrac{a}{5} + \dfrac{b}{4} + \dfrac{c}{3} = 0.4, \tag{3}$$

联立解 (1), (2), (3) 得：$a = 12, b = -12, c = 3$.

 **实际应用**

【例 1 ☆☆】利润最大

某高级皮大衣每出售一件可赚 6 000 元,积压一件要亏 4 000 元. 某时装店根据历史资料知市场需求的概率分布见表 2-29.

表 2-29

需求量 X/件	5	6	7	8
P	0.3	0.4	0.2	0.1

问该店应订购多少件大衣才能保证其利润最大?

解:由题意知,该店订购数应为 5,6,7,8

订 5 件的数学期望总利润为 $E_5(X) = 6\ 000 \times 5 = 30\ 000$(元).

订 6 件的数学期望总利润为

$E_6(X) = (6\ 000 \times 5 - 4\ 000 \times 1) \times 0.3 + 6\ 000 \times 6 \times (1 - 0.3) = 33\ 000$(元).

订 7 件的数学期望总利润为 $E_7(X) = (6\ 000 \times 5 - 4\ 000 \times 2) \times 0.3 + (6\ 000 \times 6 - 4\ 000 \times 1) \times 0.4 + 6\ 000 \times 7 \times (0.2 + 0.1) = 32\ 000$(元).

订 8 件的数学期望总利润为 $E_8(X) = (6\ 000 \times 5 - 4\ 000 \times 3) \times 0.3 + (6\ 000 \times 6 - 4\ 000 \times 2) \times 0.4 + (6\ 000 \times 7 - 4\ 000 \times 1) \times 0.2 + 6\ 000 \times 8 \times 0.1 = 29\ 000$(元).

$E_6(X)$ 最大,故该店应订购 6 件最合理,其数学期望总利润最大为 33 000 元.

【例 2☆☆☆】投资决策问题

某人有一笔资金,可投入两个项目:房地产和商业,其收益都与市场状态有关. 若把未来市场分为好、中、差三个等级,其发生的概率分别为 0.2,0.7,0.1. 通过调查,该投资者认为投资于房地产的收益 X(单位:万元)和投资于商业的收益 Y(单位:万元)的分布列分别为:

表 2-30

X	11	3	-3
P	0.2	0.7	0.1

表 2-31

Y	6	4	-1
P	0.2	0.7	0.1

请问:该投资者该如何投资?

解:随机变量 X 和 Y 的数学期望分别为

$$E(X) = 11 \times 0.2 + 3 \times 0.7 + (-3) \times 0.1 = 4.0(万元),$$

$$E(Y) = 6 \times 0.2 + 4 \times 0.7 + (-1) \times 0.1 = 3.9(万元),$$

从平均收益看,投资房地产收益大,比投资商业多 0.1 万元.

随机变量 X^2 和 Y^2 的数学期望分别为

$$E(X^2) = 11^2 \times 0.2 + 3^2 \times 0.7 + (-3)^2 \times 0.1 = 31.4（万元），$$

$$E(Y^2) = 6^2 \times 0.2 + 4^2 \times 0.7 + (-1)^2 \times 0.1 = 18.5（万元），$$

随机变量 X 和 Y 的方差分别为

$$D(X) = E(X^2) - E^2(X) = 31.4 - 4^2 = 15.4，$$

$$D(Y) = E(Y^2) - E^2(Y) = 18.5 - 3.9^2 = 3.29，$$

则 $\sqrt{D(X)} = \sqrt{15.4} \approx 3.92$；$\sqrt{D(Y)} = \sqrt{3.29} \approx 1.81$.

因为标准差（或方差）越大，收益的波动就越大，从而风险也越大. 若综合权衡收益和风险，选择投资房地产的平均收益比投资商业多 0.1 万元，仅仅多了 $\dfrac{1}{39}$，但风险却增加了一倍多，不划算.

【例 3 ☆☆☆】　求职决策问题

有三家公司接受了李某的求职申请，愿为其提供面试机会. 按面试时间的先后顺序，这三家公司分别记为 A,B,C，每家公司都可以提供极好、好和一般三种职位，每家公司都将根据面试情况决定给予何种职位或拒绝提供职位. 规定公司和求职者双方在面试后需立即签约且不许毁约. 职介专家在对李某的学业成绩和综合素质进行评估后认为，他获得极好、好、一般的可能性分别为 0.2，0.3，0.5，三家公司的工资数据如表 2-32 所示. 如果把工资数尽量大作为首要条件，那么李某应如何决策？

表 2-32

职位 公司	极好(0.2)	好(0.3)	一般(0.5)
A	3 500	3 000	2 200
B	3 900	2 950	2 500
C	4 000	3 000	2 500

解：设李某接受 A,B,C 三家公司的工资数分别为 W_A,W_B,W_C，则其分布列分别为：

表 2-33

W_A	0.2	0.3	0.5
P	3 500	3 000	2 200

表 2-34

W_B	0.2	0.3	0.5
P	3 900	2 950	2 500

表 2-35

W_C	0.2	0.3	0.5
P	4 000	3 000	2 500

其数学期望分别为

$$E(W_A) = 3\ 500 \times 0.2 + 3\ 000 \times 0.3 + 2\ 200 \times 0.5 = 2\ 700,$$

$$E(W_B) = 3\ 900 \times 0.2 + 2\ 950 \times 0.3 + 2\ 500 \times 0.5 = 2\ 915,$$

$$E(W_C) = 4\ 000 \times 0.2 + 3\ 000 \times 0.3 + 2\ 500 \times 0.5 = 2\ 950.$$

由于面试有先后顺序,使得李某在 A,B 公司面试决策时,还会考虑到 C 公司的情况.而 $E(W_C) = 2\ 950$,而 A 公司只有好和极好两种职位才能达到这个水平,但 B 和 C 公司的好和极好两种职位也达到了这个水平,因此,除非 A 公司提供极好职位,而李某又是一个很谨慎的人,否则,放弃 A 公司的可能性是非常大的.

注意到 B,C 公司相应于好和极好职位的水平都差不多,因此,除非 B 公司提供极好职位,否则,李某肯定还是去 C 公司面试.

综上所述,李某的最后决策如下:先去 A 公司面试,若 A 公司提供极好职位,则选择 A 公司.否则,去 B 公司面试,若 B 公司提供极好职位,则选择 B 公司.否则,去 C 公司面试,接受 C 公司提供的任何职位.

习题拓展 --------------------------------

【基础过关】

1. 某车间里有 10 台机床,每台机床由于装卸加工零件等原因要停车,设各台机床的停车或开车是相互独立的,每台机床停车时间占总工作时间的 $\frac{1}{3}$,试求在工作时间的任一时刻车间内停车的机床台数的数学期望.

2. 设随机变量 X 的概率密度函数为

$$f(x) = \begin{cases} Ax^2(x-2)^2, & 0 \leqslant x \leqslant 2 \\ 0, & \text{其他}, \end{cases}$$

求 X 的数学期望和方差.

【能力达标】

1. 一个袋子中装有 5 个红球,3 个白球,现每次从袋中任取一个查看颜色,直至找到所有 5 只红球.求所需抽取次数 X 的数学期望和方差.

2. 设随机变量 X 的分布函数为

$$F(x) = \begin{cases} 0, & x \leqslant 1 \\ a + b \arcsin x, & -1 < x < 1, \\ 1, & x \geqslant 1, \end{cases}$$

求:(1) 常数 a,b;

    (2) $E(X)$ 和 $D(X)$.

2.19 项目五
习题拓展答案

附录二   MATLAB 在概率中的应用

(一)计算随机变量的概率分布

1. 实验目的 掌握应用 MATLAB 求正态分布概率密度函数、计算分布函数值的方法.

2. 实验内容

(1)正态分布概率密度的函数调用格式为:

x = normpdf(x,mu,sigma)   % 求 x 处参数为 mu 和 sigma 的正态概率密度函数
的值,其中参数 sigma 必须为正

(2)正态分布密度的函数调用格式为:

x = normcdf(x,mu,sigma)   % 求 x 处参数为 mu 和 sigma 的正态分布函数值

3. 实验举例

【例 1】   计算参数为 mu 和 1 的正态分布概率密度函数在 1.5 处的值,其中 mu 为 1 到 2 之间以 0.2 为间隔的小数.

```
mu = [0 :0.2 :2];
y = normpdf(1.5,mu,1)
y = 0.129 5  0.171 4  0.217 9  0.266 1  0.312 3  0.352 1
    0.381 4  0.397 0  0.397 0  0.381 4  0.352 1
```

【例 2】   若随机变量 $X \sim N(1,9)$,求在数据 $x = 0$ 处参数为 mu 和 sigma 的正态分布函数的函数值.

```
>>normcdf(0,1,3)
ans =
    0.3694
```

(二)计算随机变量的数学期望和方差

1. 实验目的   掌握随机变量的数学期望和方差的计算方法

2. 实验内容

(1)有限离散型随机变量 X 的数学期望和方差

若随机变量 X 的分布列为: $P(X = x_i) = p_i$, $i = 1,2,\cdots,n$,则

```
>>X = [x1 x2 ⋯ xn];>>P = [p1 p2 ⋯ pn];>>EX = X * P′
>>DX = (X-EX).^2 * P′
```

(2)无限离散型随机变量 X 的数学期望和方差

若随机变量 X 的分布列为: $P(X = x_i) = p_i$, $i = 1,2,\cdots$,则

```
>>syms i;>>EX=symsum(i*pi,i,0,inf)
```

（3）连续型随机变量 X 的数学期望和方差

若随机变量 X 的概率密度为 $y=p(x)$ ，则

```
>>EX=int(x*y,x,-inf,+inf)
```

3．实验举例

【例 3】　随机变量 X 的分布列如下．

表 2-36

X	−1	0	1	2
P	0.2	0.2	0.1	0.5

求随机变量 X 的数学期望和方差．

```
>>X=[-1 0 1 2];>> P=[0.2 0.2 0.1 0.5];>> EX=X*P'
EX=
    0.9000
>>DX=(X-EX).^2*P'
DX=
    1.4900
```

【例 4】　随机变量 X 的分布列为 $P(X=k)=\dfrac{1}{2^k}$ （ $k=1,2,\cdots$ ），求随机变量 X

的数学期望和方差．

```
>>syms k;>>EX=symsum(k*(1/2^k),k,1,inf)
EX=
    2
>>DX=symsum((k-EX).^2*(1/2^k),k,1,inf)
DX=
    2
```

【例 5】　设 X 的密度函数为 $f(x)=\dfrac{1}{2}\mathrm{e}^{-|x|}$ ，求 $E(X)$ 和 $D(X)$ ．

```
>>syms x;
>>f=1/2*exp(-abs(x));
>>EX=int(x*f,x,-inf,+inf)
EX=
    0
>>DX=int((x-EX)^2*f,x,-inf,+inf)
```

DX =

2

习 题 二

一、选择题

1. 设 A,B 为两个随机事件，且 $B \subset A$，则下列式子正确的是（　　）．

A. $P(A \cup B) = P(B)$　　　　　　　　B. $P(AB) = P(B)$

C. $P(B|A) = P(B)$　　　　　　　　D. $P(B-A) = P(B) - P(A)$

2. 事件 $\overline{AB}$ 表示（　　）．

A. 事件 A 与事件 B 同时发生　　　　B. 事件 A 与事件 B 都不发生

C. 事件 A 与事件 B 不同时发生　　　D. 以上都不对

3. 设随机事件 A,B 互不相容，已知 $P(A) = 0.4$，$P(B) = 0.2$，则 $P(A|B) = $（　　）．

A. 0.2　　　　　B. 0　　　　　C. 0.4　　　　　D. 0.6

4. 将两封信随机投入 4 个邮筒中，则未向前两个邮筒中投信的概率为（　　）．

A. $\dfrac{2^2}{4^2}$　　　　B. $\dfrac{C_2^1}{C_4^2}$　　　　C. $\dfrac{2!}{A_4^2}$　　　　D. $\dfrac{2!}{4!}$

5. 以下是连续型分布的是（　　）．

A. 两点分布　　　B. 二项分布　　　C. 正态分布　　　D. 泊松分布

6. 袋中有大小相同的红球 5 个，白球 4 个，从袋中每次抽取 1 个球且不放回，直到取出白球为止，所需要的取球次数为随机变量 X，则 X 的取值为（　　）．

A. 1,2,3,4,5　　　　　　　　　B. 1,2,3,4,5,6

C. 0,1,2,3,4　　　　　　　　　D. 0,1,2,3,4

7. 下列函数可以作为随机变量 X 的概率密度函数的是：（　　）．

A. $f(x) = \begin{cases} \sin x, & x \in [0,\pi], \\ 0, & \text{其他} \end{cases}$　　　　B. $f(x) = \begin{cases} \sin x, & x \in \left[0, \dfrac{3}{2}\pi\right], \\ 0, & \text{其他} \end{cases}$

C. $f(x) = \begin{cases} \sin x, & x \in \left[-\dfrac{\pi}{2}, \dfrac{\pi}{2}\right], \\ 0, & \text{其他} \end{cases}$　　D. $f(x) = \begin{cases} \sin x, & x \in \left[0, \dfrac{\pi}{2}\right], \\ 0, & \text{其他} \end{cases}$

8. 设随机变量 $X \sim N(0,1)$，X 的分布函数为 $\Phi(x)$，则 $P(|X|<1)$ 的值为（　　）．

A. $2[1-\Phi(1)]$　　B. $2\Phi(1)-1$　　C. $1-\Phi(1)$　　D. $1-2\Phi(1)$

二、填空题

1. 设 $P(A)=p,P(B)=q,P(A\cup B)=r$,则 $P(A\overline{B})=$ _____.

2. 设 A,B,C 是三个随机事件,则 A,B,C 至少发生两个可表示为_____.

3. 设 A,B 为两个随机事件,$P(A)=0.6,P(A-B)=0.2$,则 $P(\overline{AB})=$ _____.

4. 从装有 3 个红球,2 个白球的盒子中任意取出 2 个球,则其中有并且只有一个红球的概率为_____.

5. 设某离散型随机变量 X 的分布列是 $P(X=k)=\dfrac{k}{C},k=1,2,\cdots,10$,则 $C=$_____.

6. 设 X 是连续型随机变量,则 $P(X=3)=$ _____.

7. 设连续型随机变量 X 的分布函数为

$$F(x)=\begin{cases}0, & x<0, \\ \dfrac{x^2}{3}, & 0\leqslant x<\sqrt{3}, \\ 1, & \sqrt{3}\leqslant x,\end{cases}$$

则 X 的概率密度是_____.

8. 随机变量 X 的分布列为

表 2-37

X	-2	0	2
P	0.4	0.3	0.3

则 $E(3X^2+5)=$ _____.

9. 设随机变量 X 的概率密度为 $f(x)=\begin{cases}2x, & 0\leqslant x\leqslant 1, \\ 0, & 其他,\end{cases}$ 则 $E(2X)=$ _____,

$E(X^2)=$ _____.

10. 设离散型随机变量 X 的概率分布为

表 2-38

X	-1	0	0.5	1	2
P	0.1	0.5	0.1	0.1	0.2

则 $D(X)=$ _____.

三、解答题

1. 某厂有三条流水线生产同一产品,每条流水线的产品分别占总量的 25%,35%,40%.又这三条流水线的次品率分别为 $\dfrac{1}{20},\dfrac{1}{25},\dfrac{1}{50}$,现从出厂的产品中任取一件,求恰好取到次品的概率.

2. 设考生的报名表来自三个地区,各有 10 份,15 份,25 份,其中女生的报名表分别为 3,7,5 份,随机从一地区先后任取两份报名表,求先取到一份报名表是女生的概率.

3. 设随机变量 X 的分布列为

表 2-39

X	x_1	x_2	x_3
P	p_1	p_2	p_3

求其分布函数 $F(x)$.

4. 设随机变量 X 的分布函数为:

$$F(x)=\begin{cases}A+Be^{-x}, & x>0,\\ 0, & x\leqslant 0.\end{cases}$$

(1) 求 A,B;

(2) 求 $P(-1<x<1)$.

5. 设随机变量具有概率密度

$$f(x)=\begin{cases}3e^{-3x}, & x>0,\\ 0, & x\leqslant 0,\end{cases}$$

求其分布函数 $F(x)$.

6. 一家汽车配件供应商声称,它所提供的配件每 100 个中拥有次品的个数 X 及相应的概率如表 2-40 所示.求该供应商配件次品数的数学期望和标准差.

表 2-40

次品数($X=x_i$)	0	1	2	3
概率 $P(X)=p_i$	0.75	0.12	0.08	0.05

7. 已知随机变量 X 的概率密度为 $f(x)=\dfrac{1}{2}e^{-|x|}(-\infty<x<+\infty)$,求 $E(X)$ 和 $D(X)$.

8. 已知随机变量 X 的概率密度为 $f(x)=\begin{cases}1+x, & -1\leqslant x\leqslant 0,\\ 1-x, & 0<x\leqslant 1,\\ 0, & 其他,\end{cases}$ 求 $E(X)$ 和 $D(X)$.

9. 某火锅品牌拟在重庆市甲、乙两个居民小区中选取一个地址建一连锁店.特对这两个小区居民的人均收入进行抽样调查,各抽查 50 户居民,调查结果如

表 2-41 所示.

表 2-41

甲区人均月收入/元	780	850	950	1 500	乙区人均月收入/元	600	840	950	1 800
概率	0.2	0.4	0.1	0.3	概率	0.1	0.3	0.2	0.4

求这两个地区收入的数学期望和方差.

2.20 练习题二
答案

数理统计基础

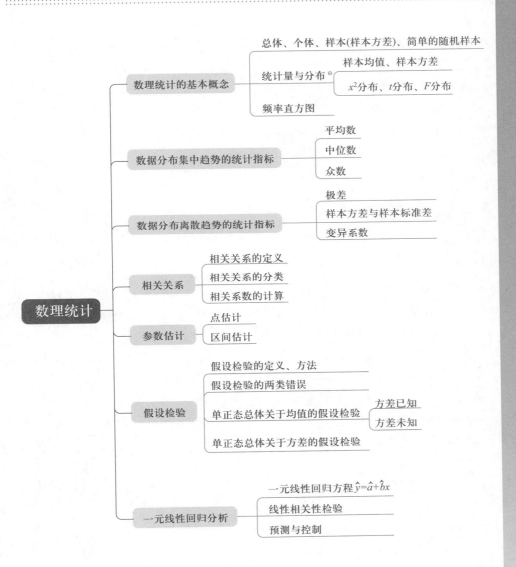

数理统计

- 数理统计的基本概念
  - 总体、个体、样本(样本方差)、简单的随机样本
  - 统计量与分布[⊖]
    - 样本均值、样本方差
    - x^2分布、t分布、F分布
  - 频率直方图
- 数据分布集中趋势的统计指标
  - 平均数
  - 中位数
  - 众数
- 数据分布离散趋势的统计指标
  - 极差
  - 样本方差与样本标准差
  - 变异系数
- 相关关系
  - 相关关系的定义
  - 相关关系的分类
  - 相关系数的计算
- 参数估计
  - 点估计
  - 区间估计
- 假设检验
  - 假设检验的定义、方法
  - 假设检验的两类错误
  - 单正态总体关于均值的假设检验
    - 方差已知
    - 方差未知
  - 单正态总体关于方差的假设检验
- 一元线性回归分析
  - 一元线性回归方程 $\hat{y}=\hat{a}+\hat{b}x$
  - 线性相关性检验
  - 预测与控制

统计学的英文 statistics 最早源于现代拉丁文 statisticum collegium （国会）、意大利文 statista（国民或政治家）以及德文 statistik，最早代表对国家的资料进行分析的学问，也就是"研究国家的科学". 19 世纪，统计学在广泛的数据以及资料中探究其意义，并且引进到英语世界.

统计学是一门很古老的科学，一般认为其学理研究始于古希腊的亚里士多德时代，迄今已有 2300 多年的历史. 它起源于研究社会经济问题，在两千多年的发展过程中，统计学至少经历了"城邦政情""政治算数"和"统计分析科学"三个发展阶段.

所谓"数理统计"并非独立于统计学的新学科，确切地说，它是统计学在第三个发展阶段形成的所有收集和分析数据的新方法的一个综合性名词. 数理统计是以概率论为理论基础，根据试验或观察得到的数据，对随机现象的客观规律性做出合理的估计和判断.

在概率论中，我们所研究的随机变量，它的分布都是假设已知的，在这一前提下去研究它的性质、特点和规律性. 在数理统计中，我们研究的随机变量，它的分布是未知的，或者是不完全知道的，人们通过对所研究的随机变量进行重复独立的观察，得到许多观测值，对这些数据进行分析，从而对所研究的随机变量的分布作出推断.

一般来说，按采用的研究方法不同，可分为描述统计学和推断统计学. 描述统计学是统计学的基础，研究如何对客观现象的数量进行计量、观测、概括和表述. 描述统计学是整个统计学的基础和统计研究工作的第一步，内容包括统计指标设计，统计资料整理，统计图表，集中趋势测度，离散程度测度，统计指数和事件序列等理论方法. 推断统计学是现代统计学的核心内容，它是研究如何根据总体中的部分数据去推断总体数据的方法，其主要内容包括抽样分布、参数估计、假设检验、方差分析、相关分析、回归分析、统计预测等.

项目一

数理统计的基本概念

3.1 数理统计学的起源和应用

3.2 红楼梦作者之谜

3.3 项目一知识目标与重难点

教学引入

【引例 1】喝牛奶对身高的影响

同学们,现在我们国家的生活条件越来越好,很多小朋友都经常喝牛奶,你认为喝牛奶对身高是否有帮助呢? 你认为现在中国成年人的身高与 20 年前的身高相比较,是否有明显的增加呢? 如果你认为牛奶能促进身高,现在中国成年人的身高比 20 年以前有明显增加,你想用什么方法进行论证呢? 请你用一张纸,写下你论证的过程和方法.

【引例 2】商场促销

某大型百货商场每到节假日的时候都会进行促销活动,那么商品促销活动真的划算吗? 是不是所有的商品都进行了促销呢? 该问题与统计学中的哪些基本概念有关联呢?

理论学习

一、统计学的基本概念

1. 总体和总体分布

定义 3.1   总体、个体

把研究对象的全体称为总体或母体. 总体中每个对象或成员称为个体.

例如,在研究 2 000 名学生的年龄时,这些学生的年龄的全体就构成一个总体,每个学生的年龄就是个体.

又如,考察一批电子元件时,这些电子元件的全体就是总体,每一个电子元件就是个体. 如果我们关心的是这批电子元件的使用寿命,那么总体就是各个电子元件的使用寿命的集合,个体就是每一个电子元件的使用寿命. 因为测试其使用寿命具有破坏性,所以一般只抽出一部分电子元件逐一检查其使用寿命.

总体是指研究对象的某项数量指标的集合,其中每一个个体都可以取不同的数值,而这些数值事先是不能预知的. 因此一个总体可以看成是某个随机变量可能取值的全体,习惯上用 X 表示总体,用 X_i 表示个体.显然 X 和 X_i 都是随机变量,因而具有确定的分布,我们称总体 X 的分布为总体分布,$F(X)=P(X\leqslant x)$ 称为总体分布函数.

【例1☆】考察某厂的产品质量,现将该厂的产品只分为合格品和不合格品两类,并以 0 记为合格品,以 1 记为不合格品,则

总体 =｛该厂生产的全部合格品与不合格品｝=｛由 0 和 1 组成的一堆数｝,若以 p 表示这堆数中 1 的比例(不合格品率),则该总体 X 可由一个两点分布来表示.

表 3-1

X	0	1
P	$1-p$	p

不同的 p 反映了总体间的差异,比如,两个生产同类产品的工厂的产品总体分布分别为:

表 3-2

X	0	1
P	0.983	0.017

表 3-3

X	0	1
P	0.915	0.085

显然,第一个工厂的产品质量优于第二个工厂.在已知产品的不合格品率(或合格品率)的情况下这个问题非常简单,但在实际中若不合格品率(或合格品率)是未知的,该如何对它进行估计就是数理统计要研究的问题.

2. 样本和样本值

定义 3.2 样本

为推断总体分布及各种特征,按一定规则从总体中抽取若干个体进行观察试验,以获得有关总体的信息,这一抽取过程称为抽样,所抽取的部分个体称为样本,样本中所包含的个体数目称为样本容量.

【例2☆】某饮料厂生产的瓶装可乐规定净含量为 750 g.但在生产过程中不可能保证每瓶可乐净含量均为 750 g.现从该工厂生产的可乐中随机抽取 10 瓶测定其净含量,得到如下结果:

751　745　750　747　752　748　756　753　749　750

这是一个容量为 10 的样本的观测值,对应的总体为该厂生产的瓶装可乐的净含量.

3. 统计推断

定义 3.3　统计推断

根据样本对总体的性质进行推断称为统计推断.

设 $X_1, X_2, \cdots, X_n$ 为来自总体 X 的一个样本. 现考虑如何从总体中随机抽取 n 个个体. 从总体中抽取样本有各种不同的方法,但为了使抽到的样本能够对总体做出较可靠的推断,我们在抽取样本时要尽可能使它在总体中具有代表性,这就要求所选择的抽样方法和抽取的样本应满足以下三个要求:

(1) 等可能性　总体中每个个体被抽到的机会均等;

(2) 同一性　样本 $X_1, X_2, \cdots, X_n$ 与总体 X 具有相同的分布;

(3) 独立性　每次抽样结果互不影响,亦即 $X_1, X_2, \cdots, X_n$ 是相互独立的随机变量.

定义 3.4　简单随机样本

设 X 是具有分布函数 F 的随机变量,若 $X_1, X_2, \cdots, X_n$ 是具有同一分布函数 F 且相互独立的随机变量,则称 $X_1, X_2, \cdots, X_n$ 为由总体 X 得到的样本容量为 n 的简单随机样本,简称样本. 它们的观测值 $x_1, x_2, \cdots, x_n$ 称为样本值,又称为 X 的 n 个独立的观察值.

特别地,样本是随机变量,但它具有二重性:一方面由于样本是从总体中随机抽取的,抽取前无法预知它们的数值,因而样本是随机变量,一般用大写字母 X_1, $X_2, \cdots, X_n$ 来表示;另一方面,样本在抽取以后经观测就有确定的观测值,因此样本又是一组数值,一般又用小写字母 $x_1, x_2, \cdots, x_n$ 来表示.

抽样通常有两种方式:一种是不重复抽样,即每次抽取一个后不放回去,再抽取第二个,连续抽取 n 次;另一种是重复抽样,即每次抽取一个进行观察后放回去,再抽取第二个,连续抽取 n 次,构成一个容量为 n 的样本. 如果总体中包含有无限多个个体,抽取有限个后不影响总体的分布,这时重复抽样与不重复抽样是没有多大区别的. 在实际应用中,如果总体中个体的数目很大,而样本的容量相对较小,比如不超过总体的 5%,即可认为总体是无限的.

一般地,采用有放回地抽样和无限总体无放回抽样获得的样本均可视为简单随机样本.

【例 3☆】要了解某学校 1 000 名学生的语文期末成绩情况,现随机抽取 50 名学生的语文期末成绩,总体是_____,样本是_____,个体是_____,样本容量是_____.

解:总体是该校 1 000 名学生的语文期末成绩,样本是 50 名学生的语文期末成绩,个体是每个学生的语文期末成绩,样本容量是 50.

【练 1☆】要了解某片水域的水质情况,现从该水域随机抽取 20 个点的样本的水质情况,总体是 _____,样本是 _____,个体是 _____,样本容量是 _____.

【例 4☆】要了解某厂 1 000 个产品的质量情况,现抽取 50 个产品进行观察,每次观察其质量合格与否后放回再进行抽取下一个的方法是 _____,每次观察其质量合格与否后不放回再进行抽取下一个的方法是 _____.

解: 重复抽样 , 不重复抽样 .

4. 总体和样本的数字特征

样本的数字特征能刻画样本分布的一些特征,人们经常用它们来估计、推断总体的数字特征.

3.4 啤酒与尿布的故事

定义 3.5   统计量

设 $X_1, X_2, \cdots, X_n$ 为总体 X 的一个样本,称不含总体任何未知参数的样本函数 $f(X_1, X_2, \cdots, X_n)$ 为统计量.

即当我们由总体获得样本后,不能直接就用这些样本的观测值去估计推断总体的特征,必须对样本进行"加工"和"处理". 我们把针对不同的问题所构成的不含总体未知参数的样本的函数称为统计量.

统计量是样本 $X_1, X_2, \cdots, X_n$ 的函数,因为它不含任何未知参数,所以可以通过样本 $X_1, X_2, \cdots, X_n$ 的一组观测值 $x_1, x_2, \cdots, x_n$ 计算出结果. 而样本 $X_1, X_2, \cdots, X_n$ 为 n 个随机变量,因此统计量 $f(X_1, X_2, \cdots, X_n)$ 也是随机变量.

【例 5☆】设总体 $X \sim N(\mu, \sigma^2)$,其中 μ 已知,σ^2 未知,$(X_1, X_2, \cdots, X_n)$ 为 X 的一个样本,则 $\sum_{i=1}^{n} (X_i - \mu)^2$ 是统计量,而 $\frac{1}{\sigma} \sum_{i=1}^{n} X_i$ 不是统计量.

定义 3.6   样本均值 样本方差   样本标准差 k 阶中心矩

设 $X_1, X_2, \cdots, X_n$ 是从总体 X 取出的一个容量为 n 的样本,统计量 $\overline{X} = \frac{1}{n} \sum_{i=1}^{n} X_i$ 称为样本均值;统计量 $S^2 = \frac{1}{n-1} \sum_{i=1}^{n} (X_i - \overline{X})^2$ 称为样本方差;统计量 S^2 的算术平方根 S 称为样本标准差;统计量 $M_k = \frac{1}{n} \sum_{i=1}^{n} X_i^k$ 称为样本的 k 阶原点矩;统计量 $\frac{1}{n} \sum_{i=1}^{n} (X_i - \overline{X})^k$ 称为样本的 k 阶中心矩.

对于一组样本值 $x_1, x_2, \cdots, x_n$,算得的统计量 $\overline{X}, S^2, S$ 习惯上仍称为样本均值,

样本方差,样本标准差,但采用小写记号 $\bar{x}, s^2, s$ 表示.

样本均值 $\bar{X}$ 反映了数据的中心位置,样本方差 S^2 反映了数据对均值 $\bar{X}$ 的离散程度,显然 n 越大抽样误差越小,用样本推断总体的精度越高. 容易推得:

$$s^2 = \frac{1}{n-1}\sum_{i=1}^{n}(x_i-\bar{x})^2 \quad \text{或} \quad s^2 = \frac{1}{n-1}\left(\sum_{i=1}^{n}x_i^2 - n\bar{x}^2\right) \quad \text{或} \quad s^2 = \frac{1}{n-1}\left[\sum_{i=1}^{n}x_i^2 - \frac{1}{n}\left(\sum_{i=1}^{n}x_i\right)^2\right]$$

用此公式计算样本方差较为简单.

【例6☆】在一本书中随机地检查了 10 页,发现每页上的错误数为:

$$4,5,6,0,3,1,4,2,1,4,$$

试计算其样本均值,样本方差和样本标准差.

解: $\bar{x} = \frac{1}{n}\sum_{i=1}^{n}x_i = \frac{1}{10}(4+5+6+\cdots+4) = 3$,

$s^2 = \frac{1}{n-1}\sum_{i=1}^{n}(x_i-\bar{x})^2 = \frac{1}{9}\left[(4-3)^2+(5-3)^2+(6-3)^2+\cdots+(4-3)^2\right] = \frac{34}{9}$,

$s = \sqrt{s^2} = \frac{\sqrt{34}}{3}$.

【例7☆】从同一批的阿司匹林片中随机抽出 5 片,测定其溶解 50% 所需的时间 T_{50} ,结果如下:5.3,6.6,3.7,4.9,5.2,试计算这个样本的均值、方差、标准差.

解:先列出均值、方差计算用表:

表 3-4

x_i	5.3	6.6	3.7	4.9	5.2
x_i^2	28.09	43.56	13.69	24.01	27.04

因为 $\sum_{i=1}^{5}x_i = 25.7$, $\sum_{i=1}^{5}x_i^2 = 136.39$, $\left(\sum_{i=1}^{5}x_i\right)^2 = 660.49$,

所以 $\bar{x} = \frac{1}{5}\sum_{i=1}^{5}x_i = \frac{1}{5}\times25.7 = 5.14$,

$s^2 = \frac{1}{n-1}\left[\sum_{i=1}^{5}x_i^2 - \frac{1}{n}\left(\sum_{i=1}^{n}x_i\right)^2\right] = \frac{1}{5-1}\left(136.39 - \frac{1}{5}\times660.49\right) = 1.073$,

$s = \sqrt{1.073} \approx 1.036$.

【例8☆☆】某工厂生产了一批冰箱保护器,从已销售的产品中随机跟踪了其中 10 台,得到其使用寿命如下(单位:千小时):

$$70.1 \quad 71.4 \quad 73.8 \quad 79.4 \quad 80.1$$

$$80 \quad 81.5 \quad 81.3 \quad 69.2 \quad 72.8$$

试求这批产品的平均使用寿命及方差.

解: $\bar{x} = \dfrac{1}{n} \sum_{i=1}^{n} x_i$

$\qquad = \dfrac{1}{10}(70.1+71.4+73.8+79.4+80.1+80+81.5+81.3+69.2+72.8)$

$\qquad = 75.96,$

$\qquad s^2 = \dfrac{1}{n-1} \sum_{i=1}^{n} (x_i - \bar{x})^2 = \dfrac{1}{10-1} \sum_{i=1}^{10} (x_i - 75.96)^2 \approx 24.44.$

【练 2 ☆】某校期末统计学考试,有 5 名学生成绩如下(单位:分)

$$60 \quad 70 \quad 75 \quad 80 \quad 90$$

求这 5 名学生的平均成绩及方差.

二、常用统计量的分布

1. 样本均值 $\bar{X}$ 的分布

定理 3.1　设总体 $X \sim N(\mu, \sigma^2)$,$X_1, X_2, \cdots, X_n$ 为来自总体 X 的一个样本,则有

(1) 统计量 $\bar{X} = \dfrac{1}{n} \sum_{i=1}^{n} X_i \sim N\left(\mu, \dfrac{\sigma^2}{n}\right)$;

(2) 统计量 $U = \dfrac{\bar{X} - \mu}{\dfrac{\sigma}{\sqrt{n}}} \sim N(0,1)$.

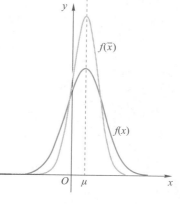

$\bar{X}$ 的概率分布如图 3-1 所示.

【例 9 ☆】设总体 $X \sim N(0,1)$,$X_1, X_2, \cdots,$ X_9 为来自总体 X 的一个样本,求

(1) $\bar{X} = \dfrac{1}{9} \sum_{i=1}^{9} X_i$ 的分布;

(2) 分别求 X 和 $\bar{X}$ 在 $[-1,1]$ 中取值的概率.

图 3-1

解:(1) 因为 $X \sim N(0,1)$,$\mu = 0$,$\sigma^2 = 1$,$n = 9$,所以

$$E(\bar{X}) = \mu = 0 \quad, D(\bar{X}) = \dfrac{\sigma^2}{n} = \dfrac{1}{9}.$$

即 $\bar{X} \sim N\left(0, \dfrac{1}{9}\right).$

(2) 因为 $X \sim N(0,1)$,所以

$$P(-1 \leqslant X \leqslant 1) = \Phi(1) - \Phi(-1) = 2\Phi(1) - 1 = 2 \times 0.841\,3 - 1 = 0.682\,6.$$

因为 $\overline{X} \sim N\left(0, \dfrac{1}{9}\right)$，所以 $\dfrac{\overline{X}}{1/3} = 3\overline{X} \sim N(0,1)$，

$$P(-1 \leqslant \overline{X} \leqslant 1) = P(-3 \leqslant 3\overline{X} \leqslant 3) = \Phi(3) - \Phi(-3)$$
$$= 2\Phi(3) - 1 = 2 \times 0.998\ 6 - 1 = 0.997\ 2.$$

由此可见，$\overline{X}$ 在 μ 附近取值比 X 的取值更为集中.

为了便于讨论统计量样本方差 S^2 的分布，我们引入几个新的分布.

2. χ^2 分布

定义 3.7　χ^2 分布

设 $X_1, X_2, \cdots, X_n$ 是来自标准正态总体 $X \sim N(0,1)$ 的一个样本，则称统计量

$$\chi^2 = X_1^2 + X_2^2 + \cdots + X_n^2$$

为服从自由度为 n 的 χ^2 分布，记为 $\chi^2 \sim \chi^2(n)$，其密度函数为：

$$f(y) = \begin{cases} \dfrac{1}{2^{\frac{n}{2}}\Gamma\left(\dfrac{n}{2}\right)} y^{\frac{n}{2}-1} \mathrm{e}^{-\frac{y}{2}}, & y \geqslant 0, \\ 0, & y < 0, \end{cases}$$

其中 $\Gamma\left(\dfrac{n}{2}\right)$ 是函数 $\Gamma(x) = \displaystyle\int_0^{+\infty} u^{x-1} \mathrm{e}^{-u} \mathrm{d}u$ 当 $x = $

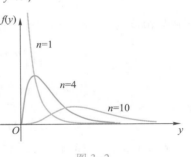

图 3-2

$\dfrac{n}{2}$ 时的函数值. 函数 $f(y)$ 当 $n = 1, 4, 10$ 时的图像如图 3-2 所示.

由图 3-2 可以看出，参数 n 对密度函数 $f(y)$ 的曲线形状有影响，当 $n \to \infty$ 时，χ^2 分布接近正态分布.

χ^2 分布的性质：

（1）设随机变量 $\chi_1^2 \sim \chi^2(n_1)$，$\chi_2^2 \sim \chi^2(n_2)$，且它们相互独立，则

$$\chi_1^2 \pm \chi_2^2 \sim \chi^2(n_1 \pm n_2).$$

（2）若 $X_1, X_2, \cdots, X_n$ 为正态总体 $N(\mu, \sigma^2)$ 的一个样本，则有 $\dfrac{(n-1)S^2}{\sigma^2} \sim \chi^2(n-1)$.

3. t 分布

定义 3.8　t 分布

设 $X \sim N(0,1)$，$Y \sim \chi^2(n)$，且 X 和 Y 相互独立，则随机变量 $t = \dfrac{X}{\sqrt{Y/n}}$ 称为服从

自由度为 n 的 t 分布，记作 $t \sim t(n)$. t 分布的密度函数为

$$f(t) = \frac{\Gamma\left(\dfrac{n+1}{2}\right)}{\Gamma\left(\dfrac{n}{2}\right)\sqrt{n\pi}}\left(1+\frac{t^2}{n}\right)^{-\frac{n+1}{2}} \quad (-\infty < t < +\infty).$$

函数 $f(t)$ 当 $n=1,4,10$ 的图像如图 3-3 所示.

由图 3-3 看出，t 分布的密度函数图像关于纵轴对称，且当 $n \to \infty$ 时，t 分布非常接近标准正态分布. 一般来说，当 $n=30$ 时，t 分布就已经非常接近标准正态分布了.

定理 3.2　如果总体 $X \sim N(\mu, \sigma^2)$，$X_1, X_2, \cdots, X_n$ 为总体 X 的一个样本，那么

$$\frac{\overline{X}-\mu}{S/\sqrt{n}} \sim t(n-1).$$

4. F 分布

定义 3.9　F 分布

设 $X_1 \sim \chi^2(m)$，$X_2 \sim \chi^2(n)$，X_1 与 X_2 独立，则称随机变量

$$F = \frac{\dfrac{X_1}{m}}{\dfrac{X_2}{n}}$$

服从自由度为 (m,n) 的 F 分布，记为 $F \sim F(m,n)$. $F(m,n)$ 分布的概率密度为：

$$f_F(y) = \begin{cases} \dfrac{\Gamma\left(\dfrac{m+n}{2}\right)\left(\dfrac{m}{n}\right)^{\frac{m}{2}}}{\Gamma\left(\dfrac{m}{2}\right)\Gamma\left(\dfrac{n}{2}\right)} y^{\frac{m}{2}-1}\left(1+\frac{m}{n}y\right)^{-\frac{m+n}{2}}, & y > 0, \\ 0, & \text{其他}. \end{cases}$$

F 分布的图像如图 3-4 所示，其图形是一个只取非负值的偏态分布.

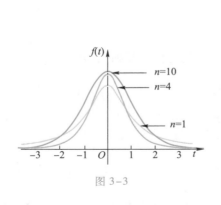

图 3-3

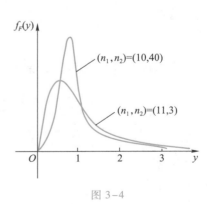

图 3-4

三、临界值

1. t 分布的 α 临界值

定义 3.10 t 分布的 α 临界值

设 $f(t)$ 为 $t(n)$ 的密度函数,对于给定的正数 $\alpha(0<\alpha<1)$,把满足条件:

$$\int_{\lambda}^{+\infty} f(t)\,\mathrm{d}t = \alpha$$

的点 λ 称为 t 分布的 α 临界值,记作 $\lambda = t_{\alpha}(n)$. 当 $t(n)>\lambda$ 时,α 表示图 3-5 中右侧阴影部分的面积,即

$$P(t(n)>\lambda) = \int_{\lambda}^{+\infty} f(t)\,\mathrm{d}t = \alpha.$$

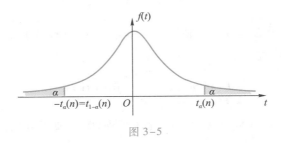

图 3-5

由于 t 分布的函数图像关于纵轴对称,所以 $t_{\alpha}(n)$ 的对称点为 $-t_{\alpha}(n)$. 又

$$\int_{-t_{\alpha}(n)}^{+\infty} f(t)\,\mathrm{d}t = 1-\alpha = \int_{t_{1-\alpha}(n)}^{+\infty} f(t)\,\mathrm{d}t \ ,$$

所以 $-t_{\alpha}(n) = t_{1-\alpha}(n)$. 于是

$$P(\,|t(n)|<t_{\alpha}(n)) = \int_{t_{1-\alpha}(n)}^{t_{\alpha}(n)} f(t)\,\mathrm{d}t = 1-2\alpha.$$

可以查 t 分布的上侧临界值表(附表 3)得到临界值;且当 $n>45$ 时,t 分布非常接近于标准正态分布,可以用标准正态分布代替 t 分布查 $t_{\alpha}(n)$ 的值,即 $\lambda = t_{\alpha}(n)$ 可由 $\Phi(\lambda)=1-\alpha$ 得到.

当 $\alpha<0.5$ 时,临界值 $\lambda = t_{\alpha}(n)$ 可直接查表得到;当 $\alpha>0.5$ 时,可通过 $t_{\alpha}(n) = -t_{1-\alpha}(n)$ 转化后查表得到.

一般地,有如下计算公式

(1) 若 $P(t(n)>\lambda)=\alpha$,则 $\lambda = t_{\alpha}(n)$.

(2) 若 $P(t(n)<\lambda)=\alpha$,则 $\lambda = t_{1-\alpha}(n)$.

(3) 若 $P(\,|t(n)|<\lambda)=\alpha$,则 $\lambda = t_{(1-\alpha)/2}(n)$.

【例 10 ☆】求下列各式中 λ 的值.

(1) $P(t(10)>\lambda)=0.1$;   (2) $P(t(10)<\lambda)=0.1$;

(3) $P(\,|t(10)|<\lambda)=0.9$.

解:(1) 由 $P(t(10)>\lambda)=0.1$,得 $\lambda = t_{0.1}(10)$,查 t 分布的上侧临界值表得:
$\lambda = t_{0.1}(10) = 1.372$.

(2) 由 $P(t(10)<\lambda)=0.1$,得 $\lambda = t_{1-0.1}(10) = t_{0.9}(10)$,查 t 分布的上侧临界值

表，得 $\lambda = t_{0.9}(10) = -t_{0.1}(10) = -1.372$.

（3）由 $P(|t(10)| < \lambda) = 0.9$，得 $\lambda = t_{0.05}(10)$，查 t 分布的上侧临界值表得 $\lambda = t_{0.05}(10) = 1.8125$.

2. χ^2 分布的 α 临界值

定义 3.11 χ^2 分布的 α 临界值

设 $f(y)$ 为 $\chi^2(n)$ 的密度函数，对于给定的正数 $\alpha(0 < \alpha < 1)$，把满足条件：

$$\int_{\lambda}^{+\infty} f(y)\,\mathrm{d}y = \alpha$$

的点 λ 称为 $\chi^2(n)$ 分布的 α 临界值，记作 $\lambda = \chi_{\alpha}^2(n)$. 当 $\chi_{\alpha}^2(n) > \lambda$ 时，α 表示图 3-6 中阴影部分的面积，即

$$P(\chi^2(n) > \lambda) = \int_{\lambda}^{+\infty} f(y)\,\mathrm{d}y = \alpha.$$

由于利用 $\int_{\lambda}^{+\infty} f(y)\,\mathrm{d}y = \alpha$ 计算 $\lambda = \chi_{\alpha}^2(n)$ 比较烦琐，为了便于应用，给出 χ^2 分布的上侧临界值表（见附表 4）.

当 $n \leq 45$ 时可直接查表得临界值 $\lambda = \chi_{\alpha}^2(n)$，即满足 $P(\chi^2(n) > \lambda) = \alpha$ 的点 λ；当 $n > 45$ 时，比较复杂，不做研究.

例如，当 $\alpha = 0.1$，$n = 25$ 时，查表得 $\chi_{0.1}^2(25) = 34.382$，即

$$P(\chi^2(n) > 34.382) = \int_{34.382}^{+\infty} f(y)\,\mathrm{d}y = 0.1.$$

对于 $P(\chi^2(n) < \lambda) = \alpha$，即 $\int_0^{\lambda} f(y)\,\mathrm{d}y = \alpha$. 由

$$\int_0^{\lambda} f(y)\,\mathrm{d}y + \int_{\lambda}^{+\infty} f(y)\,\mathrm{d}y = 1,$$

得 $\int_{\lambda}^{+\infty} f(y)\,\mathrm{d}y = 1 - \int_0^{\lambda} f(y)\,\mathrm{d}y = 1 - \alpha$，因此 $\lambda = \chi_{1-\alpha}^2(n)$，如图 3-7 所示.

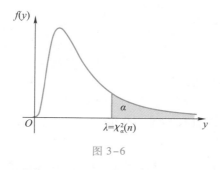
图 3-6

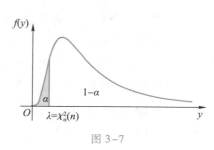
图 3-7

一般地，有计算公式：

（1）若 $P(\chi^2(n) > \lambda) = \alpha$，则 $\lambda = \chi_{\alpha}^2(n)$.

（2）若 $P(\chi^2(n)<\lambda)=\alpha$，则 $\lambda=\chi^2_{1-\alpha}(n)$.

【例 11☆】已知 $f(y)$ 为 $\chi^2(4)$ 的密度函数，查表求下列式子的 λ 值.

（1）$\int_\lambda^{+\infty} f(y)\mathrm{d}y=0.05$；　　　　（2）$\int_0^\lambda f(y)\mathrm{d}y=0.05$.

解：（1）由 χ^2 分布的临界值定义知，$\int_\lambda^{+\infty} f(y)\mathrm{d}y=0.05$，即 $\lambda=\chi^2_{0.05}(4)$，

查 χ^2 分布的临界值表，得 $\lambda=\chi^2_{0.05}(4)=9.488$.

（2）由 $\int_0^\lambda f(y)\mathrm{d}y=0.05$ 知，$P(\chi^2(4)<\lambda)=0.05$，因此

$$\lambda=\chi^2_{1-0.05}(4)=\chi^2_{0.95}(4),$$

查 χ^2 分布的临界值表，得 $\lambda=\chi^2_{0.95}(4)=0.711$.

【例 12☆】若 $P(\chi^2(9)>\lambda)=0.025$，求临界值.

解：由附表 4 可查得 $\lambda=\chi^2_{0.025}(9)=19.023$（如图 3-8 所示）.

【例 13☆】若 $P(|t|>\lambda)=0.05$，试求自由度为 7，10，14 时的 λ 值.

解：因为 $P(|t|>\lambda)=0.05$，所以 $P(t>\lambda)=P(t<-\lambda)=0.025$.

当自由度 $f=7$ 时，由附表 3 查 $P(t>\lambda)=0.025$　得 $\lambda=2.365$.（图 3-9）

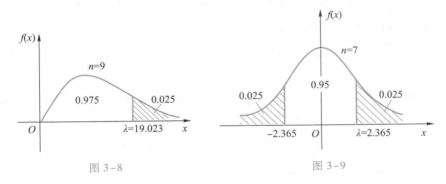

图 3-8　　　　　　　　　　　　　　　图 3-9

同理，当 $f=10$ 时，$\lambda=2.228$；当 $f=14$ 时，$\lambda=2.145$.

四、频率直方图

由抽样得到的数据，若数据较多，显得杂乱无章，无法看出样本的规律性，因此需要对数据进行分析、整理、分类，从中找出它所代表的规律性.

例如从某校所有高三学生的期末考试成绩中抽取 100 名学生的数学考试成绩，直接看成绩发现规律是比较困难的，因此我们需要对成绩进行简单的整理；又如某市所有土地的亩数需要统计，某市十年间季节雨量需要进行统计等.

数理统计中常常用分组、列表和制图的方法对统计资料（数据）进行整理和分类.

下面举例说明数据分组整理的步骤.

【例14☆】某校高三学生进行了期末考试,现从所有高三考生的成绩中抽取 100 名学生的数学考试成绩(单位:分),得到数据如表 3-5.

表 3-5

127	118	121	113	145	125	87	94	118	111
102	72	113	76	101	134	107	118	114	128
118	114	117	121	128	94	124	135	88	105
115	134	89	141	114	119	148	107	126	95
137	108	129	136	98	121	91	111	134	123
138	104	107	121	94	126	108	114	103	129
103	127	93	86	113	97	122	86	94	94
118	109	84	117	112	112	125	94	73	93
94	102	108	149	89	127	115	112	94	118
114	88	111	111	104	101	129	144	131	142

解:对数据分组整理的步骤如下:

(1)找出最大值与最小值并求极差,最大值为 149,最小值为 72. 为此,可得到极差(最大值与最小值之差)为 149-72=77.

(2)确定组数.在样本比较多时,通常分成 10~20 组.样本容量少于 50 时,分成 5~6 组.

(3)确定组距和组限.组距由极差和组数决定.这里极差为 77,因而可把组距定为 10,共分成 8 组.(并非所有情况下都用等距分组,要具体情况具体分析).决定组限,可分成 70~80,80~90,……对于正好是端点的数,如 90,一般归到 90~100 这一组,我们称为"上限不在内原则".

(4)数出频数.用选举唱票的办法数出样本落在每个组的数目.

(5)计算出相应的频率,列出频数和频率分布表,画出频率分布图.

由上面的讨论步骤就可得到表 3-6.

表 3-6

组数	组中值 x	频数 f_i	频率 $\dfrac{f_i}{100}$/%	累计频率/%
70~80	75	3	3	3
80~90	85	8	8	11
90~100	95	13	13	24
100~110	105	16	16	40

组数	组中值 x	频数 f_i	频率 $\frac{f_i}{100}$/%	累计频率/%
110 ~ 120	115	26	26	66
120 ~ 130	125	20	20	86
130 ~ 140	135	8	8	94
140 ~ 150	145	6	6	100

100 名学生成绩频数分布图如图 3-10 所示.

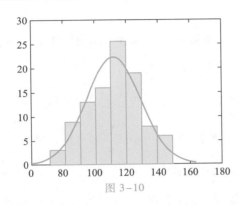

图 3-10

在图 3-10 中的高度也可用频率密度来进行绘制

频率密度=频率/组距

从频率分布图可以看出,它具有"中间高、两边低、左右基本对称"的特点,它反映了样本的统计规律性.当样本容量增大,分组更细时,频率分布图的形状将逐渐趋于一条曲线,这条曲线大致反映了总体 X 的概率分布情况,叫作频率分布曲线,在数理统计中非常重要.若数据波动的规律不同,分布曲线的形状也就不一样.在实际中,形如图 3-10 的曲线最多,应用也最广,称为正态分布曲线.

📝 **感悟**

抽样调查犹如管中窥豹,都是利用少数样本去推求事情的全貌.

数字不能说明一切,但没有数字却什么都不能说明.

数字记录的是过去,分析憧憬的是未来.

习题拓展

【基础过关☆】

1. 什么是统计量?

2. $\bar{x}$ 是一个统计量吗?

3. 样本标准差是一个统计量吗?

4. 样本方差的计算公式是下列哪一个?　　(　)

A. $s^2 = \dfrac{1}{n} \sum\limits_{i=1}^{n} (x_i - \bar{x})$　　　　　　B. $s^2 = \dfrac{1}{n-1} \sum\limits_{i=1}^{n} (x_i - \bar{x})$

C. $s^2 = \dfrac{1}{n} \sum\limits_{i=1}^{n} (x_i - \bar{x})^2$　　　　　D. $s^2 = \dfrac{1}{n-1} \sum\limits_{i=1}^{n} (x_i - \bar{x})^2$

【能力达标☆☆】

选择题

(1) 设 $X_1, X_2, \cdots, X_n$ 为取自某总体 X 的样本,其中参数 μ, σ 未知,下列哪一个说法不正确?(　)

A. $\sum\limits_{i=1}^{n} \dfrac{X_i}{\mu}$ 是统计量　　　　　　B. $\sum\limits_{i=1}^{n} X_i{}^2$ 是统计量

C. $\sum\limits_{i=1}^{n} (X_i - \mu)^2$ 不是统计量　　　D. $\dfrac{X_1}{\sigma}$ 不是统计量

(2) 设总体 $X \sim N(\mu, \sigma^2)$,其中 μ, σ^2 已知,$X_1, X_2, \cdots, X_n (n \geqslant 3)$ 为来自总体 X 的样本,$\bar{X}$ 为样本平均数,S^2 为样本方差,则下列统计量中服从 t 分布的是(　).

A. $\dfrac{\bar{X}}{\sqrt{\dfrac{(n-1)S^2}{\sigma^2}}}$　　　　　　　B. $\dfrac{\bar{X} - \mu}{\sqrt{\dfrac{(n-1)S^2}{\sigma^2}}}$

C. $\dfrac{\dfrac{\bar{X} - \mu}{\sigma/\sqrt{n}}}{\sqrt{\dfrac{(n-1)S^2}{\sigma^2}}}$　　　　　　D. $\dfrac{\dfrac{\bar{X} - \mu}{\sigma/\sqrt{n}}}{\sqrt{\dfrac{S^2}{\sigma^2}}}$

3.5　项目一
习题拓展答案

3.6　项目二
知识目标与
重难点

项目二

数据分布集中趋势的统计指标

教学引入

【引例1】二战中的统计学

第二次世界大战前期,德国势头很猛,英国从敦刻尔克撤回到本岛,德国每天不定期地对英国狂轰滥炸,后来英国空军发展起来,双方空战不断.为了能够提高飞机的防护能力,英国的飞机设计师们决定给飞机增加护甲,但是设计师们并不清楚应该在什么地方增加护甲,于是求助于统计学家.统计学家将每架中弹之后仍然安全返航的飞机的中弹部位描绘在一张图上,然后将所有中弹飞机的图都叠放在一起,这样就形成了浓密不同的弹孔分布.工作完成了,然后统计学家很肯定地说没有弹孔的地方就是应该增加护甲的地方,因为这个部位中弹的飞机都没能幸免于难.

【引例 2】跳高水平的描述

在一次中学生田径运动会上,参加男子跳高的 17 名运动员的成绩如表 3-7 所示.

表 3-7

成绩/m	1.50	1.60	1.65	1.70	1.75	1.80	1.85	1.90
人数	2	3	2	3	4	1	1	1

如何来描述本次男子跳高的水平?

 理论学习

一、平均数

1. 平均数

定义 3.12　平均数(均值)

如果 n 个数据观测值为 $x_1, x_2, \cdots, x_n$,那么

$$\bar{x} = \frac{1}{n}(x_1 + x_2 + \cdots + x_n)$$

称为这 n 个数的平均数,也称为均值.当观测值较多时,可对数据分组归纳成频数表,用加权法求均值.

$$\bar{x} = \frac{f_1 x_1 + f_2 x_2 + \cdots + f_n x_n}{f_1 + f_2 + \cdots + f_n} = \frac{\sum_{i=1}^{n} f_i x_i}{\sum_{i=1}^{n} f_i},$$

其中 n 为组数,$x_1, x_2, \cdots, x_n$ 为各组的组中值,$f_1, f_2, \cdots, f_n$ 为各组段中观察值的频数.

2. 应用平均数要注意的问题

(1)算术平均数容易受到极端值的影响.

（2）权数对算术平均数起着权衡轻重的影响.

（3）组距数列计算加权平均时,一般用各组的组中值作为代表.

【例1☆】某公司的33名职工的月工资（以元为单位）如表3-8所示.

表3-8

职务	董事长	副董事长	董事	总经理	经理	管理员	职员
人数	1	1	2	1	5	3	20
工资	5 500	5 000	3 500	3 000	2 500	2 000	1 500

求该公司职工月工资的平均数.

解：平均数是

$$\bar{x} = \frac{5\,500 + 5\,000 + 3\,500 \times 2 + 3\,000 + 2\,500 \times 5 + 2\,000 \times 3 + 1\,500 \times 20}{33} \approx 2\,091(元).$$

【练1☆】

某班有48名学生,在一次考试中统计出平均分为70分,方差为75,后来发现有2名同学的分数登记错了,甲实得80分,却记了50分,乙实得70分,却记了100分,更正后平均分是（　　　）

A. 6　　　　　　　B. 70　　　　　　　C. 75　　　　　　　D. 62

二、中位数

【引例3】

某次数学考试,小明得了78分,全班共30人,其他同学的成绩为1个100分,4个90分,22个80分,1个10分,1个2分,小明计算出全班的平均分是77分,所以小明告诉妈妈说："自己这次在班上处于中上水平."他的这种说法对吗,为什么?

中位数（Median）又称中值,是按顺序排列的一组数据中居于中间位置的数,代表一个样本、种群或概率分布中的一个数值,其可将数值集合划分为相等的上下两部分.对于有限的数集,可以通过把所有观察值高低排序后找出正中间的一个作为中位数.如果观察值有偶数个,通常取最中间的两个数值的平均数作为中位数.

定义 3.13 中位数（中值）

对于 n 个数 $x_1, x_2, \cdots, x_n$,按递增大小写出,其中位数用 M_e 表示,定义为：

$$M_e = \begin{cases} x_{\frac{n+1}{2}}, & \text{当 } n \text{ 为奇数时}; \\ \dfrac{x_{\frac{n}{2}} + x_{\frac{n}{2}+1}}{2}, & \text{当 } n \text{ 为偶数时}. \end{cases}$$

【例2☆】

某公司的33名职工的月工资（以元为单位）如表3-9.

表 3-9

职务	董事长	副董事长	董事	总经理	经理	管理员	职员
人数	1	1	2	1	5	3	20
工资	5 500	5 000	3 500	3 000	2 500	2 000	1 500

求该公司职工月工资的中位数.

解:将所有人工资从小到大排列,因为是奇数名员工,计算 $\frac{33+1}{2}=17$,所以中位数应该是 1 500 元.

【练 2☆】

从某个厂家生产的产品中抽取 8 件产品,对其使用寿命(单位:年)进行追踪调查的结果如下:

$$3,4,5,6,8,8,8,10;$$

该厂家广告中称该产品的使用寿命是 8 年,计算该厂家产品使用寿命的平均数、中位数,你认为哪一种集中趋势的特征数相对合适一点?

三、众数

【引例 4】某城市对共享单车的使用情况进行了统计,统计出了所有投放站点车辆的借用次数情况和还车次数情况,在该统计过程中,请问你认为用平均数可以吗? 为什么?

定义 3.14　众数

一般情况下一组数据中重复出现次数最多的数作为众数.

众数的特点:

① 众数在一组数据中出现的次数最多;

② 众数反映了一组数据的集中趋势,众数出现的次数越多,它就越能代表这组数据的整体状况,并且它能比较直观地了解到一组数据的大致情况.但是,当一组数据大小不同,差异又很大时,就很难判断众数的准确值了.此外,当一组数据的众数出现的次数不具明显优势时,用它来反映一组数据的典型水平是不大可靠的.

③ 众数与平均数的区别.众数表示一组数据中出现次数最多的那个数据;平均数表示一组数据中平均每份的数量.

【例 3☆】某公司的 33 名职工的月工资(以元为单位)如表 3-10.

表 3-10

职务	董事长	副董事长	董事	总经理	经理	管理员	职员
人数	1	1	2	1	5	3	20
工资/元	5 500	5 000	3 500	3 000	2 500	2 000	1 500

求该公司职工月工资的众数.

解:众数是出现次数最多的,所以众数是 1 500 元.

【练 3☆】

在一次中学生田径运动会上,参加男子跳高的 17 名运动员的成绩如表 3-11 所示.

表 3-11

成绩/m	1.50	1.60	1.65	1.70	1.75	1.80	1.85	1.90
人数	2	3	2	3	4	1	1	1

求这些运动员成绩的众数.

四、平均数、中位数、众数三者间关系

1. 三者的联系与区别

平均数、众数和中位数都是描述一组数据集中趋势的量.平均数、众数和中位数都有单位.平均数反映一组数据的平均水平,与这组数据中的每个数都有关系;中位数不受个别偏大或偏小数据的影响.众数与各组数据出现的频数有关,不受个别数据的影响.

2. 平均数、中位数和众数各自的优缺点

平均数 (1)需要全组所有数据来计算;

　　　　(2)易受数据中极端数值的影响.

中位数 (1)仅需把数据按顺序排列后即可确定;

　　　　(2)不易受数据中极端数值的影响.

众数 (1)通过计数得到;

　　　(2)不易受数据中极端数值的影响;

　　　(3)众数不易确定,可能是一个或多个.

【例 4☆】某公司的 33 名职工的月工资(以元为单位)如表 3-12.

表 3-12

职务	董事长	副董事长	董事	总经理	经理	管理员	职员
人数	1	1	2	1	5	3	20
工资/元	5 500	5 000	3 500	3 000	2 500	2 000	1 500

该公司职工月工资的平均数、中位数、众数哪个统计量更能反映这个公司员工的工资水平?结合此问题谈一谈你的看法.

解:平均数是:$\bar{x}=2\ 091$(元),中位数是 1 500 元,众数是 1 500 元.

在这个问题中,中位数或众数均能反映该公司员工的工资水平,因为公司中少数人的工资额与大多数人的工资额差别较大,这样导致平均数与中位数偏差较大,所以平均数不能反映这个公司员工的工资水平.

【练 4☆】

已知一组数据为 20,30,40,50,50,60,70,80,其中平均数、中位数和众数的大小关系是(　　)

A. 平均数>中位数>众数　　　　　B. 平均数<中位数<众数

C. 中位数<众数<平均数　　　　　D. 众数=中位数=平均数

 习题拓展

【基础过关☆】

1. 某学员在一次射击测试中射靶 10 次,命中环数为 7,8,7,9,5,4,9,10,7,4,则平均命中环数为_____.

2. 图 3-11 是某工厂对一批新产品长度(单位:mm)检测结果的频率分布直方图.估计这批产品的中位数为(　　).

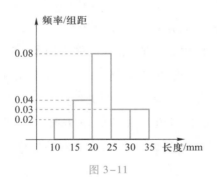

图 3-11

A. 20　　　　　B. 25　　　　　C. 22.5　　　　　D. 22.75

【能力达标☆☆】

某班 30 位同学的某个科目的成绩如表 3-13:

表 3-13

成绩	54	65	70	72	78	80	85	87	92
学生数	3	2	5	6	1	7	3	2	1

则该班学生成绩的中位数和众数分别为(　　).

A. 72,80　　　　B. 78,80　　　　C. 90,70　　　　D. 70,85

3.7 项目二
习题拓展答案

教师寄语

　　统计不是简单的一加一等于二,而是过去加现在和未来.就如同我们现在的大学生活,不是简单的度过从大一、大二、大三的三年,简单地得出 $1+1+1=3$,而是关系到我们的现在和未来,所以同学们要积极行动起来,不虚度此生,为了美好的未来而勤奋、努力地学习!

项目三
数据分布离散趋势的统计指标

3.8 项目三
知识目标与
重难点

教学引入

　　《静静的顿河》的作者是谁？1928 年有人提出《静静的顿河》作者不是肖洛霍夫,而是克留柯夫.1974 年,一个匿名的作者在巴黎写了一本书,断言克留柯夫是《静静的顿河》的真正作者,肖洛霍夫则是一个剽窃者.为了弄清真相,一些学者用统计方法进行了考证,具体做法是把《静静的顿河》同肖洛霍夫与克留柯夫两个人没有疑问的作品用计算机量化,采集数据,加以分析比较.研究结果表明,《静静的顿河》与肖洛霍夫的其他作品非常接近,与克留柯夫的作品则相距甚远,有充分把握推断出《静静的顿河》的作者就是肖洛霍夫,从而了结了长达数 10 年的文坛公案.这种统计学的新分支叫作文献计量学,主要的功能就是通过文献来搜寻信息,也叫文字 DNA.

　　人们在很多比赛通报结果分数时通常会听到"去掉一个最高分,去掉一个最低分,该选手的最终得分为 9.6 分"一类的话语,请问计分时候为何要这样处理?

一、极差

定义 3.15　极差

在统计中,一组数据中的最大数据与最小数据的差叫作这组数据的极

差,又称全距或范围误差.常用极差来刻画一组数据的离散程度,通常用 R
表示.

$$R = \max(x_i) - \min(x_i).$$

极差刻画一组数据的离散程度,反映的是变量分布的变异范围和离散幅度,总
体中任何两个单位的标准值之差都不能超过极差.

由于极差的确定只根据两个极端值进行计算,所以很容易受到极端值的影响.
同时,它不受中间变量值的影响,所以不能全面反映变量值的差异情况.在做统计
的时候,有时候可以根据极差来判断是否有异常值.

【例1☆】求下列数据的极差:

$$65,81,73,85,94,79,67,83,82.$$

解:极差指的是这些数字分开得有多远,计算方法是:用其中最大的数减去最
小的数.

首先找其中最大的数,最大数是 94,然后要减去这些数字中最小的,该数字中
最小的数字是 65,那么极差是:$94 - 65 = 29$.

这个数字越大,表示分得越开,最大数和最小数之间的差就越大;该数越小,数
字间就越紧密,这就是极差的概念.

【例2☆】8 个实验动物的体重(单位:g)为

$$50,53,53.5,51,53.5,52,55,58,$$

求它们的中位数、众数、极差.

解:把 8 个值按从小到大排序:

$$50,51,52,53,53.5,53.5,55,58.$$

因为 $n = 8$ 是偶数,所以中位数是

$$M_e = \frac{1}{2}(x_4 + x_5) = \frac{1}{2}(53 + 53.5) = 53.25(\text{g}),$$

众数是
$$M_0 = 53.5,$$

极差是
$$R = x_{\max} - x_{\min} = 58 - 50 = 8.$$

二、样本方差与样本标准差

【引例1】甲、乙两机床同时加工直径为 100 cm 的零件,为检验质量,各从中抽
取 6 件测量,数据为:

| 甲 | 99 | 100 | 98 | 100 | 100 | 103 |
| 乙 | 99 | 100 | 102 | 99 | 100 | 100 |

当我们比较甲乙两机床零件质量时,求得甲乙两机床的平均数

$$\bar{x}_{甲} = \frac{1}{6}(99 + 100 + 98 + 100 + 100 + 103) = 100,$$

$$\bar{x}_{\text{乙}} = \frac{1}{6}(99+100+102+99+100+100) = 100.$$

它们的平均数都是100,那么此时我们又应该如何来比较其质量呢?

只从众数、中位数、平均数、最大值、最小值、极差来分析数据,各个数据的波动情形无法更好、更全面的体现,很多时候还应知道它取值集中(或分散)的程度. 怎样描述数据与中心的偏离程度呢?

如果有 n 个数据 $x_1,x_2,\cdots,x_n$,样本平均数为 $\bar{x} = \frac{1}{n}(x_1+x_2+\cdots+x_n)$, x_i 到 $\bar{x}$ 的距离(离均差)是 $x_i-\bar{x}(i=1,2,3,\cdots,n)$. 为了度量变量的变异程度,可以用各观测值离均差的大小来表示,但由于 $\sum\limits_{i=1}^{n}(x_i-\bar{x})=0$,不能反映样本的总变异程度,若将离均差先平方再求和,即 $\sum\limits_{i=1}^{n}(x_i-\bar{x})^2$,就可以消除上面的弊病. 但这样还有个缺点,就是离均差平方和随样本容量大小而改变. 为便于比较,用离均差平方和除以样本容量,得到平均的平方和,简称样本方差,样本方差可以用

$$s^2 = \frac{1}{n-1}\left[(x_1-\bar{x})^2+(x_2-\bar{x})^2+\cdots+(x_n-\bar{x})^2\right]$$

来表示,将样本方差的算术平方根

$$s = \sqrt{\frac{1}{n-1}\left[(x_1-\bar{x})^2+(x_2-\bar{x})^2+\cdots+(x_n-\bar{x})^2\right]}$$

称为标准差.

计算标准差的步骤如下:

① 求样本数据的平均数 $\bar{x}$;

② 求每个样本数据与样本平均数的差 $x_i-\bar{x}(i=1,2,\cdots,n)$;

③ 求 $(x_i-\bar{x})^2(i=1,2,\cdots,n)$;

④ 求 $s^2 = \frac{1}{n-1}\left[(x_1-\bar{x})^2+(x_2-\bar{x})^2+\cdots+(x_n-\bar{x})^2\right]$;

⑤ 求 $s=\sqrt{s^2}$,即为标准差.

刻画一组数据离散趋势的统计量有方差、标准差等. 对方差和标准差的理解还要注意以下几方面:

(1)标准差、方差描述了一组数据围绕平均数的波动大小. 标准差、方差越大,数据离散程度越大,稳定性越差;标准差、方差越小,数据离散程度越小,稳定性越好;

(2)因方差与原始数据单位不同,且平方后可能夸大了偏差程度,所以虽然标

准差与方差在体现数据分散程度上是一样的,但解决问题时一般用标准差;

（3）标准差与方差的取值范围是$[0,+\infty)$;

（4）方差、标准差描述了一组数据围绕平均数波动的大小,体现了样本数据到平均数的一种平均距离.

【例3☆】一个数据的样本方差是

$$s^2=\frac{1}{20}\left[(x_1-3)^2+(x_2-3)^2+(x_3-3)^2+\cdots+(x_{20}-3)^2\right].$$

（1）求样本的容量 n 及平均数;

（2）如果样本数据的平方和为200,求样本的方差.

解:（1）由样本方差公式可以得到样本容量 $n=21$,平均数为3.

（2）$s^2=\frac{1}{20}\left[(x_1-3)^2+(x_2-3)^2+\cdots+(x_{20}-3)^2\right]$

$=\frac{1}{20}\left[(x_1^2+x_2^2+\cdots+x_{20}^2)-6(x_1+x_2+\cdots+x_{20})+20\times9\right]$

$=\frac{1}{20}(200-6\times3\times20+180)=1.$

三、变异系数

极差、标准差等都是用来衡量变量各个取值之间绝对差异状况的指标,且都具有一定的量纲.这些指标的数值大小不仅取决于变量各取值之间差异程度,而且还取决于变量取值水平即数量级的高低.显然,对于不同的变量,其变量值的绝对差异状况指标,并不便于直接比较,这就需要在这些绝对差异指标的基础上构造出反映变量各取值之间的相对差异程度的无量纲指标.

定义 3.16　变异系数

当需要比较两组数据离散程度大小的时候,如果两组数据的测量尺度相差太大,或者数据量纲的不同,直接使用标准差来进行比较不合适,此时就应当消除测量尺度和量纲的影响,而变异系数可以做到这一点.它是将原始数据标准差除以原始数据平均数,得到的比值,就是标准差系数,也叫变异系数,一般用 $C.V$ 表示,其计算公式为:

$$C.V=\frac{s}{\bar{x}}\times100\%.$$

变异系数是样本变量的相对变异量,是没有量纲的纯数.用变异系数可以比较不同样本相对变异程度的大小.事实上,可以认为变异系数和极差、标准差和方差一样,都是反映数据离散程度的绝对值.其数据大小不仅受变量值离散程度的影响,而且还受变量值平均水平大小的影响.比起标准差来,变异系数的好处是不需要参照数据的平均值.因此在比较两组量纲不同或均值不同的数据时,应该用变异系数而不是标准差来作为比较的参考.缺点就是当平均值接近于 0 的时候,微小的扰动也会对变异系数产生巨大影响,因此造成精确度不足.变异系数无法发展出类似于均值的置信区间的工具.

【例 4☆】某个城市 100 名 6 岁男孩的身高平均数为 110.15 cm,标准差为 5.86 cm;体重平均数为 17.71 kg,标准差为 1.44 kg,试比较身高和体重的变异程度.

解:身高　$C.V = \dfrac{5.86}{110.15} \times 100\% = 5.32\%$,

体重　$C.V = \dfrac{1.44}{17.71} \times 100\% = 8.13\%$,

说明该城市 6 岁男孩的体重变异程度大于身高的变异程度.

【练 1☆】测得 5 名学生的语文与数学总成绩如下(单位:分):

$$176,169,175,168,181$$

求平均值,标准差,变异系数.

 习题拓展

【基础过关☆】

某校甲、乙两个班级各有 5 名编号为 1,2,3,4,5 的学生进行投篮练习,每人投 10 次,投中的次数如表 3-14.

表 3-14

学生	1 号	2 号	3 号	4 号	5 号
甲班	6	7	7	8	7
乙班	6	7	6	7	9

求以上两组数据的样本方差及样本标准差.

【能力达标☆】

一组数据按从小到大顺序排列为 $1,1,5,x,9,y$,这组数据的中位数为 7,平均数为 6,那么这组数据的极差为(　　).

A. 7　　　　　　B. 8　　　　　　C. 9　　　　　　D. 10

3.9　项目三
习题拓展答案

感悟

数据科学家=统计学家+程序员+会讲故事的人+艺术家.

谁能更好地抓住数据、理解数据、分析数据,谁就能在下一波的社会竞争中脱颖而出.

项目四

相关系数

3.10 项目四
知识目标与
重难点

教学引入

在校园里,有这样一种说法:"如果你的数学成绩好,那么你的物理学习就不会有什么大问题".按照这种说法,似乎学生的物理成绩与数学成绩之间存在着某种关系,我们把数学成绩和物理成绩看成是两个变量,那么这两个变量之间的关系是函数关系吗?

答案肯定不是的.因为函数是研究两个变量之间的依存关系的一种数量形式.对于两个变量,如果当一个变量的取值一定时,另一个变量的取值被唯一确定,则这两个变量之间的关系就是一个函数关系.在这里数学成绩和物理成绩之间的关系就不是一种完全确定的函数关系.

理论学习

一、相关关系概念及散点图

从上面的例子中,由学习经验可知:物理成绩确实与数学成绩有一定的关系,除此之外,学生的学习兴趣、投入的学习时间、老师的教学水平等等,也是影响物理成绩的一些因素,但这两个变量是有一定关系的,它们之间是一种不确定性的关系.类似于这样的两个变量之间的关系,我们称之为相关关系.这种不同于函数关系的相关关系在生产生活实际中大量存在,有必要从理论上进行探讨.

【例1☆】考察下列问题中两个变量之间的关系.

(1)商品销售收入与广告支出费用.

(2)粮食产量与施肥量.

(3)人体内的脂肪含量与年龄.

这些问题中两个变量之间的关系是函数关系吗?

答:均不是.

定义 3.17 相关关系

两个变量之间存在着一定的联系但又不是严格的、确定的关系,而是一种非确定性关系,我们称之为相关关系.

相关关系和函数关系有何区别呢? 相关关系是当自变量取值一定,因变量的取值带有一定的随机性(非确定性关系). 函数关系指的是自变量和因变量之间的关系是相互唯一确定的. 相关关系与函数关系都是指两个变量的关系,不同的是函数关系是一种确定的关系,而相关关系是一种非确定关系.

相关关系的主要内容有以下几个方面:

(1) 确定现象间有无相关关系;

(2) 确定相关关系的表现形式是直线相关还是曲线相关;

(3) 确定相关关系的密切程度.

对于相关关系的描述,我们将一一对应的两变量(x_i, y_i)描点于坐标系上,即构成散点图. 判断两个变量是否具有线性关系的最直观方法就是绘制散点图,关系如图 3-12 所示.

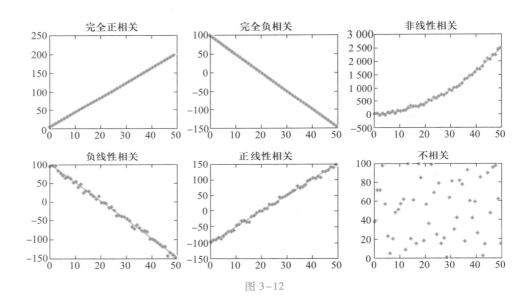

图 3-12

我们可以将相关关系分类.

(1) 按相关分析涉及的因素多少不同,相关关系可分为单相关和复相关;

(2) 按相关关系表现的形式不同,可分为直线相关和曲线相关;

(3) 根据相关关系的程度不同,可划分为完全相关、不完全相关和不相关;完全相关实际上就是函数关系,因此,函数关系是相关关系的特例;

(4) 按相关关系的变化方向不同,可分为正相关和负相关.

【例 2☆】 在一次对人体脂肪含量和年龄关系的研究中,研究人员获得了一组样本数据如表 3-15 所示.

表 3-15

年龄	23	27	39	41	45	49	50
脂肪	9.5	17.8	21.2	25.9	27.5	26.3	28.2
年龄	53	54	56	57	58	60	61
脂肪	29.6	30.2	31.4	30.8	33.5	35.2	34.6

为了确定年龄和人体脂肪含量之间的关系,我们需要对数据进行分析,通过作图可以对两个变量之间的关系有一个直观的印象.以横轴表示年龄,竖轴表示脂肪含量,你能在直角坐标系中描出样本数据对应的散点图吗?

解:做出散点图(图 3-13)

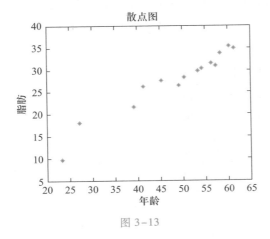

图 3-13

通过图形的直观观察,我们可以发现随着年龄的增加,脂肪整体上是呈现一个递增趋势的,其特点是:一个变量随另一个变量的变大而变大,我们把这种关系称为正相关.正相关的散点图中的点散布在从左下角到右上角的区域.

二、相关系数的计算

散点图虽然能够直观展现变量之间的相关关系,但不很精确.相关系数则是确定变量之间关系密切程度的一个指标,它能够以定量的方式准确地描述变量间的相关程度.

定义 3.18 相关系数

对两个变量之间线性相关程度的度量称为相关系数.若相关系数是根据总体全部数据计算的,称为总体相关系数,记为 ρ.若是根据样本数据计算的,则称为样本相关系数,记为 r,其计算公式为:

$$r = \frac{\sum_{i=1}^{n}(x_i - \bar{x})(y_i - \bar{y})}{\sqrt{\sum_{i=1}^{n}(x_i - \bar{x})^2 (y_i - \bar{y})^2}} = \frac{n\sum_{i=1}^{n}x_i y_i - \sum_{i=1}^{n}x_i \sum_{i=1}^{n}y_i}{\sqrt{n\sum_{i=1}^{n}x_i^2 - \left(\sum_{i=1}^{n}x_i\right)^2}\sqrt{n\sum_{i=1}^{n}y_i^2 - \left(\sum_{i=1}^{n}y_i\right)^2}}.$$

相关系数的基本原理是把每一对观测值 (x_i, y_i) 中的 x_i 和均值 $\bar{x}$ 的距离与相应的 y_i 和均值 $\bar{y}$ 的距离相乘,如果这个乘积为正,则说明相对于各自的均值,两个变量的变化趋势一样;如果这个乘积为负,那么说明它们的变化趋势相反. 把样本中所有这些乘积相加,如果样本中的乘积多为正,则和为正,如果样本中的乘积多为负,则和为负,如果乘积正负号的个数差不多,则乘积的和就接近 0,再将其标准化就得到上面的相关系数计算公式.

相关系数的具体含义如下:相关系数 r 的取值范围在 $[-1, 1]$ 之间;$r > 0$ 表明存在正线性相关关系,$r < 0$ 表明存在负线性相关关系,$r = 0$ 表明没有线性相关关系;$r = \pm 1$ 表明存在完全线性相关关系.

$|x| < 0.3$ 为微弱线性相关;

$0.3 \leqslant |x| < 0.5$ 为低度线性相关;

$0.5 \leqslant |x| < 0.8$ 为中度线性相关;

$|x| \geqslant 0.8$ 为高度线性相关.

【例 3☆】某地 10 户家庭的年收入和年饮食支出的统计资料如表 3-16.

表 3-16

年收入 x/万元	2	4	4	6	6	6	7	7	8	10
年饮食支出 y/万元	0.9	1.4	1.6	2.0	2.1	1.9	1.8	2.1	2.2	2.3

根据表中数据,确定家庭的年收入和年饮食支出的相关系数,说明相关方向和相关程度.

解:首先根据原始数据表进行计算.

表 3-17

序号	年收入 x/万元	年饮食支出 y/万元	x^2	y^2	xy
1	2	0.9	4	0.81	1.8
2	4	1.4	16	1.96	5.6
3	4	1.6	16	2.56	6.4
4	6	2	36	4	12

续表

序号	年收入 x/万元	年饮食支出 y/万元	x^2	y^2	xy
5	6	2.1	36	4.41	12.6
6	6	1.9	36	3.61	11.4
7	7	1.8	49	3.24	12.6
8	7	2.1	49	4.41	14.7
9	8	2.2	64	4.84	17.6
10	10	2.3	100	5.29	23
合计	60	18.3	406	35.13	117.7

得到 $n=10$, $\sum_{i=1}^{n} x_i = 60$, $\sum_{i=1}^{n} y_i = 18.3$, $\sum_{i=1}^{n} x_i^2 = 406$, $\sum_{i=1}^{n} y_i^2 = 35.13$, $\sum_{i=1}^{n} x_i y_i = 117.7$.

根据简单相关系数计算公式得

$$r = \frac{n \sum_{i=1}^{n} x_i y_i - \sum_{i=1}^{n} x_i \sum_{i=1}^{n} y_i}{\sqrt{n \sum_{i=1}^{n} x_i^2 - \left(\sum_{i=1}^{n} x_i\right)^2} \sqrt{n \sum_{i=1}^{n} y_i^2 - \left(\sum_{i=1}^{n} y_i\right)^2}}$$

$$= \frac{10 \times 117.7 - 60 \times 18.3}{\sqrt{10 \times 406 - 60^2} \sqrt{10 \times 35.13 - 18.3^2}} = 0.909\ 3.$$

根据计算结果可知道,年收入和年饮食支出存在高度的线性正相关关系.

【基础过关☆】

下列两变量中具有相关关系的是(　　).

A. 角度和它的余弦值　　　　　　　　　　B. 正方形的边长和面积

C. 成人的身高和视力　　　　　　　　　　D. 身高和体重

【能力达标☆】

1. 下列关系中为相关关系的有(　　).

① 学生的学习态度和学习成绩之间的关系

② 教师的执教水平与学生的学习成绩之间的关系

③ 学生的身高与学生的学习成绩之间的关系

④ 某个人的年龄与本人的知识水平之间的关系

A. ①②　　　　　　B. ①③　　　　　　C. ②③　　　　　　D. ②④

2. 某地搜集到的新房屋的销售价格 y 和房屋的面积 x 的数据如表 3–18.

表 3–18

房屋面积 x/m^2	115	110	80	135	105
销售价格 $y/$万元	24.8	21.6	18.4	29.2	22

根据表中数据,确定两个变量间的相关系数,并说明相关方向和相关程度.

3.11　项目四
习题拓展答案

📝 **感悟**

　　在宇宙中一切事物都是互相关联的,宇宙本身不过是一条原因和结果的无穷的锁链.

——〔法〕霍尔巴赫

　　表面上看似毫无关系的事情事实上是有关联的,就像南美洲亚马孙河流域热带雨林中的蝴蝶,偶尔扇动几下翅膀,也会引起美国得克萨斯州的一场龙卷风.因此我们认识事物,观察问题的时候不能孤立的思考问题,而是要透过表面问题善于发现问题之间的关联和内在的联系,启发学生学会全面、客观的思考问题.

项目五

参数估计

3.12　项目五
知识目标与
重难点

→ **教学引入** ----------------------------------○

【引例 1】没有破译不了的密码

　　有了统计学,世上就没有破译不了的密码.密码也是有规律的,只是和正常的文字排列规律不同,没有规律的密码是鬼画符,不仅敌人看不懂,自己人也看不懂,起不到传输信息的作用.统计学可以寻找出密码的规律,将其破译.最古老的密码是公元前 5 世纪使用的置换密码,其规律是:每一个字母由它后面的第三个或第 k 个字母来替代,如何确定 k 值就是破译的关键.这时需要用到概率统计原理.经过研究大量的文献索引,统计学家得出来英文字母出现频率表,例如字母 A 出现的频率是 0.085 6,字母 B 出现的频率是 0.013 9,而出现频率最多的是字母 E,为 0.130 4,这样我们把它可以作为一个总体或是简单样本.当接到这样一个密文:

wklvyhulilrughubrxjdyhphdwwkhphhwlqjlqpbrilifh,密文中出现频率最多的字母是 h.
我们就假定 h 就是 e,那么可得出 $k=3$,于是经过调整得到相应的有明确意义的明
文就是:this verify order you gave me at the meeting in my office.这句话没有特别明确
的含义,可能是暗语,但已经像一句话了.这就是因为英文字母出现频率表是从大
量的文献中得出的,有统计规律性.而密文字数太少,规律性可能有偏差.根据上下
文的含义和当时的背景,可以做一些小的估计,就有可能得到较为准确的意思.现
在的科学技术使密码编译更加复杂,破译的难度很大,但间谍中有一句名言:世界
上没有破译不了的密码,只是时间问题,因为有了统计学.

理论学习

　　参数估计是统计推断中一个最基本问题之一.自然界中许多现象的分布形式
往往是已知的,但其中的一个或几个参数是未知的.需要利用总体的一组样本观测
值和适当的计算来确定总体的未知参数,这就是参数估计问题.

　　例如:调查某地区 13 岁中学生的体重.我们知道人的体重一般是服从正态分
布的,只要将它的参数 μ 与 σ^2 估计出来,就得到该地区 13 岁中学生的体重的实际
分布,即通过参数的估算得出总体的分布.

　　有时候我们直接关心的不是总体的分布,而是总体的一些特征(如数学期望、
方差)的估计值,如某地小麦的亩产量.

　　参数估计分两大类:一是点估计,二是区间估计.点估计是构造一个统计量作
为参数的一个估计.区间估计是在一定的置信度(可靠性)下给出的一个取值区间.

一、点估计

1. 参数的点估计

定义 3.19　点估计

设总体 X 的分布函数是 $F(x,\theta)$,其中 θ 是未知参数,$X_1,X_2,\cdots,X_n$ 为取自总
体 X 的一个样本,$x_1,x_2,\cdots,x_n$ 是样本值.$\hat{\theta}=\hat{\theta}(X_1,X_2,\cdots,X_n)$ 是一个合适的统计
量,用样本的一个观测值,通过计算可得到 $\hat{\theta}(x_1,x_2,\cdots,x_n)$,用 $\hat{\theta}(x_1,x_2,\cdots,x_n)$ 去
估计参数 θ,则称 $\hat{\theta}=\hat{\theta}(X_1,X_2,\cdots,X_n)$ 为参数 θ 的点估计量,而称 $\hat{\theta}(x_1,x_2,\cdots,x_n)$ 为
参数 θ 的点估计值,定义中未知参数 θ 也称为待估参数.

　　点估计的基本思想是:适当地选择一估计量 $\hat{\theta}(X_1,X_2,\cdots,X_n)$,然后根据样本
值 $(x_1,x_2,\cdots,x_n)$,计算出 $\hat{\theta}(x_1,x_2,\cdots,x_n)$ 并作为总体未知参数 θ 的近似值(估计

值). 由于估计量 $\hat{\theta}(x_1, x_2, \cdots, x_n)$ 是 $x_1, x_2, \cdots, x_n$ 的函数, 它对不同的样本观察值, 所对应的估计值是不同的.

2. 正态总体的均值和方差的点估计

① 均值的点估计

设 $X_1, X_2, \cdots, X_n$ 是来自总体 $X \sim N(\mu, \sigma^2)$ 的一个样本, 其中 μ 未知, 则统计量

$$\overline{X} = \frac{1}{n} \sum_{i=1}^{n} X_i \sim N\left(\mu, \frac{\sigma^2}{n}\right).$$

显然 $\overline{X}$ 较每一个 X_i 更集中于均值 μ 的附近. 所以这就可选择用 $\overline{X}$ 的值去估计 μ 的值, 并称 $\overline{X} = \frac{1}{n} \sum_{i=1}^{n} X_i$ 为 μ 的估计量. 用 $\hat{\mu}$ 表示均值 μ 的估计量, 于是

$$\hat{\mu} = \overline{X} = \frac{1}{n} \sum_{i=1}^{n} X_i.$$

② 方差的点估计

设 $X_1, X_2, \cdots, X_n$ 是来自总体 $X \sim N(\mu, \sigma^2)$ 的一个样本, 其中 σ^2 未知, 从平均数的点估计自然会想到选择统计量 $S^2 = \frac{1}{n-1} \sum_{i=1}^{n} (X_i - \overline{X})^2$ 来估计正态总体的方差 σ^2, 而且该统计量满足估计量的评价标准. 所以用 $\hat{\sigma}^2$ 表示方差的估计量, 于是 $\hat{\sigma}^2 = S^2 = \frac{1}{n-1} \sum_{i=1}^{n} (X_i - \overline{X})^2$.

综上所述, 可以总结为样本均值 $\overline{X}$ 可以作为总体均值 μ 的点估计量, 样本方差 $S^2 = \frac{1}{n-1} \sum_{i=1}^{n} (X_i - \overline{X})^2$ 可作为总体方差 σ^2 的点估计量.

下面介绍两种常用的构造估计量的方法: 矩估计法和极大似然估计法.

3. 矩估计法

设 $X_1, X_2, \cdots, X_n$ 为取自总体 X 的一个样本, 总体 X 的一阶和二阶原点矩分别为:

$$E(X) = \frac{1}{n} \sum_{i=1}^{n} X_i \text{ 和 } E(X^2) = \frac{1}{n} \sum_{i=1}^{n} X_i^2.$$

矩估计法的基本思想: 用样本矩来估计总体的同阶矩. 记 $E(X) = \mu$, $D(X) = \sigma^2$, 则 $E(X^2) = \sigma^2 + \mu^2$, 即总体的一阶和二阶原点矩分别是 μ 和 $\sigma^2 + \mu^2$, 于是按矩法估计的思想有:

$$\overline{X} = \frac{1}{n} \sum_{i=1}^{n} X_i = \mu, \qquad \frac{1}{n} \sum_{i=1}^{n} X_i^2 = \sigma^2 + \mu^2.$$

由此得到均值 μ 和方差 σ^2 的估计量 $\hat{\mu}$ 和 $\hat{\sigma}^2$ 分别是:

$$\hat{\mu} = \overline{X}, \tag{1}$$

$$\hat{\sigma}^2 = \frac{1}{n}\sum_{i=1}^{n} X_i^2 - \hat{\mu}^2 = \frac{1}{n}\sum_{i=1}^{n} X_i^2 - \overline{X}^2 = \frac{1}{n}\left(\sum_{i=1}^{n} X_i^2 - n\overline{X}^2\right) = \frac{1}{n}\sum_{i=1}^{n}(X_i - \overline{X})^2. \quad (2)$$

上面公式(1),(2)分别是总体均值 μ 和方差 σ^2 的矩估计公式,这个结论与总体分布没有关系.

【例1☆☆】设某鱼池的鱼的体重服从正态分布 $N(\mu, \sigma^2)$.

(1) 求未知参数 μ 和 σ^2 的矩估计量;

(2) 随机从鱼池取 10 尾鱼,测得其体重(单位:kg)为:

$$0.5, 0.1, 0.5, 0.3, 0.3, 0.3, 0.2, 0.5, 0.1, 0.2,$$

求参数 μ 和 σ^2 的矩估计值.

解:(1) 设鱼的体重为 X, $X_1, X_2, \cdots, X_n$ 为来自总体 X 的一个样本,$X \sim N(\mu, \sigma^2)$. 由矩估计法有:

$$\begin{cases} E(\hat{X}) = \overline{X} = \dfrac{1}{n}\sum_{i=1}^{n} X_i, \\[2mm] D(\hat{X}) = \dfrac{1}{n}\sum_{i=1}^{n}(X_i - \overline{X})^2, \end{cases} \quad 即 \quad \begin{cases} \hat{\mu} = \overline{X} = \dfrac{1}{n}\sum_{i=1}^{n} X_i, \\[2mm] \hat{\sigma}^2 = \dfrac{1}{n}\sum_{i=1}^{n}(X_i - \overline{X})^2. \end{cases}$$

(2) 对于给定的容量为 10 的样本观察值,计算样本均值 $\overline{X}$ 的观测值为:

$$\overline{x} = \frac{1}{10}\sum_{i=1}^{10} x_i = 0.3,$$

样本二阶中心矩的观测值为

$$\frac{1}{10}\sum_{i=1}^{10}(x_i - \overline{x})^2 = 0.022,$$

所以参数 μ 的矩估计值为 $\hat{\mu} = 0.3$,σ^2 的矩估计值为 $\hat{\sigma}^2 = 0.022$.

【例2☆☆】某炸药制造厂,一天中发生着火现象的次数 X 是一个随机变量,假设它服从以 λ 为参数的泊松分布,参数 λ 未知,现有观测数据如表 3–19 所示.

表 3–19

着火次数 k	0	1	2	3	4	5	6
发生 k 次着火的天数 n_k	75	90	54	22	6	2	1

试求未知参数 λ 的估计值.

解:由 $X \sim P(\lambda)$,可知 $\lambda = E(X)$. 样本均值为

$$\overline{x} = \frac{\sum_{k=0}^{6} k n_k}{\sum_{k=0}^{6} n_k} = \frac{1}{250}(0 \times 75 + 1 \times 90 + 2 \times 54 + 3 \times 22 + 4 \times 6 + 5 \times 2 + 6 \times 1) = 1.22,$$

所以 $\hat{\lambda} = \bar{x} = 1.22$.

4. 极大似然估计法

【引例 2】已知一袋中装有 100 个大小、形状完全一样的球,分黑、白两颜色,不知是黑球多还是白球多,但知道两种颜色的数量比为 95∶5,现从中随机地抽取一个球,发现是黑球,问:是黑球多,还是白球多?

这一问题更合理的提法应该是,在摸到一个黑球的情况下,认为哪种颜色的球多更为合理. 由此可归纳为下面的点估计问题:设随机变量为 X,取到黑球时 $X=1$;取到白球时 $X=0$,则 X 服从参数为 p 的 0-1 分布,$p=0.95$ 或 $p=0.05$,X_i 是 X 的样本,已知样本值 $x_i=1$,如何估计 p.

易知,$p=0.95$ 时,$P(X_i=1)=0.95$,而 $p=0.05$ 时,$P(X_i=1)=0.05$,前一个概率远远大于后一个的概率,因此,合理的估计应该是 $\hat{p}=0.95$,即认为黑球多. 这就引出了极大似然估计的基本思想:选择参数的估计值,使观测的样本出现的可能性达到最大.

(1)设总体 X 是离散型随机变量,样本观测值 $x_1,x_2,\cdots,x_n$ 的概率为 $p(x_i,\theta)$($i=1,2,\cdots,n$),其中 θ 是需要估计的参数,建立似然函数为

$$L(x_1,x_2,\cdots,x_n,\theta)=p(x_1,\theta)p(x_2,\theta)\cdots p(x_n,\theta)=\prod_{i=1}^{n}p(x_i,\theta).$$

(2)若总体 X 是连续型随机变量,样本观测值 $x_1,x_2,\cdots,x_n$ 的密度函数为 $f(x_i,\theta)$($i=1,2,\cdots,n$),其中 θ 为未知参数,建立似然函数为

$$L(x_1,x_2,\cdots,x_n,\theta)=f(x_1,\theta)f(x_2,\theta)\cdots f(x_n,\theta)=\prod_{i=1}^{n}f(x_i,\theta).$$

如果 $\hat{\theta}$ 作为 θ 的估计值,其基本思想:$\hat{\theta}$ 应使 $L(x_1,x_2,\cdots x_n,\theta)$ 达到最大,此时称 $\hat{\theta}$ 为参数 θ 的极大似然估计值,根据最大值的求法,极大似然估计值 $\hat{\theta}$ 一定满足方程

$$\frac{dL(x_1,x_2,\cdots,x_n,\theta)}{d\theta}=0.$$

由于 $L(x_1,x_2,\cdots,x_n,\theta)$ 与 $\ln L(x_1,x_2,\cdots,x_n,\theta)$ 在同一 θ 处取得最大值,为计算简便,我们求最大值点也可解方程

$$\frac{d\ln L(x_1,x_2,\cdots,x_n,\theta)}{d\theta}=0.$$

将上述方法推广到 k 个参数时,若 X 的概率分布为 $f(x_i,\theta_1,\theta_2,\cdots,\theta_k)$,其中 $\theta_1,\theta_2,\cdots,\theta_k$ 为参数,对样本 $x_1,x_2,\cdots,x_n$,可令似然函数为:

$$L(\theta_1,\theta_2,\cdots,\theta_k,x_1,x_2,\cdots,x_n)=\prod_{i=1}^{n}f(x_i,\theta_1,\cdots,\theta_k),$$

$$\text{令}\quad\begin{cases}\dfrac{\partial\ln L}{\partial\theta_1}=0,\\ \cdots\cdots\\ \dfrac{\partial\ln L}{\partial\theta_k}=0.\end{cases}$$

解方程组,即可得参数$(\theta_1,\theta_2,\cdots,\theta_k)$的极大似然估计$(\hat{\theta}_1,\hat{\theta}_2,\cdots,\hat{\theta}_k)$.

【例3☆☆☆】从湖中钓出 100 条鱼,做上记号后放回湖中,然后再从湖中钓出 200 条鱼,发现其中有 10 条标有记号,试用极大似然法估计湖中鱼的条数 N.

解:设总体 X 表示湖中的鱼,令

$$X=\begin{cases}1,&\text{鱼有记号},\\ 0,&\text{鱼无记号},\end{cases}$$

则 X 的概率分布:

$$P(X=k)=p^k(1-p)^{1-k}\quad(k=0,1\text{ 且 }0<p<1).$$

p 为参数,若将 p 估计出来,即可得到鱼的总数的估计,下面估计 p.

第二次钓出 200 条鱼,即取 $n=200$ 的样本 $x_1,x_2,\cdots,x_n$,建立似然函数:

$$L(x_1,x_2,\cdots,x_n,p)=\prod_{i=1}^{n}P(X=x_i)=\prod_{i=1}^{n}p^{x_i}(1-p)^{1-x_i}=p^{\sum\limits_{i=1}^{n}x_i}(1-p)^{n-\sum\limits_{i=1}^{n}x_i},$$

$$\ln L(x_1,x_2,\cdots,x_n,p)=\sum_{i=1}^{n}x_i\ln p+\left(n-\sum_{i=1}^{n}x_i\right)\ln(1-p),$$

$$\frac{\mathrm{d}\ln L}{\mathrm{d}p}=\frac{\sum\limits_{i=1}^{n}x_i}{p}+\frac{n-\sum\limits_{i=1}^{n}x_i}{1-p}\cdot(-1),$$

令$\dfrac{\mathrm{d}\ln L}{\mathrm{d}p}=0$,解得

$$\hat{p}=\frac{1}{n}\sum_{i=1}^{n}x_i=\frac{1}{200}\times 10=\frac{1}{20}.$$

又设鱼的总数为 $N,\dfrac{100}{N}\approx\dfrac{1}{20}$,故 $\hat{N}\approx 2\,000$(条).

【例4☆☆☆】设 $X\sim P(\lambda)$,其中 λ 为未知参数,如果取得的样本观测值为 $x_1,x_2,\cdots,x_n$,求参数 λ 的极大似然估计值.

解:泊松分布的概率是 $P(X=x)=\dfrac{\lambda^x}{x!}\mathrm{e}^{-\lambda}$,所以

$$L(\lambda)=\prod_{i=1}^{n}\frac{\lambda^{x_i}}{x_i!}\mathrm{e}^{-\lambda}=\frac{\lambda^{\sum\limits_{i=1}^{n}x_i}}{\prod\limits_{i=1}^{n}(x_i!)}\mathrm{e}^{-n\lambda}.$$

取对数,得

$$\ln L(\lambda) = \left(\sum_{i=1}^{n} x_i \right) \ln\lambda - \sum_{i=1}^{n} \ln(x_i!) - n\lambda,$$

对 λ 求导,并令导数为零,得

$$\frac{\mathrm{d}\ln L}{\mathrm{d}\lambda} = \frac{1}{\lambda} \sum_{i=1}^{n} x_i - n = 0.$$

解方程,可得 λ 的极大似然估计值:$\hat{\lambda} = \frac{1}{n} \sum_{i=1}^{n} x_i$.

可以证明,在一定的条件下,只要样本容量足够大,极大似然估计量可以和未知参数的真值任意接近. 因此,我们说极大似然估计法是在理论上优良、选用范围较广的一个估计方法.

【例 5 ☆☆☆】设总体 $X \sim N(\mu, \sigma^2)$,μ, σ^2 是未知参数,从 X 中抽取样本值 x_1, $x_2, \cdots, x_n$,试求 μ, σ^2 的极大似然估计.

解:X 的概率密度为

$$f(x, \theta) = \frac{1}{\sqrt{2\pi}\, \sigma} \mathrm{e}^{-\frac{1}{2\sigma^2}(x-\mu)^2}, \; -\infty < x < \infty.$$

似然函数为　$L(x, \theta) = \prod_{i=1}^{n} f(x_i, \theta) = \frac{1}{(\sqrt{2\pi}\, \sigma)^n} \exp\left\{ -\frac{1}{2\sigma^2} \sum_{i=1}^{n} (x_i - \mu^2) \right\},$

$$\ln L(x, \theta) = -n(\ln\sqrt{2\pi} + \ln\sigma) - \frac{1}{2\sigma^2} \sum_{i=1}^{n} (x_i - \mu^2),$$

令

$$\begin{cases} \dfrac{\partial \ln L}{\partial \mu} = \dfrac{1}{\sigma^2} \sum_{i=1}^{n} (x_i - \mu) = 0, \\[3mm] \dfrac{\partial \ln L}{\partial \sigma^2} = \dfrac{1}{2\sigma^4} \sum_{i=1}^{n} (x_i - \mu)^2 - \dfrac{n}{2\sigma^2} = 0. \end{cases}$$

解之并验证得

$$\hat{\mu}_L = \frac{1}{n} \sum_{i=1}^{n} x_i = \bar{x}, \quad \hat{\sigma}_L^2 = \frac{1}{n} \sum_{i=1}^{n} (x_i - \bar{x})^2.$$

它们与相应的矩估计值相同.

5. 点估计的评价标准

① 无偏性:$\hat{\theta}$ 作为一个随机变量,它所取的值应集中在未知参数 θ 的真值附近,即 $E(\hat{\theta}) = \theta$.

② 最小方差性:在一切无偏性的估计量中,应选择取值最集中的估计量,即方差 $D(\hat{\theta})$ 越小越好.

③ 相合性:对于一个好的统计量 $\hat{\theta}$,当样本容量 n 无限增大时,它的值应趋于

稳定在参数 θ 的真值附近.

以上三条是衡量估计优劣的常用标准. 详细介绍可参考《概率论与数理统计》的教材.

二、区间估计

1. 参数的区间估计

前面我们给出了正态总体的两个参数 μ 与 σ^2 的估计量 $\overline{X}$ 与 S^2，但是它们都只是 μ 与 σ^2 的近似值，而近似值的精确程度我们还是不知道的. 在实际问题中，不仅需要求出未知参数 θ 的点估计，往往还需要大致估计这些参数估计量的精确度，即找到未知参数 θ 的一个变化区间 $[\hat{\theta}_1, \hat{\theta}_2]$，由于 $\hat{\theta}$ 是随机变量，所以区间 $[\hat{\theta}_1, \hat{\theta}_2]$ 是随机区间，它可能包含 θ，也可能不包含 θ，因此还需要知道区间 $[\hat{\theta}_1, \hat{\theta}_2]$ 的可靠性. 用随机区间来表示包含未知参数 θ 的范围和可靠程度的估计方法称为参数的区间估计.

2. 置信区间

定义 3.20　置信区间　置信度

设总体 X 的分布中含有未知数 θ，$X_1, X_2, \cdots, X_n$ 为一取自 X 的容量为 n 的样本，$\hat{\theta}_1, \hat{\theta}_2$ 是由样本观测值确定的两个统计量，若对于事先给定的小概率 $\alpha(0<\alpha<1)$，使得：

$$P(\hat{\theta}_1 \leqslant \theta \leqslant \hat{\theta}_2) = 1-\alpha,$$

则把区间 $[\hat{\theta}_1, \hat{\theta}_2]$ 称为参数为 θ 的概率为 $1-\alpha$ 的置信区间，$1-\alpha$ 称为置信度或置信水平，α 称为显著性水平，$\hat{\theta}_1, \hat{\theta}_2$ 分别称为置信下限与置信上限.

一般情况下，α 取 $0.01, 0.05, 0.10$，使置信度分别为 $0.99, 0.95, 0.90$ 等.

置信区间的意义：若进行了 100 组随机抽样（样本容量相等），可以得到 100 个样本. 每一个样本可以确定一个区间 $[\hat{\theta}_1, \hat{\theta}_2]$，在这 100 个区间中，有的区间包含未知参数 θ，有的区间不包含 θ，对于 $\alpha=0.05$，即 $1-\alpha=0.95$ 时，在这 100 个区间中，包含参数 θ 的区间大约占 95%，不包含参数 θ 的区间大约占 5%，也就是说，置信区间的可靠程度为 95%.

置信区间表达了区间估计的准确性；置信度 $1-\alpha$ 表达了区间估计的可靠性，显著性水平 α 表达了区间估计的不可靠的概率，即置信区间不包含 θ 真值的可能性.

进行区间估计时，必须兼顾置信区间和置信度两个方面，置信度 $1-\alpha$ 越大，置信区间相应地也越大（准确性越小），可在一定的置信度下，适当增加样本容量以获得较小的置信区间.

正态总体 $N(\mu,\sigma^2)$ 是最常见的分布,因此下面仅讨论总体服从正态分布的参数 μ,σ^2 的置信区间.

3. 正态总体的置信区间

(1)已知 σ^2,确定正态总体 μ 的置信区间

若总体 $X \sim N(\mu,\sigma^2)$,$X_1,X_2,\cdots,X_n$ 为总体 X 的随机样本,由 $E(\overline{X})=\mu$,$D(\overline{X})=\sqrt{\dfrac{\sigma^2}{n}}$,令 $U=\dfrac{\overline{X}-\mu}{\sqrt{\sigma^2/n}}$ 知,$U \sim N(0,1)$,对给定的 α 查标准正态分布表得对应于 $\dfrac{\alpha}{2}$ 的上侧分位数 $u_{\frac{\alpha}{2}}$,使

$$P\left(|U|<u_{\frac{\alpha}{2}}\right)=1-\alpha.$$

即

$$P\left(-u_{\frac{\alpha}{2}}<\frac{\overline{X}-\mu}{\sqrt{\sigma^2/n}}<u_{\frac{\alpha}{2}}\right)=1-\alpha,$$

亦即

$$P\left(\overline{X}-u_{\frac{\alpha}{2}}\sqrt{\frac{\sigma^2}{n}}<\mu<\overline{X}+u_{\frac{\alpha}{2}}\sqrt{\frac{\sigma^2}{n}}\right)=1-\alpha,$$

故

$$\hat{\theta}_1=\overline{X}-u_{\frac{\alpha}{2}}\sqrt{\frac{\sigma^2}{n}},\hat{\theta}_2=\overline{X}+u_{\frac{\alpha}{2}}\sqrt{\frac{\sigma^2}{n}}.$$

从而得到总体均值的置信度为 $1-\alpha$ 的置信区间为 $\left(\overline{X}-u_{\frac{\alpha}{2}}\sqrt{\dfrac{\sigma^2}{n}},\overline{X}+u_{\frac{\alpha}{2}}\sqrt{\dfrac{\sigma^2}{n}}\right)$.

实际应用时,只需根据问题判断是用什么统计量,查表套用公式即可.

【例6☆☆】已知豌豆籽粒重量(g/100 粒)服从正态分布 $N(37.33,0.33^2)$,在改善栽培条件后,随机地抽取 9 粒,测得重量平均数 $\overline{X}=37.92$,假定标准差不变的情况下,求改善栽培条件后豌豆籽平均重量的置信区间($\alpha=0.05$).

解:因为 $\overline{X}=37.92,n=9,\sigma=0.33.$

当 $\alpha=0.05$ 时,$1-\alpha=0.95$,查正态分布表得 $u_{\frac{\alpha}{2}}=u_{\frac{0.05}{2}}=1.96$,所以

$$\hat{\theta}_1=\overline{X}-u_{\frac{0.05}{2}}\sqrt{\frac{\sigma^2}{n}}=37.92-1.96\times\frac{0.33}{3}=37.70,$$

$$\hat{\theta}_2=\overline{X}+u_{\frac{0.05}{2}}\sqrt{\frac{\sigma^2}{n}}=37.92+1.96\times\frac{0.33}{3}=38.14.$$

故改善栽培条件后豌豆籽平均重量 95% 的置信区间为 $[37.70,38.14]$.

(2)未知方差 σ^2,确定正态总体 μ 的置信区间

在实际问题中,经常遇到方差未知,求总体 μ 的置信区间的情况.

若总体 $X \sim N(\mu,\sigma^2)$,$X_1,X_2,\cdots,X_n$ 为总体 X 的随机样本,由 $E(\overline{X})=\mu$,

$D(\overline{X})=\sqrt{\dfrac{\sigma^2}{n}}$，$\sigma^2$ 未知时，用 S^2 代替，令 $t=\dfrac{\overline{X}-\mu}{\sqrt{S^2/n}}$，可以证明 $t\sim t(n-1)$，对给定的

α，查 t 分布上侧临界值表得 $t_{\frac{\alpha}{2}}(n-1)$，使得 $P\left(|t|<t_{\frac{\alpha}{2}}(n-1)\right)=1-\alpha$. 即

$$P\left(-t_{\frac{\alpha}{2}}(n-1)<\frac{\overline{X}-\mu}{\sqrt{S^2/n}}<t_{\frac{\alpha}{2}}(n-1)\right)=1-\alpha,$$

故有

$$P\left(\overline{X}-t_{\frac{\alpha}{2}}(n-1)\sqrt{\frac{S^2}{n}}<\mu<\overline{X}+t_{\frac{\alpha}{2}}(n-1)\sqrt{\frac{S^2}{n}}\right)=1-\alpha,$$

从而：$\hat{\theta}_1=\overline{X}-t_{\alpha/2}(n-1)\sqrt{S^2/n}$，$\hat{\theta}_2=\overline{X}+t_{\alpha/2}(n-1)\sqrt{S^2/n}$.

【例 7☆☆】测得自动车床加工的 10 个零件的尺寸与规定的尺寸的偏差（单位：μm）如下：+2，+1，-2，+3，+2，+4，-2，+5，+3，+4，若给出置信度为 0.95 和 0.99，求零件尺寸偏差的均值的置信区间.

解：选择统计量 $t=\dfrac{\overline{X}-\mu}{\sqrt{S^2/n}}$，求得

$$\overline{X}=\frac{1}{10}\sum_{i=1}^{10}X_i=+2，S=\sqrt{\frac{1}{10-1}\sum_{i=1}^{10}(X_i-\overline{X})^2}\approx2.40.$$

当置信度为 $1-\alpha=0.95$，即 $\alpha=0.05$ 时，查 t 分布的临界值表，得

$$\lambda=t_{0.025}(10-1)\approx2.2622.$$

于是

$$\hat{\theta}_1=\overline{X}-\lambda\sqrt{\frac{S^2}{n}}=2-\frac{2.2622\times2.40}{\sqrt{10}}\approx0.28,$$

$$\hat{\theta}_2=\overline{X}+\lambda\sqrt{\frac{S^2}{n}}=2+\frac{2.2622\times2.40}{\sqrt{10}}\approx3.72.$$

所以零件尺寸偏差的均值的置信区间为 $[0.28,3.72]$.

当置信水平为 $1-\alpha=0.99$，即 $\alpha=0.01$ 时，查 t 分布的临界值表，得

$$\lambda=t_{0.005}(10-1)\approx3.2498.$$

于是

$$\hat{\theta}_1=\overline{X}-\lambda\sqrt{\frac{S^2}{n}}=2-\frac{3.2498\times2.40}{\sqrt{10}}\approx-0.47,$$

$$\hat{\theta}_2=\overline{X}+\lambda\sqrt{\frac{S^2}{n}}=2+\frac{3.2498\times2.40}{\sqrt{10}}\approx4.47.$$

所以零件尺寸偏差的均值的置信区间为 $[-0.47,4.47]$.

从例 7 可以看出，当样本容量一定时，为了提高区间估计的可靠程度，我们应当取较大的置信度，但这时求出的置信区间也较长，降低了区间的精确度；如果要提高估计的精确度，则应当缩小置信区间. 然而对应的置信度也随之减小. 由此可见，区间估计与置信度有着密切的关系.

（3）未知数学期望 μ，确定正态总体的方差 σ^2

若总体 $X \sim N(\mu, \sigma^2)$，$X_1, X_2, \cdots, X_n$ 为总体 X 的随机样本，现要求总体方差的区间估计. 我们知道，样本方差 S^2 是总体方差 σ^2 的无偏估计量，构造统计量

$$\chi^2 = \frac{(n-1)S^2}{\sigma^2} \sim \chi^2(n-1).$$

对给定的置信度 $1-\alpha$，查 χ^2 分布表，得临界值 $\chi^2_{\frac{\alpha}{2}}(n-1)$ 及 $\chi^2_{1-\frac{\alpha}{2}}(n-1)$ 使得：

$$P\left(\chi^2_{1-\alpha/2}(n-1) < \chi^2 < \chi^2_{\alpha/2}(n-1)\right) = 1-\alpha,$$

即

$$P\left(\chi^2_{1-\alpha/2}(n-1) < \frac{(n-1)S^2}{\sigma^2} < \chi^2_{\alpha/2}(n-1)\right) = 1-\alpha,$$

故有

$$P\left(\frac{(n-1)S^2}{\chi^2_{\alpha/2}(n-1)} < \sigma^2 < \frac{(n-1)S^2}{\chi^2_{1-\alpha/2}(n-1)}\right) = 1-\alpha,$$

从而

$$\theta_1 = \frac{(n-1)S^2}{\chi^2_{\alpha/2}(n-1)}, \theta_2 = \frac{(n-1)S^2}{\chi^2_{1-\alpha/2}(n-1)}.$$

于是所求方差 σ^2 的置信度为 $1-\alpha$ 的置信区间是

$$\left(\frac{(n-1)S^2}{\chi^2_{\alpha/2}(n-1)}, \frac{(n-1)S^2}{\chi^2_{1-\alpha/2}(n-1)}\right).$$

将上式两端开方即得到标准差 σ 的 $1-\alpha$ 置信区间.

【例 8 ☆☆☆】某厂生产的零件重量服从正态分布 $N(\mu, \sigma^2)$，现从该厂生产的零件中抽取 9 个，测得其质量为（单位：g）

45.3　45.4　45.1　45.3　45.5　45.7　45.4　45.3　45.6

试求总体标准差 σ 的 0.95 置信区间.

解：由数据可算得 $s^2 = 0.032\,5$，$(n-1)s^2 = 8 \times 0.032\,5 = 0.26$，这里 $\alpha = 0.05$，查表知 $\chi^2_{0.025}(8) = 17.535$，$\chi^2_{0.975}(8) = 2.180$，所以可得 σ^2 的 0.95 置信区间为

$$\left[\frac{0.26}{17.535}, \frac{0.26}{2.180}\right] = [0.014\,8, 0.119\,3].$$

从而 σ 的 0.95 置信区间为 $[0.121\,8, 0.345\,4]$.

综上所述，正态总体参数的区间估计公式如表 3-20.

表 3-20

待估参数	已知条件	统计量	统计量的分布	区间估计公式
μ	已知 σ^2	$U = \dfrac{\overline{X}-\mu}{\sqrt{\sigma^2/n}}$	$U \sim N(0,1)$	$\hat{\theta}_{1,2} = \overline{X} \pm u_{\alpha/2}\sqrt{\sigma^2/n}$
	未知 σ^2	$t = \dfrac{\overline{X}-\mu}{\sqrt{S^2/n}}$	$t \sim t(n-1)$	$\hat{\theta}_{1,2} = \overline{X} \pm t_{\alpha/2}(n-1)\sqrt{S^2/n}$

续表

待估参数	已知条件	统计量	统计量的分布	区间估计公式
σ^2	未知 μ	$\chi^2 = \dfrac{(n-1)S^2}{\sigma^2}$	$\chi^2 \sim \chi^2(n-1)$	$\hat{\theta}_1 = (n-1)S^2/\chi^2_{\alpha/2}(n-1)$ $\hat{\theta}_2 = (n-1)S^2/\chi^2_{1-\alpha/2}(n-1)$
	已知 μ	$\chi^2 = \dfrac{\sum\limits_{i=1}^{n}(X_i-\mu)^2}{\sigma^2}$	$\chi^2 \sim \chi^2(n-1)$	$\hat{\theta}_1 = \sum\limits_{i=1}^{n}(X_i-\mu)^2/\chi^2_{\alpha/2}(n-1)$ $\hat{\theta}_2 = \sum\limits_{i=1}^{n}(X_i-\mu)^2/\chi^2_{1-\alpha/2}(n-1)$

【基础过关☆】

1. 估计量的评价标准有哪些?

2. 有两个估计量 θ_1,θ_2,其中 θ_1 的方差为 5,θ_2 的方差为 6,请问哪个估计量更有效?

3. 设总体 $X \sim N(\mu,\sigma^2)$,其中 μ,σ^2 未知,3.2,5.2,4.3 是一组样本观测值,试估计总体的 μ,σ^2.

【能力达标☆】

一家保险公司想估计过去一年里投保人的平均理赔额,随机选取了 36 个投保人作为一个随机样本,得到样本均值是 $\bar{x} = 739.98$,样本标准差 $s = 312.70$. 试以99% 的置信度估计去年一年里投保人的平均理赔额.

3.13　项目五
习题拓展答案

项目六

假设检验

3.14　项目六
知识目标与
重难点

【引例 1】女士品茶的故事

1920 年的剑桥大学,一群科学家正如同往常一样准备冲泡奶茶的时候. 一位女士突然说:"冲泡的顺序对于奶茶的风味影响很大.先把茶加进牛奶里,与先把牛奶加进茶里,这两种冲泡方式所泡出的奶茶口味截然不同.我可以轻松地辨别出来."当时恰好费希尔(Fisher)先生在座,他很兴奋地说:"我们做实验来验证这个假设吧."于是大家一共准备了 8 杯茶,有的先放奶后放茶,有的先放茶后放奶,让这位女士品尝,看是否能品对.

正是在这一验证过程中,费希尔提出以"随机"的顺序给这位女士品茶,这是第一次在统计学意义上提出"随机"的思想.

另外,验证这位女士说的对错的过程,其实正是假设检验的过程:如果这位女士没有品尝能力,那么,她能够正确品对 1 杯的几率有 50%.这种情况下,即使她品对了,我们也不会立刻就相信她有这种能力,因为这种概率太高了,理论上一半人都可以做到.但是,如果给她 8 杯,她都正确品对了,这种情况下,我们不得不重新考虑.因为如果她没有这种能力的话,仅凭猜测而都猜对的概率实在太低了,只有0.39%,以至于我们不得不怀疑一开始所做假设(即这位女士不具备这种能力)的正确性.

一、假设检验

假设检验是在样本的基础上对总体的某种结论作出判断的一种方法.它解决的是当总体含有未知参数或分布类型未知时,对此提出某种假设,然后根据样本,通过一定的手段,去检验这种假设是否合理,以决定取舍;合理就接受它,不合理就拒绝它.它是统计推断的重要组成部分,统计推断包含两个方面:一是参数估计,二是假设检验.这两种推断方法都是研究总体参数的情况,前面已经讨论了参数估计,下面来研究假设检验.假设检验分为参数假设检验和非参数假设检验,在这里我们只讨论参数假设检验.

【引例 2】一种灯管的寿命 X 服从正态分布 $N(\mu, 100^2)$,产品原来的平均寿命为 $\mu = 5\ 000$ 小时,技术革新使用了新的生产工艺,在产品中任取 50 只,测得平均寿命为 5 500 小时.问改进工艺后灯管的寿命是否得到显著提高?

如果我们能够判断新产品的寿命是服从 $\mu > 5\ 000$ 的正态分布,则灯管的寿命有显著提高,若与老产品一样仍然服从 $\mu = 5\ 000$ 的正态分布就没有显著提高.

对研究的问题提出一种"看法"——称为"假设";此例中把假设 $\mu = 5\ 000$ 表示改进工艺后产品平均寿命没有显著增加称为原假设;把假设 $\mu > 5\ 000$ 表示新品平均寿命有显著增加称为备择假设.分别记为 $H_0: \mu = 5\ 000$ 及 $H_1: \mu > 5\ 000$.

注意：

（1）如果肯定原假设就等于否定了备择假设；若肯定了备择假设就等于否定了原假设；

（2）原假设与备择假设的选择取决于我们对问题的态度，一般而言我们希望从样本观测值取得对某一假设的有力支持，通常将这一假设的否定作为原假设，而假设本身作为备择假设.

1. 假设检验的基本思想和方法

在"原假设"成立的条件下，分析抽样所发生的事件是否是一个小概率事件. 若是，由"小概率原理"就有充分的理由拒绝原假设；若不是，则没有充足理由拒绝原假设，只能接受原假设. 这就是假设检验的基本原理. 注意，拒绝原假设需要十分慎重.

概率很小的事件称为小概率事件. 概率小到什么程度才能称为小概率事件呢？这个问题不能笼统回答，要根据问题灵活掌握. 通常我们把不超过 0.05 的事件当作"小概率事件"，有时也把概率不超过 0.01 的事件当作"小概率事件". 设小概率事件 A 的概率是 α，即 $P(A) = \alpha$，统计上称 α 为置信度或显著性水平. 实践证明，小概率事件在一次试验中几乎是不可能发生的，我们把它称为实际不可能发生原则（或称小概率原理）. 如果在一次试验中，小概率事件居然发生了，则我们认为有不正常的情况发生. 比如：某批产品，在正常情况下，次品率 $P_0 \leqslant 0.001$，按照实际不可能发生原则，从中随机抽取一件产品，不可能是次品. 现在随机抽取一件，如果该产品是次品，于是我们就可认为：这批产品的次品率应大于 0.001，现在的生产过程不正常.

假设检验的方法类似于反证法，先是在 H_0 为真的假设下，寻找一个分布为已知的统计量，由此构造出一个小概率事件，再看实际的观测结果有没有导致不合理的现象，即是否违背了小概率原理. 若小概率事件发生了，则认为导致了不合理的现象，应拒绝假设；若小概率事件没有发生，则认为没有导致不合理的现象，应接受假设. 这里我们说接受原假设实际上等于说我们没有充分的统计证据去拒绝它.

以后我们把用来判断所作假设真伪的规则叫作检验准则，简称为检验.

2. 两类错误（表 3-21）

第一类错误（拒真）：当 H_0 为真时，根据检验法则我们却拒绝了 H_0，发生的概率记为 α，即：

$$P(拒绝 \ H_0 | H_0 \ 为真) = \alpha.$$

第二类错误（受伪）：当 H_0 不真时，根据检验法则我们却接受了 H_0，其发生概率常记为 β，即：

$$P(\text{接受 } H_0 | H_0 \text{ 不真}) = \beta.$$

表 3-21 两类错误

		总体情况	
		H_0 成立	H_0 不成立
子样	落入拒绝域,拒绝 H_0	犯第一类错误	正确
	落入接受域,接受 H_0	正确	犯第二类错误

一般地:

(1) 当样本容量 n 固定时,若 $\alpha \to 0$,则 $\beta \to 1$;若 $\beta \to 0$,则 $\alpha \to 1$;

(2) 当样本容量 $n \to +\infty$ 时,α, β 都趋于 0.

即样本容量 n 固定时,若犯一类错误的概率减小,则犯另一类错误的概率将增大;增大样本容量时可使犯两类错误的概率都减小,但样本容量太大将增加抽样成本,有时甚至是不可行的.因此通常的做法是先限制犯第一类错误的概率 α,然后利用备择假设确定 β 的值.如果 β 太大,则增大样本容量 n 使 β 减小;如果实际问题不需要 β 太小,则可考虑减小样本容量 n 以节省人力、物力与时间.

二、假设检验的方法

假设检验的步骤:

(1) 根据题设内容,提出原假设 H_0 和备择假设 H_1;

(2) 构造一个统计量 Z,并在 H_0 成立条件下,确定该统计量的分布;

(3) 给出显著性水平 α,在 H_0 成立的条件下,求出临界值 Z_0,满足:

$$P(|Z| \geq Z_0) \leq \alpha;$$

(4) 根据样本值计算统计量的观测值 Z;

(5) 用 Z 与 Z_0 比较,若 $|Z| \geq Z_0$,则拒绝 H_0,否则接受 H_0.

1. 单个正态总体数学期望的假设检验

正态分布是最常见的一种现象,这里我们研究正态分布平均数和方差的假设检验.

(1) U 检验法 已知方差 σ^2,关于均值 μ 的检验

设总体 $X \sim N(\mu, \sigma^2)$,已知 σ^2,检验 $H_0: \mu = \mu_0$(μ_0 为已知常数).

检验程序如下:

① 提出假设 $H_0: \mu = \mu_0$(已知),备设假设 $H_1: \mu \neq \mu_0$;

② 构造统计量 $U = \dfrac{\overline{X} - \mu_0}{\sqrt{\sigma^2/n}}$,则在 H_0 成立的条件下,$U \sim N(0,1)$;

③ 给定显著性水平 α,在 H_0 成立的条件下,查标准正态分布表求临界值 $u_{\frac{\alpha}{2}}$

满足:

$$P\left(\left|\frac{\overline{X}-\mu_0}{\sqrt{\sigma^2/n}}\right|>u_{\frac{\alpha}{2}}\right)=\alpha\ ,\ 即\quad\Phi(u_{\frac{\alpha}{2}})=1-\frac{\alpha}{2};$$

④ 计算统计量 U 的观测值;

⑤ 比较判别,若 $|U|\geq u_{\frac{\alpha}{2}}$ 成立,则拒绝 H_0,否则接受 H_0.

因为构造的统计量为 U,故称此检验为 U 检验法.

【例 1☆☆】一批苗木必须平均株高达到 60 cm 才允许出圃.现从一大批这种苗木中随机抽查 100 株,求得其平均株高为 57 cm,标准差为 9 cm.问这批苗木是否可以出圃?

解:① 提出假设 $H_0:\mu=60$,$H_1:\mu<60$(因株高>60 cm 可以出圃);

② 选取统计量 $U=\dfrac{\overline{X}-\mu_0}{\sqrt{\sigma^2/n}}$;

③ 若取 $\alpha=0.05$,查表得 $u_{\frac{\alpha}{2}}=u_{0.025}=1.96$;

④ 计算 U 的观测值,$U=\dfrac{\overline{X}-\mu_0}{\sqrt{\sigma^2/n}}=\dfrac{57-60}{\sqrt{9/100}}=-3.33$;

⑤ 比较判别,由于 $|U|=3.33>u_{0.025}=1.96$,故应拒绝 H_0,即认为这批苗木不能出圃.

【例 2☆☆☆】某地区一般人口中丝虫病的患病率为 2.7%.今调查该地区 278 人,发现丝虫病患者 10 人.问该地区的患病情况是否正常?

解:设总体 X 表示某地区人患病,显然其分布为两点分布.

表 3-22

X	0	1
P	q	p

其中 $0<p<1$,$p+q=1$.

$$E(X)=p,D(X)=pq.$$

若患病情况正常,即 $p=E(X)=0.027$,否则 $E(X)\neq0.027$.

$n=278$ 是大容量样本,于是 $\overline{X}$ 近似地服从正态分布[①].

① 提出假设 $H_0:p=0.027$;

---

① 样本 $\{X_n\}$ 独立同分布,方差存在,不管原来的分布是什么,只要 n 充分大,就可以用正态分布去近似.即中心极限定理.更多有关内容可参考《概率论与数理统计》.

② 选取统计量 $U = \dfrac{\overline{X} - p}{\sqrt{pq/n}}$;

③ 若取 $\alpha = 0.05$,查表得 $u_{\frac{\alpha}{2}} = u_{0.025} = 1.96$;

④ 计算 U 的观测值,由 $\overline{x} = \dfrac{10}{278}$, $n = 278$, $q = 0.973$,当 H_0 成立时,

$$U = \frac{\overline{x} - p}{\sqrt{pq/n}} = \frac{10/278 - 0.027}{\sqrt{0.027 \times 0.973/278}} = 0.923;$$

⑤ 比较判别,$|U| = 0.923 < u_{0.025} = 1.96$,

故应接受 H_0,即认为该地区患病情况属正常.

（2）t **检验法**   未知方差 σ^2,关于均值 μ 的检验

设总体 $X \sim N(\mu, \sigma^2)$,未知 σ^2,检验 $H_0 : \mu = \mu_0$（μ_0 为已知常数）.

① 提出假设 $H_0 : \mu = \mu_0$（已知）;

② 构造统计量 $T = \dfrac{\overline{X} - \mu_0}{\sqrt{S^2/n}} \sim t(n-1)$;

③ 给定显著性水平 α,在 H_0 成立的条件下求临界值 $t_{\frac{\alpha}{2}}(n-1)$,满足 $P(|T| > t_{\alpha/2}(n-1)) = \alpha$;

④ 计算统计量 T 的观测值;

⑤ 比较判别,若 $|T| \geq t_{\frac{\alpha}{2}}(n-1)$ 成立,则拒绝 H_0,否则接受 H_0.

因为构造的统计量为 T,故称此检验为 t 检验法.

【例 3☆☆】某种零件经测定其强度的均值为 48 kg/mm^2,现由于材料采购困难,使用了某种替代材料,现抽取 5 个零件进行了强度测定,测得数据（单位:kg/mm^2）如下:

$$47.7 \quad 46.8 \quad 47.5 \quad 48.1 \quad 47.9$$

问零件强度的均值有无显著性差异？（检验水平 $\alpha = 0.05$）

解:根据题意,σ^2 为未知,采用 t 检验法.

① 假设 $H_0 : \mu = 48$;

② 构造统计量 $t = \dfrac{\overline{X} - \mu_0}{\sqrt{S^2/n}}$;

③ 已知 $\alpha = 0.05$,由附录 t 分布的上侧临界值表查得 $t_{\frac{0.05}{2}}(5-1) = 2.776$;

④ 计算 $\overline{X} = \dfrac{1}{5}(47.7 + 46.8 + 47.5 + 48.1 + 47.9) \approx 47.6$, $S = 0.5$,代入

$$t = \frac{\overline{X} - \mu_0}{S/\sqrt{n}} = \frac{47.6 - 48}{0.5/\sqrt{5}} \approx -1.79;$$

⑤ 比较判别:$|t| < t_{\alpha/2}(n-1)$.

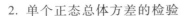

故接受 H_0，即使用代替材料后强度的均值无显著性差异.

2. 单个正态总体方差的检验

χ^2 检验法　未知均值 μ，关于方差 σ^2 的检验

在实际问题中，仅对正态总体的均值进行假设检验是不够的，有时还需要对正态总体的方差进行检验.

设总体 $X \sim N(\mu, \sigma^2)$，μ 未知，检验 $H_0 : \sigma^2 = \sigma_0^2$（已知）.

① 提出假设 $H_0 : \sigma^2 = \sigma_0^2$；

② 对总体容量为 n 的样本 $X_1, X_2, \cdots, X_n$，构造统计量

$$\chi^2 = \frac{(n-1)S^2}{\sigma_0^2} = \frac{\sum\limits_{i=1}^{n}(X_i - \overline{X})^2}{\sigma_0^2} \sim \chi^2(n-1);$$

③ 给定置信度 α，查 χ^2 分布表得到 $\chi^2_{\frac{\alpha}{2}}(n-1)$，$\chi^2_{(1-\frac{\alpha}{2})}(n-1)$，满足：

$$P(\chi^2 > \chi^2_{\alpha/2}(n-1)) = \frac{\alpha}{2}, \quad P(\chi^2 < \chi^2_{(1-\alpha/2)}(n-1)) = 1 - \frac{\alpha}{2};$$

④ 计算统计量 χ^2 的观测值；

⑤ 比较判别，当 $\chi^2 \leqslant \chi^2_{(1-\alpha/2)}(n-1)$ 或 $\chi^2 \geqslant \chi^2_{\alpha/2}(n-1)$ 时，拒绝假设 H_0，否则接受 H_0.

因为构造的统计量为 χ^2，故称此检验为 χ^2 检验法.

【例4 ☆ ☆ ☆】某工厂生产的维尼纶纤度在正常条件下服从正态分布 $N(1.405, 0.048^2)$. 某日抽取 5 根纤维，测得其纤度为 1.32，1.55，1.36，1.40，1.44，问这天纤度的总体方差是否正常？（$\alpha = 0.10$）

解：① 假设 $H_0 : \sigma^2 = 0.048^2$；

② 计算得：$\overline{x} = 1.414$，$S^2 = 0.088^2$，统计量

$$\chi^2 = \frac{(n-1)S^2}{\sigma^2} = \frac{(5-1) \times 0.088^2}{0.048^2} \approx 13.44;$$

③ 给定 $\alpha = 0.10$，由 $\chi^2 \sim \chi^2(5-1)$ 查附表 4 得 $\chi^2_{0.10/2}(4) = 9.488$，$\chi^2_{(1-0.10/2)}(4) = 0.711$；

④ 比较判断，$\chi^2 = 13.44 > \chi^2_{0.10/2}(4) = 9.488$，故拒绝 H_0，即认为这天纤度的总体方差不正常.

习题拓展

【基础过关 ☆】

1. 安装一新设备，要求部件尺寸的平均数保持原有设备的水平，已知原设备部件尺寸的平均数为 3.278 cm，标准差为 0.002 cm. 测量了 10 个新部件，其平均

数为:3.279 cm. 设新设备部件尺寸服从正态分布,问新设备部件尺寸的平均数与原有设备部件尺寸的平均数有无明显差异($\alpha = 0.05$)?

2. 某公司人事部门为一项工程上马在社会上招大批青年工人. 在文化考核结束后,经理问人事部门情况怎么样? 回答说:"很好,估计平均成绩可达 90 分",经理随机地从试卷中抽出 16 份,发现平均成绩为 83 分,标准差为 12 分. 如果经理想在 0.01 的显著性水平下检验人事部门所做的推测的准确性,应该怎样处理?

3. 由某个正态总体抽出一个容量为 21 的随机样本,样本方差为 10,试检验原假设 $\sigma^2 = 15$ 是否成立($\alpha = 0.05$).

【能力达标☆☆】

1. 已知某种产品的某项指标服从正态分布,均方差 $\sigma = 150$,现从总体中随机抽取一个容量为 24 的样本,经测定样本均值 $\overline{X} = 1\,635$,问能否据此认为这种产品的数学期望值 $\mu = 1\,600$($\alpha = 0.05$)?

2. 有一种催眠新药,为检查该药疗效,抽选 10 名失眠病人服用此药,发现平均每个病人增加睡眠的时间为 0.82 h,标准差为 1.25 h,试问此种催眠药有显著疗效吗($\alpha = 0.05$)?

3.15 项目六
习题拓展答案

3.16 项目七
知识目标
与重难点

项目七

一元线性回归分析

理论学习

现实世界中,经常遇到同处一个统一体中的变量,这些变量之间大致分为两类关系:一类是确定性关系,如微积分学中研究的函数关系;另一类是不确定性关系,即相关关系. 如人的体重与身高的关系,孩子的身高与父母的身高之间的关系,人的血压与年龄的关系,农作物与施肥量、浇水量之间的关系等.

相关关系的特点:变量之间虽存在关系,却无法确定,但在大量的观察或试验中又呈现出某种统计性规律. 回归分析就是研究变量之间的相关关系的一种数理统计方法.

回归分析的基本思想:由一个(或一组)非随机变量 X 的值去估计与 X 有着相关关系的随机变量 Y 的数学期望,从而找出表达 y 与 x 之间的相关关系的经验公式：$\hat{y}=f(x)$，称为经验回归方程或回归方程.若回归方程是两个变量之间的回归分析，称为一元回归分析；若回归方程是线性的，称为线性回归；若回归方程是非线性的，称为非线性回归.本节只讨论一元线性回归.

一、一元线性回归分析

利用数理统计知识进行分析、讨论，能帮助实际工作者判明所建立的回归方程是否有效，然后利用得到的有效回归方程去解决预测和控制生产、优化生产工艺等问题，它在工农业生产和科学研究等领域中有着广泛的应用.

设随机变量 Y 与变量 X 之间存在某种相关关系，为确定 Y 与 X 的近似关系，我们可以通过观测得到若干数据：(x_i,y_i) $(i=1,2,\cdots,n)$，以变量 X 的取值作横坐标，把 Y 的相应取值作纵坐标，在平面直角坐标系中描出各点，所得到的图形称为散点图，如图 3-14 所示.

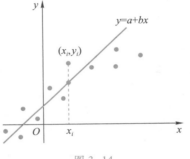

图 3-14

若这些点大体在一条直线上或密集在直线附近，我们就认为 X 与 Y 之间具有线性相关关系，是可以作一条直线来近似代表这种关系，这条直线称为回归直线.

我们要求回归直线能够客观地反映变量之间的关系，即要求该直线总的来说与实测的 n 个点都最近.

设所求直线方程为：

$$\hat{y}=ax+b, \tag{1}$$

(1)式中 a,b 待定，对于任意的 x_i，可得直线上一点 $(x_i,\hat{y}_i)$，考虑误差

$$\Delta y_i=y_i-\hat{y}_i, i=1,2,\cdots,n.$$

令 $\qquad Q=\sum_{i=1}^{n}(\Delta y_i)^2=\sum_{i=1}^{n}(y_i-\hat{y}_i)^2=\sum_{i=1}^{n}(y_i-a-bx_i)^2.$

我们希望求 a,b，使得 Q 的值最小（总的误差平方和最小）.由二元函数求最小值的方法，令

$$\begin{cases} \dfrac{\partial Q}{\partial a}=-2\sum_{i=1}^{n}(y_i-a-bx_i)=0, \\[2mm] \dfrac{\partial Q}{\partial b}=-2\sum_{i=1}^{n}(y_i-a-bx_i)x_i=0, \end{cases}$$

解得 $\qquad\qquad\qquad\qquad \hat{a}=\bar{y}-b\bar{x}, \tag{2}$

$$\hat{b}=\frac{\sum_{i=1}^{n}x_iy_i-\frac{1}{n}\left(\sum_{i=1}^{n}x_i\right)\left(\sum_{i=1}^{n}y_i\right)}{\sum_{i=1}^{n}x_i^2-\frac{1}{n}\left(\sum_{i=1}^{n}x_i\right)^2}=\frac{\sum_{i=1}^{n}(x_i-\overline{x})(y_i-\overline{y})}{\sum_{i=1}^{n}(x_i-\overline{x})^2},\qquad(3)$$

其中 $\overline{x}=\frac{1}{n}\sum_{i=1}^{n}x_i$，$\overline{y}=\frac{1}{n}\sum_{i=1}^{n}y_i$，$\hat{a},\hat{b}$ 为 a,b 的估计值. 代入（1）后得到的直线 $\hat{y}=\hat{a}+\hat{b}x$ 称为一元线性回归方程. 其中 $\hat{a},\hat{b}$ 叫做回归系数，对应的直线称为 y 对 x 的样本回归直线，上述求 $\hat{a},\hat{b}$ 的方法称为最小二乘法.

【例1☆☆】随机地抽取生产同类产品的 11 家企业，调查了它们的产量 x（单位：t）和生产费用 Y（单位：万元）的情况，得到数据如表 3-23.

表 3-23

x	5	10	15	20	30	40	50	60	70	90	120
Y	6	10	10	13	16	17	19	23	25	29	46

试求生产费用 Y 与产量 x 的回归直线方程.

解：因为 $n=11$，$\overline{x}=\frac{1}{n}\sum_{i=1}^{n}x_i=\frac{510}{11}$，$\overline{y}=\frac{1}{n}\sum_{i=1}^{n}y_i=\frac{214}{11}$，$\sum_{i=1}^{n}x_iy_i=13\,910$，$\sum_{i=1}^{n}x_i^2=36\,750$，代入公式得：

$$\hat{b}=\frac{\sum_{i=1}^{n}x_iy_i-n\overline{x}\cdot\overline{y}}{\sum_{i=1}^{n}x_i^2-n\overline{x}^2}=\frac{13\,910-11\times\frac{510}{11}\times\frac{214}{11}}{36\,750-11\times\left(\frac{510}{11}\right)^2}\approx0.304,$$

$$\hat{a}=\overline{y}-\hat{b}\overline{x}=\frac{214}{11}-0.304\times\frac{510}{11}\approx5.36.$$

所以，生产费用 Y 对产量 x 的回归直线方程为 $\hat{y}=5.36+0.304x$.

这里的回归系数 $b=0.304$，其意义：产量 x 每增加一个单位，生产费用 Y 平均增加 0.304 个单位.

二、线性相关关系的检验

从求回归直线的过程看到，对于任何两个变量 X,Y 的一组试验数据 (x_i,y_i)（$i=1,2,\cdots,n$），不论 Y 与 X 间是否确有线性相关关系，我们都可以按上述办法求出一个线性回归方程，显然仅当 Y 与 X 大致有线性相关关系时，这样得到的回归方程才是有意义的. 因此我们有必要判别 Y 与 X 之间是否真有近似线性关系，这种判断方法称为相关性检验. 下面介绍其中的一种方法.

我们利用统计方法来检验所得到的回归直线方程的实际效果. 称

$$\hat{r} = \frac{\sum\limits_{i=1}^{n}(x_i - \bar{x})(y_i - \bar{y})}{\sqrt{\sum\limits_{i=1}^{n}(x_i - \bar{x})^2 \cdot \sum\limits_{i=1}^{n}(y_i - \bar{y})^2}} \tag{4}$$

为 Y 与 X 的样本相关系数. 它反映的是 Y 与 X 之间线性相关关系密切程度的数量指标.

可以证明, $\hat{r}$ 有如下性质:

(1) $\hat{r}$ 的符号与 b 的符号相同.

(2) $|\hat{r}| \leqslant 1$.

因为
$$Q = \sum_{i=1}^{n}(y_i - \hat{y}_i)^2 = \sum_{i=1}^{n}(y_i - \hat{a} - \hat{b}x_i)^2, \hat{a} = \bar{y} - \hat{b}\bar{x},$$

所以 $Q = \sum\limits_{i=1}^{n}[(y_i - \bar{y}) - \hat{b}(x_i - \bar{x})]^2 = \sum\limits_{i=1}^{n}(y_i - \bar{y})^2 - \hat{b}^2 \sum\limits_{i=1}^{n}(x_i - \bar{x})^2.$

(a) 当 $\hat{r} = 0$ 时, 即有 $\sum\limits_{i=1}^{n}(x_i - \bar{x})(y_i - \bar{y}) = 0$. 从而 $b = 0$, 回归直线为 $y = a$, 此时, X 的取值不影响的 Y 取值, 即 Y 与 X 不相关.

(b) 当 $|\hat{r}| = 1$ 时, $Q = 0$, 此时, Y 与 X 完全线性相关, 即 Y 与 X 有确定线性关系.

(c) 当 $0 < |\hat{r}| < 1$ 时, $|\hat{r}|$ 愈大, 则 Q 愈小, 用线性方程表示 Y 与 X 的线性关系愈准确; 反之, $|\hat{r}|$ 愈小, 则 Q 愈大, 用线性方程表示 Y 与 X 的线性关系愈不准确.

综上所述, $|\hat{r}|$ 越接近于零, Y 与 X 的线性关系程度愈差, 反之越好. 那么究竟 $|\hat{r}|$ 大到什么程度, 才可以认为 Y 与 X 间线性相关关系显著? 也就是说, 需要确定一个数值, 当 $|\hat{r}|$ 大于这个数值时, 就认为线性相关是显著的, 这个数值称为相关系数的临界值. 附录 5 给出了相关系数显著性检验表, 只要算出 $\hat{r}$ 的值及给定的显著性水平 α, 就可如下判断:

(1) 当 $|\hat{r}| < r_\alpha(n-2)$, 则说明在显著性水平 α 下, Y 与 X 线性相关关系不显著, 此时, 不能用回归直线近似表示 Y 与 X 的关系.

(2) 当 $|\hat{r}| > r_\alpha(n-2)$, 则说明在显著性水平 α 下, Y 与 X 线性相关, 此时, 回归直线近似表达了 Y 与 X 的关系. 回归方程有效.

【例 2☆☆】对例 1 中生产费用 Y 与产量 x 的线性关系显著性进行检验.

解:(1) 计算有关数据:$n = 11$,

$$\bar{x} = \frac{510}{11} = 46.364, \bar{y} = \frac{214}{11} = 19.455, \sum_{i=1}^{11}(x_i - \bar{x})^2 = 13\ 104.54,$$

$$\sum_{i=1}^{11}(y_i - \bar{y})^2 = 1\ 258.727, \sum_{i=1}^{11}(x_i - \bar{x})(y_i - \bar{y}) = 3\ 988.182\ 08.$$

由相关系数公式得：

$$\hat{r} = \frac{\sum\limits_{i=1}^{11}(x_i - \bar{x})(y_i - \bar{y})}{\sqrt{\sum\limits_{i=1}^{11}(x_i - \bar{x})^2 \cdot \sum\limits_{i=1}^{11}(y_i - \bar{y})^2}} = \frac{3\,988.182\,08}{\sqrt{13\,104.54 \times 1\,258.727}} \approx 0.982.$$

（2）选择检验水平 $\alpha = 0.01$，又知 $n-2 = 9$，查附录 5 相关系数检验表得到相关系数的临界值 $r_{0.01} = 0.753$.

（3）由于 $\hat{r} \approx 0.982 > r_{0.01} = 0.753$，所以生产费用 Y 与产量 x 的线性关系是显著的. 因而所求得的回归方程确实可以表达 Y 与 x 的线性关系.

三、预测与控制

回归方程的重要应用就是预测和控制问题. 预测问题就是对变量 X 的一个给定值 x_0，在一定的置信度下，找出随机变量 Y 的一个置信区间，称为预测区间. 控制问题就是预测问题的反问题，欲将 Y 限制在某个范围内，应如何控制 X 的取值.

考虑 x_0 将代入线性回归方程 $\hat{y} = \hat{a} + \hat{b}x$ 中，可得 y_0（随机变量）的一个估计值 $\hat{y}_0$，可以证明，当 n 很大时，随机变量 y_0 近似地服从 $N(\hat{y}_0, \hat{\sigma}^2)$. 其中 $\hat{y}_0 = \hat{a} + \hat{b}x_0$，$\hat{\sigma}^2 = \dfrac{Q}{n-2}$.

当 $\alpha = 0.05$ 时，则 y_0 的 95% 预测区间为 $(\hat{y}_0 - 1.96\hat{\sigma}, \hat{y}_0 + 1.96\hat{\sigma})$.

当 $\alpha = 0.01$ 时，y_0 的 99% 的预测区间为 $(\hat{y}_0 - 2.58\hat{\sigma}, \hat{y}_0 + 2.58\hat{\sigma})$.

显然 $\hat{\sigma}$ 愈小，预测区间愈小，预测愈准确.

在计算 σ 时，可用公式

$$\hat{\sigma} = \sqrt{\frac{Q}{n-2}} = \sqrt{\frac{(1 - \hat{r}^2)\sum\limits_{i=1}^{n}(y_i - \bar{y})^2}{n-2}}$$

作为预测的一个相反的问题，我们希望利用回归方程，来对 y 的取值加以控制. 即若要求 y 的取值范围在区间 (y_1, y_2) 内，应当把 x 的值控制在什么区间内？

若 $\alpha = 0.05$，解方程组

$$\begin{cases} y_1 = \hat{a} - 1.96\hat{\sigma} + \hat{b}x_1, \\ y_2 = \hat{a} + 1.96\hat{\sigma} + \hat{b}x_2 \end{cases}$$

得 x_1, x_2，当 $\hat{b} > 0$ 时，控制区间为 (x_1, x_2)；当 $\hat{b} < 0$ 时，控制区间为 (x_2, x_1).

控制与预测的几何解释如下：

对于回归直线 $L: y = \hat{a} + \hat{b}x$，在给定的置信度 α 之下（如 $\alpha = 0.05$），我们可以得

到两条直线 L_1：　　　　 $y=\hat{a}+\hat{b}x-1.96\hat{\sigma}, L_2: y=\hat{a}+\hat{b}x+1.96\hat{\sigma}.$

于是我们可以预料：在全部可能出现的试验数据 $(x_i,y_i)(i=1,2,\cdots,n)$ 中,大约 95% 的点落在直线 L_1 与 L_2 所夹的带形区域内（如图 3-15）.同样,要想控制 y 的取值在 $[y_1,y_2]$ 之间,则控制区间可以从图 3-15 中看出：

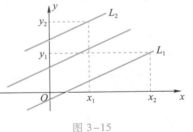

图 3-15

一般而言,对两个变量 Y 与 X 进行线性回归分析的步骤：

（1）由试验数据 $(x_i,y_i)(i=1,2,\cdots,n)$ 计算 $\hat{r}$ 的值,并检验相关关系是否显著.

（2）若 Y 与 X 线性相关关系显著,则可用公式（2）（3）,算出 $\hat{a},\hat{b}$,得到回归方程.

（3）利用方程并根据问题的需要进行预测或控制或进行数量分析.

【例 3 ☆ ☆】在例 1 的问题中,当产量 $x_0=58$ t 时,求生产费用 y_0 的预测值及置信度为 95% 的预测区间.

解：在例 1 中关于生产费用 Y 对产量 x 的回归直线方程为

$$\hat{y}=5.36+0.304x.$$

在例 2 中,已经检验了变量 Y 与 x 的线性相关关系是显著的,所以可用回归方程进行预测.当 $x_0=58$ t 时,生产费用 y_0 的预测值为

$$\hat{y}_0=5.36+0.304\times58=22.992.$$

又　　　 $n=11, \displaystyle\sum_{i=1}^{11}(y_i-\bar{y})^2=1\,258.727, \hat{r}\approx0.982,$

$$\hat{\sigma}=\sqrt{\frac{(1-\hat{r}^2)\displaystyle\sum_{i=1}^{11}(y_i-\bar{y})^2}{n-2}}=\sqrt{\frac{(1-0.982^2)\times1\,258.727}{11-2}}\approx2.234\,5,$$

所以生产费用 y_0 的置信度为 95% 的预测区间为

$$(\hat{y}_0-1.96\hat{\sigma},\hat{y}_0+1.96\hat{\sigma})=(22.992-1.96\times2.234\,5,22.992+1.96\times2.234\,5)$$

$$=(18.612\,4,27.371\,6),$$

即在产量 $x_0=58$ t 时,以 95% 的概率生产费用在 18.612 4 ~ 27.371 6 万元之间.

【例 4 ☆ ☆】若概率取 0.95,利用例 1 求出的回归直线方程,若要生产费用在 10 万至 20 万之间,试问产量又如何控制？

解：当要求生产费用在 10 万元至 20 万元之间时,已知概率为 0.95,有：

$$10=5.36+0.304x_1-2\times2.234,$$

$$20=5.36+0.304x_2+2\times2.234,$$

求得：$x_1 = 29.96$，$x_2 = 33.46$．

这就是说，控制产量在 $29.96 \sim 33.46$ t 时，有 95% 的把握使生产费用在 10 万至 20 万之间．

 习题拓展

【基础过关☆】

1．炼钢基本上是个氧化脱碳的过程，钢液原来的含碳量的多少直接影响到冶炼时间的长短．表 3-24 是某平炉 34 炉的熔毕碳（即全部炉料融化完毕时钢液的含碳量）与精炼时间（从熔毕至出钢，冶炼所需的时间）的生产记录．

表 3-24

编号	熔毕碳 x(0.01%)	冶炼时间 y(分)	编号	熔毕碳 x(0.01%)	冶炼时间 y(分)
1	180	200	18	116	100
2	104	100	19	123	110
3	134	135	20	151	180
4	141	125	21	110	130
5	204	235	22	108	110
6	150	170	23	158	130
7	121	125	24	107	115
8	151	135	25	180	240
9	147	155	26	127	135
10	145	165	27	115	120
11	141	135	28	191	205
12	144	160	29	190	220
13	190	190	30	153	145
14	190	210	31	155	160
15	161	145	32	177	185
16	165	195	33	177	205
17	154	150	34	143	160

求：（1）回归直线；

（2）作相关性检验；

（3）测得某炉熔毕碳为 145（即 1.45%），试估计该炉所需的精炼时间（置信度 95%）．

2．在硝酸钠（$NaNO_3$）的溶解度中，测得在不同温度 x(℃)下，溶解于 100 份水

中的硝酸钠份数 y 的数据如表 3–25 所示.

表 3–25

编号	1	2	3	4	5	6	7	8	9
x	0	4	10	15	21	29	36	51	68
y	66.7	71.0	76.3	80.6	85.7	92.9	99.4	113.6	125.1

试确定 y 对 x 的回归直线方程.

【能力达标☆☆】

在某种产品表面进行腐蚀刻线试验,得到腐蚀深度 Y 与腐蚀时间 X 间对应的一组数据统计如表 3–26.

表 3–26

编号	1	2	3	4	5	6	7	8	9	10	11
X/s	5	10	15	20	30	40	50	60	70	90	120
Y	6	10	10	13	16	17	19	23	25	29	46

(1)求腐蚀深度 Y 对腐蚀时间 X 的回归直线方程;

(2)判断腐蚀深度 Y 与腐蚀时间 X 的线性关系是否显著($\alpha = 0.01$).

附录三　MATLAB 在数理统计中的应用

3.17 项目七
习题拓展答案

一、实验目的:使学生掌握使用 MATLAB 软件进行数理统计的基本方法.

二、实验内容:

1. 用 MATLAB 求常用分布概率密度函数,计算分布函数、临界值

(1)常用分布概率密度的函数调用格式为:

x = chi2pdf(x,n)　　　% 求 x 处自由度为 n 的卡方分布概率密度函数的值

x = tpdf(x,n)　　　% 求 x 处自由度为 n 的 t 分布概率密度函数的值

x = fpdf(x,n1,n2)　　　% 求 x 处自由度为 n1、n2 的 F 分布概率密度函数的值

(2)常用分布的分布函数调用格式为:

x = chi2cdf(x,n)　　　% 求 x 处自由度为 n 的卡方分布的分布函数值

x = tcdf(x,n)　　　% 求 x 处自由度为 n 的 t 分布的分布函数值

x = fcdf(x,n1,n2)　　　% 求 x 处自由度为 n1、n2 的 F 分布的分布函数值

(3)求常用分布临界值的函数调用格式为:

x = norminv(p,mu,sigma)　　% 求正态分布临界值

x = chi2inv(p,n)　　　% 求自由度为 n 的卡方分布临界值

x = tinv(p,n)   % 求自由度为 n 的 t 分布临界值

x = finv(p,n1,n2)   % 求自由度为 n1、n2 的 F 分布临界值

2. 用 MATLAB 软件计算样本统计量的命令如下：

均值：mean(X)   标准差：std(X)

方差：var(X)   中位数：median(X)

偏度：skewness(X)   峰度：kurtosis(X)

3. 用 MATLAB 软件进行参数估计的命令如下：

[muhat,sigmahat,muci,sigmaci] = 分布类型 fit(X,alpha)

其中分布类型有：

正态分布：norm   指数分布：exp

泊松分布：poiss   威布尔分布：weib

χ^2 分布：chi2   t 分布：t

F 分布：F

4. 用 MATLAB 软件进行假设检验的命令如下：

（1）若总体方差已知，总体均值的检验使用 Z-检验

[h,sig,ci] = ztest(X,m,sigma,alpha,tail)

其中：tail 缺省值为 0，alpha 缺省值为 0.05.

（2）若总体方差未知，总体均值的检验使用 t-检验

[h,sig,ci] = ttest(X,m,sigma,alpha,tail)

其中：tail 缺省值为 0，alpha 缺省值为 0.05.

5. 用 MATLAB 软件做一元线性回归分析的命令如下：

[b,bint,r,rint,stats] = regress(Y,X,alpha)

其中：alpha 缺省值为 0.05.

三、实验举例：

1. 均值和方差

【例1】在一本书中随机地检查了 10 页，发现每页上的错误数为：

4,5,6,0,3,1,4,2,1,4

试计算其样本均值，样本方差和样本标准差.

解：样本均值、样本方差和样本标准差分别如下：

>> X = [4,5,6,0,3,1,4,2,1,4];

>>mean(X)

ans =

    3

>>std(X)

```
ans =
    1.943 7
>> var(X)
ans =
    3.777 8
```

2. 点估计和区间估计

【例2】测得自动车床加工的 10 个零件的尺寸与规定的尺寸的偏差(单位: μm)如下:+2,+1,-2,+3,+2,+4,-2,+5,+3,+4,若给出置信度为 0.99,求零件尺寸偏差的均值和方差的置信区间.

解:零件尺寸偏差的均值和方差的置信区间分别如下:

```
>> X=[2,1,-2,3,2,4,-2,5,3,4];
[muhat,sigmahat,muci,sigmaci]=normfit(X,0.01)
muhat =
    2
sigmahat =
    2.403 7
muci =
   -0.470 3
    4.470 3
sigmaci =
    1.484 7
    5.474 7
```

3. 假设检验

【例3】某食品公司对外承诺某种食品每袋平均重量为 90 g,标准差为 15.3 g,现通过随机取样得到 20 袋该种食品,其重量(单位:g)分别为:

91,87,100,95,87,87,91,76,86,99,88,94,102,96,78,68,72,75,85,92

在显著性水平 $\alpha=0.05$ 的情况下,能否认为该公司的承诺属实?

解: $H_0:\mu=90$; $H_1:\mu\neq90$

```
>>X=[91,87,100,95,87,87,91,76,86,99,88,94,102,96,78,68,72,
75,85,92];
>>[h,sig,ci]=ztest(X,90,15.3)
h =
    0
sig =
```

```
    0.456 1
ci =
    80.744 6    94.155 4
```

结果 $h=0$，说明在显著性水平 $\alpha=0.05$ 的情况下，接受原假设，即认为该公司的承诺属实.

4. 一元线性回归

【例 4】随机地抽取生产同类产品的 11 家企业，调查了它们的产量 x（单位：t）和生产费用 Y（单位：万元）的情况，得到数据如表 3-27.

表 3-27

x	5	10	15	20	30	40	50	60	70	90	120
Y	6	10	10	13	16	17	19	23	25	29	46

（1）试求生产费用 Y 与产量 x 的回归直线方程.

（2）对生产费用 Y 与产量 x 的线性关系显著性进行检验.

（3）若概率取 0.95，利用求出的回归直线方程，预测产量为 60 吨时生产费用的范围；

解：（1）生产费用 Y 与产量 x 的回归直线方程.

先作散点图（图 3-16）

```
>>X =[5 10 15 20 30 40 50 60 70 90 120]';
>>Y =[6 10 10 13 16 17 19 23 25 29 46]';
>> plot(X,Y,'O')
```

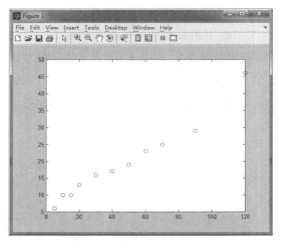

图 3-16

再进行回归分析

```
>>X =[ones(11,1) x];
 >> [b,bint,r,rint,stats]=regress(y,X)
 b =
     5.344 4
     0.304 3
 bint =
     2.790 9      7.897 9
     0.260 2      0.348 5
 r =
    -0.866 1
     1.612 2
     0.090 5
     1.568 9
     1.525 5
    -0.517 9
    -1.561 2
    -0.604 6
    -1.647 9
    -3.734 7
     4.135 3
 rint =
    -5.548 1      3.815 8
    -3.034 4      6.258 8
    -4.807 6      4.988 7
    -3.232 9      6.370 6
    -3.381 7      6.432 7
    -5.606 7      4.571 0
    -6.517 9      3.395 5
    -5.655 8      4.446 7
    -6.463 9      3.168 0
    -7.347 8     -0.121 5
     2.315 1      5.955 5
 stats =
```

0.9643　242.8522　　0.0000　　4.9979

所以,生产费用 Y 对产量 x 的回归直线方程为

$$\hat{y} = 5.3444 + 0.3043x.$$

这里的回归系数 $b = 0.3043$,其意义:产量 x 每增加一个单位,生产费用 Y 平均增加 0.3043 个单位.

(2) 对生产费用 Y 与产量 x 的线性关系显著性进行检验

由 1) stats 输出的结果可知 $r^2 = 0.9643$,则 $r = 0.9820$

选择检验水平 $\alpha = 0.01$,又知 $n - 2 = 9$,查附录 5 相关系数检验表得到相关系数的临界值 $r_{0.01} = 0.753$.

由于 $\hat{r} \approx 0.982 > r_{0.01} = 0.753$,所以生产费用 Y 与产量 x 的线性关系是显著的. 因而所求得的回归方程确实可以表达 Y 与 x 的线性关系.

(3) 预测产量为 60 吨时生产费用的范围

由 1) stats 输出的结果可知 $\hat{\sigma}^2 = 4.9979$,则 $\hat{\sigma} \approx 2.2356$.

又知 $\hat{y} = 5.3444 + 0.3043x, x = 60$,于是

$$y_1 = \hat{a} + \hat{b}x - 2\hat{\sigma} = 5.3444 + 0.3043 \times 60 - 2 \times 2.2356 = 19.1312,$$

$$y_2 = \hat{a} + \hat{b}x + 2\hat{\sigma} = 5.3444 + 0.3043 \times 60 + 2 \times 2.2356 = 28.0736,$$

所以,当产量为 60 吨时,以 0.95 的概率预计生产费用在 19.1312 万元至 28.0736 万元之间.

习　题　三

一、选择题

1. 了解某班 50 个同学的学习成绩时,总体是(　　).

A. 50 个学生　　　　　　　　B. 50 个学生的学习成绩

C. 每个学生　　　　　　　　D. 每一个学生的数学成绩

2. 某班 30 位同学的某个科目的成绩如表 3-28.

表 3-28

成绩	54	65	70	72	78	80	85	87	92
学生数	3	2	5	6	1	7	3	2	1

则该班学生成绩的中位数和众数分别为(　　).

A. 72,80　　　　　　B. 78,80　　　　　　C. 90,70　　　　　　D. 70,85

3. 10 名同学的体重(单位:kg)分别是:41,48,50,53,49,53,53,51,67,69,他们的极差为(   ).

    A. 23   B. 24   C. 28   D. 27

4. 设 $X_1, X_2, \cdots, X_n$ 是来自正态总体 $X \sim N(a, \sigma^2)$ 的样本,$\overline{X} = \dfrac{1}{n}\sum_{i=1}^{n} X_i$,下列说法错误的是(   ).

    A. $\overline{X} = \dfrac{1}{n}\sum_{i=1}^{n} X_i \sim N\left(a, \dfrac{\sigma^2}{n}\right)$ B. $\dfrac{\overline{X} - a}{\sigma/\sqrt{n}} \sim N(0,1)$

    C. $\sum_{i=1}^{n}\left(\dfrac{X_i - a}{\sigma}\right)^2 \sim \chi^2(n)$ D. $\dfrac{\overline{X} - a}{\sigma/\sqrt{n}} \sim t(n)$

5. 设 $X_1, X_2, \cdots, X_n$ 是总体的样本,则下列不是统计量的是(   ).

    A. $\dfrac{1}{n}\sum_{i=1}^{n} X_i$ B. $\dfrac{1}{n}\sum_{i=1}^{n} X_i^2$ C. $\sum_{i=1}^{n}(X_i - 4)$ D. $\sum_{i=1}^{n}(X_i - a)$

6. 某灯泡厂每天生产一批 40 W 的灯泡,随机抽取 5 个测得的寿命(单位:h)为 1 050,1 100,1 080,1 120, 1 200,则样本的均值为(   ).

    A. 1 120   B. 1 110   C. 1 125   D. 1 010

7. 有一个容量为 200 的样本,其频率分布直方图如图 3-17 所示,据图知,样本数据在 $[8, 10)$ 内的频数为(   ).

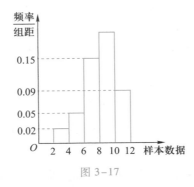

图 3-17

    A. 72   B. 76   C. 78   D. 80

8. 设 X_1, X_2 为来自正态总体 $X \sim N(a, \sigma^2)$ 的样本,下列是参数 a 的无偏估计量的是(   ).

    A. $\hat{a} = X_1 + 2X_2$ B. $\hat{a} = \dfrac{1}{2}X_1 + X_2$

    C. $\hat{a} = \dfrac{2}{3}X_1 + \dfrac{1}{2}X_2$ D. $\hat{a} = \dfrac{3}{4}X_1 + \dfrac{1}{4}X_2$

9. 设 $X_1, X_2, \cdots, X_n$ 是总体 X 的样本,且 $\overline{X} = \dfrac{1}{n} \sum\limits_{i=1}^{n} X_i$,则有(　　).

A. $E(\overline{X}) = E(X)$

B. $\overline{X} = \dfrac{E(X)}{n}$

C. $D(\overline{X}) = D(X)$

D. $D\overline{X} = \dfrac{D(X)}{n^2}$

10. 对于总体 X,总体方差 $D(X) = \sigma^2$ 存在,$X_1, X_2, \cdots, X_n$ 是来自总体的简单随机样本,S^2 是样本方差,则 σ^2 与 S^2 的关系是(　　).

A. 可能相等

B. 一定相等

C. $S^2 \geqslant \sigma^2$

D. $S^2 \leqslant \sigma^2$

11. 对一总体均值进行估计,得到 95% 的置信区间为 $(24, 38)$,则该总体均值的点估计为(　　).

A. 24

B. 48

C. 31

D. 无法确定

12. 相关系数的取值范围(　　).

A. $|r| > 1$

B. $|r| \geqslant 0$

C. $|r| \leqslant 1$

D. 无法确定

二、填空题

1. 设 $X_1, X_2, \cdots, X_{100}$ 是来自正态总体 $X \sim N(\mu, \sigma^2)$ 的样本,$\overline{X} = \dfrac{1}{100} \sum\limits_{i=1}^{100} X_i$,则 $\overline{X} \sim$ _____.

2. 设 $\hat{\theta}$ 为 θ 的无偏估计量,则 $E(\hat{\theta}) =$ _____.

3. 设 S^2 是来自正态总体 $X \sim N(\mu, \sigma^2)$ 的容量为 n 的样本方差,则 $E(S^2) =$ _____.

4. 未知方差,检验总体期望 $E(X)$ 时,用_____统计量.

5. 设 $\overline{X}$ 是来自正态总体 $X \sim N(2, 4)$ 的容量为 40 的样本均值,则 $Y = 3\overline{X} - 1 \sim$ _____.

6. 某灯泡厂每天生产一批 40 W 的灯泡,随机抽取 5 个测得的寿命(单位:h)为

1 050,　1 100,　1 080,　1 120,　1 200

则总体为_____,样本容量为_____.

7. 某产品的广告费用 x 与销售额 y 的统计数据如表 3-29.

表 3-29

广告费 x/万元	4	2	3	5
销售额 y/万元	49	26	39	54

根据上表可得回归方程为:$\hat{y} = \hat{b} + \hat{a}x$,其中 $\hat{b} = 9.4$,则广告费为 6 万元时,销售

额为_____万元.

三、计算题

1. 设 X_1, X_2 为来自正态总体 $X \sim N(a, \sigma^2)$ 的样本,对于参数 a 的两个估计量

$$\hat{a}_1 = \frac{3}{4}X_1 + \frac{1}{4}X_2, \quad \hat{a}_2 = \frac{2}{3}X_1 + \frac{1}{3}X_2,$$

(1)$\hat{a}_1, \hat{a}_2$ 是否是参数 a 的无偏估计?

(2)若 $\hat{a}_1, \hat{a}_2$ 是参数 a 的无偏估计量,那么用 $\hat{a}_1, \hat{a}_2$ 和 $\overline{X}$ 来估计参数 a,哪个更有效?

2. 设有某种滚珠,其直径 X 服从正态分布,且方差为 0.51,现从某天生产的产品中随机地抽取 6 个,测得直径(单位 mm)为

14.6   15.1   14.9   14.8   15.2   15.1

试求平均直径 $E(X)$ 的置信区间($\alpha = 0.05, u_{0.975} = 1.96$)

3. 已知健康人的红细胞直径服从均值为 7.2 μm 的正态分布,今在某一患者血液中随机测到 9 个红细胞的直径(单位:μm)如下:

7.1   7.3   7.7   7.8   8.0   8.1   8.5   9.0   7.6

问该患者红细胞平均直径与健康人有无显著差异($\alpha = 0.05, t_{0.975}(8) = 2.306$)?

4. 血压在年龄上的回归问题:某地区调查到妇女的平均血压 y 与年龄 x 的数据如表 3-30.

表 3-30

年龄	30	35	40	45	50	55	60	65	70	75
平均血压	110	114	120	124	133	143	150	158	162	166

(1)求 y 对 x 的线性回归方程;

(2)用相关系数检验法,检验 y 与 x 之间的线性关系的显著性($\alpha = 0.05$,$r_{0.01}(8) = 0.764\ 6$);

(3)预测 40 岁妇女血压的正常范围($\alpha = 0.05$).

3.18 练习题
三习题答案

附表 1 泊松分布函数表

$$P(X \leq k) = \sum_{i=0}^{k} \frac{\lambda^i}{i!} e^{-\lambda}$$

λ	k=0	1	2	3	4	5	6	7	8
0.1	0.905	0.995	1.000						
0.2	0.819	0.982	0.999	1.000					
0.3	0.741	0.963	0.996	1.000					
0.4	0.670	0.938	0.992	0.999	1.000				
0.5	0.607	0.910	0.986	0.998	1.000				
0.6	0.549	0.878	0.977	0.997	1.000				
0.7	0.497	0.844	0.966	0.994	0.999	1.000			
0.8	0.449	0.809	0.953	0.991	0.999	1.000			
0.9	0.407	0.772	0.937	0.987	0.998	1.000			
1.0	0.368	0.736	0.920	0.981	0.996	0.999	1.000		
1.1	0.333	0.699	0.900	0.974	0.995	0.999	1.000		
1.2	0.301	0.663	0.879	0.966	0.992	0.998	1.000		
1.3	0.273	0.627	0.857	0.957	0.989	0.998	1.000		
1.4	0.247	0.592	0.833	0.946	0.986	0.997	0.999	1.000	
1.5	0.223	0.558	0.809	0.934	0.981	0.996	0.999	1.000	
1.6	0.202	0.525	0.783	0.921	0.976	0.994	0.999	1.000	
1.7	0.183	0.493	0.757	0.907	0.970	0.992	0.998	1.000	
1.8	0.165	0.463	0.731	0.891	0.964	0.990	0.997	0.999	1.000
1.9	0.150	0.434	0.704	0.875	0.956	0.987	0.997	0.999	1.000
2.0	0.135	0.406	0.677	0.857	0.947	0.983	0.995	0.999	1.000

λ	k=0	1	2	3	4	5	6	7	8	9	10	11	12
2.1	0.122	0.380	0.650	0.839	0.938	0.980	0.994	0.999	1.000				
2.2	0.111	0.355	0.623	0.819	0.928	0.975	0.993	0.998	1.000				
2.3	0.100	0.331	0.596	0.799	0.916	0.970	0.991	0.997	0.999	1.000			
2.4	0.091	0.308	0.570	0.779	0.904	0.964	0.988	0.997	0.999	1.000			
2.5	0.082	0.287	0.544	0.758	0.891	0.958	0.986	0.996	0.999	1.000			
2.6	0.074	0.267	0.518	0.736	0.877	0.951	0.983	0.995	0.999	1.000			
2.7	0.067	0.249	0.494	0.714	0.863	0.943	0.979	0.993	0.998	0.999	1.000		
2.8	0.061	0.231	0.469	0.692	0.848	0.935	0.976	0.992	0.998	0.999	1.000		
2.9	0.055	0.215	0.446	0.670	0.832	0.926	0.971	0.990	0.997	0.999	1.000		
3.0	0.050	0.199	0.423	0.647	0.815	0.916	0.966	0.988	0.996	0.999	1.000		
3.1	0.045	0.185	0.401	0.625	0.798	0.906	0.961	0.986	0.995	0.999	1.000		
3.2	0.041	0.171	0.380	0.603	0.781	0.895	0.955	0.983	0.994	0.998	1.000		
3.3	0.037	0.159	0.359	0.580	0.763	0.883	0.949	0.980	0.993	0.998	0.999	1.000	
3.4	0.033	0.147	0.340	0.558	0.744	0.871	0.942	0.977	0.992	0.997	0.999	1.000	
3.5	0.030	0.136	0.321	0.537	0.725	0.858	0.935	0.973	0.990	0.997	0.999	1.000	
3.6	0.027	0.126	0.303	0.515	0.706	0.844	0.927	0.969	0.988	0.996	0.999	1.000	
3.7	0.025	0.116	0.285	0.494	0.687	0.830	0.918	0.965	0.986	0.995	0.998	1.000	
3.8	0.022	0.107	0.269	0.473	0.668	0.816	0.909	0.960	0.984	0.994	0.998	0.999	1.000
3.9	0.020	0.099	0.253	0.453	0.648	0.801	0.899	0.955	0.981	0.993	0.998	0.999	1.000
4.0	0.018	0.092	0.238	0.433	0.629	0.785	0.889	0.949	0.979	0.992	0.997	0.999	1.000

续表

λ	\multicolumn{15}{c}{k}
	0	1	2	3	4	5	6	7	8	9	10	11	12	13	14
5	0.007	0.040	0.125	0.265	0.440	0.616	0.762	0.867	0.932	0.968	0.986	0.995	0.998	0.999	1.000
6	0.002	0.017	0.062	0.151	0.285	0.446	0.606	0.744	0.847	0.916	0.957	0.980	0.991	0.996	0.999
7	0.001	0.007	0.030	0.082	0.173	0.301	0.450	0.599	0.729	0.830	0.901	0.947	0.973	0.987	0.994
8	0.000	0.003	0.014	0.042	0.100	0.191	0.313	0.453	0.593	0.717	0.816	0.888	0.936	0.966	0.983
9	0.000	0.001	0.006	0.021	0.055	0.116	0.207	0.324	0.456	0.587	0.706	0.803	0.876	0.926	0.959
10	0.000	0.000	0.003	0.010	0.029	0.067	0.130	0.220	0.333	0.458	0.583	0.697	0.792	0.864	0.917
11	0.000	0.000	0.001	0.005	0.015	0.038	0.079	0.143	0.232	0.341	0.460	0.579	0.689	0.781	0.854
12	0.000	0.000	0.001	0.002	0.008	0.020	0.046	0.090	0.155	0.242	0.347	0.462	0.576	0.682	0.772
13	0.000	0.000	0.000	0.001	0.004	0.011	0.026	0.054	0.100	0.166	0.252	0.353	0.463	0.573	0.675
14	0.000	0.000	0.000	0.000	0.002	0.006	0.014	0.032	0.062	0.109	0.176	0.260	0.358	0.464	0.570
15	0.000	0.000	0.000	0.000	0.001	0.003	0.008	0.018	0.037	0.070	0.118	0.185	0.268	0.363	0.466

λ	\multicolumn{15}{c}{k}
	15	16	17	18	19	20	21	22	23	24	25	26	27	28	29
6	1.000														
7	0.998	0.999	1.000												
8	0.992	0.996	0.998	0.999	1.000										
9	0.978	0.989	0.995	0.998	0.999	1.000									
10	0.951	0.973	0.986	0.993	0.997	0.998	0.999	1.000							
11	0.907	0.944	0.968	0.982	0.991	0.995	0.998	0.999	1.000						
12	0.844	0.899	0.937	0.963	0.979	0.988	0.994	0.997	0.999	0.999	1.000				
13	0.764	0.835	0.890	0.930	0.957	0.975	0.986	0.992	0.996	0.998	0.999	1.000			
14	0.669	0.756	0.827	0.883	0.923	0.952	0.971	0.983	0.991	0.995	0.997	0.999	0.999	1.000	
15	0.568	0.664	0.749	0.819	0.875	0.917	0.947	0.967	0.981	0.989	0.994	0.997	0.998	0.999	1.000

附表 2　标准正态分布数值表

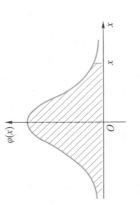

$$\Phi(x) = \frac{1}{\sqrt{2\pi}} \int_{-\infty}^{x} e^{-\frac{t^2}{2}} dt \quad (x \geq 0)$$

x	0.00	0.01	0.02	0.03	0.04	0.05	0.06	0.07	0.08	0.09
0.0	0.500 0	0.504 0	0.508 0	0.512 0	0.516 0	0.519 9	0.523 9	0.527 9	0.531 9	0.535 9
0.1	0.539 8	0.543 8	0.547 8	0.551 7	0.555 7	0.559 6	0.563 6	0.567 5	0.571 4	0.575 3
0.2	0.579 3	0.583 2	0.587 1	0.591 0	0.594 8	0.598 7	0.602 6	0.606 4	0.610 3	0.614 1
0.3	0.617 9	0.621 7	0.625 5	0.629 3	0.633 1	0.636 8	0.640 4	0.644 3	0.648 0	0.651 7
0.4	0.655 4	0.659 1	0.662 8	0.666 4	0.670 0	0.673 6	0.677 2	0.680 8	0.684 4	0.687 9
0.5	0.691 5	0.695 0	0.698 5	0.701 9	0.705 4	0.708 8	0.712 3	0.715 7	0.719 0	0.722 4
0.6	0.725 7	0.729 1	0.732 4	0.735 7	0.738 9	0.742 2	0.745 4	0.748 6	0.751 7	0.754 9
0.7	0.758 0	0.761 1	0.764 2	0.767 3	0.770 3	0.773 4	0.776 4	0.779 4	0.782 3	0.785 2
0.8	0.788 1	0.791 0	0.793 9	0.796 7	0.799 5	0.802 3	0.805 1	0.807 8	0.810 6	0.813 3
0.9	0.815 9	0.818 6	0.821 2	0.823 8	0.826 4	0.828 9	0.831 5	0.834 0	0.836 5	0.838 9
1.0	0.841 3	0.843 8	0.846 1	0.848 5	0.850 8	0.853 1	0.855 4	0.857 7	0.859 9	0.862 1
1.1	0.864 3	0.866 5	0.868 6	0.870 8	0.872 9	0.874 9	0.877 0	0.879 0	0.881 0	0.883 0
1.2	0.884 9	0.886 9	0.888 8	0.890 7	0.892 5	0.894 4	0.896 2	0.898 0	0.899 7	0.901 5
1.3	0.903 2	0.904 9	0.906 6	0.908 2	0.909 9	0.911 5	0.913 1	0.914 7	0.916 2	0.917 7

续表

x	0.00	0.01	0.02	0.03	0.04	0.05	0.06	0.07	0.08	0.09
1.4	0.919 2	0.920 7	0.922 2	0.923 6	0.925 1	0.926 5	0.927 9	0.929 2	0.930 6	0.931 9
1.5	0.933 2	0.934 5	0.935 7	0.937 0	0.938 2	0.939 4	0.940 6	0.941 8	0.943 0	0.944 1
1.6	0.945 2	0.946 3	0.947 4	0.948 4	0.949 5	0.950 5	0.951 5	0.952 5	0.953 5	0.953 5
1.7	0.955 4	0.956 4	0.957 3	0.958 2	0.959 1	0.959 9	0.960 8	0.961 6	0.962 5	0.963 3
1.8	0.964 1	0.964 8	0.965 6	0.966 4	0.967 2	0.967 8	0.968 6	0.969 3	0.970 0	0.970 6
1.9	0.971 3	0.971 9	0.972 6	0.973 2	0.973 8	0.974 4	0.975 0	0.975 6	0.976 2	0.976 7
2.0	0.977 2	0.977 8	0.978 3	0.978 8	0.979 3	0.979 8	0.980 3	0.980 8	0.981 2	0.981 7
2.1	0.982 1	0.982 6	0.983 0	0.983 4	0.983 8	0.984 2	0.984 6	0.985 0	0.985 4	0.985 7
2.2	0.986 1	0.986 4	0.986 8	0.987 1	0.987 4	0.987 8	0.988 1	0.988 4	0.988 7	0.989 0
2.3	0.989 3	0.989 6	0.989 8	0.990 1	0.990 4	0.990 6	0.990 9	0.991 1	0.991 3	0.991 6
2.4	0.991 8	0.992 0	0.992 2	0.992 5	0.992 7	0.992 9	0.993 1	0.993 2	0.993 4	0.993 6
2.5	0.993 8	0.994 0	0.994 1	0.994 3	0.994 5	0.994 6	0.994 8	0.994 9	0.995 1	0.995 2
2.6	0.995 3	0.995 5	0.995 6	0.995 7	0.995 9	0.996 0	0.996 1	0.996 2	0.996 3	0.996 4
2.7	0.996 5	0.996 6	0.996 7	0.996 8	0.996 9	0.997 0	0.997 1	0.997 2	0.997 3	0.997 4
2.8	0.997 4	0.997 5	0.997 6	0.997 7	0.997 7	0.997 8	0.997 9	0.997 9	0.998 0	0.998 1
2.9	0.998 1	0.998 2	0.998 2	0.998 3	0.998 4	0.998 4	0.998 5	0.998 5	0.998 6	0.998 6
3	0.998 7	0.999 0	0.999 3	0.999 5	0.999 7	0.999 8	0.999 8	0.999 9	0.999 9	1.000 0
x	0.0	0.1	0.2	0.3	0.4	0.5	0.6	0.7	0.8	0.9

附表 3 t 分布的上侧临界值表

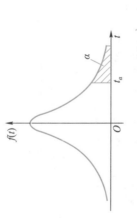

$P(t > t_\alpha) = \alpha$

n \ α	0.005	0.01	0.025	0.05	0.10	0.15	0.20	0.25	0.30	0.35	0.40	0.45
1	63.657	31.821	12.706	6.314	3.078	1.963	1.376	1.000	0.727	0.510	0.325	0.158
2	9.925	6.965	4.303	2.920	1.886	1.386	1.061	0.816	0.617	0.445	0.289	0.142
3	5.841	4.541	3.182	2.353	1.638	1.250	0.978	0.765	0.584	0.424	0.277	0.137
4	4.604	3.747	2.776	2.132	1.533	1.190	0.941	0.741	0.569	0.414	0.271	0.134
5	4.032	3.365	2.571	2.015	1.476	1.156	0.920	0.727	0.559	0.408	0.267	0.132
6	3.707	3.143	2.447	1.943	1.440	1.134	0.906	0.718	0.553	0.404	0.265	0.131
7	3.499	2.998	2.365	1.895	1.415	1.119	0.896	0.711	0.549	0.402	0.263	0.130
8	3.355	2.896	2.306	1.860	1.397	1.108	0.889	0.706	0.546	0.399	0.262	0.130
9	3.250	2.821	2.262	1.833	1.383	1.100	0.883	0.703	0.543	0.398	0.261	0.129
10	3.169	2.764	2.228	1.812	1.372	1.093	0.879	0.700	0.542	0.397	0.260	0.129
11	3.106	2.718	2.201	1.796	1.363	1.088	0.876	0.697	0.540	0.396	0.260	0.129
12	3.055	2.681	2.179	1.782	1.356	1.083	0.873	0.695	0.539	0.395	0.259	0.128
13	3.012	2.650	2.160	1.771	1.350	1.079	0.870	0.694	0.538	0.394	0.259	0.128

续表

n	0.005	0.01	0.025	0.05	0.10	0.15	0.20	0.25	0.30	0.35	0.40	0.45
14	2.977	2.624	2.145	1.761	1.345	1.076	0.868	0.692	0.537	0.393	0.258	0.128
15	2.947	2.602	2.131	1.753	1.341	1.074	0.866	0.691	0.536	0.393	0.258	0.128
16	2.921	2.583	2.120	1.746	1.337	1.071	0.865	0.690	0.535	0.392	0.258	0.128
17	2.898	2.567	2.110	1.740	1.333	1.069	0.863	0.689	0.534	0.392	0.257	0.128
18	2.878	2.552	2.101	1.734	1.330	1.067	0.862	0.688	0.534	0.392	0.257	0.127
19	2.861	2.539	2.093	1.729	1.328	1.066	0.861	0.688	0.533	0.391	0.257	0.127
20	2.845	2.528	2.086	1.725	1.325	1.064	0.860	0.687	0.533	0.391	0.257	0.127
21	2.831	2.518	2.080	1.721	1.323	1.063	0.859	0.686	0.532	0.391	0.257	0.127
22	2.819	2.508	2.074	1.717	1.321	1.061	0.858	0.686	0.532	0.390	0.256	0.127
23	2.807	2.500	2.069	1.714	1.319	1.060	0.858	0.685	0.532	0.390	0.256	0.127
24	2.797	2.492	2.064	1.711	1.318	1.059	0.857	0.685	0.531	0.390	0.256	0.127
25	2.787	2.485	2.060	1.708	1.316	1.058	0.856	0.684	0.531	0.390	0.256	0.127
26	2.779	2.479	2.056	1.706	1.315	1.058	0.856	0.684	0.531	0.390	0.256	0.127
27	2.771	2.473	2.052	1.703	1.314	1.057	0.855	0.684	0.531	0.389	0.256	0.127
28	2.763	2.467	2.048	1.701	1.313	1.056	0.855	0.683	0.530	0.389	0.256	0.127
29	2.756	2.462	2.045	1.699	1.311	1.055	0.854	0.683	0.530	0.389	0.256	0.127
30	2.750	2.457	2.042	1.697	1.310	1.055	0.854	0.683	0.530	0.389	0.256	0.127
40	2.704	2.423	2.021	1.684	1.303	1.050	0.851	0.681	0.529	0.388	0.255	0.126
60	2.660	2.390	2.000	1.671	1.296	1.046	0.848	0.679	0.527	0.387	0.254	0.126
120	2.617	2.358	1.980	1.658	1.289	1.041	0.845	0.677	0.526	0.386	0.254	0.126
∞	2.576	2.326	1.960	1.645	1.282	1.036	0.842	0.674	0.524	0.385	0.253	0.126

附表 4 χ^2 分布的上侧临界值表

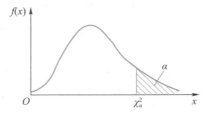

$$P(\chi^2_{(n)} > \chi^2_\alpha) = \alpha$$

n	α = 0.995	0.99	0.975	0.95	0.90	0.75
1	—	—	0.001	0.004	0.016	0.102
2	0.010	0.020	0.051	0.103	0.211	0.575
3	0.072	0.115	0.216	0.352	0.584	1.213
4	0.207	0.297	0.484	0.711	1.064	1.923
5	0.412	0.554	0.831	1.145	1.610	2.675
6	0.676	0.872	1.237	1.635	2.204	3.455
7	0.989	1.239	1.690	2.167	2.833	4.255
8	1.344	1.646	2.180	2.733	3.490	5.071
9	1.735	2.088	2.700	3.325	4.168	5.899
10	2.156	2.558	3.247	3.940	4.865	6.737
11	2.603	3.053	3.816	4.575	5.578	7.584
12	3.074	3.571	4.404	5.226	6.304	8.438
13	3.565	4.107	5.009	5.892	7.042	9.299
14	4.075	4.660	5.629	6.571	7.790	10.165
15	4.601	5.229	6.262	7.261	8.547	11.037
16	5.142	5.812	6.908	7.962	9.312	11.912
17	5.697	6.408	7.564	8.672	10.085	12.792
18	6.265	7.015	8.231	9.390	10.865	13.675
19	6.844	7.633	8.907	10.117	11.651	14.562
20	7.434	8.260	9.591	10.851	12.443	15.452
21	8.034	8.897	10.283	11.591	13.240	16.344
22	8.643	9.542	10.982	12.338	14.042	17.240
23	9.260	10.196	11.689	13.091	14.848	18.137
24	9.886	10.856	12.401	13.848	15.659	19.037
25	10.520	11.524	13.120	14.611	16.473	19.939
26	11.160	12.198	13.844	15.379	17.292	20.843
27	11.808	12.879	14.573	16.151	18.114	21.749
28	12.461	13.565	15.308	16.928	18.939	22.657

续表

n	α = 0.995	0.99	0.975	0.95	0.90	0.75
29	13.121	14.257	16.047	17.708	19.768	23.567
30	13.787	14.954	16.791	18.493	20.599	24.478
31	14.458	15.655	17.539	19.281	21.434	25.390
32	15.134	16.362	18.291	20.072	22.271	26.304
33	15.815	17.074	19.047	20.867	23.110	27.219
34	16.501	17.789	19.806	21.664	23.952	28.136
35	17.192	18.509	20.569	22.465	24.797	29.054
36	17.887	19.233	21.336	23.269	25.643	29.973
37	18.586	19.960	22.106	24.075	26.492	30.893
38	19.289	20.691	22.878	24.884	27.343	31.815
39	19.996	21.426	23.654	25.695	28.196	32.737
40	20.707	22.164	24.433	26.509	29.051	33.660
41	21.421	22.906	25.215	27.326	29.907	34.585
42	22.138	23.650	25.999	28.144	30.765	35.510
43	22.859	24.398	26.785	28.965	31.625	36.436
44	23.584	25.148	27.575	29.787	32.487	37.363
45	24.311	25.901	28.366	30.621	33.350	38.291
n	α = 0.25	0.10	0.05	0.025	0.01	0.005
1	1.323	2.706	3.841	5.024	6.635	7.879
2	2.773	4.605	5.991	7.378	9.210	10.597
3	4.108	6.251	7.815	9.348	11.345	12.838
4	5.385	7.779	9.488	11.143	13.277	14.806
5	6.626	9.236	11.071	12.833	15.086	16.750
6	7.841	10.645	12.592	14.449	16.812	18.548
7	9.037	12.017	14.067	16.013	18.475	20.278
8	10.219	13.362	15.507	17.535	20.090	21.955
9	11.389	14.684	16.919	19.023	21.666	23.589
10	12.549	15.987	18.307	20.483	23.209	25.188
11	13.701	17.275	19.675	21.920	24.725	26.757
12	14.845	18.549	21.026	23.337	26.217	28.299
13	15.984	19.812	22.362	24.736	27.688	29.819
14	17.117	21.064	23.685	26.119	29.141	31.319
15	18.245	22.307	24.996	27.488	30.578	32.801
16	19.369	23.542	26.296	28.845	32.000	34.267
17	20.489	24.769	27.587	30.191	33.409	35.718
18	21.605	25.989	28.869	31.526	34.805	37.156

续表

n	$\alpha = 0.25$	0.10	0.05	0.025	0.01	0.005
19	22.718	27.204	30.144	32.852	36.191	38.582
20	23.828	28.412	31.410	34.170	37.566	39.997
21	24.935	29.615	32.671	35.479	38.932	41.401
22	26.039	30.813	33.924	36.781	40.289	42.796
23	27.141	32.007	35.172	38.076	41.638	44.181
24	28.241	33.196	36.154	39.364	42.980	45.559
25	29.339	34.382	37.652	40.646	44.314	46.928
26	30.435	35.563	38.885	41.923	45.642	48.290
27	31.528	36.741	40.113	43.194	46.963	49.645
28	32.620	37.916	41.337	44.461	48.278	50.993
29	33.711	39.087	42.557	45.722	49.588	52.336
30	34.800	40.256	43.773	46.979	50.892	53.672
31	35.887	41.422	44.985	48.232	52.191	55.003
32	36.973	42.585	46.194	49.480	53.486	56.328
33	38.058	43.745	47.400	50.725	54.776	57.648
34	39.141	44.903	48.602	51.966	56.061	58.964
35	40.223	46.059	49.802	53.203	57.342	60.275
36	41.304	47.212	50.998	54.437	58.619	61.581
37	42.383	48.363	52.192	55.668	59.892	62.883
38	43.462	49.513	53.384	56.896	61.162	64.181
39	44.539	50.660	54.572	58.120	62.428	65.476
40	45.616	51.805	55.758	59.342	63.691	66.766
41	46.692	52.949	56.942	60.561	64.950	68.053
42	47.766	54.090	58.124	61.777	66.206	69.336
43	48.840	55.230	59.354	62.990	67.459	70.616
44	49.913	56.369	60.481	64.201	68.710	71.893
45	50.985	57.505	61.656	65.410	69.957	73.166

附表 5　相关系数显著性检验表

$$P(r \geqslant r_\alpha(n-2)) = \alpha$$

$n-2$ \\ α	0.05	0.01	$n-2$ \\ α	0.05	0.01
1	0.997	1.000	21	0.413	0.526
2	0.950	0.990	22	0.404	0.515
3	0.878	0.959	23	0.396	0.505
4	0.811	0.917	24	0.388	0.496
5	0.754	0.874	25	0.381	0.487
6	0.707	0.834	26	0.374	0.478
7	0.666	0.798	27	0.367	0.470
8	0.632	0.765	28	0.361	0.463
9	0.602	0.735	29	0.355	0.456
10	0.576	0.708	30	0.349	0.449
11	0.553	0.684	35	0.325	0.418
12	0.532	0.661	40	0.304	0.393
13	0.514	0.641	45	0.288	0.372
14	0.497	0.623	50	0.273	0.354
15	0.482	0.606	60	0.250	0.325
16	0.468	0.590	70	0.232	0.302
17	0.456	0.575	80	0.217	0.283
18	0.444	0.561	90	0.205	0.267
19	0.433	0.549	100	0.195	0.254
20	0.423	0.537	200	0.138	0.181

参 考 文 献

[1]　H. L 阿尔德, E. B 罗斯勒. 概率与统计导论. 北京: 北京大学出版社, 1984

[2]　郑玫, 胡春健, 胡先富. 高等数学. 北京: 高等教育出版社, 2017

[3]　郑玫, 黄江. 高等数学(下册). 重庆: 重庆出版社, 2009

[4]　刘婉如, 汪仁官. 概率统计讲义. 北京: 人民教育出版社, 1980

[5]　袁荫棠. 概率论与数理统计. 北京: 高等教育出版社, 2009

[6]　王福保. 概率论及数理统计. 上海: 同济大学出版社, 1984

[7]　茆诗松, 程依明, 濮晓龙. 概率论与数理统计教程. 3 版. 北京: 高等教育出版社, 2019